MATRIARCADO

MATRIARCADO

Primera edición: agosto 2023.

ISBN: 9798397056120

Impreso en España.

Pedro Moret Vegas

MATRIARCADO

Pero eso no impide que me cuestione por qué los hombres son como son: seres violentos, egoístas, perezosos y cobardes. Y por qué deberíamos como mujeres aceptar con elegancia sus defectos —o, como yo los llamo, sus taras—, mientras ellos nos golpean, nos violan y nos matan.

PAULINE HARMANGE
Hombres, los odio

Nota del autor

Muchas localizaciones de la presente novela son ficticias o han sido modificadas por un interés meramente dramático. La playa donde sucede el accidente no existe como tal, aunque existen playas similares a lo largo de la costa de la provincia de Alicante. La numeración de los distritos de la Ciudad Protegida de Valencia no respeta su orden actual, siendo ficticios también algunos de ellos. La Ciudad de la Justicia de Valencia no dispone de unas escalinatas exteriores de acceso ni se encuentra protegida por verja alguna, aunque tal vez podría estarlo en el transcurso de los próximos cien años.

Me veo en la obligación de advertir al lector de que se encuentra ante una obra de ficción. Los hechos narrados así como sus protagonistas no son más que el producto de la imaginación del autor. Cualquier similitud o parecido con la realidad es una simple coincidencia.

ANEXO

Ley 58/2025, de 12 de diciembre, de Control Sanitario para la Protección Temporal de la Población de Sexo Masculino como consecuencia de la crisis sanitaria ocasionada por el síndrome de Kocinsky.

La Organización Mundial de la Salud estableció el pasado 30 de noviembre de 2025 el confinamiento y segregación de la población masculina como respuesta temporal a la crisis global ocasionada por el síndrome de Kocinsky. La vertiginosa evolución de la enfermedad, a escala nacional e internacional, requiere la adopción de medidas excepcionales para frenar su letal expansión. Las circunstancias extraordinarias que concurren constituyen, sin duda, una crisis sanitaria sin precedentes y de enorme magnitud debido al descomunal número de vidas humanas que se ha cobrado ya la pandemia.

En este funesto contexto, las medidas previstas en la presente ley se inscriben en la acción del Gobierno para proteger la salud y seguridad de sus ciudadanos y ciudadanas, así como para contener la expansión de la enfermedad. Este tipo de medidas temporales que ya han sido recientemente adoptadas por otros países de nuestro entorno, deben implementarse ahora en nuestra nación con el objetivo de prevenir y contener la pandemia y de evitar la pérdida de más vidas humanas.

Para hacer frente a esta situación de emergencia sanitaria, gravísima y excepcional, es indispensable proceder a la segregación en ciudades- sanatorio de la totalidad de la población masculina.

Las medidas que se adoptan en la presente norma son las necesarias e imprescindibles para hacer frente a la grave situación epidemiológica, protegiendo así las vidas de la población de sexo masculino, debido a su especial vulnerabilidad al síndrome de

Kocinsky, así como las del resto de ciudadanas, resultando proporcionadas a la extrema gravedad de la emergencia sanitaria.

En su virtud, a propuesta de la Vicepresidenta Primera del Gobierno, de la Ministra de Sanidad, de la Ministra de Defensa, y de la Ministra del Interior, previa deliberación del Consejo de Ministras en su reunión del día 11 de diciembre de 2025.

DISPONGO:

Artículo 1. Limitaciones a la libertad de movimientos.

Los seres humanos de sexo masculino residentes en la totalidad del territorio de la Federación[1] que hayan superado la edad de doce años, deberán ser trasladados a ciudades- sanatorio para la prevención y tratamiento del síndrome de Kocinsky, permaneciendo en ellas hasta su completa sanación o hasta que haya desaparecido el riesgo sanitario.

Artículo 2. Ámbito territorial.

La segregación de la población masculina en sus respectivas ciudades-sanatorio surtirá efectos en la totalidad del territorio de la Federación.

Artículo 3. Duración.

La segregación de la población masculina en sus respectivas ciudades-sanatorio surtirá efectos mientras se mantenga la situación de emergencia sanitaria.

---

[1] Federación: El término *nacional* se sustituyó por el de *Federación* después de la firma del tratado de adhesión de España a la nueva Federación de Estados Unidos de Europa el 30/01/2028.

Artículo 4. Autoridades competentes.

1. A los efectos de la segregación de la población masculina en sus respectivas ciudades-sanatorio, la autoridad competente será el Gobierno.

2. Para el ejercicio de las funciones a las que se hace referencia en esta ley, bajo la superior dirección de la Presidenta del Gobierno, serán autoridades competentes delegadas, en sus respectivas áreas de responsabilidad:

a) La Ministra de Defensa.

b) La Ministra del Interior.

c) La Ministra de Transportes y Movilidad.

d) La Ministra de Sanidad.

Asimismo, en las áreas de responsabilidad que no recaigan en la competencia de alguna de las Ministras indicadas en los párrafos a), b) o c) será autoridad competente delegada la Ministra de Sanidad.

Artículo 5. Limitaciones al libre ejercicio de la profesión y oficio.

1. Se prohíbe a cualquier ser humano de sexo masculino ejercer cualquier tipo de profesión u oficio sin el permiso de la autoridad competente.

2. Se exceptúa de lo dispuesto en el punto uno las profesiones u oficios cuya área de actividad se circunscriba al interior de las ciudades-sanatorio y cuya realización sea esencial para la manutención y abastecimiento de los habitantes de estas.

3. Por sus particulares condiciones de aislamiento, se exceptúa de lo dispuesto en el punto uno el trabajo en las minas, para el que se expedirá un permiso especial de la autoridad competente.

Artículo 6. Limitaciones a la libertad de residencia.

Se prohíbe a cualquier ser humano de sexo masculino establecer su residencia fuera de las ciudades- sanatorio sin el permiso previo de la autoridad competente.

Artículo 7. Restricciones a la libertad sexual.

1.Se prohíbe el contacto sexual con el otro sexo, declarándose ilícito mientras se mantenga la emergencia sanitaria.

2.Quedan suspendidos los matrimonios entre personas de diferente sexo. Los matrimonios ya existentes se anularán de facto, confinándose al excónyuge de sexo masculino en una ciudad-sanatorio, según lo dispuesto en el artículo 1 de la presente ley.

3.La prostitución o cualquier intercambio carnal de carácter comercial entre personas de distinto o mismo sexo queda prohibido debido a su alto riesgo infeccioso.

Artículo 8. Suspensión de los derechos de sufragio activo y pasivo.

Queda suspendido temporalmente el derecho de sufragio activo y pasivo de los seres humanos de sexo masculino.

Artículo 9. Restricciones a la libertad de identidad.

1. A los seres humanos de sexo masculino se les prohíbe cambiar de nombre debiendo conservar el de su nacimiento.

Se prohíbe la autodeterminación de género. Prohibiéndose también la disociación sexo/genero: otorgándose a cada nacido el género que le corresponda según su sexo biológico.

2. Cada persona conservará el sexo que le fue otorgado al nacer.

Se prohíbe así mismo los fármacos habitualmente utilizados en las terapias de reasignación de género. Cada año el Ministerio de Sanidad publicará una lista actualizada con los fármacos prohibidos.

Artículo 10. Carácter obligado de las donaciones de semen.

Las donaciones de semen se establecen con carácter obligatorio, quedando en manos de la autoridad competente establecer su número y periodicidad en función de las necesidades reproductivas de la Federación.

Artículo 11. Abastecimiento en el interior de las ciudades-sanatorio.

1. Se garantizará el abastecimiento alimentario en el interior de las ciudades- sanatorio así como el correcto funcionamiento de los servicios, permitiendo y garantizando la distribución de alimentos y otros bienes de consumo en su interior. En particular, cuando resultara necesario por razones de seguridad, se podrá acordar el acompañamiento de los vehículos que realicen el transporte de los bienes mencionados. Cuando sea preciso, se establecerán corredores sanitarios para permitir la entrada y salida de personas, materias primas y productos elaborados.

2. Las autoridades competentes podrán acordar la movilización de las Fuerzas y Cuerpos de Seguridad del Estado con el fin de asegurar el buen funcionamiento de lo dispuesto en el presente artículo.

Artículo 12. Obligación de medicarse[2].

Los antirretrovirales de común utilización para el tratamiento del síndrome de Kocinsky o cualquier otro fármaco que las autoridades sanitarias recomendaran son de obligatoria administración para los seres humanos de sexo masculino.

[2] Artículo introducido por la Ley 19/2026 después de la aprobación de las terapias de ablación androgénica por la OMS. En vigor desde el 30/08/2026.

UN SIGLO DESPUÉS

AÑO 2125

Prólogo

Lo que mejor recuerdo de aquella mañana es el zumbido de los rotores de los drones succionadores de CO_2. Infectando toda la ciudad, se asemejaban a bandadas de pájaros que te impedían contemplar el sol. Uno de ellos sobrevolaba mi edificio en el momento en que me sacaron a la calle a trompicones. Poseía el tamaño de un microbús y en ese preciso instante lo teníamos justo encima. Levanté la cabeza sorprendido por el extraño ruido que emitía, pensando que se nos caería encima. No le funcionaba el silenciador y profería un sonido espantoso, sonaba a ronquido acompañado de un molesto traqueteo, a motor averiado a punto de gripar, sonaba a un espeso y prolongado estertor de muerte.

La policía que me custodiaba pensó que intentaba escapar y me placó violentamente. Se trataba de una chica joven, recién salida de la academia, adiestrada como tantas otras para no darnos tregua. Mantengo todavía fresca en la memoria la sensación del asfalto impactando contra mi rostro y levantándome la piel y la presión que ejercían las esposas estrangulándome las muñecas. Nunca imaginé que me darían caza como si fuera un animal, a pesar de que había visto tratar de esa manera a cientos de hombres antes que a mí. Hombres a los que no se les permitía sentarse en la terraza de una cafetería después de haberle dedicado al Estado treinta años de agotador trabajo en las minas. Se les prohibía la entrada en la mayoría de comercios y aquellos que se la permitían experimentaban cómo su clientela disminuía paulatinamente, hasta prácticamente quedarse sin nadie. En el mundo que habíamos creado la información se propagaba rápidamente, casi como flujos de conciencia, casi como impulsos eléctricos viajando por inmensos árboles sinápticos. Solo era necesario un leve pestañeo o un ligero e imperceptible movimiento de pupila. Se propagaba cómo lo haría una epidemia fuera de control, cómo lo hizo ese espantoso virus que asoló el mundo entero.

Me introdujeron en un DAV estacionado encima de la acera, que voló directamente hasta la comisaría del distrito. A esas horas la Ciudad Protegida ya se encontraba colapsada por el tráfico, quedando sepultada bajo una espesa neblina de polución antes incluso de que amaneciera.

Permanecí sentado en la sala de interrogatorios durante un buen rato, con las manos esposadas y un pómulo que no dejaba de sangrar. Y esa sensación de amarga derrota que arrastraba desde hacía meses, incrementada ahora hasta volverse insoportable.

Yo no era más que ese tipo de escoria andro[3] del que toda mujer se apartaba.

Muy a mi pesar, ya había empezado a acostumbrarme.

Pensaban acusarme de la muerte de esa abogada. ¡Dios mío! Debía tratarse de una especie de broma macabra. La chica se llamaba Eve, aunque ese no era su verdadero nombre. La historia de cómo llegó a la cima y de su caída en picado era sin duda lo de menos. No les interesaba. Solo les importaba que estaba muerta y que un andro la había asesinado.

Eve disfrutaba de una buena vida, mucho mejor que la de cualquier hombre. Aunque eso era habitual, se trataba de una mujer.

De una mujer preciosa.

Lo que todavía nadie sospechaba era que su muerte se produjo mucho tiempo antes de que la encontrasen.

Mucho tiempo antes de que me viera obligado a deshacerme de ella.

---

[3] Andro: diminutivo de andrógenos (conjunto de hormonas causantes del desarrollo de los caracteres sexuales masculinos). En el comienzo de la pandemia fue un término utilizado para señalar a los varones infectados. Luego, con la Gran Infección y la gran mortandad masculina que supuso, se convirtió en un término con el que se aludía de manera despectiva a cualquier hombre. La Real Academia de la Lengua Inclusiva y Feminista (RALIF) recoge todavía en la actualidad dicho vocablo.

El accidente

Imaginen un mundo en silencio donde esté prohibido cualquier ruido lo bastante fuerte o lo bastante largo como para albergar un poema letal. Se acabaron las motocicletas, las cortadoras de césped, los aviones a reacción, las licuadoras eléctricas, los secadores de pelo. Un mundo donde la gente tenga miedo a escuchar, miedo a oír algo detrás del estruendo del tráfico. Palabras venenosas enterradas en la música a todo volumen que suena en el piso de al lado. Imaginen una resistencia cada vez mayor al lenguaje. Nadie hablará porque nadie se atreverá a escuchar.
Los sordos heredarán el mundo.
Y los analfabetos.
Los que viven aislados.
Imaginen un mundo de ermitaños.

CHUCK PALAHNIUK
Nana

Capítulo 1

Supongo que jamás debí atender esa llamada. Cuando Eneas salta a ciertas horas de la madrugada solo puede tratarse de algo malo. Pero estaba de guardia y no tuve más remedio que hacerlo. Aun así, debí haberme dado la vuelta, silenciar mi dispositivo LRA[4] con un parpadeo y continuar durmiendo. Cualquier reprimenda de la comisaria Graves hubiese sido mejor que enfrentarme a esto: a su repentina y desoladora ausencia.

Heredamos este mundo, pero continuaba funcionando igual que el anterior: despiadado y rotundo, con un sin fin de defectos que un día pensamos que no nos pertenecían pero de los que fuimos incapaces de desprendernos.

Detuve el vehículo en el arcén, junto a los destellos azulados de la sirena de un coche patrulla. Se trataba de una carretera nacional de dos sentidos plagada de curvas que serpenteaba adentrándose en el Macizo del *Montgó,* una agrupación montañosa situada en el noroeste de la provincia de Alicante, a unos cien kilómetros de la Ciudad Protegida de Valencia. La zona se encontraba completamente acordonada cuando bajé del BMW. Desde el primer momento me sorprendió la amplitud del dispositivo. A la llamada habían acudido, además de un par de ambulancias, una dotación de bomberas y una docena de coches patrulla...Era evidente que se trataba de algo más que de un simple accidente de tráfico.

Pugné durante unos segundos con el viento para acabar de ponerme el abrigo, que era de color negro y me llegaba casi hasta los tobillos. Lo había comprado la temporada pasada a mitad de precio y pensé que sería perfecto para usarlo en el trabajo. Resultaba sobrio, era de corte rectangular y tan amplio por dentro que parecía que pudieses ocultarte dentro de él hasta desaparecer por completo.

---

[4] LRA: Lentillas de Realidad Aumentada.

Quizá se tratase de una especie de premonición. Un gorro de lana negro, con las siglas del Departamento Federal de Policía dibujadas con letras blancas, me cubría la cabeza hasta por debajo de las orejas.

Lo que mejor recuerdo del instante anterior a bajar a la playa es la sensación del viento frío helándome los huesos. Después de subirme el cuello del abrigo y enfundarme las manos en los bolsillos, caminé unos metros cruzando la calzada. Allí se abría el acantilado, con una caída de al menos treinta metros. Al aproximarme, detecté el quitamiedos totalmente arrancado. Apoyé una rodilla en el suelo y comencé a palpar con los dedos el asfalto. Alumbré con la linterna para buscar sin éxito las marcas de frenazo. Concluí que tal vez el piloto automático habría fallado, raro, pero a veces ocurría. Me levanté y situé un pie en el borde, miré hacia abajo, y comencé a experimentar el vértigo. Solo entonces reparé en el mar: oscuro, intenso, embravecido. En la distancia resplandecía el gigantesco dique Folder, que con sus potentes faros escrutaba en la inmensidad de la noche permanentemente el mar. Solía decirse que si las compuertas de esa mole de hormigón de más de 130 kilómetros de largo algún día cedieran la Ciudad Protegida de Valencia sucumbiría engullida por el mar en cuestión de segundos. En ocasiones solía preguntarme por qué cinco millones de personas habíamos decidido vivir voluntariamente bajo semejante amenaza. Pero la mayoría de las veces su presencia se tornaba invisible, simplemente permanecía ahí, impertérrito, como si fuera un poderoso Atlas que sujetaba con sus gigantescas manos un mundo cada vez más quebradizo. Incliné la mirada un poco más, observando la formación rocosa existente a los pies de la playa, avanzando con la vista sobre el fondo del precipicio. Y por un instante… empecé a imaginarme el golpe.

—¡Sara! ¡Se baja por aquí! —Una agenta[5], situada a unos veinte metros carretera abajo, me hacía señales con la linterna para que me aproximase.

Empecé a caminar detrás de ella. La chica era joven, no más de veinticuatro años, una novata que descendía hábilmente por una estrecha senda de tierra que discurría por la ladera, entre pinos y matorral bajo. La noche era fría y ciega. El viento arreciaba con

[5] Agenta; femenino singular de *agente* (RALIF).

fuerza, golpeándonos en la cara mientras descendíamos, calándote hasta el tuétano a pesar de la ropa.

Una vez abajo, a quinientos metros, según indicaba mi dispositivo LRA, donde acababa la playa, podía divisarse el operativo policial. Lo primero que llamó mi atención fueron las luces parpadeantes de los DAVS sobrevolando la zona, que como gigantescas luciérnagas se movían hacia todas partes. El dron antincendios, de un tamaño superior al resto, ayudaba en las tareas de extinción al retén de bomberas. Otro de esos artefactos permanecía fijo, a unos cuatro metros de altura, iluminando el lugar del siniestro. Ya debía haber más de treinta mujeres trabajando en la zona.

Los pies se hundían en la arena mientras nos aproximábamos. Sentí que algo frío y húmedo se colaba en el interior de mis botas. Se trataba de una pequeña ola que moría sobre la orilla.

—¡Mierda! —maldije, dando un pequeño saltito.

Por fin fui capaz de distinguir nítidamente el vehículo, o el amasijo de hierros en el que había acabado convertido. Era de color blanco y permanecía encallado al lado de una formación rocosa, a unos diez metros del borde del mar. Se hacía difícil adivinar de qué modelo se trataba porque la carrocería se encontraba deformada. Debió precipitarse al vacío dando vueltas de campana, aplastándose la chapa, reduciéndose con cada nuevo golpe el habitáculo y también la vida de las que estuvieran dentro, hasta detenerse, hasta reposar para siempre en la enorme roca sobre la que ahora descansaba.

Dos bomberas lo rociaban con una manguera cuando llegamos a su altura. Me subí aún más el cuello del abrigo, hasta la altura de la nariz. El viento había cambiado de dirección y recuerdo que apenas se podía respirar, el humo se nos venía encima.

—Siento haberte molestado a estas horas, Sara —se disculpó Blanca mientras me estrechaba la mano.

La oficiala fumaba un cigarrillo con aroma de fresa, cuyo humo se entremezclaba con el vaho cuando salía de su boca. Su cabello corto, peinado hacia un lado, era mecido por el viento en todas direcciones. La proximidad del mar volvía mucho más intensa la sensación de frío, aunque ella no parecía acusarlo demasiado. Permanecía de pie, esperando pacientemente a que acabaran de sofocar el fuego. Una de sus manos la mantenía oculta en el interior de los bolsillos del fino abrigo de grafeno gris en el que iba enfundada, mientras que con la otra sujetaba el cigarro entre los dedos. Ni siquiera llevaba guantes, lo que incrementó todavía más mi sensación de frío. Blanca tenía doce años más que yo, y a sus cincuenta era toda una veterana. Se había recorrido la mayoría de las comisarías del país, aunque hacía unos diez años que por fin se había decidido a asentarse de forma permanente en Valencia. Tal vez porque empezaba a sentirse vieja o porque lo de llevar una existencia nómada y desarraigada un día dejó de motivarla.

—No importa, ya estaba despierta—le mentí—. ¿Qué tenemos?

—El vehículo se salió de la calzada despeñándose por el acantilado. Después se incendió. Se trata de un modelo antiguo de Mercedes, anterior a la Gran Infección y de conducción manual. Alguna chispa debió entrar en contacto con el depósito de combustible.

—Creía que esos coches eran ya imposibles de conseguir.

—Todavía quedan algunos modelos, ediciones limitadas para coleccionistas. Pretenden recuperar el espíritu de aquella época —me explicó mientras negaba con la cabeza—.El placer de conducir y ese tipo de chorradas nostálgicas que de repente se han vuelto a poner de moda. Es como si volviésemos a usar los viejos televisores de pantallas planas en lugar de las modernas pantallas virtuales.

—Bueno, no parece nada fuera de lo normal. Esos coches de conducción manual pueden llegar a ser muy peligrosos. Sobre todo, en carreteras como esta y con tanto viento. Es posible que la conductora se durmiera cuando estaba entrando en la curva. No había marcas de frenazo allí arriba, lo he comprobado. No entiendo muy bien qué pintamos nosotras aquí, sinceramente. Además, esto es provincia de Alicante, ¿no disponen de efectivos en esa ciudad?

—Han sufrido muchos recortes. Con las evacuaciones de Denia y Benidorm o de la zona portuaria de Alicante, debido a las inundaciones, la población se ha visto reducida drásticamente, concentrándose prácticamente todos los efectivos de la Policía federal en zonas más densamente pobladas como la Ciudad Protegida de Valencia. Además, esto está en tierra de nadie —afirmó Blanca mientras le daba otra calada al cigarro—. Y luego está el tema de la tocacoños de la jueza Salgado.—Volvió a menear la cabeza hacia ambos lados—. Estará a punto de llegar. Se ha empeñado en que haya una inspectora presente cuando levantaran el cadáver. Y como tú estabas hoy de guardia…

—Sí, supongo que nadie sobrevive a una caída semejante.

—Eso mismo ha dicho ella.

—Por lo que veo la noche va a ser larga.—Hundí con resignación las manos en los bolsillos del abrigo dejando que mi vista se perdiera en el vehículo todavía en llamas.

Cuando las bomberas terminaron de apagarlo, no era mucho más que un esqueleto de chatarra retorcido y chamuscado. Aún continuaba saliendo humo de alguna de sus partes. Un par de bomberas se acercaron hasta él, distribuyendo uniformemente pequeñas cápsulas de presión entre las rendijas del perfil de la puerta de la conductora. Las dos mujeres se hicieron a un lado y en cuestión de segundos una detonación sorda la arrancó de cuajo, saliendo despedida y cayendo a unos dos metros de distancia. Echaron un breve vistazo en el interior del vehículo, pero ni siquiera intentaron adentrarse en el habitáculo.

No había nada que hacer.

Antes de acercarme al Mercedes, aguardé durante unos minutos a que el humo se disipase un poco. Mientras tanto, me preparé para lo peor. Lo que fuera que hubiese quedado ahí dentro no iba a ser fácil de ver. Mientras caminaba hacia el coche, me enfundé unos guantes ignífugos que me proporcionó Blanca. Con una mano me cubrí la boca, ayudándome del cuello del abrigo, y con la otra enfoqué con la linterna sobre el hueco de la puerta de la conductora. En el interior apenas quedaba nada, tan solo restos. Restos de los asientos de cuero y de la tapicería que se encontraba absolutamente calcinada. En una primera observación solo alcancé a ver humo y cenizas. Luego distinguí a la víctima.

Santo cielo.

La recorrí de arriba abajo con la linterna, intentando convencerme a mí misma de que se trataba de un ser humano. Había quedado reducida a trozos de carne retorcidos, a bultos amorfos y ennegrecidos con forma cuasi humana pegados al asiento que desprendían un olor nauseabundo.

No era más que un muñeco gris y deforme.

Por un momento dejé de enfocarla para taparme mejor la nariz con el cuello del abrigo, e hice un esfuerzo por seguir mirando, a pesar de que el asco empezaba a hacer su aparición en el fondo de mi garganta. Continué enfocando con la linterna. El volante había desaparecido, fundiéndose completamente con el salpicadero. El cuadro de mandos era una masa informe de plástico derretido, como la cera de una vela consumiéndose sobre sí misma. Encontré también algo de pelo, mechones de cabello negro chamuscado adheridos al salpicadero, inservibles con toda seguridad para una prueba concluyente de ADN. El resto del habitáculo se asemejaba a un vertedero repleto de cenizas y cristales rotos. Me decidí a introducir el tronco completamente dentro, sujetándome con una mano del marco del parabrisas y agachándome lo suficiente para esquivar una de las abolladuras del techo que se cernía sobre el asiento de la copiloto. Intenté, sin éxito, abrir la puerta de la guantera que se encontraba totalmente fusionada con el salpicadero. Me llegó otra vez ese hedor vomitivo a cuero y a plástico derretido, a restos de carne humana abrasada, que me hizo sacar la cabeza de nuevo al exterior.

Blanca se acercó hasta a mí.

—Sara, acaban de comunicarnos la identificación de la propietaria.

Recuerdo muy bien ese momento porque suele repetirse en mi mente a cámara lenta, como en una especie de bucle que no parece tener fin. Incluso he llegado a borrar esos archivos de la memoria de mi dispositivo LRA. Pero a menudo sueño una y otra vez con él. En mi sueño intento alejarme de Blanca, o le tapo la boca para no dejarla hablar. A veces esa madrugada restrinjo las llamadas entrantes en las lentes, o simplemente no descuelgo. A veces vuelvo a aparcar el coche en el arcén, pero sin bajar hasta esa maldita playa. Pero cuando despierto la realidad siempre es la misma: ella se ha ido y yo continúo apestando a salitre.

Traté de recuperarme durante unos segundos. Me bajé el cuello del abrigo y respiré hondo. El humo se había disipado casi por completo y el viento me llenó enseguida de aire limpio los pulmones.

—¿Y bien?

—No te lo vas a creer; el coche pertenece a Evelyn Curtis.

—¿Qué? —Creo que estuve a punto de desmayarme al oír su nombre. El corazón se me aceleró de repente, notando como se me desbordaba en el interior del pecho.

—Sí, esa joven abogada. Hablan continuamente de ella en la RA. ¡Dios, pobre chica! Ni siquiera habría cumplido los treinta...

—¡Sé quién es! La...la conozco...—Apenas fui capaz de reaccionar. Solo recuerdo haber caminado hacia atrás unos pasos, tambaleándome mientras me apoyaba sobre la roca en la que yacía empotrado el Mercedes.

Su Mercedes.

—Pero...es...eso...eso no puede ser —conseguí balbucear torpemente.

—Nos lo acaban de confirmar.

—No puede ser, ella vive en Valencia. ¿Qué coño hacía aquí?

—Según la base de datos disponía de una segunda residencia en una pequeña localidad cerca de la playa, a pocos kilómetros de este lugar.

—¡Mierda, joder!

Por un momento imaginé a Eve ardiendo, la imaginé aporreando los cristales, atrapada entre el amasijo de hierros retorcidos al que había quedado reducido el vehículo, y no pude aguantar las náuseas. Me giré, dándole la espalda a Blanca, y apoyé una mano en la roca mientras intentaba contener las arcadas. Ella se acercó a mí, pero con un gesto le indiqué que se alejara. Los espasmos continuaban castigando mi garganta, intenté contenerlos, pero ese olor se me había metido dentro. Los flashes con las imágenes de los restos que había visto en el vehículo se entremezclaron en mi cerebro con los últimos recuerdos que poseía de Eve. Recordé su sonrisa, la sensación húmeda y caliente de sus labios besando los míos. Y no pude contener más el vómito; el café solo sin azúcar, el apresurado cruasán mientras bajaba en el ascensor. Lo demás, tan solo bilis. Bilis que ascendía desde mi estómago. Bilis incontenible, bilis que subía una y otra vez por el esófago para provocarme un nuevo espasmo en el que ya no conseguía expulsar nada.

Blanca se acercó y me ofreció un pañuelo. Me senté en una piedra y me limpié los labios. Permanecí durante unos segundos mirando hacia el suelo, intentando recomponerme.

—¿A quién has informado de esto?

—Solo a ti.

—¿Quieres decir que nadie más lo sabía?¿Doce patrullas para un simple accidente? —Levanté la cabeza y la miré a los ojos.

—Sé tanto como tú, Sara…

—Está bien, no informes a nadie más. Yo se lo diré a la comisaria en cuánto llegue. Esto nos va a explotar en las manos si no vamos con cuidado.

—La prensa se acabará enterando. Una noticia de este calibre no permanece oculta mucho tiempo.

—Esperaremos a los resultados de la autopsia —le ordené con rotundidad.

—Tardarán demasiado, no sé si podrán sacar alguna muestra analizable de lo que ha quedado ahí dentro. —Creo que palidecí todavía un poco más al escuchar sus palabras—.¿Crees qué ha podido ser un accidente?

—No existen pruebas de que se trate de otra cosa, pero la prensa no lo va a tratar así, van a empezar con sus sospechas y sus teorías conspiratorias. Por eso, de momento, debemos ocultarlo, hasta que sepamos exactamente qué es lo que ha ocurrido. Primero intentaremos localizarla. Llamad a su número personal, a su familia, si es que la tenía, y dentro de unas horas a su despacho, es posible que no fuese ella la que conducía —le dije a Blanca, aunque realmente me lo estaba diciendo a mí misma.

Capítulo 2

—¿Te pongo algo, Helen? —me preguntó la camarera de El River.
—Lo mismo de siempre, preciosa —le dije mientras me acomodaba en la barra.

Todavía era demasiado pronto y estaba prácticamente sola. Tan solo un par de clientas más permanecían sentadas en los sofás del fondo. La música sonaba a escaso volumen. El River era un garito como tantos otros de los que poblaban el distrito once; servía alcohol barato y siempre existía el suficiente ambiente para tratar de que el tiempo transcurriese algo más rápidamente, incluso a veces podías encontrar a alguna narco que te suministrara algo de penta para ponerte un poco a tono. Esa era la verdadera razón por la que solía acudir, aunque a veces me mintiese a mí misma diciéndome que ponían buena música y era fácil conocer gente. La verdad es que no había hecho una sola amiga desde los ocho años; esa niña de pelo rizado y mofletes sonrosados con la que compartía pupitre en la escuela.

Permanecí sentada a la barra mientras apuraba mi primer whisky con hielo. La realidad aumentada estaba activada, accediendo a ella a través de Eneas, el *software* instalado en la interfaz de mis lentes de contacto, y en las de casi todo el mundo. Era como si la presentadora del informativo de las ocho hubiera plantado su precioso chochito justo delante de mí y me estuviera contando las noticias. Lo que sucediera en el mundo me importaba en aquel entonces bastante poco —y ahora mucho menos—, sabía que esta maldita sociedad no iba a cambiar lo suficiente como para que llegase a beneficiarme de ello. Con un movimiento de pupila deslicé la imagen y cambié de canal. Estaban dando paso a las carreras de caballos. No se trataba de caballos de verdad, esos bichos hoy en día valían una auténtica fortuna. Se trataba de androides equinomorfos que imitaban todos sus movimientos. Parecían tan reales que incluso debían estar programados para poder cagar. Seguro que sus boñigas debían de estar compuestas por tornillos, circuitos y microchips que su organismo no había sido capaz de integrar. Seguro que podrían reciclar esos desechos y construir con ellos más equinoandroides y entonces el círculo se cerraría, y todo sería perfecto.

Seguro que tenían una buena tranca.

Al final las jodidas animalistas terminaron por ganar la partida de la historia. O la jodida IA la ganó para ellas, depende de cómo lo mires.

La camarera se acercó y me sustituyó el vaso vacío por otro.

Ya no existían las carreras de caballos, ni las corridas de toros, no al menos con bestias reales. Ahora esos animales se habían convertido en una especie de vacas sagradas. Aunque si lo piensas bien nadie tuvo en cuenta sus derechos para prohibir ese tipo de espectáculos. Las empresarias se dieron cuenta de que las réplicas de IA eran mucho menos costosas de mantener y entonces ellas también se subieron al carro del movimiento animalista. Al final los Gobiernos de la mayoría de Estados de la Federación cedieron y empezaron a otorgar subvenciones para la adquisición de animandroides a todas aquellas empresarias que fueran sustituyendo paulatinamente su flota de animales. Y todo terminó bien para esos bichos. O muy mal, porque ahora los criaban hacinados en cuadras, utilizándolos tan solo para abastecer de carne real a las clases privilegiadas.

Dios escribe recto con renglones torcidos.

Nosotros somos sus renglones.

Nuestras vidas son su primer borrador y la mayoría de las veces acaba arrugado en el fondo de la papelera.

Sentada en la barra, el pelo todavía me olía a ese jodido producto antivirus disuelto en agua con el que nos duchábamos. Recuerdo que era imposible desprenderse por completo de él. O quizá no se trataba del pelo, es posible que ese olor a quirófano permaneciera agazapado en el interior de nuestras fosas nasales impregnándolo todo. No es que me importara demasiado, la verdad. Después de diez años en el CED me había acostumbrado. No era obligatorio lavarse con esa sustancia, realmente el sindicato solo nos obligaba a pasar por el túnel de rayos ultravioleta antes de salir del edificio. Pero esa radiación solo te proporcionaba una limpieza superficial de la ropa y de las capas externas de la piel. Con el nivel de exposición al virus al que estábamos sometidas en el CED, me quedaba mucho más tranquila dándome una buena ducha con ese mejunje. En teoría era inocuo, pero el olor permanecía incrustado en tu piel incluso después de haberte enjabonado a conciencia.

El bar empezó a llenarse de mujeres. La mayoría eran de mi edad, que en aquel momento acababa de cumplir treinta y dos años, aunque interiormente sentía que tenía al menos veinte más.

—Ponme otro, preciosa —le pedí de nuevo a la camarera levantando el vaso.

La chica era lo suficientemente atractiva como para que no me pasase desapercibida; uno sesenta, delgada y no más de veinte años. Llevaba media cabeza afeitada, dejando al descubierto la reciente cicatriz de uno de esos implantes de realidad virtual. Iba encorsetada en un ajustado vestido negro que apenas le cubría la parte superior de sus bonitos muslos.

Recuerdo que aquella preciosidad tenia los pezones tan tiesos como dos velas.

¡Dios, cómo echo de menos el sexo!

Una mujer se sentó en el taburete contiguo; unos veintiocho, pelo corto y negro. Vestía un pantalón de cuero ajustado y un minúsculo top debajo de la chaqueta entreabierta. Poseía las espaldas anchas, algo por lo que siempre he sentido predilección. Se acomodó en el taburete con las piernas abiertas y me lanzó una breve mirada para luego girarse hacia la barra, simulando intentar captar la atención de la camarera.

No está del todo mal, pensé.

Por un segundo fijé la mirada en su entrepierna, funcionaba como un resorte del que jamás había intentado desprenderme. Los pantalones se le ceñían en esa parte marcando la bonita hendidura de su sexo en el centro.

Seguro que ya lo tiene húmedo.

Creo que todavía soy capaz de recordar su olor.

Aunque lo que realmente me gustaba eran los hombres. Quizá por su escasez o por el peligro latente que suponían. Quizá era simplemente por el morbo de lo no permitido: las relaciones heterosexuales permanecían prohibidas desde los tiempos de la Gran

Infección. No sé ciertamente qué era, pero me volvían loca. A veces follaba con mujeres, cuando no disponía de otra opción. Sobre todo a final de mes, cuando ya no me quedaban criptomonedas para adentrarme en el gueto en busca de un buen ejemplar de andro residente. A pesar de que la medicación prolongada estaba dejando a la mayoría de esos tipos medio impotentes y que últimamente echaba de menos a alguien que me follase bien. La única humedad que me gustaba sentir era la de un andro cuando me daba la última embestida y se corría dentro. Solo en ese instante conseguía experimentar algo parecido a la felicidad.

Ni siquiera los chutes de pentanfeta podían compararse con eso.

Me rasqué una vez más la cara, arrastrando con las uñas parte de las pequeñas costras que me poblaban las mejillas. Ya había empezado a picarme de nuevo todo el cuerpo. Era como si un millón de jodidas hormigas asustadas corretearan por debajo de mi piel. Recuerdo haberme propuesto aguantar un poco más; no llevaba material encima, de manera que no podía fumarme un buen trompo de penta hasta que volviera a casa.

—Eres Helen, ¿verdad? —me preguntó la chica desde su taburete.

—Sí, la misma.

—Yo estoy en el pabellón C, coincidimos una vez en un curso de prevención de riesgos.

—Sí, claro, la del pabellón C, ya me acuerdo de ti, preciosa —le mentí.

La mayoría de las veces era incapaz de recordar nada. A menudo mi cerebro se comportaba como un mapamundi en el que todavía existían multitud de espacios en blanco y por mucho que lo intentara me resultaba imposible rellenar de nuevo los huecos. La chica sonrió nerviosamente mordiéndose el labio inferior, sin apartar sus ojos de mí, que eran grandes y negros y brillaban rebosantes de vida. Recuerdo que me fascinaron esos ojos. Se podía percibir su nerviosismo, no parecía de las que solía tomar la iniciativa. Me retorcí incómoda en el taburete. Tenía la boca reseca y mi lengua se asemejaba a la suela dura y acartonada de unos viejos zapatos. Empecé de nuevo a rascarme los antebrazos compulsivamente, consiguiendo saltarme la piel. Era consciente de que no aguantaría mucho más en ese estado.

—Oye, ¿cómo has dicho qué te llamabas, preciosa?

—Raquel.

—Escucha, Raquel, encanto —le dije con las piernas giradas hacia ella y totalmente abiertas, consiguiendo que su mirada se desviara durante un segundo a mi entrepierna—.No llevarás encima algo de vidrio, ¿verdad?

—¿Vidrio?

—Sí, vidrio, esquirlas…penta.

—Ah, no te había entendido —dijo sonriendo—. Precisamente ahora iba a la fiesta de unas amigas, seguramente allí habrá algo.

—Pues vámonos de aquí, cielo.

Capítulo 3

Lo primero que hice, después de llegar a casa, fue continuar vomitando; vomité volviendo a recordar el accidente y al visualizar, otra vez, los restos de Eve calcinados, vomité cuando volví a degustar el humo; entrando a la fuerza en mis pulmones, vomité al ser incapaz de expulsar del interior de mi garganta ese hedor nauseabundo a carne humana abrasada; que permanecía agazapado dentro de mi tráquea, vomité al visualizarme de nuevo sentada en el sillón del comedor donde Eve y yo habíamos estado juntas. Solo fui capaz de apartar la cabeza del retrete cuando la última arcada abandonó definitivamente mi garganta. No sé durante cuánto tiempo permanecí sentada en el suelo, abrazada a mis rodillas y completamente agotada. Mi mirada continuaba anclada a aquel acantilado. Juraría que era capaz de sentir el viento helado atravesándome de arriba abajo y de percibir cómo la humedad de la playa se iba filtrando lentamente a través de los poros de mi piel. Minúsculas gotas de agua impactaban todavía contra mi rostro cada vez que una ola rompía violentamente contra las rocas y, sobre todo, permanecía incrustado dentro de mí ese intenso olor a salitre que me provocaba náuseas. En mi cabeza continuaba retumbando el rugido del mar. Todavía permanecía encerrada en el interior de ese Mercedes descubriendo una y otra vez los restos de Eve carbonizados. Consciente de que a partir de ahora esa espantosa visión me acompañaría para siempre, consciente de que ese recuerdo se convertiría en la última imagen que guardaría de ella.

Estaba temblando.

Era incapaz de dejar de temblar.

Un nudo atenazaba mi garganta impidiéndome siquiera hablar. Abría la boca, pero los sonidos no salían. Era incapaz de articular una sola palabra. Me apreté la cabeza con las manos, la estrujé con fuerza intentando una y otra vez gritar, pero solo conseguí crear una espantosa mueca: dos mandíbulas abiertas de par en par articulando un grito desgarrador, solo que sofocado debajo de un estruendoso silencio. Sentí entonces unas irresistibles ganas de llorar, y como siempre, una manifiesta incapacidad para poder hacerlo, para conseguir extirpar ese dolor, para expulsarlo fuera de mí hasta hacerlo desaparecer. Las comisuras de la boca empujaban mis labios hacia abajo en un vano intento por iniciar el llanto, aunque solo se trataba de un acto reflejo, volviendo a subir hacia arriba para recomponer de nuevo mi rostro, como si, incluso en ese momento en el que nadie podía verme, todavía tratara de mantener la compostura. Mis ojos comenzaron a tornarse vidriosos, aunque las lágrimas no terminaban de surgir.

Solo deseaba volver a verla. Solo una vez más. Tan solo una. Recuerdo haber pensado eso y en ese mismo instante saber que era imposible. Pretendía que, de alguna forma, ella me hubiese dejado formar parte de su vida. Esperaba haber podido volver a escuchar su voz después de lo de aquella noche, confesarle lo que sentía, o no decirle nada y tan solo estrecharla entre mis brazos. Ansiaba tanto volver a experimentar ese momento. ¿Me lo hubiera permitido? Tal vez debí llamarla... Después de lo de aquella noche debí llamarla, ¿por qué no la llamaste? ¡¿Por qué no la llamaste, joder?!

En el trayecto de camino a casa recuerdo que la llamé cientos de veces, con la esperanza de que descolgara, con la esperanza de que ese muñeco calcinado que encontré dentro del coche no fuese ella. Pero su dispositivo de RA estaba apagado.

Está muerta.

Muerta.

¡Está muerta, joder!

¿Qué fui para ella? ¿Signifiqué algo? ¿Qué lugar ocupé en su vida? Si es que ocupé alguno. Eve nunca me quiso, esa es la realidad, me dije para mí misma, mientras permanecía en el suelo, todavía junto al retrete, llorando su muerte.

Por un instante fui consciente de lo patético que resultaba.

Por un instante intenté odiarla.

Eres patética.

Das pena.

Me presioné los ojos con los dedos e intenté recomponerme un poco. En el fondo, no fue más que una pequeña aventura, algo insignificante, o tal vez ni siquiera eso. O quizá fue el comienzo de una historia de amor que se había visto truncada.

Muchas historias empiezan así.

Ese fugaz pensamiento solo consiguió entristecerme todavía más. Me levanté del suelo para dirigirme a la habitación y así poder derrumbarme en medio de la cama. Por un momento me resultó extraña la ausencia de Gemma, reparé en que hasta ese mismo instante no la había echado de menos.

Cerré los ojos con la esperanza de dejar de ver de una vez ese maldito Mercedes, aunque me resultó imposible.

Capítulo 4

Todavía no había amanecido cuando Eneas me avisó de que debía levantarme, a pesar de que ya llevaba un buen rato despierta. Al final, la noche anterior, me había quedado dormida en el sofá después de vapearme un canuto e irme a la cama hacia las tres de la mañana. Desde esa hora no había podido pegar ojo. Llevaba una temporada en la que no conseguía conciliar el sueño más allá de dos o tres horas seguidas. Ni siquiera ese programa de realidad virtual en el que paseabas por una playa paradisíaca, con arena hecha de coral y aguas de color turquesa, conseguía provocarme el sueño. Había estado una vez en una de esas playas, durante un viaje a México con mi primera novia, aunque la realidad virtual resultaba mucho mejor; el sol no te abrasaba la piel y no te pringabas el chocho de arena. Quizá el insomnio se debiera a la penta. Sí, seguramente sería por eso. Aunque intentaba no tomarla por la noche. Entonces sería cosa del alcohol. O de la hierba. O del alcohol y la hierba. Aunque ambas cosas deberían inducirme el sueño.

A las seis de la mañana, mi cabeza era una olla a presión cuyo metal ya había empezado a deformarse justo antes de acabar estallando. Me dolía todo el cuerpo, era capaz de sentir cada músculo, cada ligamento, cada dilatación de mis pulmones expandiendo y contrayendo la caja torácica. Se trataba de un estado de cansancio generalizado que llevaba arrastrando durante los últimos meses. Debería ir a la médica, me decía cada mañana, a pesar de que nunca había confiado demasiado en ellas. Prefería mantenerme alejada de los hospitales, que se asemejaban demasiado a lugares donde solo se fabricaban cadáveres. Si la muerte fuese una materia prima se cotizaría más que el oro, sería más valiosa que el grafito[6], constituiría el motor de cualquier economía desarrollada. Habíamos creado toda una subindustria alrededor de ella. Las empresas mortuorias aumentaron sus plantillas de forma exponencial después de la Gran Infección, de hecho, continuaban sin dar abasto. También las de los fabricantes de lápidas, las de flores para sepelios, las de ataúdes; que se construían de grafeno, de hecho, casi todo se fabricaba con ese material. Un tanatorio en cada manzana, una iglesia en cada esquina y otro proyecto más en la recámara de ampliación del cementerio municipal. Existían más aseguradoras de decesos que bares, pubs o discotecas. La Iglesia Católica también había hecho su agosto. ¿Cómo no? Al fin y al cabo ellas explotaban desde tiempos inmemoriales el negocio de la otra vida. De modo que también querían su parte de la tarta. Desde la Gran Infección los templos volvían a estar repletos, se renovaron los acuerdos Iglesia—Estado triplicando su dotación económica. Todo el mundo ganó y la rueda continuó girando.

La habitación estaba helada, lo noté cuando me desprendí del nórdico para levantarme de la cama. Llevaba puesto el pijama de felpa de color azul, regalo de mi madre por mi cumpleaños. Esa era la última vez que recordaba haberla visto. Por un fugaz segundo, en el interior de mi oxidado y reseco cerebro, logró abrirse paso un atisbo de culpa que consiguió que me preguntase si todavía estaría viva. ¿Qué coño estaría haciendo esa jodida bruja? Mi madre se llamaba Marga. Debía contar ya con sesenta y tantos y residía en el distrito treinta. De manera que tenía que cruzarme toda la ciudad cuando quería verla, repitiéndome durante el trayecto que una hija de andro como ella no merecía todo ese esfuerzo.

Marga no era más que una jodida alcohólica.

Cuando yo solo era una adolescente, siempre destapaba una botella de ginebra a la hora de la comida, que permanecía abierta hasta que Marga se quedaba durmiendo la mona tumbada sobre la mesa. Pero no siempre fue así, mi infancia transcurrió más o menos

[6] El precio del grafito se disparó cuando el grafeno se convirtió en el principal material utilizado en la construcción. La industria del carbón, herida de muerte en tiempos anteriores a la Gran Infección, se reactivó para consolidarse como una de las primeras del Estado.

feliz hasta que mi otra madre, Inés, falleció. Ese hecho constituyó un verdadero trauma para nuestra reducida familia, una estocada mortal de la cual jamás nos recuperaríamos. Todavía recuerdo cuando se la llevaron; yo apenas tenía diez años. Hacía días que no se encontraba bien; padecía de temblores y tosía constantemente[7]. Podía tratarse de cualquier cosa, aunque todas, incluso ella, sospechaban que se trataba del virus. Falté al colegio durante una semana para ocuparme de ella mientras Marga trabajaba. El último recuerdo que conservo de mi madre se reduce a verla postrada en la cama a través de una cortina traslúcida. Siempre se negó a ir al hospital, no quería que la separaran de su familia. Y, sobre todo, no deseaba morir sola.

Nunca llegué a saber realmente quién nos denunció. Un buen día se presentaron en casa una médica y un par de enfermeras equipadas con EPIS, acompañadas de varias agentas de la policía. Nos desalojaron de la vivienda a la fuerza para desinfectarlo todo. A mi madre Inés se la llevaron en una ambulancia aparte y jamás volvimos a verla. A Marga y a mí nos mantuvieron unos días en cuarentena hasta que se aseguraron de que no estábamos infectadas. No nos permitieron verla, por mucho que se lo suplicamos. Unos días después, una unidad de IA con aspecto de mujer se puso en contacto con Marga para comunicarle que tenía un plazo de veinticuatro horas para recoger la urna con las cenizas de su esposa: <<*Sentimos su pérdida*>>, dijo con programada consternación la imagen desde el otro lado de la realidad aumentada.[8]

[7] La mortalidad en mujeres del síndrome de Kocinsky era baja. Aunque el progreso de la enfermedad resultaba lento, debido a los bajos niveles de testosterona que se daban en el organismo femenino, la enfermedad podía agravarse y resultar mortal si no era diagnosticada a tiempo.

[8] Durante la Gran Infección, muchas personas se terminaban enterando de la muerte de un familiar meses después de haber fallecido o a veces nunca llegaba a comunicárseles la noticia. El volumen de cuerpos era tan abrumador que se optó por incineraciones masivas; realizadas en grandes descampados o campos de futbol sin ni siquiera identificar a los cadáveres ni hacerles la autopsia, el riesgo de contagio resultaba demasiado alto. El resultado fue el de millones de <<desparecidos>> que no figuraron en las cifras oficiales de muertos. El postrero desarrollo y la generalización del uso lentes de realidad aumentada ayudó a acortar enormemente los tiempos de identificación de los cadáveres y la notificación de los fallecimientos.

De la única forma en la que conseguía conciliar el sueño era masajeándome el clítoris después de vapearme un buen canuto. Eso me relajaba a la par que me ponía cachonda. Me estiraba boca arriba en el sofá, debajo de la manta, mientras imaginaba que me follaban una y otra vez. Fantaseaba con cualquiera de los cientos de andros a los que había cacheado ese día. La realidad aumentada sonaba bajita, de fondo, como un riachuelo en medio del bosque que terminas por no escuchar. Entonces me introducía una mano por debajo de la chaquetilla del pijama, cerraba los ojos, y comenzaba a masajearme uno de mis pezones. Poco a poco percibía cómo se iba endureciendo. Cuando notaba el coño lo suficientemente húmedo, bajaba la mano derecha hasta la entrepierna y empezaba a estimularme también el clítoris, aunque sin llegar del todo a correrme, llegado a ese punto, me detenía y comenzaba de nuevo. La mayoría de las noches me quedaba dormida en esa postura, hasta que me despertaba y decidía irme a la cama.

Empecé a vestirme con la ropa del trabajo; una chaquetilla y unos pantalones de hospital que siempre llevaba debajo del EPI, y las botas de seguridad. Salí de la habitación y caminé por el pasillo, en el que solo había una pequeña ventana. Ya en la concina, abrí la nevera y le di un largo trago al cartón de leche y otro a la botella de zumo de naranja. El frigorífico estaba prácticamente vacío; tres o cuatro huevos, dos latas de cerveza, y una bandeja empezada de carne sintética. Me recordé a mí misma que debía hacer la compra. Cogí un cigarro electrónico, con una carga de hierba líquida a medio terminar que encontré encima de la encimera, y lo vapeé de pie, apoyada en la bancada de mármol. La cocina era amplia y la mayoría de las veces solía comer ahí, en una pequeña mesa plegable situada junto a la pared del fondo. Las vistas daban a una antigua fábrica abandonada. El distrito estaba plagado de naves de ese tipo que se quedaron deshabitadas durante la Gran Infección, teniendo que cerrar ante la falta de mano de obra; el ochenta y cinco por ciento de sus empleados eran hombres.

Llegué al CED unos quince minutos antes de la hora. Solía ir en metro, nunca estaba lo suficiente sobria para conducir, y paradójicamente los coches autónomos no arrancaban si ibas puesta. Los fabricantes aconsejaban estar en condiciones de asumir el mando si fuese necesario, ese era uno de los motivos por los que nunca me había comprado uno. El otro era que no disponía de liquidez, aunque eso solo era un eufemismo para no decir que estaba sin una maldita cripto. El edificio era una mole de cuarenta plantas proyectada hacia el subsuelo. A la superficie tan solo emergía la planta cero. El CED se asemejaba a un enorme iceberg navegando por las aguas heladas de lo que todavía quedaba del Ártico, del que solo conseguía atisbarse la porción que salía a la superficie. Se suponía que estaba construido así por motivos de seguridad, la verdadera razón era que preferían enterrar lo más profundo posible todo lo que sucedía aquí dentro. Los alrededores del edificio eran idénticos a los de cualquier otro lugar de los barrios segregados. Te entraban ganas de arrasar con todo. Estaba poblado por edificios de diez o veinte alturas, la mayoría anteriores a la Gran Infección, con la pintura desgastada y cayéndose a pedazos. Algunos de ellos permanecían sujetos con puntales, declarados en estado de ruina desde hacía décadas. Los andros campaban a sus anchas por las calles sin nada en lo que ocupar su tiempo. La mayoría de ellos se dedicaba a la prostitución o a trapichear con drogas virtuales. Las tiendas clandestinas de implantes cerebrales se habían multiplicado en el gueto como si fueran setas, convirtiendo a muchos de los residentes en auténticos zombis. Te los encontrabas tirados en cualquier esquina, con los ojos abiertos y en blanco, balbuceando para sí mismos palabras incompresibles. A veces había tenido que apartar a alguno de la puerta de entrada al CED. Ellos no accedían por el mismo lugar que nosotras, bajaban en una especie de montacargas desde el ala sur del edificio. El tráfico era inexistente, pocas mujeres se atrevían a venir hasta aquí, y a los residentes el subsidio del Estado no les llegaba para comprarse un coche.

Me situé frente a la puerta hermética cargada tan solo con una pequeña mochila, fijando la vista en el lector para someterme al control de huella semántica. Aguanté un segundo más en esa posición para someterme también al escáner de córnea, capaz de detectar las moléculas del virus en la superficie de mis ojos. Esperé escasamente un minuto y la puerta de entrada se abrió. Extraje de la mochila las gafas protectoras y me las coloqué, avanzando por un amplio pasillo. Las células de emisión de rayos ultravioleta, colocadas a lo largo del techo y de las paredes, limpiaban cualquier resto de virus en la superficie de la ropa. Cuando llegué al final del corredor, situé la mano en la consola ubicada junto a la puerta, que emitió una luz verde, junto a un sonido mecánico que indicaba que ya estaba abierta. La planta se encontraba completamente deshabitada, controlándose todo desde un edificio situado en otro distrito. Cientos de cámaras vigilaban todo lo que acontecía en su interior, solo los retretes se libraban de ellas. Aunque legalmente muchas de esas grabaciones solo era posible revisarlas en caso de emergencia. Si se producía alguna fuga del virus, o una de las operarias rompía el protocolo de seguridad, las mandamases del CED podían saber en tiempo real cómo y dónde había sucedido.

La privacidad era un lujo demasiado caro que siempre se pagaba con vidas de mujeres.

Esa era la cantinela que nos repetían una y otra vez en la academia.

El CED estaba ubicado en el distrito diecinueve. Eligieron esa localización porque en ella se encontraba situado el gueto, de hecho constituía uno de sus márgenes. Era la forma de que los residentes no tuvieran que atravesar toda la ciudad cada vez que se veían obligados a donar esperma. Accedí a otro largo pasillo repleto de puertas, se trataba de los vestuarios. Entré en el asignado específicamente a mi pabellón. El vestuario era un espacio rectangular y diáfano, con capacidad para unas cincuenta mujeres. A la izquierda, alrededor de las paredes, estaban situadas las banquetas, separadas con mamparas de grafeno, y las taquillas para dejar la ropa. A la derecha se encontraban las duchas, compuestas por diez cabinas individuales, en las que ya se escuchaba el ruido del agua golpeando contra el suelo. Había ropa tirada encima de uno de los bancos. Me desvestí junto a mi taquilla y me dirigí hacia las duchas equipada con una toalla y un minúsculo botecito de champú. Llevaba puesta las gafas de baño y un bikini de color negro. Cuando me aproximaba, contemplé la oronda figura de Marian ocupando la cabina contigua, cuya puerta permanecía abierta.

—Helen, ¿qué tal? Otra vez al lío, ¿no?

Marian era una mujer mayor, al borde ya de los setenta. Acumulaba veinte quilos de sobrepeso y había sufrido un amago de infarto. Aun así, las de la inspección médica no le concedieron la invalidez alegando que el infarto no le había dejado secuelas graves en el corazón. Le certificaron que estaba sana, que todavía podía trabajar. Por un momento observé su culo flácido y celulítico, que se desbordaba arrugado alrededor del hilillo del tanga.

—Sí, que remedio.

—A ver si tenemos suerte y nos toca hoy algún bomboncito como el de ayer.

Sonreí al recordarlo mientras giraba el mando de color rojo. El olor a mejunje antiandro se volvió ahora mucho más intenso. Me introduje bajo la ducha dejando que ese líquido empezara recorrer todo mi cuerpo.

—¡Últimamente siempre te tocan a ti, golfa! —le oí decir a Marian desde la otra cabina mientras estallaba a reír.

No respondí. Por un momento permanecí absorta observándome las piernas; cada vez más raquíticas, mis muslos; apenas dos palos que concluían en unas nudosas rodillas, y mis maltrechos tobillos; cuyas venas habían acabado convertidas en callosidades rugosas, hasta tal punto que había empezado a chutarme en la parte interior de los dedos del pie.

Mi cuerpo reducido a poco más que un esqueleto.

Poco más que un cadáver que todavía respiraba.

Una cerilla consumiéndose rápidamente que soltabas instantes antes de quemarte los dedos.

Creo que por un momento fui consciente de lo que me estaba haciendo.

A veces disfrutaba de intervalos de lucidez como ese, que normalmente sucedían cuando mis niveles de penta eran lo suficientemente altos para frenar los picores pero no tanto como para ir puesta. Supongo que en esos tristes instantes era yo misma... y la conclusión a la que siempre llegaba era que no me gustaba.

Me froté con fuerza todo el cuerpo, hasta el más mínimo rincón; las axilas, mis pequeñas tetas arrugadas y caídas, la escasa carne que todavía poblaba mi culo huesudo y que un día de estos acabaría esfumándose por completo. Como todo lo demás. Abrí el grifo del agua. Hacía frío y el agua caliente sentaba bien, consiguió relajarme por completo. Así que cerré los ojos y permanecí durante un segundo apoyada con la espalda en la pared.

El mejor momento del día.

La mañana transcurrió lenta, como un día en el que el sol se arrastra pesadamente sobre el horizonte. Eran las diez y el pabellón

D se encontraba a rebosar. Cientos de andros esperaban su turno para los análisis de orina. Yo iba enfundada en un EPI y, desde su interior, veía desfilar a cada uno de esos residentes; vestigios humanos en su mayoría, cadáveres andantes que arrastraban las plantas de los pies en una danza incesante.

—¡Venga! ¡El siguiente, joder!

Lo cacheé sin ningunas ganas, de forma mecánica, como ese tipo de operaciones que has repetido miles de veces y que ni siquiera necesitas pensarlas. La mayor parte del tiempo solo veía brazos extendidos, axilas empapadas de sudor, bocas abiertas y malolientes, culos en los que introducir mecánicamente mis dedos enfundados en guantes de hidrogel. Solo conseguía ver inmundicia, escoria altamente infecciosa.

Capítulo 5

—¿Por qué deseáis ser madres? —nos preguntó la doctora, parapetada desde detrás de la mesa de su escritorio.

—Llevamos más de cinco años casadas y creemos que ha llegado el momento de formar una familia —contestó una sonriente Gemma al mismo tiempo que apretaba mi mano.

Yo, que permanecía acomodada en la silla contigua, asentí levemente con la cabeza mientras forzaba una sonrisa torcida. Cubrí la mano de Gemma con mi otra mano a la vez que contemplaba su rostro radiante. Su cabello moreno y rizado, que se le deslizaba como una enredadera hasta el final de la espalda, brillaba hoy más que nunca. Se había puesto una falda de vuelo amarilla, adornada con estampados de flores, que le llegaba ligeramente por encima de las rodillas. Completaba su atuendo una chaqueta de piel cultivada de becerro, con el cuello redondeado, sobre una blusa de seda blanca. Los labios los llevaba coloreados de una fuerte tonalidad ocre, tal y cómo a mí me gustaba, como si fueran montañas oxidadas que emergían imponentes sobre la superficie de su rostro, conformando el contorno de su boca. Las ojeras, pintadas tenuemente de malva y recubriendo la mayor parte de los pómulos, terminaban por difuminarse con el colorete rosado de sus mejillas. Estaba especialmente hermosa, era evidente que pretendía causar una buena impresión.

¡Qué lástima no poder compartir tu entusiasmo, cariño!

Me había escapado de la comisaría para acudir a la clínica, pero era incapaz de centrar mi atención en las tediosas explicaciones sobre los detalles del proceso. Deseaba encontrarme en otro lugar... lejos…muy lejos, a la suficiente distancia de la nada atractiva perspectiva de concebir a una niña. Estaba impaciente por levantarme, hasta el punto que Gemma tuvo que ponerme una mano en la pierna para que dejara de moverla.

¡Qué nos deslice ya los formularios y larguémonos de aquí!

Ni siquiera debería haber venido, para esto no eran necesarias dos personas, aunque eso hubiese supuesto un monumental enfado, un reproche del estilo:<<*Parece que soy yo la única que desea ser madre*>>. Un batallón interminable de lloros, quizá una o más noches de dormir enfadadas y finalmente otra tragadura de orgullo más por mi parte buscando la reconciliación. Para, al final de todo, acabar viniendo las dos. Era mucho más sencillo ahorrarse todo eso, salir un poco antes del trabajo, y acudir sin más a la cita. Después de todo, no podía ser tan horrible. Esa era la forma en la que a menudo convivía conmigo misma, con esas microderrotas del día a día sufridas en batallas que ni siquiera me atrevía a disputar.

La vida estaba repleta de ellas.

Al final habías tragado tanto polvo durante el camino que un poco más no te parecía para tanto.

Intenté evadirme escrutando atentamente la estancia. Se trataba de un despacho de decoración minimalista, de fácil desinfección para los robots de limpieza que se ocupaban de este tipo de edificios. Se encontraba prácticamente desprovisto de mobiliario, con excepción de una mesa de cristal, tres sillas y un perchero de color metálico junto a la puerta de entrada. Un ventanal, situado justo detrás de la doctora, proporcionaba luz natural y ventilación suficiente. El despacho era uno más de entre los cientos que se encontraban distribuidos en las diferentes plantas del Edificio Esperanza; un mastodonte de grafeno de más de cien pisos en el que se realizaban el quince por ciento de las concepciones de todo el Estado. Estábamos en la sección de admisiones y nos atendía una mujer de edad indeterminada. Su rostro carecía de arrugas, seguramente producto de injertos de piel cultivada. Todavía podía apreciarse la sombra de una pequeña cicatriz detrás de la oreja, sin duda un trabajo muy bien ejecutado. La nariz tampoco parecía la original, demasiado perfecta para tratarse de una simple rinoplastia. Probablemente el cartílago también era injertado, fabricado a la medida de las proporciones de su rostro, casi con toda seguridad procedente de los laboratorios de cultivo de Rusia o Serbia. Iba vestida con una blusa de color rojo y una falda de tubo. Poseía el cabello castaño, peinado con un bonito recogido en la parte posterior de la cabeza.

—Lo que realmente desearíamos es concebir a una niña —apuntó Gemma interrumpiendo a la doctora.

La mujer se echó hacia atrás en el respaldo y sonrió mientras repartía la mirada entre Gemma y yo, antes de empezar de nuevo a hablar.

—Veréis —comenzó a decir sin desprenderse del tono dulce y amable que había mantenido desde el principio—, aunque técnicamente es perfectamente posible, la legislación actual no nos permite escoger el sexo del no nacido. Aunque es lo único que no podemos seleccionar. Todo lo demás; color de ojos, de cabello, barrido de las principales enfermedades de carácter hereditario, incluso la inclinación sexual, que recomendamos que sea hacia su mismo sexo. Elegir esa opción evita muchos problemas luego —añadió, acompañando sus palabras de una sonrisa en la que exhibió unos dientes perfectos.

—¿Problemas? —preguntó Gemma.

—Sí, ya sabéis, contactos esporádicos con el sexo opuesto que habitualmente acaban con alguna condena menor, con los inconvenientes que eso acarrea para luego acceder a una buena universidad o encontrar trabajo. Bueno, en el caso de que sea niña, claro.—Volvió a reír animadamente al escuchar su propia ocurrencia.

—Claro, claro.—Gemma también esbozó una sonrisa—.¿Pero sigo sin entender por qué no permiten escoger el sexo?

—Todo se reduce a un problema demográfico. Con el virus, la obligatoriedad legal de concebir niños solo a través del SERA[9], y el confinamiento obligatorio de los hombres en las ciudades—sanatorio, ninguna pareja, por motivos que todas podemos entender, querría dar a luz a un niño. Y eso, a la postre, nos generaría un grave problema con el suministro de esperma.

---

[9] SERA: Sistema Estatal de Reproducción Asistida. Durante la Gran Infección y ante el gran número de embriones infectados desde el mismo momento de la concepción, es decir, por ser concebidos mediante semen infectado, se optó por obligar por ley a que el sistema de reproducción asistida fuera la forma legal de gestación. Meses después, con la promulgación de las Leyes Antiandrógenas y la prohibición de las relaciones heterosexuales, el SERA se convertiría en el único medio para acceder a la maternidad. A los hombres, en la medida en que permanecían confinados, les fue temporalmente suspendido el derecho a la paternidad.

—Sí, claro. Entiendo —contestó Gemma.

—Pero no os preocupéis —dijo, inclinándose de nuevo sobre la mesa—, normalmente implantamos varios embriones y si más de uno de ellos sigue adelante, en caso de embarazos múltiples, se nos permite elegir cuál de todos ellos está en mejores condiciones de sobrevivir. En ese momento —añadió bajando la voz—, si hay uno de cada sexo…

—Sí, sí, te entiendo—afirmó Gemma con una sonrisa incómoda.

—Y entonces,¡¿ quién será la madre gestante?!

Las dos volvimos a mirarnos. Gemma continuaba apretándome la mano y yo asentí levemente con la cabeza, concediéndole permiso para que le comunicara a la doctora lo que habíamos estado hablando en casa durante meses.

—Seré yo. Mi mujer es policía y entendemos que es lo mejor.

—¡Vaya, policía!¿Y en qué especialidad?

—Dirijo un grupo especializado en delitos violentos; robos con fuerza, homicidios, asesinatos, desapariciones en extrañas circunstancias…—respondí sin pensarlo demasiado. De repente, di un respingo al notar cómo Gemma me apretaba la mano con fuerza, hasta conseguir hacerme daño—.Pero…pero yo realmente realizo funciones de logística, soy inspectora. No estoy en la calle —añadí con una sonrisa nerviosa.

—Entiendo, no existe ningún problema con eso. Realizáis una gran labor. No sé qué haríamos sin mujeres como vosotras controlando a toda esa inmundicia que malvive en los guetos. Una de mis madres también era policía, le dedicó treinta años al cuerpo —confesó orgullosa—. Bueno, ahora voy a pasar a mostraros el catálogo de candidatos de donantes de esperma —afirmó, mientras una pantalla virtual se materializaba en medio de su escritorio—. Por protección de datos, solo podemos mostraros sus hologramas junto con sus características físicas generales; peso, edad, estatura, grupo sanguíneo, historial de enfermedades …pero sin revelar su identidad completa o su ciudad–sanatorio de residencia, y cualquier otra información que os permitiese contactar con el donante.

Se cerraron las puertas del ascensor y comenzamos a descender hasta la planta baja.

—Has estado a punto de estropearlo todo, cariño —me reprochó Gemma un poco malhumorada.

—Tranquila, ya la has oído, su madre también era policía. Nos seleccionarán, no te preocupes —le aseguré mientras le rodeaba la cintura con los brazos.

Gemma se giró, quedándonos frente a frente. Era algo más bajita que yo y de temperamento mucho más voluble. Yo siempre comparaba su carácter con el de una montaña rusa y eso solía enfurecerla. Sus bonitos ojos castaños estaban ligeramente enrojecidos, como si estuviera a punto de empezar a llorar.

—¡Eh!¡Eh! No pasa nada, cariño. Seguro que nos aceptan, ya verás —intenté tranquilizarla, mientras la abrazaba fuertemente contra mi pecho.

Capítulo 6

Me introduje en el vagón, que como siempre se encontraba atestado. Valencia, la Ciudad Protegida, o una de ellas al menos. Una inmensa urbe que bullía desde su profundo y vasto subsuelo hasta las azoteas de sus interminables rascacielos, alimentada por el flujo constante de oleadas de refugiadas provenientes desde aquí, desde este mismo Estado, pero también del resto de Europa. Empujadas por un clima inhóspito que no cesaba de escupir gente. Expulsadas como consecuencia de la aridez del suelo de la práctica totalidad de Andalucía, expulsadas por causa de los tornados que se alzaban como lenguas de fuego sobre la ya desértica Murcia, por los cada vez más crudos inviernos en el norte, expulsadas después de la completa desaparición de los Países Bajos, borrados bajo las aguas. Expulsadas debido a las inundaciones, por doquier; Santander, Ferrol, Isla Cristina, Málaga y hasta cuarenta ciudades más que habían quedado parcialmente anegadas por la subida incontrolada del nivel del mar. Urbes que languidecían mientras la maleza comenzaba a proliferar entre el agrietado asfalto de sus autopistas abandonadas, entre las algas; acumuladas alrededor de los cimientos de los edificios corroídos por el salitre, entre las enredaderas; trepando sin control hasta los tejados.

Desde la Gran Infección el miedo al virus lentamente se había ido diluyendo, como un antiguo recuerdo que se manifestaba cada vez más difuso a la conciencia. La enfermedad había sido cuidadosamente desplazada hacia sus márgenes, apartada y <<*controlada*>> para habitar tan solo en un oscuro rincón de la metrópoli. Donde debía permanecer invisible a los ojos de las mujeres, donde se manifestaba tan solo en forma de un vago y doloroso *flash back,* en forma de un fantasma oculto en medio de un pasado demasiado remoto. Violento y descarnado, pero desposeído ya de sus facultades mágicas, de ese halo de monstruosidad con el que irrumpió ferozmente en las vidas de sus ciudadanas. La enfermedad permanecía ahora oculta en un lugar marginal que tan solo unas cuantas nos atrevíamos a pisar, pero de las que todas habíamos escuchado miles de historias. Esas imágenes de los contagios, de los millones de muertos, de los hospitales colapsados con miles de enfermos agonizando en sus pasillos, esas imágenes, generadas detrás de nuestra retina, parecían extraídas de una realidad de la que las mujeres ya no formábamos parte, que poco o nada tenía que ver con nosotras, un submundo al que no pertenecíamos.

Los vagones del metro se desinfectaban después de cada nuevo trayecto. Sin embargo, no había habido ni un solo brote que surgiera por contacto con objetos, de lo contrario estaríamos todas muertas, de eso estoy completamente segura. Se trataba, una vez más, de ese anquilosado culto por lo aséptico, por lo extremadamente pulcro, por lo inmaculado, por lo no contaminado.

Como los quirófanos y los preservativos.

Como las manos quemadas por la clorhexidina de una cirujana.

Como semen derramándose en el interior de la vagina de una androide.

Yo convivía habitualmente con el virus. Cuando te acostumbrabas a él, cuando integrabas en tu vida ese riesgo y lo matematizabas, el miedo desaparecía. La enfermedad quedaba reducida a una estadística, a una de esas cifras que escuchabas a menudo en las noticias, pero a la que no le prestabas demasiada atención; a una ratio de contagio, a un porcentaje de mortandad, al número de partículas virales por cada milímetro de sangre, al porcentaje de contagios por cada cien mil habitantes. Al convertir el virus en cifras lo integrabas dentro de un sistema, lo transformabas en algo controlable, dejaba de ser una bestia que asesinaba impunemente, de forma indiscriminada, y pasaba a ser un objeto más de saber; ahora entendíamos cómo nos destruía y también por qué lo hacía, y eso, en cierto modo, lo humanizaba. Sabía que en el metro las probabilidades de contagiarse eran mucho menores que en el interior del CED; no solían viajar andros, aunque de vez en cuando podías encontrarte alguno en los últimos vagones, intentando pasar desapercibido. La mayoría de las veces las vigilantes los abordaban, les pedían el salvoconducto y terminaban por echarlos. Normalmente ni siquiera se molestaban en protestar, se habían vuelto dóciles, manejables; una especie sometida que cada vez era más consciente de su próxima extinción.

Eran las seis de la tarde y viajaba en la línea ocho, después de haber realizado dos transbordos, en dirección al distrito treinta. Conseguí encontrar un sitio libre, de forma que pude acomodarme en mi asiento la media hora que todavía me restaba de recorrido. Frente a mí viajaba una chica joven. Iba vestida con un jersey de color rojo, unas mallas negras, y unas botas marrones. No debía contar con más de veinte años, aunque ya tenía una hija, que permanecía sentada a su lado, seguramente de gestación natural. Se trataba de una hermosa niña rubia con las mejillas sonrosadas, de unos tres años. La pequeña llevaba puesto un mono azul y un suéter de manga larga. Muchas mujeres todavía se arriesgaban a seguir adelante con ese tipo de embarazos. No disponían de dinero suficiente para costearse un tratamiento de inseminación artificial y la lista de espera de la Seguridad Social era demasiado larga. Era el jodido instinto maternal, algo que yo no acababa de entender porque nunca lo había sentido, pero que se manifestaba de forma casi más intensa que la pulsión sexual, o eso decían. Criar una niña en esas circunstancias no dejaba de ser un problema; ningún colegio la escolarizaría sin disponer del certificado de nacimiento expedido por una clínica de fecundación, condenándola a convertirse en otra basura blanca que acabaría quedándose preñada cuando no fuera más que una adolescente. Y el círculo se cerraría. Y nuevamente volvería a empezar.

Por fin llegué a mi parada. Una oleada de mujeres accedió al convoy dejando la estación completamente desierta. El metro se puso de nuevo en marcha y el sonido de la megafonía advirtió a los andenes vacíos que ninguna pasajera se acercara a las vías. Salí a la superficie. Estábamos a principios de febrero. El frío era intenso, gélido, asemejándose a un cuchillo que te desgarraba la piel. Embutida dentro de la chaqueta y con la capucha puesta comencé de nuevo a caminar. El distrito treinta era otro de esos barrios terriblemente deprimidos. No existía prácticamente actividad económica, la mayoría de los negocios cerraron o se trasladaron al centro, donde gozaban de más oportunidades. El barrio languidecía día tras día convertido en una ciudad dormitorio, como tantas otras de la periferia. La metrópoli en cambio no cesaba de crecer. El trabajo se concentraba en los grandes edificios de oficinas que manejaban el negocio de las criptomonedas, de la realidad virtual, de los programas de desarrollo de la nueva IA o de la publicidad, que bombardeaba constantemente los dispositivos de RA. El trabajo manual, en su mayor parte, lo realizaban las máquinas, aunque todavía podían verse trabajadores manuales en las minas de grafeno situadas al norte del país, en determinados trabajos muy específicos de la construcción, en labores de mantenimiento, o, en el interior del mar, los trabajos dedicados a la conservación del gran dique Folder, que protegía la ciudad, y cuya ampliación ya había comenzado.

Me introduje por una callejuela con las aceras estrechas y de un solo sentido para la circulación. Todos los edificios estaban construidos de ladrillo y poseían ese desgastado color ocre que delataba sus más de cien años de antigüedad. Se trataba de fincas de no más de diez pisos, algunas de ellas propiedad de entidades bancarias que las abandonaron al no poder venderlas. Un gran porcentaje de ellas permanecían ocupadas, habiéndose convertido esa práctica en una nueva forma de vida para muchas de las desposeídas que dejó el virus a su paso. Me detuve frente al portal número nueve. La desvencijada puerta de chapa y cristal la encontré semiabierta, de forma que solo tuve que empujarla para poder entrar. El interior del patio apestaba a humedad, a meado, a sueños etílicos conciliados con la frustrada esperanza de no despertar jamás. Un colchón y unos cuantos cartones yacían en el suelo, junto a la escalera. Opté por subir en el ascensor, que para mi sorpresa aún funcionaba. Me bajé en el séptimo piso y accedí a un rellano estrecho, pegado al hueco de las escaleras. Llamé al número veintiocho, que era una antigua puerta acorazada. Pero no respondió nadie, así que volví a intentarlo con mucha más insistencia. Aporreé repetidamente el timbre, que sonó amargo, quejumbroso, como despertándose de un letargo de cientos de años. Marga se había quedado medio sorda y siempre le costaba mucho trabajo distinguir el sonido del timbre, sobre todo si tenía su viejo televisor encendido o estaba borracha. O ambas cosas. Pegué la oreja a la puerta, pero no se escuchaba nada.

Continuaba sin contestar.

Me decidí a abrir la puerta usando mi antigua llave. Las persianas permanecían bajadas, de forma que mis pupilas tardaron un poco en acostumbrase a la semioscuridad del interior de la vivienda. Avancé lentamente por el pasillo en forma de ele que súbitamente me transportó de nuevo a la infancia. Mi antigua habitación fue lo primero con lo que me topé; se encontraba a la izquierda, justo después de dejar atrás el breve recibidor, decorado con una estrecha mesita de color caoba y un espejo colgado encima. La cama continuaba hecha con la misma colcha azul y las paredes todavía permanecían inundadas de pósteres del equipo de fútbol del barrio. Yo solo tenía catorce años y en uno de ellos aparecía conduciendo el balón por una banda, sorteando a una jugadora rival. De repente, recordé con algo de nostalgia esos años en los que recorría el país con las compañeras del equipo, soñando con ser futbolistas, aunque intenté apartarlo con rapidez de mi mente.

Salí de la habitación y continué caminando; el pequeño lavabo a mi derecha con la puerta entreabierta y la luz apagada.

—Marga, ¿estás ahí?

También estaba vacío.

Giré a la derecha y abordé el último tramo del pasillo. Tampoco estaba en el dormitorio de matrimonio ni en la pequeña cocina; platos sin fregar, botellas vacías de agua, y la bolsa de la basura a rebosar.

—Joder. ¡Puta cerda!

Salí de la cocina y me introduje en el comedor, que era la última habitación de la casa. Posé la vista primero sobre la vieja mesa, con capacidad para seis personas, donde solíamos comer. Todavía permanecía colocado el mismo mantel de grafeno con dibujos de diferentes frutas que recordaba de la última vez. Todo estaba igual, como si el tiempo se hubiese congelado.

Las cortinas estaban echadas, de manera que no lograba filtrarse demasiada luz. La televisión se había quedado encendida emitiendo las noticias. Por un momento me sorprendió que Marga estuviera viendo el telediario y no uno de esos estúpidos programas de concursos. En ese momento distinguí su coronilla sobresaliendo del respaldo del sillón orejero donde habitualmente solía quedarse dormida. Me aproximé lentamente hasta que por fin obtuve una vista completa de ella; tenía la cabeza echada hacia atrás y los ojos cerrados. Llevaba el pelo enmarañado, las gafas puestas y todavía iba vestida con esa vieja bata azul repleta de descosidos. Su rostro había adquirido una pálida tonalidad amarillenta. Los labios, arrugados por las comisuras, se mostraban ligeramente semiabiertos. Abrazaba una botella de cerveza que sostenía apoyada sobre el pecho.

Jodida alcohólica.

Me senté en el sofá de enfrente, y permanecí inclinada hacia delante, acodada sobre las rodillas.

—Te he estado llamando, joder. Pensaba que te había ocurrido algo. Debería haber imaginado que estabas durmiendo la mona.

En el viejo televisor de pantalla plana, se sucedían ahora las imágenes de las revueltas en uno de los guetos del norte del país; mujeres policías cargaban con porras y escudos contra una multitud de andros que retrocedía. Un manifestante, que había conseguido romper el cordón, era reducido a porrazos entre varias policías.

No sabía muy bien qué hacer, la verdad. Podía largarme sin más o cargar con la vieja y meterla en la cama. Supuse que eso era lo que haría una buena hija...aunque Marga nunca había ejercido de madre.

—Tu afición a la botella acabará matándote.

Continuaba durmiendo.

Saqué el cigarrillo electrónico del bolsillo de la chaqueta cargado de penta y le di un par de caladas, mientras me acomodaba en el sofá cruzando las piernas.

—Aunque supongo que todas tenemos nuestros vicios, ¿no, mamá? ¿Sabes? De pequeña te odiaba, pero supongo que eso siempre te ha importado una mierda.

Seguía en la misma postura, sin parecer estar escuchando nada de lo que le estaba diciendo.

—Estabas muy ocupada autocompadeciéndote. Es lo que llevas haciendo durante más de veinte años —di otra larga calada y expulsé el vapor de penta lentamente—. ¿Te crees que yo no sufría? ¿Qué no la echaba de menos? Jamás viniste a consolarme, jamás me preguntaste si tenía miedo. Joder, mamá... solo era una cría.

Por un segundo permanecí en silencio, observando el salón iluminado tan solo por la luz de la pantalla. Los destellos del televisor incidían sobre el rostro de la vieja haciéndolo cambiar de color.

—Yo la estuve cuidando antes de que se la llevaran, le mojaba los labios con un pañuelo cuando me suplicaba por favor un poco de agua.

Apreté los labios y comencé a notar cómo se me humedecían los ojos. Siempre me sucedía lo mismo cuando pensaba en ella. Hice una pausa y respiré hondo antes de continuar hablando. Era inútil, esta misma conversación la habíamos mantenido miles de veces.

Descrucé las piernas y me incliné en el sofá, apoyándome de nuevo con los codos sobre las rodillas. Estábamos frente a frente. Pegué otra calada, expulsando el humo frente al rostro de la vieja con la vana esperanza de que despertara.

—Solo consigo hablar contigo cuando estás durmiendo. Llevas borracha desde que tengo memoria. ¿Por qué sobreviviste tú?¡Eh! ¿Por qué? Dime, ¿por qué lo hiciste? ¿Qué tenías tú de especial para ser la elegida? ¡Jódete! ¿Me oyes? ¡¡Jódeteee!! —le grité con toda la rabia de la que fui capaz—. Púdrete en esta pocilga. No sé por qué he venido, joder.

Marga se desplomó sobre uno de los reposabrazos del sillón e inmediatamente se cayó al suelo. La botella de cerveza también cayó, rodando hasta mis pies.

Capítulo 7

Aparqué el vehículo en medio de la acera, junto a otros tres coches patrulla que ya habían llegado a la zona. Eran las ocho de la mañana y apenas había podido pegar ojo. Se trataba de una torre de viviendas situada en la Avenida Ernest Vougban, en pleno corazón de la metrópoli, elevándose por encima de los trescientos metros. De construcción reciente, se alzaba sobre las ruinas de unos grandes almacenes que desde hacía décadas yacían abandonados.

Resultaba prácticamente imposible atravesar la gran avenida con el dispositivo de RA conectado. Saltaba permanentemente de un receptor de realidad aumentada a otro, bombardeándote con ráfagas interminables de anuncios. De manera que solo volví a activarlo cuando me hube bajado del BMW. En ese instante, mientras me dirigía hacia el edificio, el anuncio de un nuevo modelo de tobillera para machetes se coló a través de la interfaz de mis lentes. Las compañías de publicidad intentaban colocar en este tipo de megaavenidas sus productos. Una audiencia potencial de varios millones de mujeres al día disponiendo de unos minutos libres mientras caminaban, conducían o se trasladaban mediante el vagón interurbano, constituía una oportunidad demasiado tentadora para ser desaprovechada; ofrecían *tours* virtuales por ciudades que ahora solo era posible visitar con trajes de buceo y bombonas de oxígeno, carísimos tratamientos de belleza a través de hordas de nanorobots introducidas bajo la epidermis, lentes Proxy3000 de máxima resolución e indetectables, aunque completamente legales, o los últimos billetes a precio reducido del transbordador Prometeo hacia la estación espacial de la ESA, en Marte.

El trasiego de mujeres a esta hora de la mañana siempre resultaba intenso, siendo imposible avanzar sin verte obligada a zigzaguear entre la multitud; jóvenes ejecutivas entremezcladas con mendigas que suplicaban una limosna acurrucadas sobre la acera, a la vez que atareados androides antropomorfos colocaban las mesas en las terrazas de los bares. Transeúntas[10] sorteando de forma mecánica el tráfico detenido, mientras sucursales bancarias anunciaban a golpe de holograma préstamos de criptos por debajo del interés medio.

—Inspectora Uriarte —dije, identificándome ante la agenta de policía que custodiaba la puerta de entrada al edificio.

El vestíbulo era enorme y me resultó tan impresionante como la primera vez que lo vi. El suelo de mármol blanco relucía, incidiendo sobre él la luz filtrada a través de los amplios ventanales. El reflejo del mobiliario proyectándose sobre las baldosas proporcionaba a la estancia una intensa sensación de duplicidad. A unos veinte metros de la entrada se encontraban los ascensores, que recorrían las más de cien plantas. Emergían a modo de una solitaria isleta en el centro de un espacio totalmente diáfano, rodeados a la altura de lo que sería un primer piso por una amplia repisa acristalada a la que se accedía a través de una escalera exterior, compuesta por peldaños de madera y paneles de cristal en lugar de barandilla. Múltiples sofás, situados junto a mesitas bajas de vidrio y mármol, yacían dispersos por toda la estancia.

Subí las escaleras y esperé frente a uno de los ascensores, junto a una pareja de mujeres jóvenes. Debían rondar la trentena y se estaban dando un beso en la boca. La más alta rodeaba a la otra por la cintura y cuando sus labios por fin se separaron le susurró que la quería. Yo las observaba de reojo, sintiendo cierta envidia por el bonito momento que parecían estar viviendo. La escena me recordó a cuando empecé con Gemma; le preparé una cena romántica en la habitación de un hotel con vistas a la playa a las pocas semanas de conocernos. Por un momento pensé en lo lejos que quedaba ya todo aquello, en lo rápido que habían transcurrido los últimos años.

Las puertas del ascensor por fin se abrieron. El habitáculo disponía de capacidad para al menos veinte personas en cabinas individualizadas. Nos situamos en el interior de unos círculos de un metro de diámetro, señalados con líneas blancas en el suelo. A través de Eneas, seleccioné la planta en el panel virtual y las puertas del ascensor se cerraron. Tres mamparas de grafeno descendieron desde

---

[10] Transeúntas: femenino de *transeúntes* (RALIF).

el techo hasta el suelo, manteniéndonos aislados durante el trayecto. Me bajé en la planta 91. El amplio rellano estaba decorado con motivos dorados en las esquinas de los dinteles. Las cintas amarillas del precinto policial se encontraban colocadas en forma de cruz sobre la puerta de la vivienda de Eve, custodiada por una corpulenta agenta vestida de uniforme. La chica, una novata asignada a mi equipo, me identificó de inmediato y separó las cintas para que pudiera pasar. En el interior de la vivienda el ajetreo resultaba intenso; drones autónomos sobrevolaban sus distintas estancias fotografiándolo todo mientras varias agentas permanecían ocupadas registrando cajones y armarios. Algo dentro de mí se rompió al contemplar semejante espectáculo: la vida de Eve derramada en cuestión de segundos sobre el suelo frío.

—Menudo pisito se gastaba la abogada —comentó Blanca mientras se aproximaba. Iba vestida con unos vaqueros, el chaleco antibalas azul abrochado encima de una camiseta blanca de manga corta, la placa colgándole del cuello a modo de corbata y la cartuchera situada en una de sus caderas, como si aún fuera una patrullera.

—Sí, no está mal —respondí lacónicamente.

Se trataba de un *loft* de dos alturas, de unos ciento ochenta metros cuadrados. El techo del primer piso estaba abierto, pudiéndose observar desde el amplio salón la planta superior, a la cual se accedía a través de unas escaleras situadas al final de la estancia o mediante un pequeño ascensor ubicado en el recibidor. Una ventana infinita, cóncava y con vistas a la avenida, ocupaba la totalidad de la pared exterior, desde el suelo hasta el techo. Funcionaba a modo de mirador proyectando la vista a lo largo de la ciudad y sobre sus minúsculas habitantes.

—¿Qué no está mal?¡Ni en tres vidas podríamos permitirnos algo así con nuestro sueldo!

—¿Habéis encontrado algo interesante?

Blanca me miró con extrañeza al apreciar mi tono cortante.

—No, aunque no sabemos muy bien que buscar. La autopsia todavía no es concluyente. Las del laboratorio están teniendo muchos problemas para extraer muestras lo suficientemente consistentes para poder analizarlas. Por supuesto, ni rastro de sus lentes de realidad aumentada, que seguramente se habrán calcinado junto con el resto del cuerpo.

—¿No había nada en la nube?

—No, misteriosamente no. Es como si hubiese hecho un borrado masivo, o tal vez utilizara un servidor privado para alojar sus datos, pero de momento no hemos sido capaces de dar con él. Este tipo de mujeres con tanto dinero no suelen usar servidores públicos.

La respuesta de Blanca me alivió un poco, no sabía si encontrarían allí nuestras imágenes. Aunque ese fugaz pensamiento provocó que volviera a sentirme culpable: ella estaba muerta y yo preocupándome por mi carrera. La verdad es que todavía no me acostumbraba a tratar a Eve como un cadáver, no me acostumbraba a que sus restos descansasen encima de la mesa de autopsias de la Policía científica. No soportaba no poder volver a verla. En mi cabeza todavía continuaba con vida, todavía continuábamos en el sofá acariciándonos, comiéndonos la una a la otra. Hacía tiempo que nadie me hacía sentir tan viva. Recuerdo la inseguridad sobre qué vestido ponerme antes de acudir a la cita, los nervios inmediatamente anteriores a aparecer en el restaurante, o esa mezcla entre miedo y deseo justo antes de que nos besáramos.

Pero echando otro vistazo al piso, por un momento empecé a plantearme que quizá no la conocía en absoluto. Me asaltó la misma pregunta que la primera vez que entré en esta casa; ¿por qué alguien con semejante nivel de vida se arriesgaría aceptando un caso que podría arruinar su reputación? No era solo una cuestión de dinero, debía haber algo más. En aquella ocasión también estaba todo revuelto y tirado por el suelo. Recuerdo que esa fue la primera vez que la vi, y que me pareció nerviosa y ausente. Quizá eso fue lo primero que me atrajo de ella: lo vulnerable que parecía sentada en el sofá mientras fumaba un cigarro tras otro. Conocer a la frágil mujer que habitaba detrás de la deslumbrante abogada que aparecía a todas horas por la RA.

—Bueno, seguid así —animé a Blanca—. Recoged huellas, ADN, documentación, requisad cualquier tipo de consola portátil…tal vez tuviese un dispositivo LRA de repuesto, buscadlo también. Algunos dormitorios de este tipo de viviendas de lujo monitorizan el sueño, que una unidad informática extraiga de la consola toda esa información. Y las grabaciones de las cámaras de seguridad del edificio…requisadlas también. Hablad con la presidenta de la comunidad, o la administradora o con quienquiera que se ocupe de eso. Y cualquier cosa más que pueda pareceros relevante para la investigación.

—Sí, ya estamos con ello, Sara.

Me separé de Blanca para examinar el piso por mi cuenta. Atravesé el amplio salón, amueblado con un enorme sofá de piel natural en el que cabría sentada toda la plantilla de la comisaría. Una reluciente isleta de mármol separaba el salón de la cocina, con tres taburetes de cristal en forma de Z orbitando a su alrededor. Subí por las escaleras, que discurrían pegadas al gran ventanal, accediendo a la planta superior, y me introduje en un pequeño *hall*, que estaba compuesto por un sofá circular y una pequeña mesita de cristal. Se encontraba protegido con paneles de grafeno transparente, simulando una especie de anfiteatro desde el que podía observarse la planta inferior.

A medida que me adentraba en la vivienda, no dejaba de preguntarme por qué aquella noche Eve insistió en ir a mi pequeño piso, y no me trajo a su apartamento.

¿Qué era exactamente lo que escondías aquí, letrada?

¿De qué huías aquella noche?

Un enorme mosaico adornaba las paredes exteriores de las habitaciones. Recuerdo que lo contemplé fascinada: confeccionado con minúsculas piedrecitas incrustadas, era una imagen de Eve estirada sobre la cama y ataviada con un elegante vestido de lentejuelas. Su media melena negra se le derramaba por encima de los hombros, irradiando su rostro cierto aspecto ausente. Sus labios, de un color rojo intenso, me incitaban de nuevo a volver a besarlos. Deslicé lentamente mis dedos por sus labios empedrados, como si otra vez fuera capaz de acariciarlos.

Un amargo trago de saliva me obstruyó de repente la garganta.

Pensé en lo hermosa que era.

Pensé en que ya no estaba.

En que se había esfumado.

En que había desaparecido para siempre.

Me introduje en el dormitorio principal; unos cuarenta metros cuadrados sin contar el baño. Observé la ropa tirada sobre una silla y la cama totalmente deshecha. Abrí el armario integrado en la pared:

vestidos de fiesta, blusas de Lara Jonsson, pantalones MB e innumerables trajes chaqueta, muchos de ellos todavía con las etiquetas puestas. Abrí también uno de los enormes cajones; repleto de fulares de distintos colores. En los estantes inferiores del armario lucían perfectamente colocados innumerables zapatos, en una serie infinita, hasta donde alcanzaba la vista. Volvió a invadirme esa extraña sensación, era como si estuviera profanando su casa, a pesar de ser cada vez más consciente de que Eve estaba muerta. Poco a poco esa idea se iba asentando dentro de mi cabeza. Al principio irrumpió como un huracán, arrasándolo todo y provocándome un dolor difícil de asimilar. Había pasado una de las peores noches de toda mi vida.

Caminé hasta el baño situado dentro del dormitorio, que estaba en concordancia con el resto de la casa; bañera estilo principios del siglo XX, una amplia cabina de ducha, jacuzzi… Me aproximé hasta una de las dos pilas y rebusqué en el armarito situado encima de ella: alcohol, tiritas, bastoncillos para los oídos, gasas desmaquilladoras. Paseé la vista por la primera fila de botecitos: correctores de ojeras, cremas hidratantes… Me detuve finalmente en un bote azul que cogí para examinar la etiqueta: *Dextrofenosa.*

—¿Has encontrado algo, Sara? —Blanca apareció por la puerta del baño.

—¿Sabes para que está indicada la Dextrofenosa?

Me cogió el botecito de las manos y examinó también la etiqueta, en la que solo indicaba brevemente su composición.

—Ni idea, tal vez le pegaba a las drogas. Estas mujeres con tanto dinero suelen estar cansadas de todo.

—Es posible —afirmé pensativa, intentando evocar en mi memoria los detalles de nuestra cita aunque sin poder llegar a recordar nada extraño en el comportamiento de Eve—. Dile a una agenta que requise el contenido del armario y que lo envíe al laboratorio para analizar.

—¿Crees que podría ir drogada cuando conducía? Esa pudo ser la causa del accidente.

Por un momento tuve ganas de volver a llorar.

Capítulo 8

Era mi día libre.

Estaba de pie, frente al espejo del baño, vestida tan solo con unas bragas de color blanco. El frío continuaba siendo intenso en el exterior, pero había cerrado la puerta del lavabo y encendido la calefacción. Deposité las tijeras sobre la repisa de la pila y vapeé mi último chino. Debería ir a la peluquería, pero me cobrarían cincuenta criptos y seguramente no me lo dejarían a mi gusto. De todas formas, era un dinero del que ahora mismo no disponía. Apenas había transcurrido la mitad del mes, pero ya se me había esfumado casi todo el sueldo. Ni siquiera le había pagado a la casera, una vieja amargada que vivía en este mismo barrio, a tan solo un par de calles. Hacía unos días que se había pasado por el piso para reclamarme el alquiler, pero fingí no estar.

Muchos bancos quebraron durante la Gran Infección, arruinando con ellos a millones de familias. El Fondo de Garantía de Depósitos no disponía de suficiente liquidez para cubrir los ahorros de todas ellas, lo que supuso el mayor corralito de toda la historia europea. Así que muchas de las viejas de hoy, que vivieron los ecos de aquella época, continuaban sin fiarse de las entidades bancarias, preferían custodiar su dinero ellas mismas, guardándolo debajo del colchón o en el cajón de los calcetines. Cualquier cosa menos verlo convertido en meros dígitos anotados en una cuenta imaginaria, alojados en la memoria de un servidor situado a miles de kilómetros.

Poseer una cuenta bancaria se había convertido en una inversión de riesgo.

En el barrio existían suficientes viviendas abandonadas como para no necesitar pagar una. Quizá debería dejar este viejo piso y ocupar algún otro que me permitiera disponer de más dinero para mis gastos.

Gastos que se reducían a la penta y a los hombres.

Aunque no siempre en ese orden.

Introduje la cabeza en la pila y abrí el grifo sintiendo como el agua caliente me revivía.

Decididamente dejaré el piso.

Volví a mirarme en el espejo mientras me escurría el pelo, retorciéndolo con las manos por delante de mí hombro derecho. Me di la vuelta, dejando caer el cabello sobre la espalda, observando que la melena me llegaba a la altura del culo, del poco que me quedaba ya.

Había quedado reducida a un montón de huesos.

A un chasis olvidado en algún solitario desguace.

A un esqueleto que últimamente había conseguido ganar algo de peso.

Volví a girarme, colocándome de nuevo el pelo sobre el hombro derecho. Cogí las tijeras de encima de la pila y lo corté a la altura de los hombros.

De repente, la imagen de Marga muerta afloró de nuevo a mi conciencia.

Debía ser lo que no me había dejado pegar ojo.

Aunque luego pensé que no, que no podía ser por Marga, que no sentía nada por esa zorra. Ni siquiera me daba pena.

Por un momento me imaginé con el pelo corto, como si fuera uno de esos andros con los que tanto me gustaba follar.

Con solo pensar en ello conseguí que se me humedeciera el coño.

¿Cuánto llevaba sin follar?

Volví a darme otro tajo en el pelo, esta vez hasta la altura del lóbulo de la oreja.

Me estaba llenando la cabeza de trasquilones, pero no me importaba. Nadie iba a venir a verme y en el trabajo, con el equipo protector, apenas se me distinguía la cara.

Me entraron ganas de llorar, mientras continuaba dándome tijeretazos.

Observé, frente al espejo, cómo mis ojos se enrojecían y se llenaban de lágrimas. El entrecejo se me arrugó y las comisuras de los labios empezaron a aproximarse lentamente hacia mi barbilla.

Me recordé a mí misma cargando con el cuerpo arrugado y famélico de Marga.

Apenas pesaba nada.

Esa vieja era solo un saco de huesos

Igual que lo era yo ahora.

Me di un tijeretazo en el flequillo, cortándolo en línea recta a la altura de donde empezaba la frente. Detuve la vista por un instante en mis orejas, que cada vez se hacían más y más grandes, a medida que mi rostro poco a poco se iba consumiendo. Decidí no cortarme los laterales, dejándome un mechón largo a cada lado con el objeto de disimularlas.

Otra vez volví a escuchar el golpe sordo de los huesos de Marga rebotando contra el suelo.

Parecía imposible desterrar ese horrible sonido de mi mente.

Cogí una vieja maquinilla eléctrica y comencé a pasármela por detrás de la cabeza, rasurándola al cuatro.

Una lluvia de mechones comenzó a inundar los azulejos del baño.

Me visualicé otra vez cargando con Marga para colocarla de nuevo encima del sofá. Justo antes de darme cuenta de que estaba muerta. Volvió a invadirme su aliento apestando a cerveza. Su cuerpo todavía estaba caliente. Tal vez murió mientras yo iba en el metro, o cuando me detuve a pillar en aquel antro un poco de penta para el trompo que estaba acabando de fumarme.

Tal vez la hubiera visto viva por última vez.

Quizá hubiera llegado a tiempo para salvarla.

Empecé a cortarme con la maquinilla la zona parietal. Continuaba llorando mientras me vaciaba los laterales, por debajo de los dos mechones que había elegido salvar.

Marga solo era una puta que nunca hizo nada por mí.

Observé mi nuevo aspecto, asemejándome a una de esas antiguas etarras de las que me hablaron una vez en el colegio y que luchaban por no sé qué patria. Mi rostro lucía como siempre, salpicado de pequeñas costras rojizas, aderezado ahora con diminutos restos de cabello. Mis ojos grises continuaban enrojecidos y llorosos. Se había esfumado esa preciosa cara que un día tuve, esas rechonchas mejillas ahora ya desaparecidas. Envejecía siglos día tras día.

Tenía que pensar en que ponerme.

Hoy era mi día libre.

Hoy enterraban a Marga.

Capítulo 9

Comisaría Central, distrito uno.

La comisaria Cristina Graves se encontraba sentada en el borde de la mesa. Parecía inquieta. Movía nerviosamente una de sus piernas, como impaciente por dar comienzo a la reunión. Se trataba de una mujer madura, cercana ya a los sesenta. Normalmente era de trato afable, mostrándose siempre cercana y accesible, aunque no solía desenvolverse demasiado bien bajo presión. Ese hecho podía llegar a percibirse claramente esa misma mañana por la rigidez de su mandíbula, por los músculos maseteros que no cesaban de contraerse y relajarse en una especie de espasmódica melodía, o por el compulsivo parpadeo de su ojo izquierdo, a pesar de sus vanos intentos por disimularlo. Se lo frotaba hasta enrojecerlo, se situaba de perfil para que nadie reparara en ello, pero era inútil, el tic persistía. Quizás era debido al nerviosismo que suponía hablar en público o la inquietante sensación de que la situación empezaba a escapar a su control, que ya no estaba en sus manos, como una cometa cuyo cable se desliza entre tus dedos justo antes de empezar a volar. Graves tenía el pelo largo y plateado, recogido en una sola trenza que le caía por encima de su hombro izquierdo. Normalmente siempre vestía con traje, aunque hoy no llevaba puesta la americana y la ceñida blusa de color malva dejaba intuir groseramente los pliegues de su abdomen.

Una joven agenta se levantó de su silla y cerró completamente las ventanas de la sala de reuniones para impedir que se filtrara ruido del exterior. La nube de periodistas continuaba un día más ahí fuera, agazapadas e impacientes, a la espera de cualquier jugosa filtración. El caso definitivamente le había estallado en la cara a la comisaria sin ni siquiera esperarlo, y por extensión a todo el Grupo de Delitos

Violentos. Las especulaciones sobre un posible asesinato de Eve se replicaban a esta hora en todos los medios de comunicación a nivel nacional, amplificándose todavía más con cada nuevo detalle que se conocía del accidente. Más de veinte mujeres policías abarrotaban hoy la sala de reuniones.

—¡Silencio!

Las conversaciones cruzadas se sucedían. Blanca y yo estábamos sentadas juntas en la cuarta fila hablando de los detalles de la investigación. Desde mi posición podía observar a Bárbara, una de las agentas nuevas, que permanecía acomodada en su asiento, bostezando con aire despreocupado en la siguiente hilera de sillas. Las subinspectoras Diana Lago y Alicia Sancho ocupaban como siempre los primeros lugares.

—¡Silencio, por favor! —gritó otra vez la comisaria.

En esta ocasión todo el mundo obedeció. Graves continuaba sentada en el borde de la mesa visiblemente cabreada.

—No sé quién ha sido, pero estad seguras de que pienso averiguarlo. ¡Y si se trata de alguien de esta comisaría os aseguro que ya puede ir recogiendo sus cosas y marchándose a casa! —empezó diciendo Cristina—. Hoy me he desayunado con el informe de la autopsia en primera plana del Unión ...¿Sara?

—Te juro que yo no he sido, Cris.

Una carcajada generalizada estalló en la sala ante mi espontánea respuesta, que resultó aplacada inmediatamente por el gesto serio de la comisaria.

—¡Ya imagino que no has sido tú! —me espetó fulminándome con la mirada —. Dime, ¿por qué todavía no tenemos nada?

—La autopsia está resultando muy lenta, lo que han publicado es solo un informe preliminar. El ADN está demasiado deteriorado y el dispositivo de LRA se ha desintegrado totalmente. Entendemos que se trata del cuerpo de Ev...de la abogada; el coche estaba a su nombre y la letrada no aparece por ninguna parte. Toda su ropa se encontraba intacta, su documentación no estaba en el piso; es posible que la llevara encima cuando se despeñó por el acantilado y acabara también calcinada. No ha habido movimientos en sus cuentas bancarias. Es obvio que se trata de ella— concluí con resignación—, aunque no hayamos podido identificarla.

—¿Sabemos algo más de la causa del accidente?

—No había marcas de frenazo; es posible que se durmiera. Esa sería una hipótesis razonable teniendo en cuenta que era un modelo antiguo que no disponía de piloto automático.

—Estás millonarias excéntricas —apuntó Lago negando con la cabeza.

Definitivamente, no la soportaba. Diana Lago se dedicó a ponerme las cosas difíciles cuando aterricé en la comisaría. Era más veterana que yo y estaba segura de que el hecho de que una niñata de treinta y cuatro años fuera a ser puesta al frente del Grupo la quemaba por dentro. Muy pronto fui consciente de ello. A lo largo de estos cuatro años le había tenido que recordar en varias ocasiones cual era la jerarquía.

—Bueno, se trata de un vehículo de coleccionista. Hay mujeres que experimentan verdadero placer con la conducción manual —intenté hacerla entender—. En fin, como digo, la hipótesis del accidente sería razonable si el fuego no se hubiese iniciado dentro del habitáculo.

—A ver, aclárame eso —dijo la comisaria cruzándose de brazos.

—Lo normal en un accidente de este tipo es que el fuego se inicie en el motor, por entrar en contacto alguna chispa con el depósito de gasolina. Sin embargo, las de la científica aseguran que el fuego comenzó dentro del habitáculo.

—De modo que se la cargaron —apuntó Blanca.

Experimenté un súbito escalofrío al escuchar ese último comentario, percibiendo otra vez esa punzada de dolor que emergía desde la boca de mi estómago. Me mantuve en silencio durante unos segundos, evadiéndome por completo de la conversación. Pensé de nuevo en Eve...en lo hermosa que era. En si murió como consecuencia de la caída o estaba todavía consciente mientras se quemaba viva.

—¿Sara?

—Sí...sí...es una hipótesis que no debemos descartar —respondí—.Teniendo en cuenta que ya había recibido amenazas.

—¿Había recibido amenazas?

—Bueno, no solo eso. Intentaron matarla a la salida de los juzgados hace unos meses. Yo misma me ocupé de la investigación. El atentado lo perpetró un residente, tenía antecedentes por problemas mentales y había estado en más de una institución psiquiátrica.

La comisaria no salía de su asombro.

—¿Por qué nadie me informó de eso?

—Lo detuvimos de forma inmediata, todo indicaba que no era más que el acto de un perturbado. En su declaración en comisaría no dijo más que estupideces, nada de lo que se derivara que pudiera tener a alguien detrás. Solo era un indeseable más que había cruzado la frontera del gueto. La letrada se había labrado muchas antipatías haciéndose cargo de ese caso, había incomodado a demasiada gente, y no era raro que algún fanático pudiese actuar de ese modo. El andro sigue en prisión a la espera de juicio, pero podemos volver a hablar con él.

—Sí, sí, hacedlo. Está bien, está bien, buen trabajo, Sara. ¡Pues en marcha! —espetó Cristina dirigiéndose al resto de la sala—. ¡Quiero resolver este maldito caso y lo quiero para ayer!

La reunión se disolvió y todo el mundo comenzó a levantarse. Blanca se acercó mientras me dirigía al despacho.

—Hemos concluido el registro de la segunda residencia de la abogada. Debía pasar allí solo la temporada de verano porque estaba prácticamente vacía. Algo de comida en la nevera y poco más.

—¿Crees que se dirigía hacia allí?

—Es probable, aunque no puedo asegurarlo.

—Entiendo.

—En realidad, en ninguno de los dos registros hemos encontrado nada demasiado concluyente, la verdad.

—¿Y respecto a los resultados del laboratorio?¿Han analizado la medicación encontrada en el piso de la Avenida Vougban?

—Sí, había un poco de todo. Han encontrado desde paracetamol hasta senovial, un fármaco utilizado por muchas mujeres para aumentar el volumen de sus pechos. He investigado un poco, la OMS lo retiró de la circulación hace décadas, cuando se promulgaron las Leyes Antiandrógenas. Ese fármaco había logrado reducir las operaciones de aumento de senos en un noventa por ciento. Hoy en día solo es posible conseguirlo en el mercado negro.

—No entiendo porque una mujer como ella tomaría eso.

—Quien sabe, este tipo de mujeres de clase alta están obsesionadas con su físico—continuó diciendo Blanca—. También había una gran cantidad de antidepresivos. Te lo aseguro, Sara, esa chica parecía estar a tan solo un paso de volarse los sesos.

Hice una mueca de extrañeza, lo que animó a Blanca a continuar.

—Encontraron fluoxetina, es decir, lo que comúnmente se conoce por Prozac. Lo había de todas las clases y colores; sertralina, citalopram...También han encontrado varias cajas de diazepam. Todos ellos se pueden conseguir sin receta médica...

—¿Pero?

—Pero también han encontrado fármacos cuyo uso está muy restringido y en este caso tampoco logro entender para que los utilizaba; suplementos de estrógenos, e inhibidores de testosterona como la Dextrofenosa. Esta última es muy similar a la utilizada en las terapias de ablación androgénica[11], aunque mucho menos potente. Tal vez era una de esas mujeres obsesionadas con no contagiarse, a algunas les provoca tanto pánico el virus que intentan reducir al mínimo sus niveles de hormonas masculinas.

—Los estrógenos pueden estar relacionados con problemas hormonales, muchas mujeres los toman. Los inhibidores... no tengo ni idea...quizá no eran suyos... ¿Vivía con alguien?

—Eso he intentado averiguar. La hipoteca estaba a su nombre, pero estamos visionando las cámaras de seguridad del edificio y también de los alrededores para ver si alguien más salía o entraba de su vivienda.

Cruzamos el vestíbulo, repleto ya de policías empezando su turno. En el exterior, a través de los ventanales de la comisaría, podía apreciarse el numeroso enjambre de periodistas que revoloteaba a sus alrededores. Me preguntaba que estarían esperando ahí fuera, qué sentido tenían esas apresuradas conexiones en directo para intentar

---

[11] Las terapias de ablación androgénica detienen la producción de testosterona. Durante la Gran Infección y ante la escasez de fármacos capaces de contener el avance de la enfermedad muchos hombres, ante la certeza de una muerte segura, se sometían voluntariamente a orquiectomías. La generalización de este tipo de terapias de ablación química en sustitución de la cirugía fue percibida por la población como un gran avance en la lucha contra la enfermedad, ya que el virus lograba replicarse a través de la testosterona. De lo que se derivaba la gran mortandad masculina, que superaba el 80 por ciento.

arrancar un miserable titular, un desliz entre las palabras de alguna de las policías a cargo de la investigación lo suficientemente jugoso como para ser manipulado y abrir el informativo de las catorce horas.

—He confeccionado una lista con las personas del entorno de la letrada —le dije ya en mi despacho mientras activaba la pantalla virtual de mi escritorio.

—Acabaremos pronto, no hay demasiada gente —observó Blanca echándole un breve vistazo a la pantalla—.Por lo visto no contaba con demasiadas amigas.

—Supongo que en el mundo en el que se desenvolvía no debía resultar sencillo saber en quién confiar.

Capítulo 10

Era la una de la tarde y yo todavía deambulaba como una zombi por las calles del distrito once, después de apearme del metro a la vuelta del entierro. Me había puesto un bonito vestido de color negro, y encima de él un chaquetón azul oscuro de tres cuartos, que solo usaba en las ocasiones especiales, aunque ahora me arrepentía de haberlo hecho. La iglesia estaba vacía; a la misa no había asistido nadie. Por lo visto a Marga ya no le quedaban amigas, hacía demasiado tiempo que su única compañía era la botella. Había sido realmente deprimente asistir a una ceremonia en el interior de una iglesia desierta, al lastimoso espectáculo de enterrar los restos de Marga en un cementerio completamente vacío. En la entrada habían garabateado un cartel con bastante sorna en el que se podía leer: <<*SE PROHIBE EL PASO A CUALQUIER HOMBRE...VIVO*>>.

Hacía años que no pasaba por allí y no recordaba que el camposanto fuera tan inmenso. Ubicado en los márgenes de una antigua carretera nacional, a las afueras de la metrópoli, era realmente sencillo perderse en el interior de sus murallas. La primera sensación que te asaltaba cuando te introducías dentro de sus callejuelas era la intensa humedad; la temperatura descendía cinco o seis grados. Te embargaba también el olor a tierra batida y sobre todo la agradable fragancia que desprendían las flores adornando las lápidas. Prácticamente en ningún lugar podía percibirse ese suave aroma, desde luego no en el barrio donde yo vivía. Al instante siguiente se apoderaba de ti un enorme sentimiento de tristeza por las personas que ya no estaban, generaciones enteras perdidas en una dramática sangría. Las torres de nichos se extendían hasta donde alcanzaba la vista. El lugar había sido ampliado en varias ocasiones durante la Gran Infección, ganando terreno a los yermos campos anexos. En esa misma caseta donde iban a enterrar a Marga, a la altura del décimo piso, estaba también enterrada mi otra madre. Me fijé en la foto que figuraba en la lápida y que las enterradoras habían dejado en el suelo, apoyada en la pared, mientras introducían el ataúd con el cuerpo de Marga ayudándose de una plataforma elevadora. Inés debía poseer en ese momento la misma edad con la que yo contaba ahora. Observé la expresión sonriente que mostraba en la foto, siempre sonreía, eso era lo que mejor recordaba de ella. Mi madre poseía la cara redonda, como yo cuando era una niña. Seguramente el óvulo había sido suyo, aunque Marga nunca fue capaz de reconocerlo, o tal vez ni siquiera lo supiera con seguridad. Era uno de los compromisos que adquirían las clínicas de fecundación artificial: inoculaban varios embriones provenientes de ambas progenitoras y se lo introducían en el útero de la que sería la mamá gestante, que en este caso fue Inés. De forma que ni ellas mismas sabían cuál era la verdadera madre biológica, a no ser que se sometieran a una prueba de maternidad.

El termómetro hacía días que no superaba los cero grados y yo era incapaz de dejar de temblar mientras me dirigía de camino a casa, aunque no solo tiritaba de frío. Recuerdo que caminaba frotándome los brazos con las manos y mirando nerviosamente hacia todos lados. A estas horas tendría que haber alguien, me repetí para mí misma, aunque en el estado de ansiedad en el que me encontraba no era capaz de razonar con demasiada claridad. Pasé junto al bloque de pisos de Sonia: una corrala de viviendas semiabandonada. Atravesé la verja oxidada, que como siempre permanecía entreabierta, y accedí al interior del edificio; un corredor rodeado de pilares circunvalaba todo el bloque, accediéndose a través de él al enorme patio interior. Sonia normalmente solía encontrarse allí, sentada en los cuatro o cinco escalones que descendían hasta el patio principal, rodeada habitualmente de mujeres que también iban a pillar algo. Pero hoy no, hoy el patio permanecía desierto. Intenté contactarla por la RA, pero no contestaba.

El desfile de hormigas asustadas llevaba tanto tiempo correteando por debajo de mi piel que no era consciente de que había empezado otra vez a arañarme la cara.

Yo no era mucho más que un picor acuciante.

Un alivio momentáneo cuando mis uñas rompían y rasgaban la epidermis.

Una enorme costra que todavía continuaba supurando.

La ansiedad no me permitía pensar con claridad. Los dientes me castañeteaban y los temblores comenzaron a adueñarse poco a poco de todo mi organismo.

Sonia era una buena chica, siempre me regalaba algo más de penta de la que le pedía. Gozaba de muy buen aspecto, sonreía y bromeaba todo el tiempo, como si la vida no fuese la mierda que realmente era.

Es probable que ella no se metiera.

Estaba casi segura de ello.

Solo la vi esnifando una vez, en una fiesta de cumpleaños, pero jamás la había visto puesta.

Ojalá yo también pudiera ser así, me dije para mí misma mientras abandonaba el edificio. Continué caminando nerviosamente hacia mi bloque sin ser capaz de controlar los temblores.

Debería dejarlo.

Este será el último.

Aunque siempre había otro.

En ocasiones había conseguido dejarlo durante unos días, semanas incluso, pero últimamente el fantasma de la ansiedad se me aparecía cada vez con más frecuencia.

Quizá debería haberlo dejado cuando conocí a Amy. Amy era una antigua novia que se llamaba igual que la protagonista de aquella película protagonizada por Amanda Lytton[12]. Recuerdo que por aquel entonces las dos contábamos con veintitrés años y que estábamos muy enamoradas. O eso pensaba yo, hasta que descubrí que realmente me atraían los hombres. Los veía en esas películas antiguas… poseían un aspecto tan diferente; mucho más corpulentos de lo que eran ahora. Me atraía su voz grave, su gestualidad mucho más burda. Parecía como si formaran parte de otra especie, una de esas que se extinguieron hacía miles de años. En esos largometrajes se mostraban orgullosos de sí mismos, no como las ratas asustadas a los que la mayoría habían quedado reducidos. Se ocultaba algo excitante dentro de ellos, fascinante si cabe, aunque no sabría decir exactamente de qué se trataba. En aquellas películas todavía no había

---

[12]Amanda Lytton: Actriz protagonista del *remake* de *Persiguiendo a Amy*(2089) en el que todos los personajes masculinos fueron sustituidos por mujeres.

aparecido el virus, por increíble que pareciera hubo un tiempo en el que el síndrome de Kocinsky no existía. En aquellos años en los que conocí a Amy, ya me metía, aunque todavía no había probado la penta. La penta ni siquiera existía. Por aquel entonces la droga solo era un juego, algo que me permitía aguantar más el fin de semana o ponerme más cachonda cuando echaba un polvo. No se trataba de un esprint, se trataba más bien de una carrera de fondo. Y cuando te dabas cuenta estabas tan metida dentro de ella que te resultaba imposible aminorar la marcha. Yo estaba tan adentro, y llevaba tanto tiempo en esto, que era incapaz de darme cuenta de que todavía continuaba corriendo.

Doblé la esquina, localizando otro bloque destartalado y medio en ruinas. Centenares de puntales azules y amarillos sujetaban la planta baja para que el edificio no se viniera abajo. De repente, estalló dentro de mí una chispa de lucidez; recordé que un día pillé penta ahí mismo. El mono solía acarrear ese tipo de contradicciones; toda tu acción se concentraba en cómo conseguir la siguiente dosis, para esa tarea tu mente se comportaba de forma totalmente lúcida, pero para el resto no era más que un engranaje lento y oxidado que chirriaba con cada nuevo pensamiento. Me la vendió una tía grande que me timó con las cantidades, aunque estaba tan ansiosa por meterme que lo pasé por alto; eso era mejor que nada. La penta que me proporcionó era muy mala, tuve que chutarme con el doble de cantidad para conseguir un cuelgue similar. Ahora mataría por algo así.

Me planté temblando delante del portal. No recordaba exactamente cuál era su puerta, así que pegué un violento manotazo sobre el panel llamando a todos los timbres a la vez.

Esperé durante un interminable segundo, eterno, tan largo y dilatado que sentí que me desplomaría allí mismo antes de que alguien contestara.

Quizá no haya nadie.

Quizá el puto edificio se encuentre completamente vacío. No sería el primero en este jodido barrio.

—¿Sí?

—¿Sofía? —Así creía recordar que se llamaba—. Soy yo, joder —farfullé.

—¡Largo de aquí, colgada!

—¿Quién? —preguntó otra voz.

—Soy Helen, necesito pillar algo —supliqué, pegando la boca al auricular.

El sonido del teléfono colgando terminó con la conversación.

—¿Sí?

—Soy yo, joder. Sofía abre la puta puerta de una vez.

Las rodillas me flaquearon y temiendo caerme me deslicé hasta el suelo apoyándome contra la puerta. Los escalofríos seguían castigándome los huesos, el sudor, los miles de insectos que continuaban correteando por debajo de la piel y que intentaba matar clavándome las uñas en la cara. No tenía ni idea de cómo salir de esta. Esta vez había calculado mal.

—¿Sí?

—¿Sofía?

La puerta se abrió automáticamente, cedió, y acabé con medio cuerpo dentro del portal. Me levanté y subí por las escaleras con el último aliento de cordura que todavía me quedaba. En el segundo piso la puerta número cuatro permanecía abierta, debía ser esa. Me introduje a través de ella. La vivienda estaba oscura, ahora recordaba esa oscuridad, la recordaba de aquella vez. Recordaba el pasillo estrecho y una luz, la del comedor, que despuntaba en el otro extremo. Cuando accedí a la habitación, distinguí a Sofía acompañada de dos mujeres más sentadas junto a una vieja estufa. Sofía era alta, más de uno noventa, y estaba extremadamente delgada. Tenía la tez morena y poseía el pelo largo y grasiento. Ya debía haber cumplido los cuarenta, aunque aparentaba al menos veinte más. Iba vestida con unos pantalones bombachos y una sudadera polar de color rosa. El comedor no era más que un antro que se caía a pedazos; paredes desconchadas, un viejo televisor estropeado de los que ya no se fabricaban y un ventanal que daba al patio interior. La camella permanecía sentada en un desvencijado tresillo junto a las dos mujeres, tan demacradas como ella. La primera esnifaba un par de rayas pintadas sobre el cristal de la mesita de centro. La otra estaba sobando a Sofía, metiéndole mano en la entrepierna, por el interior de los pantalones.

—Tienes un aspecto horrible, chica.—Sofia se dirigió a mí sonriendo—. Has venido al sitio adecuado porque me ha llegado un vidrio de primera.

Yo apenas la escuchaba, no conseguía apartar la vista de la otra raya que todavía permanecía pintada sobre la mesa, y que con toda seguridad aliviaría algo mis temblores, aunque no del todo, porque lo que realmente necesitaba era un buen chute.

—Tengo que largarme ya —dijo una de ellas, después de acabar de esnifarse una de las rayas, mientras se ponía de pie y abandonaba la habitación.

—¿Quieres probar? —me ofreció Sofía señalando el polvo de penta—. Si me pillas un gramo te la regalo.

—Veras, Sofí, encanto, voy un poco floja de criptos, pero en cuanto cobre te lo pago.

Los ojos de la camella parecieron cobrar vida de repente.

—Claro, cariño. Seguro que podemos llegar a entendernos. Ven, siéntate.

Me desprendí del chaquetón, lo dejé en una silla que permanecía vacía, y me senté en medio de las dos.

—Estás muy guapa con el pelo así —me dijo Sofía mientras me pasaba la mano por el muslo.

En otro momento me la hubiese quitado de encima, me daba asco, pero lo último que deseaba ahora mismo era cabrearla. Me incliné para esnifar la penta. Era la única idea que ocupaba por completo mi mente. Las manos de Sofía continuaron avanzando hasta mi coño por debajo del vestido. Noté cómo introducía una de ellas dentro de los pantis, apartando las bragas, y cómo me penetraba con los dedos. Di un respingo cuando sentí sus largos y fríos dedos sujetándome el coño como si me fuera a escapar, aunque ni siquiera me importó. La otra mujer empezó a meterme mano también, tocándome las tetas por debajo del vestido, apartándome el sujetador y chupándome los pezones. Esnifé la raya de golpe y por fin encontré algo de calma. Recostada sobre el respaldo del sofá, la ansiedad pareció empezar a retroceder. Permanecí inmóvil, con la mirada perdida en el techo de la habitación, mientras Sofía comenzaba a comerme el coño.

Capítulo 11

—No tengo nada que contaros sobre esa puta. Tan solo que me alegro de que esté muerta —respondió el andro, que no contaría con más de veinte años. Vestía el mono azul que te proporcionaban al ingresar en el módulo, con su número de recluso impreso con letras blancas en la parte derecha del peto. A primera vista, poseía el aspecto de un obrero de una de esas antiguas cadenas de producción, solo que sin la cara manchada de grasa. Su cabeza se asemejaba a un amasijo de tics nerviosos, incapaz de detener la mirada en ningún punto fijo.

Blanca y yo lo observamos durante un momento en silencio, sentadas al otro lado de la mesa. La sala de visitas del módulo de preventivos era un espacio reducido, de unos escasos diez metros cuadrados y sin ventilación. Llevábamos puestas sendas mascarillas negras con las siglas CFP serigrafiadas. Cristian acababa de desprenderse de la suya, alegando que necesitaba respirar libremente durante al menos un <<*puto segundo*>>.

—¿Para quién trabajas? —le preguntó Blanca.

—¿Qué para quién ...? –El chico soltó una risita—. ¿Vosotras dos sois lo mejor que ha encontrado la poli? ¡Joder! —exclamó mientras negaba compulsivamente con la cabeza—.¿Tengo aspecto de trabajar para alguien?—Levantó las dos manos esposadas para que las viéramos bien—.Seguramente me pudriré metido aquí dentro el resto de mi vida.

El chico no me había reconocido, aunque yo sí que lo recordaba del momento de su detención; recordaba perfectamente esas pupilas ansiosas danzando de una parte a otra de sus globos oculares. Seguramente en aquel momento iba hasta arriba de todo. Ahora llevaba la cabeza completamente afeitada, favoreciéndole mucho más la larga melena que lucía aquel día, aunque ni siquiera ese hecho conseguía afear su rostro. Me fijé en los hombros estrechos, en su delgada constitución, y en sus rasgos excesivamente femeninos, llegando a la amarga conclusión de que era el más guapo de las tres.

—Oye. Necesito un cigarro. Dame uno, anda.—Cristián señaló el paquete que Blanca había dejado encima de la mesa mientras alargaba ambos brazos.

—No te vamos a dar una mierda hasta que nos digas lo que queremos oír —contestó mi compañera alejando la cajetilla.

El chico se frenó en seco, observando con cara seria a la oficiala.

—¡Joder!¡Joder!—gritó, golpeándose enfermizamente la cabeza con las manos esposadas—. ¡Hijas de andro! ¡Sois unas hijas de andro! ¿Lo sabéis? —Se levantó repentinamente de la silla, inclinándose sobre la mesa. Su cara estaba ahora a escasos centímetros de la de Blanca, aunque la oficiala no pareció inmutarse. El chico apretó los puños hasta que los nudillos se le emblanquecieron, tensando la mandíbula, pero sin decidirse a dar el siguiente paso.

—Venga, hazlo. ¡Atrévete! —le animó Blanca—. Sabes muy bien lo que ocurrirá luego, ¿no? Síí, claro que lo sabes. Cuatro enormes agentas entrarán por la puerta —le advirtió, señalando la entrada con un movimiento de sus pupilas—. Te reducirán antes de que puedas asestarme el siguiente golpe. De repente, te encontrarás con tu preciosa carita reventada contra el suelo, y con la rodilla de una de esas bestias clavada sobre tu nuca. Seguramente te calentarán un poco antes de sacarte de aquí en volandas, alegando en el informe que: <<*El puto andro opuso resistencia*>> —Blanca pronunció esas últimas palabras como si se las escupiera a la cara —. Y seguirán haciéndolo cuando te introduzcan a palos en una celda de aislamiento, de donde no saldrás hasta el día del juicio. Quizá incluso se te follen entre las cuatro. ¿Eso te gustaría, Cristian? ¿Eh? Estoy segura de que sí, por eso se lo encargarán a alguno de tus compañeros de módulo, seguramente al que tenga la polla más grande y todavía se le levante. Siempre resulta difícil resistirse a un pedazo de mierda tan guapo.

El chico bajó la mirada y lentamente volvió a dejarse caer en la silla.

Yo había permanecido en silencio hasta ahora. Tenía la sensación de que todo este interrogatorio no era más que una gran pérdida de tiempo. Presentía que todavía estábamos a años luz de dar con el verdadero culpable.

—¿La conocías? –le pregunté por fin.

—¿Qué si la conocía? ¿Me preguntas si conocía a esa guarra?

Ese último comentario realmente me dolió, aunque decidí pasarlo por alto y asentí con la cabeza sin dejar de mirar al chico. Cogí un cigarro del paquete y se lo puse en la boca a Cristian. Se le dibujó de inmediato una media sonrisa en los labios al mismo tiempo que miraba de reojo a Blanca, que no hizo nada por detenerme, mientras se lo encendía con el mechero situado junto a la cajetilla.

—No, no la conocía.—Dio una larga calada manteniendo el cigarro entre los dedos—.¿Por qué tendría que conocerla?

—Intentaste matarla.

—Se lo merecía, ella intentó matarnos a nosotros primero.

—¿Y se puede saber cómo hizo eso?

—Vamos, mujer, todo el mundo lo sabe, era una negacionista. Ella y esa jodida organización para la que trabajaba. No les basta con mantenernos encerrados, también pretenden que el Estado deje de subvencionarnos el tratamiento. Quieren matarnos. Por eso tuve que intentar cargármela.

—¿Por qué alguien iba a querer haceros eso?

—¿En serio me lo preguntas? ¿No miras las noticias? Somos un lastre. Un despilfarro, una hemorragia de pasta que no tiene fin. Por eso esas misándricas supremacistas quieren eliminarnos, pretenden borrarnos de la faz de la tierra, hacer como si no existiéramos, como si no hubiésemos existido jamás. Ha comenzado nuestra jodida extinción.

—Hombres por la Igualdad lucha por vuestros derechos y eran mujeres como Clara Meller y Evelyn Curtis las que lo hacían.

—¡JA!¡JA!—Dio otra calada al cigarro. Ahora parecía realmente cómodo, mientras nos lanzaba su delirante diatriba—. Eso es lo que ellas pretenden, que nos traguemos esa patraña. Una organización solo integrada por mujeres que lucha por nuestros derechos, ¿de verdad pretendéis que me lo trague? Su intención es cortar lo único que nos mantiene todavía con vida; la medicación. La cual supone un gasto de miles de millones de criptos para el Estado. Por eso aseguran que estamos sanos, aseguran sin ningún pudor que el virus ya no es peligroso, que ya no mata, o que al menos no cómo lo hacía antes. Si convencen a la gente de eso entonces todos nosotros moriremos, caeremos como moscas. Ya nos tienen encerrados, apartados de la sociedad, el siguiente paso es nuestro exterminio.

—¿Actuaste solo?

—Sí, aunque si no hubiera sido yo, hubiese sido cualquier otro.

Volvimos a nuestro vehículo caminando por el inmenso parking de la prisión, que permanecía semivacío. Era un recinto cercado con vallas metálicas de unos cuatro metros de alto.

—¿Qué opinas? ¿Crees que está implicado?

—No. Creo que solo es un loco. Un misógino más que se pasará la vida entre rejas —respondió Blanca.

Un aviso en mi dispositivo LRA interrumpió la conversación. Acepté la llamada manteniéndome a la escucha durante unos segundos.

—Es de comisaría —informé a Blanca—. Parece que han encontrado algo.

Capítulo 12

Por un instante volví a abrir los ojos. Sentía que las paredes del dormitorio me observaban. Que habían cobrado vida de repente. Expandiéndose y contrayéndose. Girando. Dando vueltas sobre sí mismas. A menudo amenazando con expulsarme fuera de la habitación. Permanecía acurrucada en la cama, protegida debajo del edredón, sin atreverme a destaparme. Fuera, el tiempo era gélido, la peor ola de frío que se recordaba. Estábamos a finales de febrero y el invierno debería estar acabando, pero la ciudad se encontraba colapsada por el temporal de nieve. Hacía más de cien años que no nevaba en la costa. Y desde luego nunca lo había hecho así. Un manto blanco y espeso obstruía la puerta de acceso al edificio. Miles de gotas de agua, reposando sobre las hojas de los escasos árboles que todavía sobrevivían en el vecindario, yacían ahora congeladas, ofreciendo a la vista un espectáculo de color blanco cristalino y asemejando sus calles a esos paisajes que aparecían en algunas películas de ciencia ficción más que a una ciudad real. Asemejándola a una urbe de hielo y frío, a un lugar inhóspito, inaccesible hasta para la más extrema de las formas de vida. La ciudad llevaba varios días ofreciendo ese horrible aspecto, navegando en medio de la tempestad, o más bien naufragando dentro de ella. Ni siquiera el metro funcionaba, con lo que no había podido ir a trabajar. Ni tan siquiera salir de casa.

Ni tampoco meterme nada.

Llevaba días sin hacerlo.

Esta vez no había podido recurrir a Sofía, le debía demasiado y ya no le bastaba con dejar que me follase. Eso es lo que me dijo antes de finalizar la videollamada por Eneas.

Tranquila, solo faltan unos días para cobrar, me dije para mí misma mientras no dejaban de castañetearme los dientes.

Me di otra vuelta más en la cama.

Volví a cerrar los ojos.

Pero la habitación continuaba viva dentro de mí, continuaba sintiendo que me observaba. Percibía que no me quitaba los ojos de encima mientras no cesaba de dar vueltas. Como uno de esos antiguos carruseles. O como una puta noria. La habitación giraba a toda velocidad amenazando continuamente con librarse de mí. O tal vez era yo la que me había detenido. Tal vez fuera eso, tal vez debería girar con ella y entonces sería el mundo el que dejaría de moverse. Tal vez se me pasarían estas horribles ganas de vomitar.

Logré sacar la cabeza de debajo del nórdico, pero no me atrevía a poner los pies fuera de la cama. El suelo del dormitorio continuaba repleto de insectos, de cucarachas, de ciempiés del tamaño de un puño subiendo y bajando por las paredes.

Necesitaba ir al baño. Llevaba horas aguantándome. Por eso me levanté apresuradamente y comencé a correr. Percibía, con cada nueva pisada de mis pies descalzos, los crujidos de los exoesqueletos de esos bichos, estremeciéndome con cada uno de ellos. Conseguí salir de la habitación y continué corriendo por el pasillo, apoyándome en las paredes para no caerme. Los insectos aparecían por todas partes, en cada cosa que tocaba, en el techo...Corría cubriéndome la cabeza con las manos para que no me cayeran encima.

Me encerré en el baño. Subí la tapa y me bajé el pantalón del pijama junto con las bragas, pero solo hasta las rodillas, quería mantener mi ropa interior lo más lejos posible del suelo. Sentada en la taza, no podía dejar de mirar nerviosamente a mi alrededor. No parecía que me hubieran seguido hasta aquí.

Sentí un enorme alivio al comenzar a mear y escuchar el ruidito del chorro de orina golpeando contra el agua. Me mesé los cabellos, volví a ser consciente de que los llevaba cortos. Y de que estaban empapados, igual que el resto de mi cuerpo.

Los picores...otra vez esos jodidos picores.

Quizá los insectos se habían colado dentro del pijama. Me levanté rápidamente, sin limpiarme, deshaciéndome de la chaquetilla y sacando las piernas de los pantalones. Dejé toda la ropa amontonada en el fondo de la bañera, abrí el grifo y retrocedí. Fue cuando pude verlos saliendo de mi ropa: los ciempiés, las cucarachas, las tarántulas que intentaban trepar por las paredes, pero que resbalaban.

Entonces me giré, observando frente al espejo del lavabo mi cuerpo desnudo. Di unos pasos hacia atrás, hasta toparme con la pared, mientras continuaba con mis ojos clavados en él. Por un momento me costó reconocerme; mis raquíticas y tambaleantes piernas, las caderas; antes preciosas y de apariencia redondeada reducidas a dos crestas iliacas recubiertas de algo de carne, las costillas; exhibiéndose de forma grosera con cada nueva respiración. Mis pequeños pechos, solía estar orgullosa de ellos, ahora prácticamente desaparecidos.

No era más que un esqueleto.

Reparé en mi rostro famélico, salpicado de diminutas costras rojizas. Por un segundo volví a ser consciente de lo que me estaba haciendo a mí misma, de que poco a poco me estaba destruyendo.

Pero necesitaba otra dosis.

Tan solo una.

Solo una vez más y se acabó.

Lo juro.

Los picores. Otra vez esos jodidos picores.

Los insectos se movían ahora por dentro de mi cuerpo.

Pequeños bultitos que se desplazaban bajo mi piel, que correteaban por el interior de mis venas, intentando alcanzar el corazón.

No, no podía dejar que lo hicieran.

Empecé a perseguirlos a lo largo de todo el cuerpo, clavándome frenéticamente las uñas; en los brazos, en las piernas, en el rostro. Como una histérica. Me arañé los pechos, notaba esos bichos debajo de ellos, me estiré los pezones como si quisiera arrancarlos. Ahora los notaba subiéndome por el cuello. Me froté contra la pared, para intentar aplastar los que comenzaban a recorrerme la espalda.

—¡Quitádmelos! ¡Quitádmelos! ¡Qué alguien me los quite, joder!

Me dejé caer hasta el suelo, frotándome el pelo, estirando de las pestañas hacia fuera; creí haberlos localizado debajo de los párpados. Por un instante cerré los ojos, pero continuaba viéndolos. Seguían ahí. Estaba a punto de volverme loca.

Me acurruqué en el suelo, restregando mi cuerpo desnudo contra los azulejos del baño. Retorciéndome para intentar aplastarlos.

—¡Apartadlos de mí! ¡Apartadlos!

Por un momento los picores cesaron. Los insectos se habían detenido de repente, ofreciéndome una pequeña tregua mientras permanecían agazapados bajo la piel. Me quedé tumbada en posición fetal. Hubiese dado lo que fuera por no sentir ese sudor frío que me recorría todo el cuerpo, lo que fuera por dejar de temblar, porque alguien me abrazara, por sentir una pizca de calor humano, aunque tan solo fuera durante un segundo.

Mamá

Mamá.

Tengo miedo, mamá.

Estoy sola y tengo miedo.

Capítulo 13

Llamé dos veces al timbre y esperé. Estaba frente a la puerta contigua a la del piso de Eve.

Al objetivo de la cámara, integrado en la puerta acorazada a la altura de mi cabeza, se le iluminó un pilotito azul.

—Inspectora de la Policía federal Sara Uriarte —dije con voz firme mientras mostraba la placa.

Se escucharon pasos apagados al otro lado y el sonido de varios cerrojos despasándose a la vez, como cuando te acercas al vehículo y los lectores reconocen automáticamente tu rostro. La puerta se abrió pesadamente. Detrás de ella apareció una anciana menuda, con unas grandes gafas de color dorado y el pelo totalmente cano. Debía tener más de cien años, aunque resultaba difícil saberlo con exactitud. La mujer iba vestida con un mono pantalón de seda verde muy elegante. El cinturón marrón le hacía juego con los zapatos de piel de cuña baja. A su edad todavía conseguía mantenerse delgada, no pesaría más de cincuenta kilos.

—¿Te puedo ayudar en algo, hija?—Su voz sonaba bajita, como un leve susurro.

—¿La señora Costa?

—Sí, la misma.

—¿Puedo pasar? Solo será un momento.

El piso era mucho mayor que el de Eve. Una mujer perteneciente al servicio, de raza caucásica y ataviada con un sobrio traje negro, se encontraba situada frente a la enorme puerta de dos hojas que daba acceso al salón principal, que resultaba gigantesco. Yo caminaba justo detrás de la señora Costa, la cual parecía todavía más diminuta ante la enormidad de la estancia. La mesa del comedor, de más de diez metros de larga, fue lo primero que captó mi atención; diversas figuritas de cristal tallado a mano en forma de aves reposaban encima de ella. Reconocí la de la desaparecida águila real, también la del hermoso, y casi extinto, ganso silvestre, entre algunas otras. Todas eran de colores muy vivos. El águila, de un intenso color rojo, parecía a punto de aterrizar sobre una presa. El ganso, en cambio, que adquiría una tonalidad azulada cuando los rayos de luz incidían sobre él, parecía estar levantando el vuelo.

Nos sentamos al final del salón en dos cómodos sillones, situados el uno frente al otro, junto a un inmenso ventanal, que como el de Eve ofrecía unas fabulosas vistas a la gran avenida. Aunque era si cabe todavía más impresionante. La anciana se colocó un cojín detrás de la espalda y se reclinó en el sillón cruzando elegantemente las piernas.

—¿Qué deseas tomar? —me preguntó en cuanto se acercó hasta nosotras la chica del servicio.

Rechacé el ofrecimiento negando con la cabeza.

—¿No quieres tomar nada, hija?

—No, gracias, estoy bien así.

—Yo tomaré un té. Gracias, Martina.

Durante unos segundos, permanecí observando a la asistenta con curiosidad mientras se retiraba de nuestro lado.

—No me gustan esos robots de servicio, son demasiado fríos —me explicó la anciana—. A mi edad necesito compañía.

Asentí levemente con la cabeza sin decir nada.

—Eres muy guapa, niña, si me permites que te lo diga.—Sonreí amablemente—.Yo también lo era de joven —continuó diciendo—, pero el tiempo es implacable. Y sobre todo transcurre demasiado deprisa.

—¿No tiene hijas?

—No, solo tuve un hijo, y se lo llevaron a los doce años. Por aquel entonces ya había dejado embarazada a una chica. Fue una niña, a la cual críe como si fuera mía. Su madre también era una cría y no podía ocuparse de ella. Me encargué de pagar todos los trámites para poder legalizar su nacimiento. Ya me entiende, estás cosas no deberían pasar, pero pasan, todas hemos sido jóvenes. Ahora mi nieta vive en otro Estado. De mi hijo… hace años que no sé nada. Lo engulló ese inmenso lugar, el gueto, así lo llaman, ¿no?...Supongo que como a tantos otros —manifestó la anciana con resignación.

Una mesita de centro, confeccionada totalmente de cristal, emergió desde el suelo. Martina se aproximó para depositar en ella la bandeja, retirándose luego sigilosamente. La señora Costa empezó a remover con pulso tembloroso la bolsita de té.

—Verá, quería hacerle algunas preguntas acerca de su vecina, Evelyn Curtis.

—Sí, vi en las noticias lo que le sucedió. Qué pena, pobre chica.

—¿La conocía bien?

—Bueno, había coincidido con ella en el ascensor en alguna ocasión. También en la calle, unas cuantas veces, cuando ambas estábamos a punto de entrar al patio. Siempre se mostró muy correcta conmigo, aunque la mayoría de las veces parecía muy atareada. Una chica tan joven debería disfrutar más de la vida, ¿no crees?

—Sabe si alguien más frecuentaba su vivienda. Vio entrar o salir a alguien de ella.

—¿Por qué? ¿Piensas que querían hacerle daño?

—Bueno, aún no sabemos qué sucedió realmente. Por eso estoy aquí.

—Pues ahora que lo dices…—comenzó a decir la Señora Costa dándole un pequeño sorbo a su taza de té—. No me gusta inmiscuirme en la vida de las demás, pero en ocasiones sí que vi salir a alguien de su apartamento. Me quedé muy sorprendida, no parecía de ese tipo de chicas.

—¿A qué se refiere?

—Se trataba de un hombre.—La anciana negó levemente con la cabeza—. De vez en cuando, normalmente de noche, salía un hombre del apartamento. No es que yo sea una entrometida, pero me gusta echarle un vistazo alguna que otra vez al monitor por el que se visualiza el rellano, sobre todo si escucho algún ruido extraño.

—Entiendo. ¿Y qué vio?

—Era un hombre, de eso estoy segura. Aunque intentaba ocultar su rostro bajo una capucha. Una vez incluso me lo crucé. Él se disponía a coger también el ascensor, pero de repente cambió de opinión y bajó por las escaleras. ¿Quién bajaría más de noventa pisos andando? Por un momento me asusté al verlo. Incluso pensé en llamar a la Policía. No se suelen ver hombres por este barrio.

—¿Las gafas que lleva puestas disponen de realidad aumentada?

—¿De qué?

—No se preocupe —le dije con una sonrisa.

Me subí la cremallera, que empezaba en el puño de la manga de la chaqueta extendiéndose hasta el codo, dejando al descubierto la consola que portaba adosada a mi antebrazo. Se trataba de un artefacto plano, que se ajustaba perfectamente al contorno del brazo resultando tremendamente maleable. Supuso toda una revolución cuando el primer modelo salió al mercado. Parecía que iba a desbancar definitivamente a los móviles. Fácil de transportar debido a su ligereza, a su extrema delgadez y a su plasticidad, parecía el complemento perfecto. Se asemejaba a una calcamonía adhiriéndose a la piel. Esa cualidad junto a la basta capacidad de almacenamiento de su memoria, lo llevó a dominar el mercado, aunque acabó siendo desplazado por las lentes de realidad aumentada en cuanto esa tecnología fue los suficientemente asequible para que la pudieran adquirir las masas. Las posibilidades de estos últimos dispositivos demostraron ser infinitas y los teléfonos móviles definitivamente pasaron a la historia. De manera que este tipo de consolas portátiles estaba totalmente desfasada, olvidadas en algún cajón en la mayoría de los hogares. Yo la conservaba un poco por nostalgia y porque me continuaba pareciendo útil, sobre todo en este tipo de situaciones. Las gafas y sobre todo las lentillas acababan castigando demasiado la vista, produciéndose en algunas ocasiones casos de desprendimiento de retina a causa de su uso excesivo. En Estados Unidos se habían planteado las primeras demandas colectivas en los casos más graves. Lotes defectuosos de esos dispositivos habían llegado a provocar cegueras parciales y daños en el nervio óptico. Algunos expertos aseguraban que solo era cuestión de tiempo hasta que alguien se atreviera a demandar a uno de esos gigantes tecnológicos también en Europa.

Comencé a manipular la consola adherida a mi antebrazo. Me puse de pie, aproximándome a la anciana, quedándome en cuclillas a su lado y mostrándole la pantalla.

—¿Era este hombre?

En la pequeña consola podía apreciarse una figura humana de más de metro ochenta y de constitución delgada, vestida con un chándal gris con la capucha puesta. La instantánea había sido tomada a varios metros de altura desde un dron autónomo de vigilancia. Era de noche y el individuo se encontraba caminando por la acera contigua al edificio de Eve.

—Centra la imagen en el rostro y amplíala cinco aumentos—le ordené a la consola.

El rostro ocupaba ahora toda la pantalla, aunque la imagen había perdido nitidez. Efectivamente, parecía un andro: ojos hundidos; que proyectaban una larga sombra sobre sus mejillas, nariz pequeña; pasando casi desapercibida en medio de la cara. El cabello lo llevaba largo y parecía de color negro, no pudiendo apreciarse con claridad debido a la capucha.

—Sí, es él —respondió con rotundidad la anciana—. Recuerdo perfectamente esos ojos.

—¿Sabe de quién puede tratarse?

La señora Costa negó con la cabeza mientras lentamente le daba otro sorbo a su taza.

—No sabría decirte, no suelo frecuentar ese tipo de compañías, hija.

—Sí, claro. No pretendía ofenderla.

La mujer sonrió.

—Tranquila, ya sé que es vuestro trabajo.

—¿Con qué frecuencia solía verlo?

—Me tropezaba con él muy de vez en cuando.

—¿Diría que vivía aquí?

—No te lo puedo afirmar con seguridad, querida.

—Está bien. Supongo que es suficiente —concluí, sin poder apartar la vista de la imagen.

Capítulo 14

Cientos de hombres comenzaron a entrar en dirección a mi cabina, desnudos, en interminables filas de a uno que metro a metro iban abarrotando el vasto recinto. Eran las nueve de la mañana y a primera hora siempre reinaba un rotundo silencio. Caminaban callados, como espectros que lentamente se arrastraban hasta acabar inundándolo todo. Se posicionaron resignados delante de cada una de nosotras, preparados para ser cacheados y regresar cuanto antes a sus anodinas y rutinarias vidas, a las que normalmente habían acabado por acostumbrarse.

La mayoría había guardado su ropa en una mochila que portaban cargada a la espalda y que, por su puesto, deberían dejar en la puerta antes de introducirse en la cabina. Otros, los que habían intentado saltarse el control, y a los que los chicos del Comité Sectorial se lo habían <<recordado>>, la llevaban en las manos, doliéndoles todavía los huesos de la paliza que con toda seguridad les habían infringido: <<*Parte*[13] *o galleta*>>, así es como aprendían a no saltarse el calendario los más <<olvidadizos>>.

Las mochilas, todas de color azul y con las iniciales del Departamento de Reubicación impresas, eran lo primero que recibían del Estado cuando los reasignaban al gueto. Lo siguiente era un puñetazo de realidad en las costillas, adoptando la forma de su primera noche en los barracones del sector D. El último golpe

[13] Partes: Suponían un papeleo adicional que los <<trabajadores del gueto>> no estaban dispuestos a asumir. A su vez, los residentes preferían evitar este tipo de apercibimientos porque les podía acarrear arrestos domiciliarios, ingresos hospitalarios o privaciones de libertad. La <<pena sustitutiva>> solía ser una buena tunda también conocida como <<galleta>>, por la que los residentes acababan optando a cambio de que su infracción no fuera comunicada.

siempre les impactaba en la mandíbula, proveniente de su compañero de litera cuando les deslizaba, entremedias de una sonrisa torcida, que nunca saldrían de allí, lo que casi siempre terminaba por noquearlos. La primera noche, según contaban, era habitual romper a llorar. Todos lo hacían, lo reconocieran o no. Unos al apagarse las luces y ser engullidos por la brutal soledad de la litera. Otros se encerraban en el baño y no salían hasta que eran capaces de mantener la compostura. Les delataban los rostros enrojecidos, los ojos vidriosos o la repulsión total a la palabra. Siempre era mejor aparentar fortaleza, aunque por dentro no fueran más que unos putos críos cagados de miedo. Eran muchas las leyendas que circulaban sobre las primeras noches en el gueto, amplificándose a medida que rebotaban entre estas paredes.

Yo iba totalmente protegida con el equipo, prácticamente no quedaba ni una parte de mi cuerpo que permaneciera expuesta. La ratio de contagios de operarías en centros de donación se había reducido considerablemente en los últimos años. Algunas sostenían, las negacionistas sobre todo, que el virus estaba desapareciendo o que incluso ya lo había hecho y que todas estas medidas de seguridad no eran más que formas de control social. Hacía tan solo unos meses, una manifestación de unas dos mil negacionistas irrumpió en el gueto de París. Se plantaron en medio de la calle principal sin ningún tipo de protección y empezaron a interaccionar con los residentes. Dicen que algunas incluso mantuvieron sexo con ellos. La Gendarmería no tardó demasiado en disolver la marcha y en aislar a las mujeres participantes preventivamente. Pero eso no impidió que las imágenes corrieran como la pólvora por medio mundo.

—Extiende los brazos —le espeté al primero de la fila.

Yo no solía pensar demasiado en política. Nunca me había planteado si existía o no el virus, o si ya había dejado de ser letal. Desde que nací convivía con él, o con su supuesta existencia; con las mascarillas y los equipos de protección, con una educación sexual orientada hacia el mismo sexo, con la fecundación *in vitro*, con la segregación obligatoria entre hombres y mujeres. Nunca se me pasó por la cabeza rebelarme. Supongo que me comportaba como un pez viviendo en una pecera: nunca me había planteado cómo habíamos llegado hasta aquí, tan solo me limitaba a seguir nadando.

La mayoría de estos tipos estaban inacabados, se asemejaban a adolescentes cuyo desarrollo se hubiera frenado repentinamente: consecuencia de bloquear su producción de testosterona en fases tempranas de la pubertad. Eternos imberbes cuyo cuerpo había quedado a medio terminar, como cuando a un bizcocho no le sube la levadura; brazos y piernas excesivamente largos, desarrollo de tejido mamario en el pecho, testículos y pene infradesarrollados. Ni siquiera los miraba a la cara cuando los cacheaba. Al final, solo acababa viendo brazos y piernas, axilas húmedas y anos ennegrecidos. No veía personas, tan solo trozos de carne que desfilaban uno tras otro hasta acabar la jornada. Ya estaba acostumbrada, llevaba en esto más de una década.

Volví a experimentar un pico de ansiedad. Eché un vistazo en la interfaz de mis lentes de realidad aumentada, antes de cachear al siguiente andro, y me desesperó el hecho de no ver ningún aviso de movimientos en mi cuenta bancaria. Ya era el cuarto mes que se retrasaban con el pago de las nóminas. Hacía semanas que no me metía nada, ni tan solo un mísero trompo. Era lo máximo que recordaba haber aguantado nunca. Aunque mi memoria ya no era demasiado fiable: normalmente las semanas y los meses se entremezclaban dentro de mí en un eterno retorno de horas y días idénticos. En un sentirme eternamente ansiosa por meterme una dosis y en una lucha interna por no hacerlo, que no solía durar mucho. Era uno de esos combates que sentías tener perdido desde el principio. A veces la derrota llegaba en forma de mentira piadosa: <<*Esta será la última*>>, era lo que a menudo me prometía a mí misma. Otras veces el mono apretaba tanto que meterse se convertía en pura necesidad vital; para dejar de temblar, para que los insectos dejasen de jugar al fútbol en el interior de mis venas, para poder concentrarme y trabajar un poco. Esos últimos chutes los llevaba mejor, eran moralmente más justificables.

—¿A qué esperas?¡Date la vuelta e inclínate! —le ordené al siguiente, un tipo de unos treinta años y con sobrepeso. El orificio del ano se hacía difícil de encontrar entre tanta grasa, pero estaba demasiado acostumbrada para sentir asco.

El ciclo de ansiedad solía acabar últimamente con un chute en medio de los dedos de los pies. El cuelgue era inmediato, aunque la sensación de euforia posterior, el efecto de la dopamina inundando mi masa cerebral cada vez se diluía más y más rápido. Y eso hacía que el siguiente ciclo comenzara mucho antes.

El siguiente andro captó de inmediato mi atención, debía rondar la trentena y le sacaba una cabeza al resto, aunque no recordaba haberlo visto anteriormente. Y eso no dejaba de ser raro porque normalmente los llevaba viendo a todos más o menos desde los doce años, desde que aterrizaban en el gueto y se sometían a su primer control. Solían llorar cuando les introducía por primera vez el dedo en el culo. Al principio intentaba hacerlo con cuidado, pero el trabajo me había ido endureciendo y con el paso de los años lo único que deseaba era acabar rápido. Si lo reflexionabas con detenimiento también era mejor para ellos.

Incliné la cabeza hacia arriba para dirigirme al andro.

Y ese sencillo gesto bastó para excitarme.

Era un ejemplar realmente hermoso.

Llevaba el cabello largo, recogido en una especie de moño, y su rostro era de rasgos suaves. Tenía los hombros estrechos y estaba bastante flaco, aunque completamente desarrollado, no como los otros. Por un momento logré olvidarme de la ansiedad, del mono encerrado dentro de mi cerebro que se balanceaba colgado entre mis neuronas como si estuviera en la puta selva. Inmediatamente, Eneas cargó su nombre e historial de enfermedades en mi dispositivo.

—¿Qué tal, Ángel?

El chico no contestó. Solo se limitó a esbozar una mueca que intentaba asemejarse a una sonrisa. Percibí enseguida que no se fiaba de mí ni seguramente de nadie. Era una actitud que siempre mostraban los recién llegados, pero este, cerca ya de la trentena, resultaba imposible que lo fuera. Lo cacheé lentamente, disfrutando del instante, el único momento agradable del que dispondría en toda la mañana, estaba segura de ello. Le palpé en el interior de las axilas y continué bajando las manos hasta sus caderas. Cada vez me ponía más y más cachonda, tanto que ya fantaseaba con chupar ese hermoso glande que permanecía suspendido a escasos centímetros de mi boca. Por un momento me creí incapaz de contenerme ante la proximidad de sus genitales, aunque conseguí hacerlo. Le dije que se diera la vuelta y que se inclinara. Me recreé durante un segundo en el espectáculo de Ángel agachado; en su culo fibroso y perfecto, en sus huevos y su polla colgando de entre sus piernas. Esta vez el tacto rectal no fue tan rápido. Cuando acabé, deslicé la mano por el perineo para acariciar sus testículos, aunque él ni siquiera se inmutó. Se incorporó y se dio la vuelta, situándose de nuevo frente a mí. Ambos cruzamos nuestras miradas. Los dos sabíamos lo que acababa de suceder, pero él parecía lo suficientemente listo para pasarlo por alto y no darle más importancia de la que tenía, y así no cabrear a nadie. Sería nuestro pequeño secreto. Le di su bote y le permití pasar a la cabina.

Terminé de cachear al siguiente, pero Ángel todavía no había salido. Demasiado tiempo ahí dentro. Decidí esperar un poco más, girándome hacia la cabina mientras me quitaba los guantes y los tiraba en el bidón de desechos que tenía junto a mí. Aguardé durante unos minutos más, la cola de hombres que se acumulaba a mi espalda se iba haciendo más y más grande. Por fin, cuando ya estaba a punto de acercarme a la cabina para advertirle, lo vi abrir la puerta y salir de ella.

Capítulo 15

Comisaría Central, distrito uno. Interrogatorio a Marta Albert, llevado a cabo por la inspectora Sara Uriarte.

Marta permanecía sentada detrás de la mesa de la sala de interrogatorios. Llevaba allí más de media hora, desde que una de las agentas le dijo que enseguida estaban con ella. La chica parecía empezar a impacientarse. No dejaba de mirar el reloj de pulsera y de mover nerviosamente una de sus piernas, la que mantenía cruzada por encima de la rodilla. Iba vestida con un bonito traje chaqueta gris; americana encima de la blusa blanca y la minifalda ligeramente ajustada, en la que se intuían unas bonitas caderas. Su estilo constituía una extraña mezcla entre elegancia y excentricidad; cabello rapado al uno, que ya se había convertido en tendencia este año, pendientes tribales y tez de color rojizo. Entré en la sala y me senté frente a ella. Al principio ni siquiera le dirigí la mirada, estaba ocupada tecleando el código en la consola de mi antebrazo para que la cámara, situada en una esquina del techo, grabara la sesión del interrogatorio. Después de eso, le dediqué una sonrisa forzada antes de empezar a hablarle.

—¿Marta Albert? –le pregunté mientras me acodaba sobre la mesa.

—Sí, así es.

—Bien, yo soy…

—Sé perfectamente quién es.

—Soy la inspectora Sara Uriarte —insistí para que constara en la grabación.

A la chica se le dibujó una tímida sonrisa en los labios, no parecía en absoluto nerviosa.

—¿De qué me conoce? No recuerdo que hayamos coincidido con anterioridad.

—Eve hablaba a menudo de usted…me contó que se portó muy bien con ella cuando asaltaron su casa.

Permanecí en silencio durante un segundo. Decidí no profundizar demasiado en el tema por temor a lo que Eve pudiese haberle contado acerca de nosotras.

—Bueno, es mi trabajo. No tiene importancia. Siento lo de Evelyn, es una gran pérdida.

—Sí, era una mujer realmente extraordinaria.

—¿Se llevaban bien?

—Manteníamos una buena relación, aunque cambió un poco desde que aceptó ese caso.

—¿El de Clara Meller?

—Sí, el de esa filántropa pirada. No sé por qué lo hizo, por qué le dedicó tanto esfuerzo. Clara no es más que una loca con mucho dinero que se ha dejado engatusar por esas disparatadas teorías de la conspiración, una millonaria aburrida enamorada de las causas perdidas.

—¿A qué se refiere con qué Evelyn cambió?

—Verá, muchos días teníamos a la prensa apostada delante de nuestra puerta. De la noche a la mañana Eve se convirtió en una auténtica celebridad. No había día que su nombre y el del despacho no saliera en los informativos. Creo que al principio incluso disfrutaba con ello. Luego el caso llegó a acaparar todo nuestro tiempo y la presión empezó a hacerle mella. Era lo primero de lo que hablaba cuando llegaba por las mañanas y lo último que mencionaba cuando se marchaba a casa. Me maté a hacer horas extras preparando las sesiones del juicio, leyendo interminables informes médicos sobre esos andrajosos residentes…Una hemorragia de tiempo tirado a la basura.

—¿Sabe si alguien tenía alguna razón para matarla?

—¿Matarla? ¿Pensé que había sido un accidente?

—Sí, eso es lo más probable, pero intentamos no cerrar ninguna vía de investigación.

—Desde que aceptó el caso algunas clientas dejaron de trabajar con nosotras. Se notaba que estaban incómodas. Aunque por cada una que se iba captábamos a tres. Créame, una publicidad como aquella no tenía precio. Por otro lado, casi todos los días recibíamos llamadas amenazantes desde números no identificados o correos electrónicos con insultos desde cuentas falsas. Inundaron la realidad aumentada del despacho con amenazas e hicieron pintadas en la fachada del edificio...ese tipo de cosas.

—¿Qué tipo de insultos recibía?

—Lo típico en ese tipo de situaciones:<<*Traidora*>>,<<*Zorra*>>, <<*Amiga de los andros*>>,<<*Deja el caso o acabaremos contigo*>>...Le afectó bastante, consiguió que se le agriara el carácter. He de reconocer que la tía tenía el coño bien puesto —espetó, al mismo tiempo que negaba con la cabeza—. Estaba dispuesta a soportarlo todo por ganar ese caso. En un primer momento pensé que se trataba solo de una cuestión de dinero, de abrir el noticiero de las ocho, de que medio país hablara de ella. Pero después de darle muchas vueltas, creo que había algo más. Acabó por convertirse en una cuestión personal, de orgullo, quizás.

—¿Tenía pareja? ¿Sabe si solía frecuentar a hombres?

—¿Eve? —preguntó de forma burlesca mientras se recostaba en la silla—. Era demasiado homo para eso. La perdían las mujeres, créame.

—¿Ustedes tuvieron algo?

—¿Nosotras? No, no suelo follarme a mis jefas. Nunca suele acabar bien.

—¿Sabe si se veía con alguien?

—Últimamente hablaba mucho de usted.

Permanecí callada, sin saber muy bien cómo tomarme esa insinuación.

—No hablaba demasiado de su vida privada —continuó explicando Marta—. Siempre he desconfiado de ese tipo de personas tan reservadas. Solo la vi una vez intimando con alguien. Fue en un bar, después de una reunión con unas clientas.

Le hice un gesto con la cabeza para que continuara hablando. Tal vez porque quizá ahí hubiera un hilo del que empezar a tirar o porque de repente me habían entrado unos celos horribles.

—Era la camarera del local.

—¿Qué local?

—El *Matriarcado,* un pub muy exclusivo del distrito uno. Le encantaban ese tipo de sitios.

—Continúe.

—Yo estaba a lo mío en la pista de baile, pero observé que Eve no se despegó de la barra en toda la noche. Pasó la mayor parte del tiempo hablando con la camarera. Cuando me quise dar cuenta las dos habían desaparecido. Según me contó luego, se llamaba June. La chica era pelirroja y muy llamativa, ese tipo de mujeres que no pasan desapercibidas, ya me entiende, aunque quizá no era exactamente mi tipo.

—Una última pregunta para terminar. Conéctese a la RA de la comisaría, va a recibir un archivo en sus lentes.

Con varios parpadeos y movimientos de pupila cargué el archivo y lo transferí a la nube.

—¿Lo reconoce? —le pregunté, refiriéndome a la imagen del andro encapuchado que vieron salir del domicilio de Eve.

Marta se mantuvo en silencio durante unos segundos, observando con curiosidad la fotografía.

—No, jamás lo había visto —respondió—.No suelen verse muchos andros por el barrio, la verdad. Y como ya le he dicho...a Eve le encantaban los coños —afirmó, mirándome fijamente a los ojos.

Llegué a casa a las diez de la noche. Gemma se había quedado dormida en el sofá del comedor. Vivíamos en un pequeño piso de unos ochenta metros, ubicado en una zona residencial a las afueras de la ciudad. Colgué el abrigo en la percha del recibidor y entré en el comedor. Gemma estaba boca abajo, completamente estirada, tapada con la manta de colores rojo y negro que siempre utilizábamos para ver la pantalla virtual cuando ambas estábamos en casa. Me aproximé hasta ella dándole un suave beso en la nariz y me senté a sus pies, en el único hueco del sofá que permanecía libre. La pantalla virtual emitía un programa magazine, un grupo de tertulianas debatía sobre la actualidad política del día: habían terminado un bloque sobre el millón de refugiadas climáticas que la Federación de Estados de Europa nuevamente no sabían cómo repartirse y ahora empezaban a hablar del problema de los andros y de su readaptación social. Ya veía suficiente basura cada día en el trabajo, así que desconecté la pantalla deslizando la imagen hacia un lado con la pupila. Me desprendí de la cartuchera donde guardaba la pistola, colocada en la parte baja de mi espalda, y la dejé sobre el reposabrazos del sofá. Me quité las botas, percibiendo inmediatamente un ligero cosquilleo en la planta de los pies. Me deshice también de la funda, adherida a mi tobillo derecho, en la que guardaba un pequeño machete, y la dejé sobre la mesita de centro. Sintiendo una verdadera liberación al dejar reposar durante un segundo los pies descalzos sobre el parqué. Recostada sobre el respaldo del sofá, intenté poner la mente en blanco, pero nuevamente empecé a pensar en el caso, y también en Eve y en su embriagador perfume. Recordé cuando estuvimos las dos sentadas en este mismo sofá besándonos, aprovechando que Gemma se había ausentado de la ciudad para visitar a unas amigas. Ladeé la cabeza, observándola dormir, y suspiré profundamente. Sentí un fogonazo de culpa en la boca del estómago, y al mismo tiempo una pena inmensa por no poder volver a ver a Eve. También pensé en cómo salió corriendo del piso aquella noche, preguntándome otra vez por qué lo hizo, en qué me equivoqué. Era consciente de que me había obsesionado demasiado con ella y de que eso era algo que debería ser capaz de controlar. Quizá para Eve yo no había sido más que un fugaz encuentro, un divertimento del que se había cansado rápido.

Últimamente hablaba mucho de usted.

Pensé de nuevo en esa frase, aunque tal vez no significaba nada. Después de todo, Eve y yo pertenecíamos a mundos distintos. No deseaba continuar pensando en ella, así que cerré los ojos con la esperanza de que me invadiera el sueño.

—¿Cariño? Ya has vuelto.

Abrí de nuevo los ojos, aunque sin llegar del todo a moverme. Gemma se revolvió en el sofá y se acercó para darme un beso en los labios. Después se acurrucó en mi regazo como una niña pequeña y volvió a quedarse dormida. A menudo se comportaba como una cría, era como si coexistieran dos personas distintas dentro de ella: por un lado la ejecutiva de ventas de una gran empresa, agresiva y responsable, que empezó desde cero. Nació en un barrio marginal del extrarradio, muy cerca de donde permanecía ubicado el gueto, pasando por varios centros de acogida. Aun así, logró graduarse y consiguió que una multinacional se fijara en ella. La otra Gemma era la que apoyaba la cabeza sobre mis piernas, mientras le acariciaba su precioso cabello rizado. Era la que detestaba madrugar por las mañanas y programaba el despertador cada diez minutos para apagarlo cada vez que sonaba. Yo, en cambio, siempre me levantaba de un bote de la cama en cuanto sonaba la alarma, y normalmente estaba despierta desde mucho antes. Y no recordaba haber llegado tarde jamás a ninguna parte. Siempre quise ser policía, aunque a veces este oficio se me hiciera cuesta arriba. Gemma continuaba siendo la cría de la que me enamoré hacía más de ocho años, aunque esas y otras muchas diferencias que un día nos unieron últimamente empezaban a cansarme. Era consciente de que no era culpa suya, realmente no era culpa de nadie. Y luego estaba ese asunto de tener una hija…Me pasé las manos por la cara como queriendo desaparecer detrás de ellas. ¿Por qué le diría que sí? Tal vez porque me llevaba insistiendo durante más de dos años. Quizá fuera el momento de cambiar, de romper con ella antes de que no hubiera marcha atrás. Lo había pensado muchas veces, pero dejar el piso, el barrio, no volver a verla…romper con mi vida entera, tampoco sabía si era realmente lo que quería. Ahora mismo solo necesitaba dormir, resetearlo todo y empezar de cero.

—Vámonos a la cama, dormilona.

—No, déjame aquí un poquito más —suplicó Gemma sin llegar a abrir del todo los ojos.

Capítulo 16

Caía la noche en el gueto, pero era como si el sol continuara reluciendo espléndido e imponente en lo más alto del firmamento. Las aceras rebosaban vida y el tráfico de personas continuaba siendo intenso. Numerosos andros poblaban sus calles, posicionados cada tres o cuatro metros. También transitaban por ellas muchas mujeres, paseando por el centro de la calzada ante el escaso tráfico. Me encontraba en el sector J y en ningún otro punto del gueto podías toparte con tantas de ellas. Las fincas no eran demasiado altas, de veinte o treinta plantas, aunque estaban siendo ampliadas y alcanzarían las cincuenta alturas cuando acabaran de remodelarlas. Se trataba del nuevo proyecto de reurbanización integral de la ciudad–sanatorio Nuevo Día, que pretendía ampliar su capacidad mientras los trámites de anexión de la parte sur del distrito once continuaban su curso. Las políticas de fomento de natalidad se habían intensificado en las últimas décadas y eso había provocado que también aumentara el número de andros. Era como si de repente la naturaleza tendiera a equilibrar la balanza rebelándose contra el *statu quo*; en las últimas décadas el porcentaje de embriones de sexo masculino que llegaba a arraigar en el útero era anormalmente superior al del femenino. Ese hecho, unido al freno que había experimentado la mortalidad masculina con los nuevos antirretrovirales, hacía que los andros fueran cada vez más numerosos. No disponiéndose de suficiente espacio en los guetos para ubicarlos a todos. Muchas veces me preguntaba por qué no se programarían también sus nacimientos; dejar nacer solo a los estrictamente necesarios para que el esperma continuara fluyendo. Los demás no constituían más que una carga, pesada e incómoda, que no cesaba de lastrar a la sociedad.

Lecheros y putos.

Y no precisamente en ese orden.

El sector J era uno de los más deprimidos del gueto. Las obras se estaban eternizando y los solares de las fincas a medio construir eran aprovechados por algunos residentes para ofrecer sus servicios. La mayoría ya no se medicaba o no lo había hecho nunca, por lo menos no recientemente, de otra forma hubiera sido imposible que ejercieran el oficio. Uno de los efectos de la medicación era que provocaba impotencia, aunque ningún prospecto hacía la más mínima referencia a ello. La Viagra se había vuelto excesivamente cara, demasiado para consumirla a diario. Las farmacéuticas no dudaron en subir su precio en cuanto aumentó la demanda. El índice de insumisión sanitaria en algunas zonas se había disparado en los últimos años, alcanzando ya el cinco por ciento, aunque las estadísticas no eran demasiado fiables, nadie reconocía abiertamente no medicarse. Si continuaba aumentando era posible que pronto se convirtiera en un problema de salud pública.

Caminaba detrás de un grupo de cinco chicas jóvenes. Parecían estudiantes de no más de veinte años. Paseaban divertidas moviendo el culo y esquivando a los andros que se les ofrecían. Era como si se encontraran en un parque de atracciones. Se reían y cuchicheaban señalándolos. Una de ellas, que se había quedado rezagada, se encontraba a punto de caer en la tentación. Un andro joven y fuerte, vestido con una llamativa cazadora roja, la sujetaba de la mano. La chica parecía encantada. Hubiese dado lo que fuera por ver la expresión de su rostro debajo de la mascarilla. Sus amigas acudieron enseguida a su rescate entre risas y se la llevaron. Ningún residente se atrevería a tocarlas sin su consentimiento. La prostitución continuaba siendo ilegal y las autoridades no dudarían en arrasar con todo esto al menor incidente.

El gueto sobrevivía en un difícil equilibrio, caminando a menudo sobre el alambre, como una olla a presión que explotaría si le taponaras el pequeño orificio por donde continuamente lograba escabullirse el suficiente vapor de agua.

La calle permanecía tenuemente iluminada. Las escasas farolas situadas a lo largo de ella solo permitían distinguir los rostros de los viandantes en un continuo claroscuro. A mí también se me acercó un andro, bastante bajo y a medio terminar, desgarbado y con las piernas cortas. Quizá había abandonado la medicación hacía poco.

Iba vestido con un jersey negro y unos pantalones ceñidos de grafeno. Se me aproximó con las manos metidas en los bolsillos.

—¿Te apetece pasar un buen rato? Vivo cerca —me propuso, caminando por un momento a mi lado. Sentí asco solo de tenerlo cerca. Lo rechacé haciendo un gesto con la mano. Lejos de insistir se dirigió a buscar a otra clienta.

Me introduje por un lúgubre callejón todavía sin asfaltar. Estaba oscuro, solo una farola situada a la altura del segundo piso le proporcionaba algo de luz. Caminé hasta una puerta metálica, con un cristal traslúcido situado en el centro y visiblemente deteriorada. Era la entrada a un edificio ocupado en su mayoría por residentes veteranos. Llamé al telefonillo y casi en ese mismo instante escuché el sonido mecánico de la puerta al abrirse. Accedí a un pequeño patio. La bombilla que colgaba del techo se encontraba apagada y solía estar permanentemente estropeada. La estancia permanecía iluminada tan solo por la luz que débilmente se filtraba desde el callejón. A veces me había encontrado a parejas manteniendo relaciones sexuales en su interior; ellas solían quedarse de pie, dándoles la espalda, con los pantalones y las bragas bajadas, mientras eran penetradas contra la pared. Las escaleras estaban ubicadas a mí derecha, aunque decidí coger el ascensor situado en frente de ellas, a tan solo unos metros. Subí hasta el sexto piso. Cuando salí al rellano la puerta dieciséis ya estaba abierta. Me introduje en la vivienda, giré a la derecha y entré en la habitación del fondo, que era la tercera puerta. Las otras dos permanecían cerradas, seguramente estaban siendo utilizadas por mujeres que habían venido a lo mismo que yo. El piso era frío y húmedo. Cuando accedí al cuarto ya me estaba esperando Logan. Le pusieron ese apodo por el protagonista de una película de la década de los setenta del siglo XX, que se había vuelto de culto entre muchos de los residentes. Resultaba bastante infantil. Transcurría en una sociedad distópica en la que podías disfrutar de todos los placeres de la vida a cambio de que murieras a los treinta años. Logan ya había sobrepasado esa edad, de modo que había vivido más tiempo en el gueto de lo que lo había hecho fuera de él. También debía desear escapar, aunque no sabía exactamente hacia dónde. En este momento permanecía sentado en el sofá preparando una dosis en la jeringuilla.

—¿Qué tal, gorda?—Acompañó sus palabras con una sonrisa—. Siéntate, tendrás que esperar un poco, no tengo ninguna habitación libre ahora.

Me dejé caer pesadamente en el sofá y me quité la mascarilla. Logan, como la mayoría de los de por aquí, llevaba en el gueto desde los doce. No era de los que habían abandonado la medicación y continuaba asistiendo <<voluntariamente>> a los controles. Solía verlo a menudo por el CED, aunque después de tantos años era normal relajarse un poco con los antirretrovirales. Solía empezar a tomarlos cuando se acercaba la fecha del control, con la suficiente antelación para pasar los análisis. Se trataba de una práctica cada vez más extendida. Conforme te hacías mayor tu semen perdía calidad y las donaciones se espaciaban más en el tiempo. A partir de los treinta y cinco solo te llamaban para donar si había escasez, aunque te continuaban sometiendo periódicamente a controles para cerciorarse de que te seguías medicando. Logan se mantenía delgado y no era del todo feo; poseía el pelo rubio y fino, y la mandíbula cuadrada. Dos arrugas de expresión le marcaban la cara desde la nariz hasta la barbilla, haciéndolo parecer algo mayor de lo que realmente era y otorgándole el aspecto de una vieja marioneta. Alguna vez me lo había tirado, aunque él no hacía la calle.

Ya tenía la jeringa cargada, la sujetaba con una mano mientras que con la otra le daba golpecitos con los dedos.

—No puedo esperar, Log. Me pincharé aquí mismo —le dije tremendamente ansiosa.

—Está bien, como prefieras. ¿Quieres que me largue?

—No, prefiero que te quedes.

Cogí la jeringa con las manos temblorosas y la dejé a mi lado, encima del sofá. Empecé a experimentar una brutal excitación, sintiendo cómo la dopamina burbujeaba ya en el interior de mi cerebro ante la proximidad de una nueva dosis. Me desabroché la bota del pie izquierdo, desprendiéndome de ella, y luego despojándome también del calcetín. Calzaba un treinta y seis, aunque con el dedo pulgar demasiado grande en proporción al resto y muy separado de los demás. Por eso a menudo lo utilizaba para pincharme. Las venas de los brazos hacía tiempo que se me habían bloqueado, esa zona no era más que una enorme callosidad. También existía el riesgo de que alguien se fijara en ellas. Si en el trabajo se enteraban de que me metía seguro que me echarían. Pincharse en los dedos otorgaba ciertas ventajas, solía ser algo más incómodo, pero disponías de más puntos sobre los que rotar, de forma que no te machacabas tanto las venas, pudiendo darles un respiro entre pinchazo y pinchazo. Me agarré el pie y me practiqué un torniquete en el empeine con una goma que me facilitó Logan, justo a la altura donde empezaban los dedos. Esperé durante unos segundos hasta que las pequeñas venas comenzaron a hacerse visibles. Me separé el dedo índice del pulgar con la mano izquierda mientras que con la derecha sujetaba la jeringa. La mano me temblaba tanto que no acertaba a encontrar la vena. Lo intenté otra vez, pero cada vez me ponía más nerviosa. Intenté acertar en una pequeña venita en el interior del dedo pulgar, pero nuevamente fallé.

—¡Mierda! ¡ Joder!

Volví a probar, pero el pulso me temblaba cada vez más.

—¿Puedes hacerlo tú, encanto? —le pregunté a Logan ofreciéndole la jeringa.

—Ya sabes que nunca hago eso.

Me quedé observándolo totalmente desesperada. No aguantaba ni un segundo más. Solo llegar hasta aquí había sido un auténtico suplicio.

—No, no pienso hacerlo. ¡Sabes que yo no hago esa mierda, joder!

—No me jodas, Logan. No me voy a morir aquí, no te preocupes.

Logan negaba con la cabeza, como sabiendo que se arrepentiría de lo que estaba a punto de hacer. Y sin mirarme cogió la jeringa.

—Si mañana vuelves aquí queriendo que te pinche otra vez te echaré a patadas.

—¡Venga! Solo estoy algo nerviosa, llevo semanas sin chutarme, mañana lo haré yo misma en casa.

Logan continuaba negando con la cabeza, mascullando palabras incomprensibles.

—La has cargado como siempre, ¿no?

—Sí, sí. Es lo de siempre.

El andro esperó un momento más mientras comprobaba que no había aire en la jeringa, finalmente me cogió el pie y se lo apoyó encima de sus muslos. Me recliné sobre el reposabrazos del sofá y cerré los ojos.

Capítulo 17

La niña desapareció en el fondo del agujero, bajo la espesa capa de humo que envolvía su interior. Ya no se escuchaban sus gritos. La imagen por momentos se movió de un lado a otro, acercándose tambaleante hasta el enorme socavón. Ahora podía apreciarse un primer plano de sus profundidades, pero ni rastro de la cría. Apenas se distinguía nada. De repente, una enorme llamarada emergió desde sus entrañas. El objetivo se echó rápidamente hacia atrás mientras seguía el rastro del fuego hasta el techo.

El sonido de una voz infantil que sollozaba.

El crepitar de las llamas.

Casi podía experimentarse el calor sofocante, la proximidad del fuego. Casi era posible percibir su miedo, la angustia por escapar de allí, la impotencia por no poder salvarla. El piso inferior parecía estar completamente en llamas. Se escuchaba el estruendoso crujir de las vigas del techo, que amenazaban con desmoronarse. El objetivo de la cámara continuaba muy cerca del suelo y ahora enfocaba hacia arriba, para observar como una de esas mismas vigas comenzaba a desprenderse. El fuego había conseguido ascender por la estructura de la fachada interior.

Las imágenes avanzaron más de veinte años de golpe, hasta lo que parecía ser el momento actual. La música sonaba alta. Eve se encontraba ahora en un local nocturno, rodeada de gente. Aparecieron ante la cámara unas manos con las uñas pintadas, unos largos brazos, la barra de un bar y las interminables piernas cruzadas de la abogada, debajo de un vestido de color beige. Y una atractiva camarera de cabello rojizo que se aproximó hasta ella. Sus ojos eran de un color negro intenso. Adornando su rostro con una bonita sonrisa, dejó una copa encima de la barra. Intercambiaron algunas palabras, aunque el sonido no era demasiado bueno, mezclándose constantemente con el ruido de ambiente y haciendo imposible descifrar el contenido de la conversación.

Las imágenes se desplazaron ahora hasta una vivienda, a las vistas nocturnas de la Ciudad Protegida desde la ventana, a los rascacielos iluminados, a la oscura e infinita noche.

—Parece el Bulevar Norte. ¿No, Blanca?

—Sí, sin ninguna duda.

Apareció la misma camarera pelirroja de antes, de piel blanquecina como un manto espeso de nieve virgen, salpicada de una constelación de diminutas pecas de color ocre. Se encontraba desnuda sobre el sofá. Podía escucharse su respiración entrecortada mientras la cámara enfocaba su torso en un espléndido picado. Aparecieron las manos de Eve estrujándole con fuerza los senos, como si pretendiese exprimirlos. Fue cuando comenzaron a escucharse sus gemidos. Eve le introdujo el pulgar en la boca, que ella no tardó en empezar a chupar. Sus pechos se acercaron al objetivo hasta volverse borrosos y entonces los gemidos aumentaron todavía más. Estaba completamente fuera de sí. La cámara se deslizó por el ombligo alcanzando su pubis, ligeramente poblado de vello rojizo, y bajando enseguida hasta su sexo, abierto de par en par y completamente empapado. La imagen volvió a tornarse borrosa, escuchándose un gemido mucho más fuerte e intenso.

—¡Joder con la abogada! ¡Sabía divertirse! —exclamó Blanca sin apartar la vista de la realidad aumentada que continuaba proyectándose a través de nuestras lentes.

Continué en silencio, asintiendo mecánicamente mientras permanecía atenta a las imágenes. Apretando los músculos de la mandíbula al mismo tiempo que retorcía con las manos el faldón de mi americana. Me consumían los celos. O estaba realmente furiosa. O quizá ambas cosas. Sabía que no dejaba de ser una actitud estúpida e irracional: Eve y yo apenas tuvimos nada y además…estaba muerta. ¿Te puede provocar celos alguien que ya no existe, que se ha esfumado para no volver jamás? Pues los sentía. Acompañados de una frustración tan inmensa que apenas me permitía respirar. Experimenté un nudo aprisionándome la garganta. Un puñal clavado en la espalda cuyo mango no lograba alcanzar. Ese tipo de pensamiento intrusivo que crece como un cáncer y que resulta imposible extirpar. Me hubiera gustado estar ahí, con ella, esa misma noche y también todas las demás.

De nuevo el incendio. Apareció el rostro desenfocado de una mujer y también la de unos pequeños bracitos que se aferraban a su cuello. Y otra vez la carita de esa niña corriendo hacia la cámara. No tendría más de tres o cuatro años. Hacía pucheros mientras intentaba salir de la habitación. Se escucharon los gritos de la mujer animándola a continuar avanzando. Y otra vez el socavón, abriéndose bajo sus pies, y engulléndola para siempre.

El sueño era recurrente, aparecía al menos diez veces más en distintas versiones. Aunque el final era siempre el mismo.

La proyección se detuvo.

—¿Eso es todo?

—Es todo lo que de momento han descifrado las chicas de la unidad informática, Sara.

—¿De dónde lo han sacado exactamente?

—De la consola de su habitación. Como dijiste, un ordenador monitorizaba su sueño. Las sesiones se quedaban grabadas y hemos podido recuperarlas. Los sueños son creaciones del cerebro, pero se basan en la experiencia vivida. Está claro que parte de esa película que hemos visto son fragmentos de la vida de Evelyn, aunque resulta imposible saber hasta qué punto están distorsionados.

—Han hecho un buen trabajo. Puede ser un comienzo, algo por dónde empezar a buscar —observé, permaneciendo pensativa durante un instante—.¿Qué crees que significa lo de esa niña? ¿Crees que se trata de Evelyn? ¿Qué sueña cada noche que muere en ese incendio?

—Difícil saberlo, aunque hemos hecho algunas averiguaciones a la luz del visionado de las imágenes: Evelyn tenía un hermano mellizo que murió en un incendio cuando tenía cuatro años.

—Desde luego a esa pobre chica le perseguía la tragedia...Así que es eso —concluí—. Cada noche muere en sueños para salvar a su hermano.

—Sí, es posible. Como te dije, esa chica estaba a tan solo un paso de saltar por la ventana de su lujoso apartamento de rica chiflada.

Negué levemente con la cabeza, todavía absorta en las imágenes de la vida de Eve.

—Respecto al informe de las del laboratorio...

—Precisamente estaba leyéndolo ahora—le mentí.

—Te lo resumo —me interrumpió Blanca mientras cruzaba las piernas en el otro lado del escritorio y se reclinaba sobre la silla—. Han encontrado algunas huellas, aunque muchas menos de las que cabría esperar en el interior de un domicilio habitado de forma permanente. Es como si hubieran hecho limpieza con la intención de hacerlas desaparecer. Las pocas improntas que han conseguido analizar estaban todavía frescas, pudiendo extraer de ellas una cantidad suficiente de aminoácidos para determinar que son de sexo masculino.

—¿Nuestro hombre?

—Es muy probable. Pero lo realmente curioso es que no hemos encontrado huellas de la abogada.

—¿Qué quieres decir?

—Que solo han podido identificar un tipo de improntas dactilares y todas pertenecen al mismo andro.

—¿Me estás diciendo que ese tipo la mató, borró las huellas de Evelyn pero se olvidó de borrar las suyas? —pregunté con incredulidad—. Además, ¿por qué iba a borrar las huellas de la abogada?

—Quizá hizo limpieza en el piso con el objetivo de borrar sus huellas, pero con las prisas olvidó limpiar algún lugar que también hubiese manoseado.

—Tal vez.

—Bueno, de todas formas, la testosterona es una hormona peligrosa, a menudo los convierte en impredecibles. Por eso es mucho más seguro que permanezcan encerrados —apuntó Blanca—. El informe también constata que no había rastros de sangre en la vivienda, con lo que resulta difícil pensar que ese fuera el lugar del crimen. A no ser que la estrangulara o le suministrara algún tipo de veneno. No sé...Además, creo que estamos descartando muy pronto la hipótesis del accidente. De momento, no existen indicios que demuestren lo contrario.

—Esa hipótesis sería válida si no hubiera estado recibiendo amenazas y no hubiesen intentado matarla.

—¡Oh, venga¡¡Ese tipo era un chiflado, Sara! Tú misma lo dijiste. Y se comerá la perpetua por ello. No creo que hubiese una conspiración para acabar con ella. Simplemente incomodó a unas cuantas mandamases de alguna jodida farmacéutica e intentaron asustarla un poco. Pero demandas como esa están empezando a proliferar por toda la Unión…

—¿Y qué me dices de lo del fuego? Se originó dentro del vehículo, ¿recuerdas?

—Reconozco que eso es más difícil de explicar, pero no me parece una prueba demasiado concluyente. No sería la primera vez que las del laboratorio la cagan…

—Bueno, en todo caso, expide una orden de búsqueda con la foto de ese tipo a todos los guetos del Estado, no nos hará daño hablar con él.

—Está bien. Como tú digas.

—De momento, solo tenemos a esa camarera. Debe ser de la que nos habló la secretaria.—Con un movimiento de pupila retrocedí en la grabación. La imagen del rostro de la chica permanecía ahora congelada: el cabello rojizo derramándose sobre sus hombros desnudos mientras permanecía echada sobre el sofá. Los brazos de Eve aparecían a ambos lados de la cabeza, apoyados en el reposabrazos.

¿Por eso no me querías?

¿Por qué ya la tenías a ella?

Capítulo 18

En la gigantesca planta menos veinte del CED cada vez se hacía más difícil respirar. Estábamos a principios de abril y el calor a tanta profundidad resultaba insoportable.

Otra vez el jodido aire no funcionaba bien.

Volví a observar nerviosamente el reloj de pared. A continuación, como si se tratara de un extraño tic que de repente se hubiera instalado en mi sistema nervioso central, eché otro vistazo a la cabina situada justo detrás de mí.

Continuaba ocupada.

Retrocedí unos pasos, aproximando la oreja a la puerta del cubículo sin conseguir escuchar nada y después la golpeé violentamente con el puño. A mi espalda, interminables filas de hombres esperaban su turno delante de cada una de las decenas de cabinas individuales distribuidas por toda la sala.

Asesté dos puñetazos más, haciendo temblar el cubículo.

Estaba nerviosa y sudaba a chorros por debajo del EPI. Me desprendí por un momento de las gafas de protección, limpiándome el sudor de la cara con un pañuelo estéril, que a continuación deposité en la papelera de residuos situada justo al lado de la cabina. Me coloqué otra vez las gafas y me ajusté correctamente la mascarilla. Notaba cómo el cabello comenzaba a humedecerse dentro del capuz. Desprendía un intenso olor a sudor mezclado con pentanfetamina, aunque quizá solo yo fuera capaz de percibirlo.

Apestaba a cansancio y a hastío.

A rutina y a tedio.

Apestaba a lo mismo que todos los que habitaban este maldito sótano, sepultados a ochenta metros por debajo de ninguna parte.

—¡¿Qué coño estás haciendo ahí dentro, Ángel?! —le grité a la puerta de la cabina, perdiendo definitivamente la paciencia.

Las paredes del habitáculo temblaban con cada nuevo golpe, pero nadie respondía. Me di la vuelta y eché un nuevo vistazo a la sala. Mi fila era la que con más lentitud avanzaba. De momento, ni rastro de la supervisora, aunque no tardaría en aparecer si la cola no empezaba pronto a menguar. Para ganar tiempo comencé a cachear a otro. Era poco más que un niño; bajito, con el cuerpo raquítico y de un color demasiado amarillento. Si no fuera por los guantes y el EPI no me atrevería ni a tocarlo.

Seguro que estaba infectado.

Le ordené que extendiera los brazos, le escarbé con los dedos entre el pelo, le aparté la mascarilla para examinarle la boca, metiéndole el dedo índice por debajo de la lengua y alrededor de las mejillas. Después, con una pequeña linterna, me dediqué a examinar el interior de su garganta. Nada. El chico se puso de espaldas y se inclinó un poco, parecía conocerse de memoria el procedimiento. Rebusqué nerviosamente con el dedo corazón dentro de su ano.

Es muy posible que ya tenga el virus.

Ese pensamiento se instaló de inmediato en mi mente, provocando que acabara rápidamente con él. Me giré una vez más. La cabina por fin se abrió y de ella salió Ángel. Su torso relucía, empapado por completo de sudor. Carecía de vello y era hermosamente delgado. Me fijé en sus genitales perfectamente desarrollados, y que él no se molestaba en ocultar detrás de las manos. Exhibía esa actitud orgullosa e insolente que pocas veces había percibido antes en alguno de ellos. Quizá eso fuera lo que más me atraía de él, aunque debía demostrarle quien era la que mandaba.

Abandoné mi puesto y caminé unos pasos, hasta situarme justo a su lado.

—¡La próxima vez no puedes tardar tanto! Te sacaré a patadas si no te das prisa, encanto —le susurré al oído, agarrándole del brazo y pegando los labios a su oreja a través de la mascarilla.

Ángel se giró bruscamente y me observó desde abajo, desde la silla de grafeno donde ahora permanecía sentado. Instintivamente eché la cabeza hacia atrás. Por un instante tuve la sensación de que estaba a punto de levantarse para golpearme, de que me mataría si pudiera. Pude percibirlo en la profundidad de sus ojos rebosantes de odio, seguramente henchidos de un resentimiento alimentado durante demasiado tiempo. Lo percibí en sus labios agazapados; que a duras penas se mostraban capaces de contener su enorme desprecio. En esa mandíbula tensa, desdibujada ya por la ira. Pero algún resorte debió saltar en el interior de su cerebro y finalmente decidió contenerse.

—Estaba cagando —me espetó con total indiferencia.

Ese comentario solo consiguió cabrearme todavía más.

Le arranqué el pequeño frasco de grafeno de entre las manos. No lo introduje en el conducto de aire instalado en el frontal de la cabina, que lo absorbería conduciéndolo directamente hasta el laboratorio, sino que me dirigí yo misma a verificar la muestra. Crucé la sala. Estaba completamente segura de lo qué encontraría en su muestra de orina. Me introduje en un conglomerado de cabinas presididas por un enorme ventanal, desde donde podía seguir controlando la totalidad de la estancia. Se trataba de un pequeño laboratorio en el que trabajaban cuatro sanitarias y varias máquinas de análisis, con capacidad para comprobar miles de muestras a la vez.

Ángel continuaba sentado, poniéndose los pantalones.

—Analiza primero este —le ordené a una de las técnicas de laboratorio, sentada a una enorme mesa. Se trataba de una chica joven, enfundada en una bata blanca. Llevaba puesta una mascarilla del mismo color, unos guantes de hidrogel y unas enormes gafas de grafeno transparente.

La sanitaria dejó por un momento lo que estaba haciendo y abrió el pequeño frasco. Con una pipeta extrajo unos mililitros de orina, vertiéndolo en una pequeña probeta. A continuación se levantó y la introdujo en posición vertical en un porta probetas circular situado en el interior de una de las máquinas de análisis, un armatoste rectangular de metro setenta de alto.

—Usaremos mejor está máquina, que de momento no tiene carga —dijo la chica.

Bajó la tapa de grafeno transparente y programó los parámetros de búsqueda en el panel de control. Comenzó el centrifugado. Mientras tanto continué vigilando a Ángel, que ahora se colocaba las zapatillas. Estaba absolutamente convencida de que no se medicaba. No podía hacerlo conservando ese aspecto y oliendo de esa forma, me dije para mí misma, a la vez que percibía cómo mi entrepierna se humedecía cada vez que volvía a recordar ese aroma, que parecía haberse enquistado en las profundidades de mi cerebro. La máquina emitió un breve y agudo pitido que indicaba que el análisis había terminado. Los resultados aparecieron reflejados en la pantalla virtual situada encima de la mesa de la sanitaria.

La orina de Ángel contenía tal cantidad de TZO que serviría para inmunizar a un caballo.

Capítulo 19

Permanecía sentada en el interior de mi vehículo, estacionado en el parking de la comisaría del distrito diecinueve. El distrito se extendía a lo largo de 140 kilómetros cuadrados ocupados en su práctica totalidad por la ciudad—sanatorio. La mayoría de los casos que absorbía esta dependencia policial estaban relacionados con delitos perpetrados por los residentes:<<*Testosterona en ebullición*>>, <<*Mayor porcentaje de testosterona por kilómetro cuadrado*>>,<<*Otro testorenicidio más*>>, <<*La hormona asesina actúa de nuevo*>>... La imaginación de la prensa para calificar lo que ocurría aquí no conocía límites. El aparcamiento no era más que un amplio recinto al aire libre protegido por una verja metálica de unos tres metros de altura, desde el que se podía acceder directamente al interior del edificio de la comisaría. Continué durante un rato más con las manos apoyadas en el volante. Eché la cabeza hacia atrás e intenté tranquilizarme antes de entrar. Eran las nueve de la mañana y no había tardado demasiado en atravesar la ciudad. La mayor parte del recorrido lo había realizado con el piloto automático puesto, sin que el pensamiento con el que salí de casa hubiese cesado de atormentarme. Aunque tal vez esa no fuera la palabra más apropiada para expresarlo. En teoría se trataba de una buena noticia, lo mejor que le podía ocurrir a alguien, pero no tenía por qué sucederme ahora.

Todo había ocurrido en la tarde de ayer, cuando volvía del trabajo. No dejaba de darle vueltas al caso mientras conducía de camino a casa. A veces, sobre todo en los trayectos cortos, solía activar la conducción humana y el cambio de marchas manual. Sabía que ya casi nadie lo hacía, que era mucho más inseguro y que las posibilidades de sufrir un accidente aumentaban de forma exponencial conduciendo de ese modo. Era consciente de que con toda probabilidad mi compañía de seguros no querría hacerse cargo si eso acabara sucediendo y no fuera capaz de alegar una causa justificada, pero aun así me gustaba hacerlo. Era algo que incrementaba mi nivel de concentración y que a menudo me ayudaba a pensar con más claridad.

La radio del BMW sonaba a través de la RA.

Fóllame.
Fóllame.

De repente, Eneas detectó una llamada entrante en la interfaz de mi dispositivo, interrumpiendo momentáneamente la canción; una pantalla virtual se abrió en la parte central del parabrisas iluminándose con la imagen tridimensional de Gemma. Siempre solía llevar desactivada la función de descolgar automáticamente, así que simplemente no la atendí. Seguro que sería una tontería, pensé. Mientras tanto, continuaba sonando la canción de Liana Jones; la nueva cantautora estadounidense de origen hispano que arrasaba en las listas de éxitos. Todos sus temas estaban compuestos en masculino y algunos rumores apuntaban a que realmente era un andro, algo, por otro lado, completamente ilegal y severamente castigado[14]. Otros, en cambio, aseguraban que solo se trataba de una maniobra de marketing. Lo único cierto era que las discográficas habían iniciado una auténtica guerra por producir su próximo trabajo.

No podía dejar de preguntarme si el virus se volvía algo menos contagioso cuando disponías de fama y dinero.

El holovídeo de la canción desató la polémica al mostrar relaciones sexuales entre un hombre y una mujer: <<*Nostálgico del heteropatriarcado*>>,<<*Pornográfico*>>... Eran solo algunas de las lindeces que había recibido de la <<*prensa libre*>> especializada. Las autoridades federales prohibieron su reproducción dentro de las fronteras de la Federación. Pero el metaverso, en manos de gigantescas compañías comerciales que individualmente movían un PIB virtual superior al de la mayoría de los Estados de la Federación, eso era otra historia. El control de esa ciberrealidad se había convertido en el particular sueño húmedo de la mayoría de las

14 Artículo 9 de la Ley 58/2025.

dirigentas[15] políticas de Occidente, pero las metaleyes consagraban a la categoría de intocable el principio de libre circulación de información. Allí la canción seguía cosechando millones de holovisualizaciones.

Aumenté el volumen un poco más.

Fóllame.
Fóllame.
Fóllame lo más fuerte que puedas.
Como si estuviésemos solos.
Como si la piel no existiera.
En este mundo de locos.
Como si todavía continuara con vida.
Como si todavía.
Como si todavía.
Continuara pareciendo humano.

La videollamada se activó otra vez y la canción se volvió a cortar.

Gemma.

Otra vez.

Siempre Gemma.

Decidí no descolgar. Mi mujer solía llamarme cuatro o cinco veces al día, normalmente para hablar de trivialidades; problemas en la oficina, para recordarme la cena con unas amigas el fin de semana, o simplemente porque disponía de un descanso en el trabajo y le apetecía charlar un rato. Se trataba de ese tipo de cosas de pareja que al principio te agradaban y que hasta podían llegar a parecerte románticas, que te demostraban que la otra persona pensaba en ti a todas horas. Y que te encantarían si no fuese porque terminaban por prolongarse demasiado en el tiempo, hasta que acababas aborreciéndolas. Recordé cuando empezábamos a salir y lo bonito que era todo. Recordé que siempre le cogía el teléfono cuando ella me llamaba, y sobre todo recordé… que me encantaba. Poco a poco me había ido dando cuenta de que Gemma requería demasiada atención, una atención constante, continua, cercana al infinito. Eso al principio estaba bien, me hacía sentir que ocupaba un lugar

[15] Dirigentas: femenino plural de *dirigentes* (RALIF).

importante en la vida de alguien, que por fin formaba parte de algo. Pero ya no me encontraba en esa fase. Aunque no sabría decir muy bien qué era lo que había cambiado.

Entré en casa y me dirigí al comedor. Gemma estaba tumbada en el sofá, todavía despierta.

—¿Qué tal?

Le di un beso en la frente.

—Te he llamado.

—¿Sí? No me he enterado, lo siento.

Me senté en una esquina del sofá, dejando la cartuchera con la pistola sobre el reposabrazos y empecé a quitarme las botas. Me deshice de la bota derecha y dejé la funda con el pequeño machete encima de la mesita de centro. Giré la cabeza hacia ella para observar cómo lentamente una sonrisa se le iba abriendo paso entre los labios. Gemma se incorporó de golpe, situándose a mi lado y abrazándome. Me dio un sonoro beso en la mejilla permaneciendo después con la cabeza apoyada en mi hombro.

—Eh, ¿qué pasa?¡Sí que te alegras de verme!

—Siempre me alegro de verte, cariño, pero no es por eso —dijo separándose de mí. Sentada sobre sus talones, empezó a negar moviendo la cabeza. Exhibía una amplia sonrisa que le iluminaba su rostro redondeado, y los ojos le brillaban tanto como no recordaba desde hacía mucho tiempo.

—¿Qué? ¿Me lo vas a decir?

—¿No te lo imaginas?

Permanecí en silencio, temiéndome lo peor, mirándola con una medio sonrisa de boba dibujada en los labios.

—¡Estoy embarazada!

Por un momento enmudecí, la bota izquierda que todavía sujetaba en la mano se me cayó al suelo. Observé con incredulidad la cara expectante de Gemma, la explosión de felicidad que de repente se había dibujado en ella, sus brazos levantados que demandaban un abrazo.

—Es…es fantástico, cariño —acerté a decir por fin.

Gemma se lanzó de nuevo hacia mí, abrazándome todavía más fuerte, tanto que a duras penas me permitía respirar. En mi rostro ya no quedaba ni un atisbo de la sonrisa que había mostrado hacía apenas un segundo.

Continuaba sentada dentro del BMW. Observé a algunas policías pasar a mi lado, mirando el vehículo de soslayo, aparcado junto a decenas de coches patrulla, mientras se dirigían al interior del edificio. La comisaría del distrito diecinueve era la más grande de la ciudad; quince plantas fortificadas, con revestimiento ignifugo en la fachada, ventanas enrejadas, y con aspecto de búnker antinuclear. Parecía construida como si en cualquier momento esperase ser asaltada por hordas de andros armados. La conflictividad en los guetos de todo el país no cesaba de aumentar y el distrito diecinueve no constituía ninguna excepción. Algunas expertas en criminología vinculaban ese aumento de la delincuencia con el hecho de que se hubiese detectado un índice cada vez mayor de residentes que progresivamente habían abandonado la medicación. Testosterona burbujeando en el interior de más de un millón de individuos que estaban hastiados de malvivir en los márgenes. Jamás escucharías que la delegada del Gobierno o cualquier otra dirigenta política lo admitiera en público, sin embargo, la dotación de efectivos destinados a este emplazamiento policial, a esta nueva línea fronteriza, se había duplicado en los últimos meses. Esta comisaría constituía la primera línea de choque frente a unos disturbios que ya se estaban produciendo en otros países del resto de Europa y que podían llegar aquí en cualquier momento.

Estuve sirviendo en esta dependencia durante seis años, antes de solicitar el traslado a la zona centro, un poco empujada por Gemma. Nadie deseaba ya trabajar en este distrito. Solía ser el destino asignado a las novatas, donde se fogueaban en sus primeros años como policías. Todavía guardaba buenos recuerdos de aquellos tiempos; era joven, acababa de entrar en el cuerpo y sentía que se abría ante mí un mundo de posibilidades.

Salí del coche y me dirigí hacia el edificio de la comisaría. Le mostré la placa a la policía de la entrada, a la que no reconocí, y que parecía una novata recién llegada. La puerta era de grafeno reforzado y una reja extensible de acero permanecía plegada a ambos lados como una persiana. Me adentré en el vestíbulo: una sala de unos sesenta metros cuadrados con un mostrador al fondo y con cuatro policías de uniforme sentadas detrás de él. Dos escaleras de acceso a los pisos superiores se encontraban a ambos lados de la estancia, junto a un par de ascensores. El tránsito de personas resultaba intenso; ruido de conversaciones cruzadas, ciudadanas de a pie entremezcladas con agentas de uniforme que empezaban o acababan su turno…

Me acerqué al mostrador. Dos policías se situaron de repente a mi lado. Sujetaban por ambos brazos a un andro, al que mantenían esposado con las manos en la espalda. Se trataba de un chico joven de raza negra, de dieciocho o diecinueve años: pantalones caídos y abombados, chaquetilla de algodón con la capucha puesta, con una camiseta ajustada debajo de ella. Parecía uno de esos metayonquis que se pasaban el día colgado de los nuevos injertos de realidad virtual y que en muchas ocasiones lograban sustituir a sus propias vidas.

—Te traemos uno para fichar, Lorena —dijo una de las agentas mientras no dejaba de sujetar al chico.

Tampoco reconocí a ninguna de las policías que trabajaban detrás del mostrador. Las cosas habían cambiado mucho desde que estuve aquí por última vez.

—¡Soltadme! ¡Yo no he hecho nada! —gritaba el andro mientras forcejeaba intentando liberarse.

Las dos policías lo inmovilizaron presionándole violentamente la cabeza contra el mostrador. El chico apretó los dientes al mismo tiempo que continuaba mascullando insultos.

—¡Vaya, pero si es un tipo duro! —se burló la tal Lorena mientras se acercaba hacia el mostrador. La agenta debía ser de mi edad; treinta y siete o treinta y ocho años, grandes gafas metálicas que se le deslizaban sobre su nariz afilada y diez quilos de más.

—¿Qué ha hecho?

—Minado y distribución ilegal de identidades virtuales— dijo una de las dos agentas que lo sujetaban.

—La mierda de siempre —afirmó Lorena con desgana—. Está bien, pasad. Mientras lo fich※is os busco un hueco en uno de los calabozos.

—Eso es mentira. Yo no he hecho nada. ¡Soltadme, hijas de andro! —las dos agentas se lo llevaron casi a rastras mientras se retorcía como una lagartija e intentaba escupirles.

—¿Y tú qué quieres? —me preguntó Lorena.

—Inspectora Uriarte —contesté, mostrándole la placa.

—Como si eres la mama de Roma, cariño.

—Busco a la inspectora Emilia Cruz.
—¿Emi? Sí, en la tercera planta.
La tercera planta era un claustrofóbico espacio rectangular en el que las mesas prácticamente se hacinaban unas encima de otras, dejando apenas un estrecho pasillo que serpenteaba hasta una pecera de cristal. Caminé sorteando mesas y sillas desperdigadas por el zigzagueante pasillo central. La mayoría del personal iba de uniforme y se trataba de mujeres muy jóvenes. Siempre solía mirar con cierto recelo a las novatas. La Policía federal se estaba renovando, ahora era un cuerpo que dependía enteramente de la Federación. Se trataba de un trabajo de riesgo y últimamente mal pagado; los salarios llevaban congelados más de una década. De modo que prácticamente cada año se veían obligadas a reducir el nivel de exigencia de las pruebas para poder cubrir la totalidad de las plazas. Un alto porcentaje de las mujeres que accedían a la escala básica eran chicas con muy poca formación, que tendrían escasas o nulas posibilidades de encontrar un buen trabajo en el sector privado.
—¿Se puede, inspectora Cruz? —pregunté desde el quicio de la puerta de la pecera de cristal.
Una mujer algo mayor que yo permanecía sentada detrás de un escritorio. Llevaba el pelo recogido en un moño y no apartaba la mirada de la pantalla virtual en la que se encontraba trabajando.
—¿Deseas algo? —me preguntó sin prestarme demasiada atención.
Automáticamente se me dibujó una amplia sonrisa en los labios mientras continuaba observando en silencio a mi vieja amiga.
—¡Serás golfa! —espetó Emi cuando por fin se decidió a mirarme. Se levantó de la silla y se dirigió corriendo hacia mí.
Nos fundimos en un cariñoso abrazo. Emi, que me sacaba una cabeza, me cogió por la cintura y me levantó ligeramente del suelo. Nos separamos durante un segundo y permanecimos en silencio. Estaba tan alta y desgarbada como de costumbre. Por un instante detuve la mirada en esa cara feúcha y sin maquillar que tanto había extrañado.
—¡Continúas igual de guapa, cabrona! ¿Por qué no me has dicho que venías?
—Ha surgido de improviso, no lo tenía planeado.

—Ya no te dejas caer por el barrio, llegué a pensar que te habías mudado de ciudad. ¿Cuánto tiempo hace que no nos veíamos?

Bajé durante un breve instante la mirada, en el fondo me sentía un poco avergonzada por no haber mantenido el contacto.

—La vida de casada, ya sabes…

—Sí, por eso a mí no me cazará ninguna.

Esbocé una sonrisa. De repente, tuve la extraña sensación de que el tiempo no había transcurrido, era como si continuase trabajando en el despacho de al lado y estuviésemos comentando el fin de semana, o alguno de los múltiples casos que habíamos llevado juntas. Me di cuenta de lo mucho que echaba de menos aquellos años.

—¿Vienes por trabajo?

—Sí. Estoy llevando el caso de Evelyn Curtis.

— Lo vi por la RA. ¿No fue un accidente?

—Bueno, cada vez parece más claro que no. El incendio del vehículo fue provocado, al menos eso es lo que sostiene el informe del laboratorio. Tenemos a un sospechoso…

—¿De quién se trata?

—Es un andro.

—¿Cómo no? Si pudiésemos prescindir de ellos sin duda el mundo mejoraría.

—Ya —dije con tono de resignación—. Hemos intentado averiguar su identidad mediante el sistema de reconocimiento facial, pero no hemos obtenido nada. Colgamos su imagen en diversos canales de la RA policial, pero tampoco hemos obtenido respuesta. Nadie parece haberlo visto. También ha sido cursada una orden de búsqueda, aunque ya hace mes y medio de eso y sin resultados.

—Tal vez se haya marchado de la ciudad.

—Es posible, pero en todo caso debería estar residiendo en una ciudad—sanatorio, ¿no? Si tienes algún contacto en el gueto de la ciudad... tal vez a ti te digan algo más.

—Los Comités Sectoriales suelen ser bastante herméticos, pero me puedo cobrar algún favor. Haré correr la voz.

—Gracias, Emi. Te debo una.

—No es nada. Tú harías lo mismo, niña. Y ahora, ¿qué te parece si nos ponemos al día? ¿Almorzamos? Mataría por comer algo.

Capítulo 20

Retiré el precinto colocado alrededor de mis tobillos, extrayendo los peucos de grafeno. Me desprendí también del precinto que me envolvía las muñecas y comencé a retirar con cuidado el primer par de guantes. Introduje el dedo pulgar por dentro del borde de uno de ellos, estirando de él en dirección hacia el final de la mano, para extraerlo totalmente del revés y dejarlo caer directamente dentro de uno de los cubos de color negro, diseminados a lo largo de todo el vestuario. Repetí el mismo mecanismo con el otro, de forma automática. Era importante no entrar en contacto con la superficie exterior del guante, ya que podría estar contaminada, aunque debajo de ellos llevara puesto otro par.

Las empresas suministradoras de este tipo de material dispararon su cotización al poco tiempo de estallar la pandemia, de repente su volumen de facturación aumentó de forma exponencial. Fue solo el comienzo del lucrativo negocio que para algunos supuso la eclosión de la enfermedad. El virus movilizaba al año cientos de miles de millones de criptomonedas en material sanitario, fármacos, tratamientos de reproducción asistida; prestados por clínicas que percibían suculentas subvenciones de los Gobiernos de la Federación además de esquilmar los bolsillos de sus esperanzadas usuarias. Cientos de miles de millones en suministros de todo tipo para las ciudades–sanatorio, ataúdes, pruebas diagnósticas y en un interminable etcétera. Hasta tal punto que si el virus de repente un día desapareciera muchos economistas sostenían que el PIB de decenas de países caería en picado. Constituiría la quiebra, la bancarrota total y absoluta, supondría un crac mayor que el de las hipotecas basura, extendiéndose por todo el mundo como una segunda pandemia. Supondría una crisis todavía mayor que cuando el virus hizo su brutal aparición.

Comencé a retirarme el capuz, estirando de él hacia arriba con ambas manos, con lo que salieron también las gafas protectoras que llevaba colocadas por encima, adheridas con una goma alrededor del cráneo. El siguiente paso consistía en abrir las pestañas de seguridad que sellaban el mono de protección individual. Una vez abiertas, procedí a bajar la cremallera hasta la mitad del mono. Introduje las manos dentro del segundo capuchón, que formaba parte del mono, con los guantes limpios, y lo retiré de mi cabeza. Después, bajé la cremallera que atravesaba el torso del traje de seguridad hasta el final de su recorrido, algo más abajo de las caderas, y estiré de las mangas ayudada de unas gomas cosidas a la parte interior de ellas. Moví los dos hombros simultáneamente, consiguiendo sacar los brazos sin tocar con el segundo par de guantes el exterior del mono. Luego, me fui desprendiendo completamente del traje protector metiendo las manos por el interior, sin entrar en contacto con su superficie, y bajándolo hasta los tobillos. Extraje los dos pies del interior del traje. En antepenúltimo lugar me desprendí del segundo precinto que me rodeaba los gemelos, por encima del pantalón verde de hospital que llevaba puesto, y me quité las calzas que dejaban al descubierto definitivamente las babuchas. Me desprendí también de la mascarilla, cogiéndola con cuidado por la parte frontal para no tocarme accidentalmente la cara con los guantes. Por fin me deshice del segundo par de guantes.

Al principio de trabajar aquí el protocolo de seguridad me resultaba eterno. Pero con los años te acostumbras a todo. El proceso se había convertido en una rutina que poco a poco había ido interiorizando y que ahora realizaba de manera mecánica, mientras pensaba en qué cenar cuando llegara a casa o en el chute de penta que aún no me había metido. Ahora apenas tardaba un par de minutos en desprenderme de todo el equipo en condiciones de seguridad.

Me deshice de los guantes y las calzas arrojándolos en el cubo de residuos. El mono, el capuz y las gafas los deposité en otro cubo, con la ropa reutilizable para que la desinfectaran. Debajo del mono llevaba una camiseta y un pantalón de tela que estaban completamente empapados. Ya era junio y el calor comenzaba a volverse insoportable. Me introduje en el baño y cerré la puerta. Levanté la tapa del retrete y me di la vuelta. Todavía no me había bajado los pantalones cuando de repente la puerta se abrió violentamente. Instintivamente me eché hacia atrás todo lo que pude para que no me golpeara en la cara.

La figura de Ángel emergió recortada bajo el marco de la puerta.

—¿Cómo has entrado aquí? Es...es una zona restringida —le dije todavía sobresaltada.

—Eso no te importa.

Iba vestido con una camiseta negra de manga corta y unos pantalones ajustados. Mantenía los brazos apoyados uno a cada lado del marco de la puerta y parecía cabreado.

—¡Lárgate de aquí!

—¿Eso es lo que quieres?¿Qué me largue?—Dio un paso más plantándose frente a mí. Levanté la cabeza para aguantarle la mirada. Reconozco que estaba asustada, aunque me esforcé por disimularlo.

—Lárgate o llamaré a ...

—¡No vas a llamar a nadie, zorra!—Me cogió por la pechera y me estampó contra una de las paredes.

Fue cuando verdaderamente me asusté. Parecía fuera de sí. Los huesos de mi espalda chocaron violentamente contra el tabique y fui incapaz de contener un aullido de dolor. Por un instante me quedé paralizada. Ángel me obligó a darme la vuelta y a ponerme contra la pared.

—¿Qué haces? ¿Qué estás haciendo?

Permanecí inmóvil mientras él me bajaba bruscamente el pantalón y las bragas. Por fin entendí lo que estaba a punto de suceder. Traté de girar la cabeza, pero me la aplastó de nuevo contra la pared.

—¡No te atrevas a mirarme! Esto es lo que quieres, ¿no? Esto es lo que viniste a buscar el otro día a mi casa.

Escuché a mi espalda el ruido apresurado del cinturón de Ángel desabrochándose. El sonido del pantalón golpeando contra el suelo. Noté su pesado aliento impactando contra mi nuca. El tacto caliente de su polla erecta sobre la superficie de mi culo huesudo. Incluso fui capaz de percibir el fuerte olor a feromonas que desprendía su sexo desnudo.

—Ahora... ¡vas a pedírmelo!

Tragué saliva, permaneciendo durante un momento en silencio. Tenía la mejilla derecha apoyada sobre los azulejos de la pared. Estaba sudando, un par de mechones de cabello mojado colgaban ahora sobre mi cara. Ni siquiera sabía si lo que sentía era miedo o se trataba más bien de una brutal excitación, como jamás había experimentado antes, y que hasta hoy solo me había proporcionado la penta, cuando recorría mis venas como un caballo desbocado.

—¡Hazlo! –insistió con rabia desde mi espalda—. Pídemelo o me largo ahora mismo.

—¡Jodeeer! ¡Fóllame! —exploté—. ¡Fóllame ahora! —le grité—. ¿Es eso lo que quieres oír, andro de mierda? ¡Fóllame! ¡Fóllame! ¡Fóllameee!

Su primera embestida fue brutal, hasta el punto de hacerme daño, pero no le dije que parara. Se me escapó un primer gemido que transitó confusamente entre los límites del placer y el dolor. La siguiente penetración tampoco se hizo esperar. Fue tan violenta como la primera. Lo sentí completamente dentro de mí. Empujando con fuerza, como si pretendiese atravesarme. Percibí su cálido aliento respirándome sobre la mejilla. Cada vez me follaba más fuerte y rápido. Más y más intenso, con menos espacio entre jadeo y jadeo. Por un momento cerré los ojos, para que la sensación de placer invadiera por completo mi mente. Me introduje la mano derecha en la entrepierna y empecé a masajearme el clítoris, al mismo tiempo que las embestidas de Ángel, una tras otra, no cesaban. Al principio me masturbé lentamente, pero fui aumentando la velocidad al acompasado ritmo de sus penetraciones que se aceleraban cada vez más.

Por un breve instante pensé en que me pudiesen estar buscando o que la puerta del vestuario se hubiera quedado abierta. Abrí los ojos y alcé la vista. Observé la cámara de vigilancia, situada en el techo, enfocando la zona que correspondía al vestuario, desde donde podrían haberlo visto entrar. Aunque estaba tan cachonda que ni siquiera ese fugaz y punzante pensamiento consiguió frenarme. Empecé a masajearme circularmente el clítoris, ese movimiento siempre me hacía llegar, pero las embestidas eran tan fuertes que dejé de hacerlo y simplemente permanecí completamente inmóvil, con la mente en blanco, reducida a un trozo de carne que solo deseaba que se la continuaran follando. Tenía el coño completamente empapado. Estaba a punto de correrme. Casi podía notar las convulsiones.

Las acometidas de Ángel ganaron en intensidad. Me sentía cada vez más aprisionada contra la pared, hasta el punto de llegar a sentir dolor. Pero no deseaba que parara.

Por favor no pares.

Ni se te ocurra parar ahora.

Volví a cerrar los ojos. Sentí el frío de los azulejos sobre la piel de mi rostro, las tetas completamente aplastadas, y mis pezones, debajo de la camiseta, totalmente erectos, como diamantes pugnando por conseguir rasgar el cristal. Los nudillos de mi mano derecha se habían quedado prensados, atrapados entre la pared y la pelvis. Era incapaz de pensar. La última de las penetraciones de Ángel fue todavía más brutal, me habría desgarrado el coño si no lo hubiese tenido tan mojado. Experimenté entonces unas fuertes convulsiones en la entrepierna, una auténtica descarga eléctrica que sacudió por entero mi pelvis extendiéndose rápidamente por el resto del cuerpo, y que me dejó agotada, inservible, incapaz de pensar en nada.

Ángel salió inmediatamente de dentro de mí. Fue una sensación brusca y desagradable, como si de repente me hubiesen arrebatado algo que me perteneciera. Yo todavía permanecía con los ojos cerrados, escuchando exhausta el ruido de sus pantalones volviéndose a subir y el del cinturón mientras se lo abrochaba. Después oí sus pasos arrastrándose hasta la salida y el sonido de la puerta del vestuario al cerrarse de un fuerte golpe.

Abrí los ojos.

Continuaba inmóvil, apoyada contra la pared y con las bragas bajadas hasta las rodillas. Mantenía la mano todavía sobre la entrepierna. Un reguero de saliva mojaba los azulejos de la pared mientras otro de fluido vaginal resbalaba lentamente por el interior de mis muslos.

Capítulo 21

Abrió la puerta una chica pecosa y pelirroja, de uno sesenta de estatura y veintitantos años. La reconocí de inmediato. En mi mente volvieron a martillear las imágenes extraídas del interior del cerebro de Eve; esos intensos ojos negros que miraban con deseo directamente a la cámara, contrastando con su piel blanquecina, o su cabello rizado, derramándose a través de infinitos tirabuzones sobre sus hombros. Pensé que me pondría furiosa en cuanto la tuviera delante, pero en lugar de eso me sentí intimidada por su belleza. Comprendí enseguida porque Eve no había podido resistirse. June frunció el entrecejo al asomar la cabeza por la puerta, como haciendo un esfuerzo por intentar reconocerme.

—Inspectora Sara Uriarte —me identifiqué al mismo tiempo que le mostraba la placa.

Su cara cambió de expresión, ensombreciéndose repentinamente.

—¿Qué quieres?

Decidí pasar por alto su tono seco y cortante, no deseaba ponerla a la defensiva, y me esforcé por parecer amable, por fingir una sonrisa antes de empezar a hablar.

—¿June Etekia?

—Es posible. ¿Para qué lo preguntas?

—Solo quiero hablar un momento contigo.

—¿Llevas una orden?

—No, no llevo una orden. Esto no va contigo, solo te quiero hacer unas preguntas acerca de alguien.

June me observó de arriba abajo, mientras sujetaba con su mano derecha la puerta todavía entreabierta.

—Está bien, pasa —dijo, abriéndola completamente.

La acompañé hasta el interior de la vivienda. La chica caminaba descalza, solamente ataviada con un suéter blanco por debajo de las caderas y cuyas mangas apenas permitían entrever los dedos de las manos. Logré reconocer el piso; el salón presidido por un amplio ventanal desde el que se divisaba toda la ciudad y el mismo sofá de piel de color negro que había visto en el vídeo. No cabía duda de que esa parte era real

June se sentó con las piernas cruzadas en el enorme sofá en forma de U. Cogió un cigarro de encima de la mesita de centro y lo encendió con un viejo Zippo, oculto entre las rendijas de los cojines. Yo me acomodé frente a ella.

—¿Quieres?

—No, gracias.

—Y , ¿a qué has venido, inspectora…?

—Uriarte.

—Sí, eso, perdona, soy muy mala para los nombres. Son tan aleatorios, no tienen nada que ver con lo que realmente somos. ¿No te parece? Suelo recordar mejor otros detalles, todas tenemos alguno que nos define mucho mejor que nuestro propio nombre —aseguró June. Le dio una calada al cigarrillo y apoyó el codo sobre la rodilla que mantenía cruzada—. Tú, por ejemplo, tienes aspecto de ser ordenada —afirmó, fijándose seguramente en que llevaba los pantalones impecablemente planchados, en mi camisa abrochada hasta el último botón y en la corbata cuyo nudo rozaba la perfección—, meticulosa en lo que haces, sometida por voluntad propia a estrictas normas de comportamiento, a determinadas rutinas que repites día tras día aunque en el fondo te parezcan aburridas.

—Sí, …eso es fácil de adivinar, teniendo en cuenta que sabes que soy policía —contesté un tanto a la defensiva.

—Eso es lo que no dejas de repetirte a ti misma, ¿no?

Se levantó del sofá y se dirigió hasta el gran ventanal abriendo una de sus hojas. Luego volvió a sentarse frente a mí.

—Estoy investigando la muerte de Evelyn Curtis. ¿La conocías?

June me observó durante un segundo antes de contestar. Sus labios hicieron un amago de sonrisa mientras bajaba la mirada.

—¿Así que se trata de eso? Debí haberlo imaginado, aunque supongo que si estás aquí es porque ya sabes la respuesta a esa pregunta —dijo, volviendo a mirarme a los ojos.

—¿Cuándo la viste por última vez?

—Unas semanas antes del accidente. Se pasó por aquí, me dijo que tenía que resolver unos asuntos.

—¿Te dijo de qué asuntos se trataba?

—No, Eve nunca hablaba de su trabajo.

—¿Cómo os conocisteis?

—¿Te refieres a cómo una brillante abogada se relacionaba con una simple camarera?

—Yo no he dicho eso.

—Sí que lo has dicho, pero no importa, te contestaré. Vino a tomar una copa al bar en el que trabajo, pero supongo que eso también lo sabes, ¿no?

—¿Solía ir con frecuencia?

—Era la primera vez que la veía por allí. Creo que no le gustaban ese tipo de ambientes. Cuando la conocí se pasó toda la noche sentada en la barra. Al principio pensé que era por mí, pero luego llegué a la conclusión de que le molestaba la gente. La verdad es que le costaba relacionarse, a pesar de su apariencia de mujer exitosa. Siempre nos veíamos en lugares más íntimos.

—Entiendo. Y ¿qué tipo de relación teníais?

La chica me lanzó una sonrisa irónica mientras negaba con la cabeza.

—¿Tú qué crees?

—¿Erais pareja?

Supongo que le hice esa pregunta porque en el fondo me quemaba por dentro, aunque tenía un evidente interés policial, me dije para mí misma.

—Eve no tenía pareja, al menos que yo supiera. Nosotras solo follábamos —dijo secamente mientras esbozaba otra sonrisa—. De vez en cuando me visitaba...¿Sabes? Tú hubieras sido su tipo— observó señalándome, mientras expulsaba el humo por la boca—. La perdían las chicas guapas. ¿Nunca intentó follarte, inspectora?

Por un momento no supe que decir, quizá le había hablado de mí. June me aguantó la mirada durante un momento a la vez que continuaba dando otra intensa calada.

—Tenemos razones para pensar que pudo no ser un accidente. ¿Ella te contó algo? ¿Sospechaba de alguien que quisiera hacerle daño?

—Por lo que tengo entendido no se había ganado muchas simpatías con ese caso, pero no, no me contó que sospechara de nadie.

—Está bien —concluí—. Sabemos que se veía con un andro y que quizá él pudiera estar relacionado con su muerte.

Me subí la manga izquierda dejando al descubierto la pequeña consola de mi antebrazo. La manipulé durante unos segundos y me levanté, acercándome hasta ella para mostrarle la imagen del sospechoso. El rostro de June cambió de expresión cuando, durante un breve instante, fijó su vista en la pequeña pantalla. Palideció todavía un poco más, desviando rápidamente la mirada y le dio otra calada al cigarro.

—Sí, es muy guapo —afirmó con una mueca nerviosa en los labios—. Pero a Eve le gustaban demasiado las mujeres, me extraña que tuviera algo que ver con ese andro.

—¿Nunca lo habías visto antes?

—No, no me suena de nada.

Me encontraba ya fuera del domicilio de June, esperando el ascensor, cuando Eneas me indicó que tenía una llamada.

—¿Ha habido suerte? —la imagen de Blanca apareció en la interfaz de mis lentes de realidad aumentada.

Esperé a haberme introducido en el ascensor antes de contestar.

—No, no lo conoce. O eso dice, aunque yo creo que oculta algo.

—¿Por qué piensas eso?

—Espera, Blanca, me está entrando otra llamada.

Puse la llamada en espera y en Eneas apareció el rostro de Emi.

—¡Lo tenemos! Uno de los jefes de los Comités Sectoriales lo ha reconocido. Se llama Edgar Ángel Odiseo, tiene veintisiete años, y hace tan solo un par de meses que lo internaron.

—Pero, ¿qué hacía fuera del gueto? Se supone que los encierran en esos sitios cuando son adolescentes, ¿no?

—Sí, normalmente ese es el procedimiento, pero este es un caso especial. Introduje sus datos en el sistema, pero no tiene antecedentes, ni tan siquiera una multa hasta hace un par de meses cuando lo condenaron por resistencia a la autoridad. Pero nada anterior a eso, es como si hubiese aparecido en este jodido mundo de repente.

—Continúa.

El ascensor llegó hasta la planta baja y salí de él, accediendo al vestíbulo.

—Normalmente estos tipos comienzan a delinquir desde muy jóvenes, desde que son reasignados al gueto; pequeños hurtos, prostitución, tráfico de drogas. En esa etapa su organismo empieza a producir mucha testosterona, que alcanzará su máximo nivel a la edad de veinte años, siendo algunos de ellos sumamente reacios a ser medicados. Una vez aceptan su situación, después de que su vida se haya convertido en un continuo entrar y salir de los hospitales para ser sometidos a terapias de ablación androgénica, consienten en someterse a un tratamiento permanente y su historial delictivo pasa a mantenerse en un perfil bajo. Algunos seguirán medicándose hasta el final de sus días, otros, con el paso de los años, por una razón o por otra abandonarán la medicación y el exceso de testosterona en su organismo se ocupará de hacer el resto. Como te decía, no me cuadraba; ¿por qué un andro campaba a sus anchas por la Ciudad Protegida sin que se hubiese cursado una sola orden de búsqueda desde una ciudad–sanatorio? Entonces se me encendió la lucecita, hice un par de llamadas y finalmente una consulta en la base de datos de Sanidad y…¡Bingo! Se trata de un VBRI[16], algo todavía más raro si cabe —afirmó Emi riéndose al otro lado de la imagen—.Apenas existen unos pocos miles en todo el Estado. Pero el tipo la cagó y dio con sus huesos en el gueto, después de detenerlo por el altercado que te he comentado antes, y de descubrir que su certificación realmente pertenecía a un residente cuyo fallecimiento no había sido notificado. Antes de ser reasignado pasó una temporada en el Hospital Universitario de Investigación contra el Síndrome de Kocinsky. Les he hecho una visita, lo recordaban bien, agredió a una enfermera. La jueza le sustituyó la pena al no tener antecedentes y le asignó un agente de confinamiento para que lo supervisara. Mi contacto en el Comité Sectorial me ha facilitado una dirección donde quizá todavía continúe viviendo.

---

[16] VBRI: Varón de Bajo Riesgo Infeccioso. Diversos estudios detectaron que determinados varones eran inmunes al virus; aunque daban positivo en los controles nunca terminaban de desarrollar la enfermedad; su sistema inmune acababa con el patógeno, lo que provocaba que su transmisibilidad fuera nula. Se expidieron certificaciones sanitarias que les permitían vivir fuera de los guetos a cambio donaciones de sangre periódicas, con el objeto de la investigación, y la obligación de medicarse.

—Perfecto, tendremos que hacerle una visita.

Salí de la finca dirigiéndome hacia el BMW, que había aparcado a cuatro calles de allí. Eran las once de la mañana y hacía un día espléndido, tanto que por un momento lamenté desperdiciarlo persiguiendo fantasmas. El tráfico abarrotaba el Bulevar Norte, que era el nombre que recibían los lujosos bloques de viviendas construidos a lo largo de la principal arteria de la ciudad. La metrópolis era una inmensa urbe plagada de intensos contrastes; combinaba distritos densamente poblados con otros que languidecían a su suerte desde hacía décadas, ocupados en su mayoría por las clases más bajas de la sociedad.

Y luego estaba el gueto, ese inmenso agujero negro; una vez dentro resultaba imposible salir de él. En este preciso instante, cientos de vehículos detenidos se entremezclaban con hordas de peatonas atravesando la calzada. Decenas de drones atestaban el cielo como bandadas de murciélagos. Siempre pensaba que un día u otro terminarían por colisionar, aunque nunca lo hacían. Algunos eran propiedad de la Policía local, otros de agencias de noticias, de compañías repartidoras de cualquier tipo de productos o de empresas de vigilancia privada...La ciudad bullía. Holoanuncios te asaltaban prácticamente a cada paso que dabas; tráileres de novedades cinematográficas, bebidas energéticas, tratamientos con nanorobots que te prometían la inmortalidad. Esas imágenes sobresalían, a través de la realidad aumentada, de las miles de pantallas virtuales ubicadas en las fachadas de los rascacielos, elevados a tanta distancia del asfalto que casi resultaba imposible contemplar el sol. Terminé por desconectar mi dispositivo. Una parte de la ciudad crecía más allá de lo imaginable mientras que la otra permanecía congelada en el tiempo, destinada a vagar sin remedio, como si se tratara de un moderno Ulises intentando regresar a Ítaca.

Capítulo 22

Las filas de andros se extendían hasta más allá de donde alcanzaba la vista. El lugar estaba atestado hasta tal punto que si se presentara por sorpresa una inspección de Sanidad seguramente clausurarían el recinto, aunque normalmente la dirección del CED solía tener conocimiento de esas visitas un par de días antes. Hoy ese detalle no importaba demasiado. Lo único que parecía urgente era exprimir al mayor número posible de estos desgraciados.

Sudaba bajo el EPI mientras me desesperaba cacheando al enésimo residente; un tipo bajo, repleto de arrugas, que no recordaba haber visto desde hacía mucho. Normalmente en mi sector la edad de los residentes oscilaba entre los dieciséis y los treinta y cinco años. A los viejos se los atendía en las plantas inferiores; su semen carecía de la suficiente calidad y necesitaba ser sometido a un proceso químico que mejorara la movilidad de los espermatozoides antes de ser comercializado. Y eso encarecía el producto. Pero hoy era distinto, hoy estaba cacheando a hombres de todas las edades, desde niños de trece o catorce años hasta viejos de más de sesenta.

La edad mínima para donar semen se estableció en dieciséis años. Obligarles a ser padres, aunque jamás fuesen a conocer a sus futuros hijos, con menos de esa edad se consideraba inmoral y se legisló en ese sentido. Se añadió la cautela de: <<*Salvo en caso de urgente necesidad*>>, constituyendo la coartada perfecta para que el Gobierno pudiera saltarse la norma cuando le viniese en gana. La tasa de nacimientos había caído en picado en el último semestre, según el postrero informe del Ministerio de Natalidad. Ese dato, por lo visto, había puesto muy nerviosa a la responsable del DEPAN[17], lo que había propiciado que se lanzara una circular interna a todas las ciudades–sanatorio, así como a las clínicas dependientes de ellas,

[17] DEPAN: Departamento Estatal de Políticas Activas de Natalidad.

obligando a que todos los residentes donaran sin excepción, independientemente de cuál fuese su edad.

Parecía como si de repente el semen de todos estos putos andros estuviese negándose a reproducirse en cautividad, como si millones de espermatozoides prefiriesen extinguirse en lugar de fecundar a un maldito óvulo.

Como los delfines o los jodidos canguros.

Siendo cada vez más conscientes de que su desaparición supondría inevitablemente también la del otro sexo.

Nada de todo eso me importaba en absoluto, seguramente nunca llegaría a ver ese momento, si es que algún día llegaba a producirse. Lo único que me importaba era su consecuencia inmediata ; hoy doblaría turno.

El siguiente en ser cacheado era Ángel. Sabía que iba a venir hoy y que también vendría mañana; a los andros jóvenes les habían incrementado las donaciones. Los números debían cuadrar a final de año. Se plantó frente a mí tan serio como de costumbre y completamente desnudo, esgrimiendo esa mirada de autosuficiencia que siempre conseguía ponerme tan cachonda. Como si fuese ajeno a la situación o como si no fuese con él. Como si solo estuviera de paso, atravesando toda esa podredumbre que le rodeaba pero siendo consciente de que la mierda jamás alcanzaría a tocarlo. Parecía haber aterrizado procedente de otro mundo, uno donde la enfermedad o la muerte ni tan siquiera existían. Caminaba con el mentón elevado y la espalda recta; aparentando poder sobreponerse a lo que fuera, asegurándote que por mucho que lo jodieras él seguiría adelante. Demostrándote que era superior, y que tarde o temprano acabaría imponiéndose. Sí, poseía esa mirada. De rabia. De desesperación. Que desbordaba odio y venganza. Como cuando algo te quema, como cuando te abrasa las entrañas. Era algo más que una pose, estaba segura de ello. Era más bien como si creyera que le correspondía por derecho propio un destino mejor que el de cualquiera de nosotras. Como si accidentalmente hubiera tropezado con una nube y se hubiese caído del cielo.

Habíamos estado viéndonos desde nuestro último <<encuentro>>, así que sabía que no debía esmerarme demasiado con su cacheo, aunque sí lo suficiente como para no llamar la atención de algunas de mis compañeras. Me fijé en que se había afeitado de nuevo la cabeza, de forma que el sudor se la hacía relucir, proporcionándole el aspecto de una bola de billar y echándole unos cuantos años más encima. También era consciente de que no superaría el análisis; el hedor a testosterona podía apreciarse a kilómetros de distancia. Comencé a cachearlo superficialmente durante unos minutos y después lo dejé pasar.

Capítulo 23

Emi llamó al timbre, que sonó metálico, estridente, como un grito, como el gruñido de un cerdo de camino al matadero. Como si nos estuviera diciendo: <<*¡Largaos de aquí!*>>, <<*¡No se os ha perdido nada!*>>.

¡¡¡Gñiiiiiii! ¡¡¡¡¡ Gñiiiiiiiii!!!!! ¡Gñiiiiiiiii!!!!!!!

Sonó otra vez.

¡¡¡¡Gñiiiiiiiii!!!!

Y otra.

¡¡¡¡¡Gñiiiiiiiii!!!!!!!!

Y otra más.

Hasta que a cualquiera le habría resultado imposible no haberlo escuchado.

Emi nunca se había caracterizado por ser demasiado discreta, eso a menudo solía provocar en mí una sonrisa cómplice. Siempre, desde que nos conocimos siendo tan solo unas crías que correteaban por el barrio, me había llamado la atención su espontaneidad, su ausencia de filtro cuando deseaba algo, como una niña caprichosa incapaz de esperar hasta el día siguiente.

¡¡¡¡Gñiiiiiiiii!!!!!

Solo podrías haber ignorado ese ruido si estuvieses muerta.

Eran las diez de la mañana, pero curiosamente ningún residente se asomó al pasillo.

Nos encontrábamos en un rellano de diez puertas. Se escuchaban pasos tras alguna de ellas, algún cuchicheo, un destello furtivo de luz en la mirilla de la puerta 101–D y luego pasos ahogados que retrocedían en su interior. En la 102–D, el domicilio de Ángel Odiseo, continuaba sin responder nadie. Acerqué la oreja a la desvencijada puerta de madera, pero fui incapaz de escuchar nada.

—No se escucha a nadie. ¿Qué hacemos?

—No sé. Es la única dirección que conocía mi contacto.

Emi perdió su escasa paciencia y comenzó a aporrear la puerta. No me pareció que estuviésemos empleando la mejor de las tácticas para intentar no asustarlo. Aunque teniendo en cuenta que se trataba de un undécimo piso con las ventanas enrejadas, las posibilidades de que escapara eran inexistentes. Con la segunda palmada la puerta cedió y se quedó entreabierta.

Las dos nos miramos.

—No podemos entrar sin una orden —le advertí.

—Solo vamos a ver si le ha ocurrido algo. Es posible que esté muerto, estos tipos se quitan de en medio a las primeras de cambio— observó Emi levantando los hombros y desenfundando la pistola.

—¡Joder! —dije mientras desenfundaba también la mía.

Ninguna jueza admitiría como prueba nada de lo que encontráramos ahí dentro, pero también sabía que no disponíamos de suficientes evidencias para cursar una orden de registro. Emi empujó la puerta con cuidado y accedimos al interior del piso. Yo entré detrás de ella. Las persianas estaban subidas, filtrándose abundante luz desde el exterior. La vivienda constaba de apenas veinte o veinticinco metros cuadrados y parecía deshabitada; se habían llevado los muebles, tan solo una silla y un viejo sillón se hallaban junto a la ventana. Nos aseguramos también de que nadie permaneciera oculto en el minúsculo baño, que situado al fondo de la vivienda era la única habitación de toda la casa.

Guardamos nuestras armas mientras paseábamos la mirada por toda la estancia.

—El cabrón se ha largado —Emi puso los brazos en jarra—. Tu chico es un puto andro muy escurridizo.

—¿Crees que sabe que lo buscamos?

—Tal vez. O simplemente se ha hartado de vivir en esta ratonera —comentó, sin dejar de mirar a su alrededor—. No lo culpo, la verdad.

—No creo que estos tíos estén acostumbrados a grandes lujos.

—Bueno, este es diferente, recuerda que vivía fuera del gueto.

La calle era ya un auténtico hervidero cuando abandonamos el edificio. Una pequeña plaza situada delante de él yacía atestada de adolescentes jugando a la pelota. A su alrededor, andros adultos vociferaban animando a cada uno de los dos equipos. El lugar podría encontrarse ubicado en cualquier barrio de una extinta Habana tardocomunista, en la que la vida se limitaba a dejar correr el tiempo, alejada todavía de las exigencias de un cada vez más hambriento mercado, de la RA y de la desgastada cibereconomía, del enésimo nuevo capitalismo, de la copia de la copia de sí mismo. Pequeños grupúsculos de hombres poblaban las esquinas, ofreciendo droga o sexo, o los servicios de alguna clínica clandestina en la que te podían implantar casi cualquier cosa por unos cuantos cientos de criptomonedas. Mientras caminábamos hacia el vehículo, nadie nos ofreció nada de todo eso, tan solo miradas esquivas y voces susurrantes, tan solo mudas letanías cuando pasábamos por al lado de cualquiera de esos andros. Llevábamos puesta la sudadera del departamento. El coche permanecía aparcado a unos veinte metros del portal, sin embargo, durante ese corto trayecto, las siglas CFP dibujadas en la parte frontal de nuestras sudaderas relucían como el letrero de un antiguo prostíbulo en mitad de la noche. Durante un breve instante, mientras llegábamos hasta el coche, la vida en el gueto permaneció en suspenso.

Emi seleccionó la ruta hacia la comisaría en la pantalla virtual, materializada en el parabrisas, y el vehículo se puso en marcha. Dejamos atrás la plaza, circulando por una de las calles principales. El volante giró a la derecha. Serpenteábamos ahora entre estrechas callejuelas esquivando residentes que deambulaban sin rumbo aparente. Sus miradas escrutaban el vehículo mientras se hacían lentamente a un lado. En la pantalla aparecían representados a través de siluetas de color amarillo rojizo, destacando entre la frialdad azulada de los objetos que los rodeaban. La calle se abrió a una plaza mucho mayor que la anterior. Cientos de residentes permanecían agolpados en ella interrumpiendo la circulación. El vehículo se detuvo acompasadamente a pocos centímetros de la masa. La pantalla se tiñó de colores cálidos; una mancha inmensa en cuyo interior fluctuaba el amarillo y el rojo y en menor medida pequeñas salpicaduras tintadas de verde claro.

—*Criaturas vivas impiden el paso. Imposible avanzar sin menoscabar su integridad física y la de las ocupantes del habitáculo. Si desea continuar debe activar el modo manual* —manifestó asépticamente la IA del vehículo.

En el exterior, podía escucharse una voz en la lejanía, ahogada en parte por la insonorización del coche, seguida de aplausos y de gritos enfervorecidos.

—Vamos a ver qué sucede.

—No creo que sea una buena idea, Sara. Hay demasiada gente y cuando están en grupo son imprevisibles.

—Si la cosa se pone fea nos largamos, además es posible que encontremos ahí a nuestro andro.

—Está bien —concedió finalmente Emi—, pero ponte la sudadera del revés y súbete la capucha.

Salimos del coche y comenzamos a avanzar entre la multitud. Al fondo, a unos cien metros, un andro subido en una especie de tarima vociferaba dirigiéndose a los asistentes.

—Ha llegado el día, hermanos. El día del Hombre, el día en que otra vez tomaremos el control.

Yo caminaba detrás de Emi, serpenteando entre la gente. Estábamos rodeadas por centenares de andros. Recuerdo la sensación de vértigo que me embargó de repente. Hacía mucho tiempo que no veía a tantos de ellos juntos. Todos parecían escuchar atentamente a esa especie de predicador. Se trataba de un hombre de raza negra, vestido con un traje de color gris oscuro y que lucía un elegante sombrero. Su voz, profunda y cálida, te incitaba a quedarte escuchándolo. Lo teníamos a unos cincuenta metros. Cada vez resultaba más difícil encontrar un hueco. Avanzamos hasta permanecer detenidas a veinte metros de él, aprisionadas entre la muchedumbre.

—Ya no se puede avanzar más. Nos quedamos aquí, Sara.

Me encontraba incómoda. Cada vez se unían más y más andros. Los había de todas las razas y edades. Permanecíamos detenidas junto a unos críos que no paraban de repetir en bucle la misma consigna: <<*Ha llegado el día, el día del orgullo de ser hombre. Enorgulleceos, hermanos, enorgulleceos*>>. Nadie parecía estar pendiente de nosotras, todo el mundo miraba hacia el frente escuchando a esa especie de nuevo Mesías.

—Esas mujeres que nos gobiernan os dirán que no valéis nada, os dirán que nunca saldréis de aquí. Os dirán que estáis enfermos. Os asegurarán que vosotros sois la enfermedad misma. Que habéis llevado la enfermedad y la muerte hasta la puerta de sus bonitas casas y sus elegantes barrios. Pero ellas os lo han usurpado todo, podéis creedme. Y sin embargo se atreven a acusaros. ¡Pero aun así no les basta! No, no les basta. También os pretenden arrebatar vuestra dignidad. Y lo harán. No dudéis de que lo harán. Lo harán si se lo permitís. Así que ha llegado el momento de decidles: ¡Basta! Ha llegado el momento de decidles; ¡Qué se jodan! —gritó el predicador mientras caminaba a lo largo de la tarima—. ¡¡Enorgulleceos, hermanos!! ¡¡Ni se os ocurra bajar la cabeza!!

—¡¡Nooo, no lo haremos!!

—¡Qué se jodan!

La multitud enloqueció. Aplaudían con rabia y levantaban los brazos con los puños apretados. Dos hombres se encararon a nuestro lado y empezaron a vociferase mutuamente el nuevo grito de guerra, su nuevo himno: <<*¡Enorgulleceos!*>>,<<*¡Sois hermosos!*>>. Emi mientras tanto permanecía absorta en todo aquello que sucedía a su alrededor, escudriñando a la multitud desde su casi metro ochenta. Yo intentaba identificar a Ángel, fijando la vista en cada andro de mi entorno, pero el sistema de reconocimiento facial incorporado en mis lentes no consiguió encontrar ninguna coincidencia.

—¡Escuchad! Escuchad, hermanos —comenzó a decir de nuevo haciendo gestos con las manos para calmar a su enfervorecido auditorio—. Debemos permanecer unidos. La resistencia, eso es lo que nos otorgará la victoria final. Abandonad la medicación, dejad de ingerir ese veneno que os debilita los huesos, que impide el desarrollo de nuestros jóvenes...que nos vuelve impotentes. Yo ya he dejado de hacerlo. He dejado de hacerlo y continúo vivo —aseguró, mientras extendía los brazos y daba una vuelta sobre sí mismo. Se escucharon risas y carcajadas entre el público—. Dejad de temed al virus. El temor es lo que nos esclaviza, ellas desean que tengamos miedo. Lo necesitan. Se alimentan de él. Hermanos...vamos a decirles NO a esas puteras. No consentiremos que deambulen por nuestras calles pervirtiendo a nuestros jóvenes. No pensamos aceptar la limosna con la que el Estado pretende comprarnos. Y sobre todo, dejaremos de ingerir esa amarga ponzoña con la que cada día nos envenenan.

Más aplausos, más gritos, más consignas de libertad, de muerte al matriarcado. Y entonces empezó a sonar esa canción, pegadiza e hipnótica, que todos comenzaron a cantar a coro.

¿Dónde perdimos la libertad?
Es lo que me suelo preguntar
Tal vez la olvidamos en otro lugar
Uno que deberemos conquistar
Así que tal vez deberíamos regresar

El gueto no suele ser un buen lugar
Un sitio al que nunca deberías regresar

—Se les va a caer el pelo por esto —susurré—. Incitar a la insumisión sanitaria es un delito muy grave.

—No creo que les importe mucho, ¿qué puede haber peor que pasar toda tu vida aquí dentro? Anda vamos, vámonos antes de que acaben de cantar y empiecen a moverse.

Ayer en mi casa me intentaron liquidar
Con ese veneno que tan a menudo nos dan
Me lo sirvieron en una bonita copa de champán
Sentí cómo las burbujas cosquilleaban al pasar
Solo entonces supe que lo debía vomitar
Hoy ni siquiera me puedo levantar
Estoy cansado de su superioridad moral
Siempre resulta difícil de soportar

El gueto no suele ser un buen lugar
Un sitio al que nunca deberías regresar

El gueto no suele ser un buen lugar
Un sitio al que nunca deberías regresar

Comenzaron los acordes del interminable solo de guitarra y la multitud definitivamente enloqueció: se abrazaban y saltaban hacia todos lados y proferían gritos indistinguibles, empujándose los unos a los otros. Era como si al ritmo de la música se hubiese desatado una batalla campal. Empujaron a Emi, que cayó de espaldas encima de un grupo de andros que de inmediato la engulló, empezando también a ser zarandeada. Intenté rescatarla, pero también me empujaron por la espalda. Por un momento perdí los nervios, ya no podía verla. Ni siquiera sabía exactamente donde me encontraba ni a qué distancia del vehículo estábamos. Mis pies apenas tocaban el suelo arrastrada por una marea humana que daba vueltas sobre sí misma, gritando y sudando. Por un momento pensé en el virus, pensé en que no llevábamos ninguna medida de protección, aunque llevar una mascarilla nos hubiese delatado. Intenté taparme la boca con la manga. La otra mano la llevé hasta detrás de la espalda, por debajo de la sudadera. Mi pistola seguía ahí, y eso hizo que me sintiera algo más segura. Levanté la cabeza entre la multitud para intentar localizar a Emi, pero no conseguí verla. Solo percibía cuerpos demasiado próximos, pegados al mío y encolerizados. Volví a pensar en que deberíamos haber traído las mascarillas, pensé en disparar varios tiros al aire, pensé en el virus, en una muerte lenta y dolorosa, y me entró el pánico.

Espiraron los últimos acordes de la guitarra y volvió a sonar la letra del principio. Los saltos y los empujones de repente cesaron, se repitieron las escenas de puños levantados y el sonido de cientos de gargantas coreando la letra al unísono. Desvié la mirada hacia arriba; los balcones permanecían atestados de residentes coreando esa misma canción, uniendo sus voces en una comunión perfecta que retumbaba en todo el gueto como si fuese un himno, un grito de libertad que por un instante consiguió que me estremeciera. Estábamos asistiendo al preludio de una revolución.

¿Dónde perdimos la libertad?
Es lo que me suelo preguntar
Tal vez la olvidamos en otro lugar
Uno que deberemos conquistar

Noté que alguien me sujetaba por los hombros. Me di la vuelta sobresaltada para descubrir que se trataba de Emi.

—¡Vamos! Antes de que esto se vuelva a descontrolar.

Nos abrimos paso corriendo entre la multitud y llegamos hasta el coche. Nos introdujimos apresuradamente dentro de él mientras escuchábamos el sonido tranquilizador de los pestillos de las puertas cerrándose automáticamente.

—¿Qué coño ha sido eso? —pregunté, mirando todavía hacia los manifestantes que continuaban saltando al ritmo de la música.

—No lo sé —dijo Emi mientras manipulaba la pantalla—, pero da la impresión de que se está fraguando una nueva revuelta.

El vehículo dio marcha atrás durante unos metros y comenzó a hacer maniobras para dar la vuelta.

—¡Izan! —dijo de repente Emi—. Es mi contacto, tal vez sepa algo.

En la pantalla virtual no tardó en dibujarse una imagen. Era un tipo de mediana edad, enjuto, de cara cuadrada, y con los ojos saltones.

—No ha habido suerte, la vivienda estaba vacía, vas a tener que proporcionarme otra dirección.

—¡Eh, vamos! No sé dónde vive ese tipo. Te di la dirección que figura en el expediente. Ya te lo dije, su AC de referencia la palmó.

—¡Buahhh! ¡Buahhh! Venga, llora un poquito más que me partes el corazón —se burló Emi —. Ese tío es peligroso y me vas a decir dónde puedo encontrarlo.

—¡Joder! ¡Me cagüen mis madres!

Se produjo un largo silencio en el que por un momento el andro desapareció de la imagen.

—¡Eh, Izan, que estoy esperando!

—¡Vale, vale! Solo es un rumor —dijo, apareciendo otra vez en la pantalla.

—Me encantan los rumores.

Yo contemplaba la escena divertida, ya un poco más tranquila, permaneciendo con los brazos cruzados en el asiento de la copiloto. Se notaba que el andro lo estaba pasando mal. Por un momento recordé cuando todavía trabajábamos juntas; en la sala de interrogatorios raras eran las veces en las que Emi no lograba arrancar una confesión.

—Últimamente —comenzó a decir el andro—, ese domicilio solía frecuentarlo una mujer.

—¡Menudo rumor, Izan!¡A este lugar vienen centenares de puteras! Dame algo más. Estoy tan solo a un par de manzanas, al final me vas a obligar a hacerte una visita.

—¡Joder!... Oye… no puedes venir ahora…

—Pues vamos hacia allí, y creo que nos quedaremos un buen rato. Te va a encantar mi amiga, ya verás. Es realmente guapa y también es inspectora. ¿Quieres saludarla?

—No…no…quiero…Escucha, déjame terminar. No me hubiera llamado la atención si no fuera porque me dijeron que se trataba de una trabajadora del CED, la más hija de andro de todas ellas.

—Eso ya está mucho mejor, Izan. ¡Ves cómo sabes más de lo que crees! ¿Cómo se llama?

—Helen. Su nombre es Helen Lois.

El gueto

¿Qué duda cabe de que este hombre querría infringir o burlar con astucia las leyes de la patria, pues solo obedecería a sus pasiones y por encima de las leyes humanas no temería nada, ni sus esperanzas irían más allá de lo corporal?

TOMÁS MORO
Utopía

Capítulo 24

Permanecía inerte, reposando sobre un viejo catre, cuando Emi y yo llegamos a la escena del crimen. Pequeñas salpicaduras de sangre moteaban las sábanas blancas a la altura de sus pies. Ese fue uno de los primeros detalles en los que recuerdo haber reparado. También captó mi atención la mancha de aspecto verdoso en la zona abdominal, a la altura de sus caderas, y que parecía comenzar a extenderse por el resto de su cuerpo, lo que significaba que llevaba al menos veinticuatro horas muerta.

—Por lo menos no huele a podrido —espetó de repente Emi.

La miré con resignación negando levemente con la cabeza.

A través de las cortinas entreabiertas de la única ventana de la habitación conseguían filtrarse los últimos rayos de la luz del día. En las paredes florecían enormes desconchados. El dormitorio apenas estaba amueblado con una mesita de noche, un espejo situado encima de una vieja cómoda, y una destartalada cama de matrimonio.

Olía a cerrado y a muerte.

A sexo rancio.

A llamada de auxilio.

Olía a penta.

Apestaba a coca.

O quizás… a una sórdida mezcla de todas esas cosas.

Una agenta permanecía en el interior de la habitación, se trataba de una mujer de mediana edad y de ojos inquietos. Iba de uniforme, ataviada con unos guantes transparentes de hidrogel, peucos de quirófano, como los que nos habíamos colocado Emi y yo antes de entrar, y una gorra en la que podías leer las siglas del departamento.

—El equipo de la científica está al caer, por favor procurar no tocar nada —nos indicó mientras se disponía a salir.

—¿Habéis confirmado ya su identidad? –le pregunté antes de que se marchara.

—Sí, como os dije por Eneas, se trata de Helen Lois. Hallaron el cuerpo hace una hora.

—¿Quién la ha encontrado? –inquirió Emi.

—Su casera. Llevaba meses sin pagar el alquiler y hacía días que no contestaba a sus llamadas, de manera que entró a buscarla, según nos ha dicho.

La agenta abandonó la habitación y nos dejó a solas.

Helen yacía desnuda boca arriba. Varios drones de reducidas dimensiones, no mucho mayores que un antiguo teléfono móvil, la sobrevolaban titubeantes, como abejas inseguras antes de atreverse a posarse sobre la próxima flor. Lanzando ráfagas de instantáneas que conseguían congelar el tiempo; fotografiando su cabello corto de color rojizo repleto de trasquilones, fotografiando su cara petrificada; salpicada de diminutas costras, o las callosidades en las que habían acabado convertidas las venas de sus antebrazos. Sus labios presentaban un tono ligeramente pálido. La expresión de su rostro, enjuto y afilado, parecía mostrar sorpresa, como si no esperase terminar así. Quizá ella todavía tuviese ganas de vivir…Las pupilas, completamente dilatadas, apuntaban inertes hacia el techo de la habitación.

Uno de los drones se detuvo, posándose a un metro por encima de ella.

Otra instantánea más de su cara, de sus tetas estrujadas, de las costillas tatuadas sobre la escasa carne que recubría su caja torácica. El brazo izquierdo le colgaba de la cama sin llegar del todo a tocar el suelo. Su cuerpo yacía con las piernas separadas, mostrando de forma grosera, y por última vez, su sexo abierto y desnudo. Había una jeringa tirada en el suelo, a los pies de la cama, y también una cuchara sopera y un viejo mechero.

—Pobre chica.

Emi asintió, al mismo tiempo que se le dibujaba una medio sonrisa en la boca. Estaba situada justo a mi lado y por la expresión de su cara no parecía demasiado sorprendida.

—Putera, drogata…la verdad es que lo tenía todo. Un verdadero ejemplo —afirmó con dureza.

El zumbido de los pequeños rotores de los drones era el único ruido que se escuchaba dentro de la habitación, asociado casi siempre con la muerte y con un final anticipado y violento.

Bzzzz– bzzzz–clic– clic.

Recorriendo la superficie del cadáver y dividiéndolo en minúsculas cuadrículas.

Bzzzz– bzzzz –clic– clic.

No sabías cómo pero ese zumbido se te metía dentro. Funcionaba de forma parecida a como lo hacía la banda sonora de una película, accionándose automáticamente cada vez que descubrían un nuevo cuerpo. Era raro llegar a la escena de un crimen y no encontrarse con alguno de esos artefactos de IA débil fotografiándolo todo. Solían llegar incluso antes que nosotras. La mayoría de las veces terminabas por no escucharlos, pero cuando no estaban sabías que faltaba algo. Emi y yo podríamos no estar aquí; en este mismo instante las imágenes estaban siendo enviadas en tiempo real y en holovídeo a la base de datos de la Policía, a tan solo un deslizamiento de interfaz. De forma que se podría reproducir toda la habitación, incluso la totalidad de la vivienda, en la sala de reuniones de la comisaría. Aun así, yo prefería acudir. Sería porque me consideraba de la vieja escuela, o porque me gustaba empaparme del ambiente, experimentar de cerca el entorno de la víctima, todo ese cúmulo de minúsculas impresiones que golpeaban tus sentidos cada vez que accedías al lugar donde se había perpetrado un homicidio y que a menudo escapaban a la RA; los olores, la sordidez de la habitación o la humedad filtrándose por entre los poros de tu piel. Esa sensación de tragedia que se instalaba delante de ti cuando contemplabas un cadáver. Y que te hablaba directamente, susurrándote la verdad acerca de lo sucedido. Podías apreciar mucho mejor si la escena había sido manipulada, si algún elemento no encajaba dentro del *collage* que siempre suponía la escena de un crimen, o llevarte una impresión más certera de la víctima en su entorno. Comprobar cómo había pasado sus últimos momentos y empaparte de la realidad que la rodeaba. O quizá solo se tratara de la fascinación que me provocaba contemplar el espectáculo de la muerte desde tan cerca, de asistir anticipadamente al fatal desenlace hacia el que todas nos encaminábamos.

Otro dron se detuvo momentáneamente encima del cadáver y se elevó, grabando una panorámica de toda la escena. Me acerqué hasta los pies de Helen y con un bolígrafo le separé los dedos; la parte interior estaba tan machacada como los antebrazos y los tobillos.

—Primer plano del interior del dedo pulgar del pie izquierdo — uno de esos bichos voladores se posó a un metro del pie y lanzó una ráfaga de instantáneas—. ¿Estaría sola cuando sucedió?

—No lo sé, recogeremos muestras de todo el piso y revisaremos las cámaras de seguridad del edificio y de los alrededores. De todas formas, es mucha casualidad que justamente cuando estamos buscándola aparezca muerta —manifestó Emi acercándose al cabezal de la cama y enfocando las pupilas de Helen con una pequeña linterna.

—¿Crees que ha podido ser él?

—Tu chico camina siempre un paso por delante. Es como si supiera cual va a ser nuestro próximo movimiento.

Entró en la habitación el equipo de la científica. Eran tres policías vestidas con monos blancos. Una de ellas dejó un maletín en el suelo, arrodillándose y abriéndolo.

—Por favor, señoras, tienen que salir un momento.

—La víctima no lleva puestas las lentes de realidad aumentada — les informó Emi con tono seco—. Intentad buscarlas por si estuvieran tiradas por alguna parte.

El Butler era uno de los antros preferidos por las polis de la comisaría del distrito uno. Estaba ubicado en pleno centro y los miércoles por la tarde se llenaba de jóvenes agentas recién llegadas al cuerpo que acababan su turno dispuestas a desconectar engullendo alcohol barato. El bar estaba situado en el antiguo distrito de *Ciutat Vella.* Lo que a principios del siglo pasado era un barrio poblado de tortuosas y estrechas callejuelas, así como de caserones antiguos y de edificios de no más de diez alturas, hoy era una zona plagada de inabarcables rascacielos que como inmensas colmenas intentaban dar cobijo al constante flujo migratorio proveniente en su mayor parte de las ciudades inundadas. Con casi un millón de habitantes, el distrito uno era el más populoso de la metrópoli. El bar en sí mismo no era nada especial; doscientos metros cuadrados repletos de mesas bajas junto a desvencijados sofás y de otras más altas acompañadas de viejos taburetes de madera. La barra permanecía situada en el centro, formando un semicírculo. Las camareras eran en su mayoría estudiantes que hacían horas para pagarse la universidad, excepto la dueña, una mujer de unos cincuenta años que casi nunca aparecía. Tomamos asiento en una de las primeras mesas, alejadas de las quince o veinte novatas que armaban follón más al fondo.

Una llamada entró en mi dispositivo. Me levanté del sofá y le hice un gesto a Emi para que fuera pidiendo. Crucé la puerta de la salida, de la que colgaba uno de esos carteles que proliferaban en la mayoría de estos lugares:

<<RESERVADO EL DERECHO DE ADMISIÓN; NO SE ADMITEN ANDROS Y/O MASCOTAS>>.

Una vez en el exterior, descolgué.

—¿Qué tal cariño? —me preguntó Gemma desde el otro lado de la videollamada.

—Bien. Se me ha olvidado decírtelo, me quedaré un momento tomando algo.

—¿Volverás tarde?

—No, solo será una copa.

—Es que te echo de menos.

—Cariño, no seas melodramática, cómo me vas a echar de menos si nos hemos visto esta misma mañana.

—¿Me quieres?

—Claro que te quiero, cariño. ¿Todo bien con el embarazo? ¿Has sentido náuseas o alguna molestia?

—No, todavía ninguna —dijo Gemma apesadumbrada—. Dicen que si disfrutas de un buen embarazo y estás muy guapa entonces es que será niño.

—Eso son cuentos de vieja, cariño. Ya verás cómo es una hermosa y preciosa mujercita. Y, además, esta mañana estabas realmente horrible, con lo que tiene que ser una chica seguro —le dije estallando a reír.

—¡Oyeeeee!

Emi apareció en ese momento por la puerta del bar con una sonrisa en los labios y haciendo un gesto con las manos para que cortara ya. La miré divertida, sonriendo brevemente, y asentí con la cabeza.

—Cariño, tengo que colgar, me reclaman. Un beso, te quiero.

—Te quiero.

Volví al interior del bar y me senté otra vez en la mesa junto a Emi, que ya estaba a punto de terminarse su primera pinta.

—¿Quién era? ¿Tu parienta?

—¿Parienta? ¿De qué siglo has sacado esa palabra?

—Se ha vuelto a poner de moda —apuntó Emi mientras se echaba un cacahuete a la boca.

La camarera, a la que Emi no le quitaba ojo, le trajo una nueva pinta junto con otro plato de cacahuetes. Iba vestida con uno de esos monos brillantes y ajustados que simulaban ser un esmoquin, con botas altas y muy escotado.

—¿Tu objetivo de esta noche? —le pregunté a Emi cuando la chica se alejaba de la mesa—. Podría ser tu hija.

—No, que va. Ahora soy más formal, ya no me dedico a ligar en los pubs.

—Claro...

—Oye, no te he dado la enhorabuena por lo de vuestra maternidad —comentó Emi esbozando una sonrisa.

—Gracias.

—Pues no se te ve muy contenta.

—Sí, lo estoy. Bueno, ya sabes, estamos un poco preocupadas por si pudiera ser un niño. Sé que Gemma no lo soportaría si eso finalmente acabara sucediendo. Que la separaran de su hijo la destrozaría por dentro.

—¿Por qué no habéis seleccionado el sexo?

—Planteamos esa posibilidad, pero está prohibido.

—Bueno, mi hermana ha sido madre hace poco de una niña. Ella sí que ha podido seleccionarlo, existen clínicas que lo permiten. Te cobran bastante más, eso sí. Según me dijo, se llevan tus óvulos fuera de la Federación, a no sé qué país. Allí los fecundan con el sexo elegido por las madres y después vuelven a traerlos de vuelta. La importación de embriones no está prohibida. Si lo piensas, vale la pena.

—Bueno, no me gustan ese tipo de clínicas...

—Tú siempre tan legalista, Sara. No cambiarás nunca —me reprochó—. ¿Sabes? La semana pasada desmontamos una red de mujeres que se dedicaban a sacar a andros de los guetos.

—Otro caso Clara Meller, supongo.

—No, no lo creas. Esto es algo más sofisticado. Traficaban con identidades falsas.

—¿Identidades falsas?

—Sí, andros que cambian su identidad con la de una mujer. A veces son identidades ficticias, aunque esas son fáciles de descubrir. Otras veces lo que hacen es comprar la identidad de alguna mujer desaparecida o cuya muerte no se notificó. También se da el caso de internas recluidas en psiquiátricos cuyas familiares permiten replicar su identidad a cambio de una buena suma, o de enfermas terminales que pretenden vivir cómodamente lo poco que les quede. Como ves, la lista es interminable.

—¿Para qué un andro querría un carnet de identidad femenino?

—Aisladamente carece de sentido, pero ese solo es el primer paso. A continuación se someten a procesos de hormonación. Hoy en día existen fármacos que te hacen crecer las tetas en apenas unos meses, incluso yo los tomé durante un tiempo —admitió Emi sonriendo—. Se ha creado toda una industria clandestina dedicada a ese propósito; limados de nuez, ensanchamientos de cadera, cirugía en las cuerdas vocales para la modulación de la voz, operaciones de reasignación de género…Tratamientos que fueron prohibidos con la promulgación de las Leyes Antiandrógenas, pero que se siguen practicando en el mercado negro. Esos andros se tratan hasta que adquieren la apariencia externa de una mujer y después empiezan a vivir fuera del gueto, buscan trabajo y se entremezclan con el resto de la población femenina. Quizá haya alguno de ellos sentado entre nosotras en este momento.

—Y, ¿ hay muchos de esos casos?

—Es una práctica que se está extendiendo cada vez más. Comenzamos a darnos cuenta de ello cuando desde los CED nos comunicaban que algún andro no se había presentado a los controles. Al principio solo eran casos aislados, pero en los últimos años ese porcentaje se ha incrementado significativamente. En un primer momento pensamos que se trataría de suicidios, pero en la base de datos no constaba certificada la muerte de ninguno de ellos y cuando ibas a buscarlos al gueto simplemente habían desaparecido.

Permanecí en silencio, con la mirada perdida en el fondo de mi pinta ya semivacía. A su lado estaba colocada la otra, que acababa de traer la camarera, y de la que Emi ya se había bebido prácticamente la mitad.

—En alguno de los registros que realizamos en los domicilios de esos andros encontramos tarjetas como esta –prosiguió Emi, extrayéndola de su bolsillo y deslizándola por la superficie de la mesa. La observé intrigada durante un breve instante; no eran más que unas letras impresas en blanco sobre un fondo negro.

EMPIEZA UNA NUEVA VIDA
627 46E 22 492EE

—Toda una vida encerrados en la clandestinidad de su propio cuerpo.

—Sí, y ahora pasarán el resto de ese encierro en la cárcel —sonrió Emi—. Seguramente les caerá la perpetua por un delito continuado contra la salud pública.

Volví a guardar silencio mientras jugueteaba con la tarjeta.

—La verdad es que no sé si quiero ser madre, ¿sabes?

—¿No va bien tu matrimonio?

—No es eso, pero ya no es como al principio. Mi vida se ha transformado en una continua rutina. Echo de menos cuando éramos como esas crías de ahí —dije, señalando a las novatas con un movimiento de cabeza mientras cogía la pinta de cerveza—, repletas de ilusión por un nuevo trabajo y sin demasiados compromisos. Y del sexo ya ni te cuento, la mayoría de las veces tengo que imaginarme haciéndolo con otra para llegar a correrme.

Emi sonrió y negó con la cabeza mientras se echaba a la boca otro puñado de cacahuetes.

—Entiéndeme, no es que no me guste Gemma, ¿sabes? Sigue siendo atractiva y todo eso, pero al final todo se reduce a lo mismo.

—Supongo que las parejas acaban queriendo ser madres porque se aburren.

—¡Sí, eso es! Se trata de una etapa más. Lo haces porque debes hacerlo o más bien porque no sabes qué otra cosa hacer; empiezas a salir con ella, os ponéis a vivir juntas, te casas...¿y luego qué? <<*No sé...quizá deberíamos tener una hija*>>. Funciona así. La rutina acaba por invadirlo todo. Cada nuevo día es exactamente igual que el anterior y al final piensas:<<*Joder, pues tengamos una hija*>>.

—Te entiendo perfectamente. Por eso yo no me he casado nunca.

Emi se recostó sobre el sofá mientras continuaba sin quitarle los ojos de encima a la camarera.

—¿Sabes lo que más me gusta de este bar, Sara? Que no utilizan a autómatas para servir a las clientas.

Capítulo 25

Cuando llegué a su casa lo noté un tanto intranquilo, aunque no le otorgué demasiada importancia, simplemente me dediqué, como habitualmente, a husmear entre sus libros antes de sentarme a hablar con él. El Viejo se introdujo en el interior de una de las habitaciones después de dedicarme un escueto saludo.

—He traído una mochila grande como me pediste. ¿Para qué coño la quieres? ¿Te vas de vacaciones? —le solté en tono irónico desde el salón sin dejar de curiosear entre los libros de las estanterías.

—Está bien, Ángel. Ahora salgo.

Su voz resonó desde la cocina, seguramente estaba preparándose una de esas infusiones de hierbas que aseguraban ser capaces de curarlo todo; el reuma, la artritis, las jaquecas, incluso la osteoporosis, que como la carcoma le estaba corroyendo los huesos. Es curioso que una civilización cuya ciencia médica ha sido capaz de curar el SIDA continúe creyendo en remedios de hechiceros.

Cada vez que venía a verlo me daba la sensación de que poseía más libros. No sabía de dónde los sacaba. Ya era prácticamente imposible encontrar libros en papel, la realidad aumentada había acabado con esa industria. Hoy en día podías acceder a cualquier librería del mundo a través de Eneas y sin moverte del sofá. Podías leer virtualmente cualquier manuscrito por antiguo que fuese. Las grandes corporaciones editoriales habían visto en la RA una forma de ahorrarse los costes de impresión. Hacían sus lanzamientos simultáneamente en todo el planeta a un solo deslizamiento de interfaz y con una audiencia potencial de 5.300 millones de personas, de los cuales solo un veinticinco por ciento eran hombres. El virus había diezmado a la humanidad como ninguna otra enfermedad conocida. El calentamiento global había hecho el resto, obligándola a hacinarse en unas cuantas ciudades protegidas.

Ojeé un viejo libro de filosofía: *Utopía,* de Tomás Moro, que recordaba haber leído en algún momento. El ensayo era un ejercicio sobre la construcción de una sociedad perfecta, aunque en el mundo utópico que imaginó el autor continuaba existiendo la esclavitud. Quizá no le faltase razón; la esclavitud nunca desaparecería, era tan connatural a las sociedades humanas como las ratas que habitaban en ellas. La esclavitud es una institución cultural que se ha ido transformando a lo largo de la historia, adoptando cada vez formas más sofisticadas, mutando como si se tratara de una enfermedad, de un patógeno cuyo único objetivo fuera perpetuarse, sobrevivir al paso del tiempo. Igual que lo hizo el matrimonio o el incesto.

La humanidad no es más que un virus, que como cualquier otro, acabará matando a su huésped.

Ninguna sociedad actual toleraría la existencia de esclavos arrastrando cadenas, ni estaría dispuesta a considerarlos como una propiedad más. De hecho, cualquier sociedad que se autodenomine avanzada prohíbe la esclavitud, pero en cambio acepta de buen grado que recluyan a una parte de su población, que les impidan por ley tener pareja y casarse, formar una familia, o que les prohíban ejercer una profesión fuera de este lugar. Todo ello bien edulcorado por medio de palabras grandilocuentes como el *bien común, el interés general, el futuro de la humanidad...* Palabras que de tanto usarlas han acabado por no significar nada. Un virus monstruoso amenaza con matarnos a todos. ¿Qué sociedad no estaría dispuesta a cualquier cosa para acorralarlo? ¿Para apartarlo lo más lejos posible de ella?

Sin duda el virus constituye su gran coartada…el móvil deberá juzgarlo la historia.

—Siéntate, hijo—me invitó el Viejo, dejándose caer pesadamente en el sillón.

Coloqué el libro en la estantería y me acomodé en el sofá, justo en frente de él.

—¿Cómo te va el nuevo negocio?

—Bien. Bastante bien, supongo. Al principio creí que sería incapaz de hacerlo, pero la mayoría de las veces son ellas mismas las que se me echan encima, ni siquiera tengo que ir a buscarlas. Pueden llegar a ser muy convincentes —le aseguré con una medio sonrisa nerviosa—. Con algunas, ya sabes, me cuesta hacerlo…y cuando termino…cuando termino me siento como si fuera una auténtica basura, como si me estuviera traicionando a mí mismo. ¿Entiendes? Entonces me doy una ducha, como si con ello pudiera hacer desaparecer el tacto y el olor de esas mujeres de los contornos de mi piel. Aunque soy consciente de que por mucho que frote resultará imposible apartar esas imágenes de mi mente, que normalmente acabo sustituyendo por otras. A veces igual o más desagradables que las anteriores. Y luego por otras, hasta que al final simplemente lo convierto en pura rutina, enciendo el piloto automático y de esa forma ni siquiera tengo que estar ahí cuando sucede. Entiendes, ¿no? De todos modos, ¿qué más opciones tengo? Dime, Viejo. Es la única forma de juntar algunas criptos para el día en que consiga salir de aquí. La mayoría de las veces necesito magia azul para poder aguantar el ritmo. Pero eso a ellas les da lo mismo, ¿sabes? –dije, negando levemente con la cabeza—. Lo único que les importa es que se me ponga bien dura para poder metérsela.

—¿Solo magia azul?

—No empieces, Viejo —le respondí un poco hastiado del tema—. Me he chutado alguna vez con penta, pero normalmente solo la fumo.

El viejo me miró con desconfianza.

—Con otras mujeres resulta más sencillo—continué diciendo—. Me suelo recrear. Follar con ellas se convierte en una auténtica fiesta, un refugio donde puedo descansar hasta la siguiente. A ese tipo de mujeres se lo haría gratis, aunque cojo su dinero de todos modos.—Se me dibujó una medio sonrisa en el rostro—. ¿Te he dicho que he cambiado de piso? He dejado esa letrina oxidada que me asignaron al principio.

—Sí, se te ve bien. Mucho mejor que cuando llegaste.

Le mostré una sonrisa de agradecimiento. El Viejo permaneció durante un segundo sin abrir la boca mientras me observaba de arriba abajo. La pausa se prolongó durante un rato más y un incómodo silencio se instaló entre nosotros. Continuaba sin decir nada, escuchándose tan solo el sonido de su respiración a través de la mascarilla mientras sus diminutas pupilas me escrutaban de forma inquisitiva.

—¿Qué? Di algo. Me estás acojonando, joder.

—¿No has cabreado a nadie últimamente?

—No, que yo sepa…

—Mira Ángel, no voy a poder servirte más.

—Pero, ¿por qué? ¿Qué he hecho? Oye, necesito esas muestras, ya lo sabes.

—¿En qué andas metido, chico?

Levanté los hombros sin saber muy bien que decir, jurándole que no sabía de qué me estaba hablando.

—Ayer vino a verme la poli. Por eso te he dicho por la RA que te asegurases de que nadie te seguía. ¿Le has hablado a alguien de mí? Quizá a esa empleada del CED a la que te estás follando.

—¿A Helen? ¡No, joder! ¿Por qué le iba a hablar de ti? Eres la gallina de los huevos de oro. Cuando me llamaste creía que era otra de tus paranoias, como lo de lavarme con esa mierda antes de entrar. ¿Sabes que existen pruebas oculares que detectan ese puto virus en cuestión de segundos? Por cierto, este albornoz que me has dado resulta un poco áspero.

El Viejo hizo una mueca mientras negaba con la cabeza.

—¡Deja de decir gilipolleces, Ángel! ¿Sabes lo que pasaría si encontrasen lo que tengo guardado en la cámara de frío? Seguramente me caería la perpetua.

—Vale, vale, está bien. Yo no he hecho nada, no sé qué pueden andar buscando… ¿Te dieron algún nombre?

—Solo vino una.

—Eso es muy raro, normalmente cuando hacen una redada aparecen decenas de ellas.

—No era una redada, ni siquiera llevaba una orden.

—Y…¿le dijiste algo?

El Viejo rio nerviosamente antes de contestar, se trataba de ese tipo de sonrisa que siempre se le dibujaba en la cara justo antes de estallar.

—Sí, claro, por eso tienes tu precioso culito de andro sentado en ese sofá y no en una sucia celda.

—Vale, vale. Lo siento. Sé perfectamente que nunca me delatarías.

—No, sobre todo porque delatarte a ti supondría también delatarme a mí. Mira, Ángel, desde el primer momento en que te vi aparecer por esa puerta supe que me traerías problemas. Tú no eres como nosotros. Apareciste aquí como salido de la nada…Y ahora hay una orden de búsqueda contra ti.

Por un momento me quedé sin habla.

—¿Qué?

—Sí, se la han hecho llegar a todos los jefes sectoriales.

—Te juro que no he hecho nada, Viejo –le dije, sin llegar del todo a creérmelo, mientras me echaba hacia delante en el sofá.

—Llena la mochila con todas las muestras que puedas. Tendremos que estar un tiempo sin vernos, hasta que todo vuelva a la normalidad.

Me recosté sobre el sofá y permanecí durante unos segundos con las manos tapándome el rostro. Respiré hondo, intentando calmarme. No sabía qué coño podía estar pasando ahora. Tal vez me habían encontrado, aunque eso era del todo imposible. De todos modos, aún no habían dado conmigo. Permanece tranquilo, me dije. No llames la atención y la tormenta pasará. Se te ocurrirá algo. Saldrás de esta.

—Está bien —le dije, mientras me incorporaba y lo seguía.

El Viejo me abrió la cámara frigorífica y me introduje en ella. Todavía quedaban cientos de muestras: orina, semen, muestras de cabello, de heces...Me aprovisioné de todo lo que pude hasta que la mochila estuvo a punto de reventar.

Capítulo 26

Ángel permanecía sentado a la mesa de la sala de interrogatorios. Mantenía los codos apoyados sobre los reposabrazos de la silla y el mentón apuntando hacia el frente, desprendiendo cierta actitud altiva. Emanaba, desde la profundidad de sus ojos hundidos, un halo de prepotencia que no recordaba haber apreciado en ningún otro andro que hubiera interrogado hasta ahora. Normalmente solían mostrarse dóciles, dispuestos a colaborar, con la vana esperanza de ser castigados con la menor condena posible, sabiéndose culpables incluso antes de empezar a hablar. El andro mantenía ahora sus pupilas congeladas en mí, tanto que por momentos empecé a sentirme intimidada y aparté brevemente la vista, simulando observar cómo una de las consolas, la integrada en mi parte de la mesa, terminaba de cargar su expediente. Fijé la vista nuevamente en él; ahora permanecía distraído observando la pequeña cámara instalada en una de las esquinas del techo. Según su ficha policial ni siquiera había cumplido la trentena, llevaba la cabeza totalmente afeitada y poseía unos profundos ojos azules. Y…era hermoso, concluí después de observar su rostro con detenimiento. Hermoso hasta el punto de empequeñecerte cuando lo mirabas, hermoso hasta hacerte dudar de que pudiera ser un asesino. La cara se le había redondeado, pareciendo mucho más afilada en la fotografía. Iba vestido con un pantalón de tela ajustado, una camiseta de manga corta de color azul marino y unas zapatillas de grafeno negras. Estaba aparentemente tranquilo, transmitiendo esa especie de serenidad del que sabe que nada puede sucederle, como si flotase, anticipándonos que lejos de desmoronarse conseguiría salir indemne.

Era un día caluroso. El infernal verano de la Ciudad Protegida de Valencia, con sus casi cincuenta grados, empezaba a hacer su triunfal aparición. Esa misma mañana, me había estado devanando los sesos detrás de la mesa de mi escritorio pensando en cómo localizar a

Ángel. El gueto parecía asemejarse a un antiguo cementerio donde solo habitaban fantasmas. Ese andro al que apodaban el Viejo, con el que había hablado hacía tan solo unos días, aseguraba también no conocerlo. Supongo que podría haber amenazado con procesarlo por un delito contra la salud pública. Todo el mundo en ese agujero sabía a qué se dedicaba, incluso los jefes de los Comités Sectoriales. En el interior de aquel destartalado piso, repleto de libros antiguos y vestida tan solo con un albornoz, empecé a preguntarme qué sentido tenía todo aquello. Por un lado los sometíamos a controles, pero por otro, a una parte de ellos, los que podían pagarlo, les permitíamos saltárselos. Denunciarlo no habría servido de nada. Al día siguiente habría otro andro ocupando su lugar. Era una batalla perdida.

Emi había tenido el detalle de colocarme en un despacho contiguo al suyo. Era pequeño y hacía años que permanecía vacío, siendo utilizado por algunas agentas como lugar de reuniones. No necesitaba demasiado espacio para hacer mi trabajo, tan solo una pantalla virtual conectada a la base de datos del departamento. Introduje la imagen de Ángel en el programa. Ya había incorporado sus datos hacía unos días, pero no obtuve ningún resultado más allá de la información que me adelantó Emi. Era como si ese andro hubiese nacido hacía tan solo seis meses. Así que lo intenté una vez más, esta vez mediante el sistema de reconocimiento motriz. Basándose en los vídeos que teníamos de él entrando y saliendo del domicilio de Eve, el algoritmo era capaz de identificar patrones matemáticos en la dinámica de sus movimientos, creando un número que resultaba único en cada persona, similar a una huella dactilar. Millones de cámaras permanecían repartidas por toda la ciudad; comercios, supermercados, gasolineras, telepeajes, drones de vigilancia...Todos esos establecimientos estaban obligados a suministrar esas imágenes en tiempo real a la base de datos del departamento. El sistema era capaz de reconocer esos patrones de movimiento e identificarlos en cuestión de segundos. La pantalla comenzó a mostrar miles de imágenes por segundo, superponiéndose unas encima de otras: andros alcoholizados tirados en las aceras, otros pavoneándose en las esquinas en busca de clientas, trapicheando con drogas virtuales, andros golpeándose en trifurcas callejeras, sentados en los parques matando el tiempo, hacinados haciendo cola en las tiendas de reparto de alimentos, andros captados a través de los cristales de clínicas de implantes clandestinas, andros golpeando a mujeres policías en las manifestaciones, follando en la calle…andros, andros y más andros, superponiéndose en secuencias infinitas hasta llegar a marearte. El proceso concluyó sin ofrecer resultados. Como cualquier sistema tenía sus fallos. En el gueto cada noche eran destruidas miles de esas cámaras de vigilancia, junto con centenares de DAVS, que acababan siendo abatidos. Patrullas de Limpieza Urbana, así era como se denominaban así mismos. Se trataba de grupos de residentes que se habían organizado para conseguir que cualquier sistema de reconocimiento no fuera efectivo dentro de los límites de las ciudades— sanatorio. Cada mañana miles de cámaras eran reparadas para volver a ser destruidas a la noche siguiente, o a veces inmediatamente. La coacción policial tampoco había funcionado, no disponiendo de suficientes efectivos para controlar las veinticuatro horas del día cada uno de sus rincones. El gueto había acabado convirtiéndose en un inmenso agujero oscuro e impune.

Me recliné de nuevo sobre la silla giratoria sin saber muy bien qué hacer. Me encontraba otra vez ante un callejón sin salida. En ese momento escuché ruidos procedentes del exterior del despacho; gritos y conversaciones cruzadas difícilmente distinguibles. Salí a la sala común: estaba vacía, ninguna de las agentas permanecía sentada a su mesa. El alboroto provenía de los pisos inferiores. Fui descendiendo planta por planta, pero no encontré a nadie, tan solo sillas vacías y mesas abandonadas. El ruido todavía continuaba escuchándose, proveniente de la planta baja. Por fin llegué hasta el vestíbulo; una enorme melé de policías se agolpaba frente al mostrador de entrada, sobresaliendo una cabeza en medio de todas ellas. Ángel se había entregado voluntariamente. Algo que carecía de toda lógica después de llevar meses buscándolo. Lo que me hizo pensar, por primera vez, que quizá no fuera culpable.

—Está bien, empecemos: veintisiete años, blanco, varón — comenzó diciendo Emi mientras leía el expediente cargado en la consola—. Edgar Ángel Odiseo, es así como te llamas, ¿no?

El chico asintió con la cabeza, aunque sin mirar directamente a Emi, en cambio, detuvo su vista otra vez en mí.

—Por favor, mírame cuando te hablo y responde en voz alta, se está grabando el interrogatorio.

—Sí, ese es mi nombre —contestó Ángel desviando ahora la mirada hacia la inspectora Cruz.

—¿Sabes por qué estás aquí?

—Creo que me están buscando, pero no entiendo por qué, yo no he hecho nada.

—¿Conocías a Evelyn Curtis? —pregunté.

Ángel permaneció callado durante unos segundos antes de responder.

—Sí, la conocía.

—¿Qué relación teníais?

—Supongo que podría decirse que éramos buenos amigos.

—Disponemos de innumerables imágenes tuyas saliendo del domicilio de la señorita Curtis de madrugada —apuntó Emi con voz cortante—. Están pasando en este momento por tu consola.

Ángel bajó la vista durante un instante. La oscuridad de sus profundas cuencas se proyectó ahora sombríamente sobre sus ojos, ennegreciéndolos hasta prácticamente borrarlos de la superficie de su rostro. Quizá ahora sí que tenía aspecto de asesino. Se mantuvo durante varios segundos más en silencio, un intervalo de tiempo en el que parecía estar estudiando una respuesta.

—¿Solo erais eso? ¿Amigos? —insistió Emi.

—El artículo 7.1 de las Leyes Antiandrógenas prohíbe las relaciones de carácter sexual con el sexo opuesto, declarándolas ilícitas mientras se mantenga la emergencia sanitaria—recitó Ángel de forma automática—. De forma que sí, solo éramos amigos —dijo finalmente levantando la vista y mirando directamente hacia Emi.

—Entiendo— intervine—. Y, ¿cómo os conocisteis?

—En una fiesta.

—¿Eve...? digo… ¿Evelyn frecuentaba el gueto de Valencia?

Ángel esbozó una sonrisa mientras negaba con la cabeza.

—Si es que todas sois iguales, joder —me reprochó mientras se pasaba ambas manos por la cara. Os pensáis que como soy un hombre tengo que vivir forzosamente en un gueto, ¿no?

—Yo no he dicho eso —me defendí, al mismo tiempo que percibía como me ardían las mejillas.

—Sí, sí que lo has dicho.

—Es decir, ¿qué en ese momento no estabas interno? ¿Disponías de libertad de movimientos? —interrumpió Emi.

—Disponía de una licencia VBRI…

—Sí, lo sabemos. Como también sabemos que era falsa.

Ángel permaneció durante un segundo en silencio, mordiéndose el labio inferior y ladeando ligeramente la cabeza.

—No pienso responder a eso.

—¿Dónde estabas la noche del accidente? —inquirí.

—En el Bulevar Norte, con una amiga.

—¿Cómo se llama? —interrumpió Emi.

—June Etekia.

—¿Estuviste toda la noche con ella?

—Sí, toda la noche.

—¿Se trata de una amiga o de una clienta? —le espetó Emi con una sonrisa burlona.

—La prostitución está prohibida dentro de la Federación.

—También está prohibido el asesinato,¡joder! —explotó mi compañera dando una fuerte palmada encima de la mesa.

Ángel arrugó el entrecejo sin parecer entender a qué se refería. Cogí del brazo a Emi para impedir que se levantara de la mesa y que se acercara hasta él. Por un momento pareció entrar en razón, volviéndose a acomodar en la silla.

—Es raro, porque la hemos interrogado a ella y afirma no conocerte —observé con rotundidad.

—Bueno, no soy más que un puto andro, ¿qué mujer presumiría de pasar la noche conmigo ante la Policía?

Por un momento en la sala se instaló un incómodo silencio. Me sorprendí de nuevo observando el rostro de Ángel; sus hermosos ojos azules que relucían como dos pequeños zafiros. Sentado en la silla se mostraba inquieto, cambiando cada cierto tiempo la postura de las piernas. Ahora parecía impaciente porque todo esto terminase, tensando y aflojando alternativamente los músculos de la mandíbula, como si estuviera haciendo verdaderos esfuerzos por mantenerse tranquilo. Pero al mismo tiempo nos miraba de forma desafiante, quizá sabiendo la importancia de aparentar seguridad en sí mismo, de no titubear a la hora de responder, como si ya se hubiera enfrentado a este tipo de situaciones cientos de veces.

—¿Conoces a Helen Lois? —continué preguntándole.

—¿Helen? —contestó dubitativo ante el cambio de rumbo del interrogatorio—. Sí, es mi operaria de referencia en el CED. Estoy asignado a su cabina.

—¿También es tu amiga?

—Más o menos.

—Apareció muerta hace unos días —volvió a espetarle Emi.

—¿Qué? –Su rostro de repente palideció—. No…no sabía nada ¿Cuándo ha...? ¿Cómo ha su...?

—La encontraron en su habitación, falleció producto de una sobredosis. Un accidente. Otro más.

Ángel frunció el ceño sin saber que decir.

—¿Seguro que no te la estabas tirando?—continuó preguntando Emi—. Dos amigas tuyas aparecen muertas. Dos mujeres con las que es más que evidente que mantenías una relación ilícita. Demasiadas casualidades, ¿no?

—Ya os he dicho que solo éramos amigos.

—Las forenses determinaron que su muerte se produjo el pasado lunes a eso de las 21:30, ¿os visteis ese día?

—No, ese día no salí, me quedé en casa.

—¿Alguien puede corroborar eso?

—Para entrar o salir del gueto necesitas una autorización. Ese lunes no se expidió ninguna a mi nombre. Puedes comprobarlo.

—Te aseguro que lo haré.

Emi sacó una diminuta linterna en forma de tubo de su bolsillo y alumbró a Ángel directamente a los ojos durante un segundo.

El andro se echó hacia atrás en la silla, cubriéndose la cara con una mano.

—¿Pero qué coño...?

—Llevas lentes de realidad aumentada. Necesitamos que nos dejes examinarlas.

A Ángel se le dibujó una medio sonrisa en la boca mientras negaba con la cabeza.

—Sí, claro, en cuanto me enseñéis la orden. Conozco mis derechos, los pocos que aún no nos habéis quitado. Ya he hecho suficiente contestando a vuestras preguntas.

—Sí, se nota que eres un andro muy listo —le espetó Emi con cierto desprecio—. Conseguiremos esa orden… lo sabes, ¿no?

—¿Puedo irme ya? —preguntó mientras se levantaba.

Ángel pasó a nuestro lado en dirección a la puerta.

—No salgas de la ciudad —le advirtió Emi antes de que se marchara.

Se dio la vuelta. Una medio sonrisa volvió a esbozarse en su rostro.

—Reconozco que eso ha tenido gracia.

Capítulo 27

Salí a la calle sudando. Sintiendo cómo el corazón todavía me latía descontrolado en el interior de la caja torácica, como si ahí dentro se hubiese quedado sin espacio y pugnara desesperadamente por atravesarme el pecho. Caminé unos cuantos pasos más, alejándome de la comisaría en dirección a mi viejo coche. Descansando momentáneamente en la fachada de un edificio de oficinas. Apoyé las manos y la frente en la pared de grafeno reforzado e intenté tranquilizarme.

Por un momento pensé que Sara me reconocería.

Pensé que lo haría.

Pensé que había venido a buscarme.

Cuando la vi aparecer entre ese enjambre de polis tuve la seguridad de que todo había terminado.

Y cuando no lo hizo, me sentí tan aliviado como decepcionado.

La tensión contenida durante el interrogatorio empezaba ahora a querer liberarse. Agaché la cabeza y abrí la boca a causa de las náuseas. Vomité algo de comida y lentamente un reguero de saliva se deslizó desde el interior de mi boca hasta la superficie de la acera. Degusté el sabor ácido de la bilis regurgitando desde el fondo de mi garganta, pero sin conseguir expulsar nada más.

¿Qué ha venido a hacer Sara aquí?

Piensa que fui yo quien mató a Eve.

Por eso ha venido.

Había estado esperando el momento de nuestro reencuentro. Aunque no de esta forma ni en este lugar. No detecté nada en su mirada cuando posó sus ojos otra vez en mí, era como si lo hubiera hecho por primera vez. Definitivamente no me había reconocido. ¿Cómo podía haberme olvidado si yo no lo había hecho? Otra vez me encontraba ante sus ojos verdes, cálidos e intensos, que me prestaban toda su atención. Solo con eso me bastaba.

Sé que debí decírselo.

No debí marcharme sin decirle nada.

Aunque quizá precisamente por eso no me largué de esta ciudad.

En el fondo, albergaba la esperanza de volver a verla. De volver a encontrármela. Y de que todo volviese a empezar.

Me limpié la boca con un pañuelo de papel, que me guardé de nuevo en el bolsillo del pantalón y me di la vuelta. Continuaba de pie, con la espalda apoyada contra la pared agrafenada, observando el transitar de la gente. Eran las once de la mañana, y ya circulaban un gran número de mujeres por la inmensa avenida de la Liberación, que delimitaba el distrito diecinueve poniendo fin a los barrios segregados. A partir de este lugar era como si te adentrases en una ciudad diferente. La mayoría de las mujeres que vivían por aquí pertenecían a la clase alta. Iban bien vestidas, con zapatos de tacón de aguja y trajes con corbata y chaqueta de ejecutiva. Muchas de ellas trabajaban en las inmensas torres de oficinas que habían proliferado como setas a lo largo de la avenida. Se sentaban en sillones giratorios de cuero natural en el interior de lujosos despachos y hablaban de política con sus colegas antes de empezar la jornada. Desempeñaban altos cargos en bufetes de abogadas, en asesorías fiscales, o en compañías especializadas en la implantología cerebral. Todas esas importantes mujeres se mostraban ajenas a la realidad existente, situada a pocos kilómetros, donde permanecía ubicado el gueto.

Quizá Sara me hubiese ayudado.

Pero tenía miedo. ¡Estaba acojonado, joder!

Y sobre todo, estaba harto.

Harto de vivir preso.

Pero lo único que había conseguido hasta ahora era mudarme a una celda un poco más amplia.

Al pasar a mi lado muchas mujeres me observaban. Daban un pequeño rodeo manteniendo una especie de perímetro de seguridad que las protegiera de mí, del virus que llevaba inserto en las venas, de una muerte dolorosa y lenta, o de ser la próxima víctima de los cientos de delitos que la RA cada día nos vomitaba encima. Éramos violentos, o al menos lo éramos cuando gozábamos de libertad. Las matábamos, o la testosterona se ocupaba de hacerlo por nosotros. Todos nosotros lo hacíamos, todos, sin excepción. A golpes, a cuchilladas…y a fuerza de vomitarlo, a fuerza de regurgitarlo desde las entrañas de este sistema enfermo se había convertido en nuestro estigma, en nuestra particular leyenda negra. Una mujer pasó en ese momento con su hija cogida de la mano. Una niña preciosa de apenas cuatro o cinco años. La niña me señaló con el dedo y entonces la madre aceleró el paso. Funcionaba como un acto reflejo, estoy seguro de que ni siquiera lo hizo de una manera consciente.

En sus labios pude leer :<<*No lo mires*>>.

En sus labios pude leer :<<*Es un andro*>>.

Pude leer :<<*Apártate*>>.

<<*Cariño, rápido, no lo mires*>>.

<<*Continúa caminando, corre*>>.

Supongo que después de lo que había sucedido ahí dentro no era capaz de soportarlo ni un solo segundo más. Esas miradas acusadoras. Sus cuchicheos y sus silencios. Su eterno desprecio. Ser un paria en tu propia casa. Ser juzgado incluso mucho antes de haber tenido la oportunidad de conocerte.

No lo soportaba.

No lo soportaba.

—¡Qué coño miráis!¿Ehh?¡¡¡Qué coño miráis todas, jodeeer!!!

Di un paso hacia delante y abrí los brazos. Miré a mi alrededor. Al denso y demoledor silencio. Como cuando estalla una bomba y escuchas ese pitido que de repente se apodera de todo. Me miraban. Continuaban observándome con esa mirada de terror con la que se suele contemplar la locura.

—Solo soy un hombre. ¡Un hombre! Tan solo eso. ¡Y no pienso pedir disculpas por serlo!

La mayoría de ellas me contemplaban asustadas. Un amplio semicírculo se abría ahora a mi alrededor.

¿Quién coño soy?

De nuevo esa pregunta devorando mis entrañas.

Una pregunta que me había repetido miles de veces y que pensé que jamás volvería a hacerme.

Escuché sobre mi cabeza el zumbido de los rotores de un DAV. Desesperado, intenté golpearlo, pero alzó el vuelo hasta una altura imposible de alcanzar. Sabía perfectamente lo que vendría después. Corrí, empujando a cuantas mujeres surgieron a mi paso. Algunas se quejaban y otras vociferaban llamando a la Policía. Serpenteé por en medio de todas ellas, aunque lo que realmente deseaba era golpearlas. Tirarlas al suelo y golpearlas. Matarlas con mis propias manos. Hacerles pagar todo lo que estaba viviendo. Ellas eran las responsables de todo. Ellas tenían la culpa. Su egoísmo hacía funcionar el sistema. Nuestra cobardía lo perpetuaba.

Capítulo 28

Ángel abandonó el portal de su edificio, se introdujo las manos en los bolsillos del pantalón, y se dirigió caminando calle abajo. Su sombra, oscura y alargada, se proyectaba difusa bajo la tenue luz de las farolas que poblaban las aceras vacías. Eran casi las once de la noche. El andro llevaba puestos unos viejos vaqueros y una camiseta negra de manga corta. Justo en ese momento comenzaba a llover, a pesar de estar agotándose las últimas horas de junio. Sobre la ciega noche del gueto se precipitaba ahora una lluvia fina, casi imperceptible.

Yo lo observaba desde mi vehículo, situado en la acera de en frente, a unos veinte metros antes de llegar a su vivienda. Un segundo antes de salir del coche me subí la capucha de la sudadera y, tras revisar mi imagen en el espejo del retrovisor, me repetí que esta era la peor idea del mundo. Bajé del coche y me dispuse a seguirlo, dejando unas tres calles de distancia para que no detectase mi presencia. Ángel dobló la esquina y entonces aceleré el paso. Caminaba rápido, como si llegara tarde a alguna parte. La escasa luz amarillenta que emitían las farolas inundaba la acera de claroscuros entre los que resultaba fácil pasar desapercibida. El toque de queda ya había sonado, aunque resultaba imposible encontrar a alguna patrulla del Comité Sectorial velando por su cumplimiento, lo que acrecentaba todavía más la sensación de inseguridad. El tráfico, ya de por sí escaso, a esta hora resultaba inexistente. Todavía no habíamos obtenido una orden de la jueza que nos permitiera hacerle seguimientos, realmente no teníamos nada consistente contra él. Pero yo estaba convencida de que ocultaba algo.

De repente, Ángel se dio la vuelta. Me eché a un lado, ocultándome en el interior de uno de los portales. Permanecí agazapada durante unos segundos sin atreverme a mirar. Por fin asomé la cabeza y vi que el andro continuaba caminando al mismo ritmo de antes, situado ahora a unos cincuenta metros, disponiéndose a cruzar la calle. Aceleré el paso. Ángel se detuvo en la puerta de lo que parecía una vieja nave industrial. Desde la distancia, observé cómo desaparecía en su interior. Crucé al trote la calzada hasta situarme frente a la nave. Era una vieja construcción de ladrillo de color ocre. Se accedía a través de una portezuela metálica de unos dos metros de alta, recortada en medio de un enorme portón. La puerta permanecía semiabierta, como si todavía estuviesen esperando a que llegase alguien más. La empujé y me introduje con precaución en su interior. Al fondo, retumbando débilmente contra las paredes, pude distinguir el murmullo confuso de una voz. Lo siguiente que escuché fue a mi propio miedo aconsejándome que diera marcha atrás. Al adentrarme en la oscuridad, que se abrió bruscamente ante mis ojos, mis pupilas todavía tardaron unos pocos segundos más en permitirme ver algo. Avancé unos metros, abriéndose ante mí un inmenso espacio diáfano. La nave estaba repleta de maquinaria agrícola obsoleta; segadoras, trilladoras, antiguas máquinas recolectoras de arroz… La mayoría de esos artefactos permanecían tapados con sábanas y poseían el aspecto de no haber sido utilizados desde hacía décadas. El final de la estancia estaba más despejado, permaneciendo tenuemente iluminado.

La luz de una bombilla que colgaba del techo incidía sobre una especie de tarima, desde la que un hombre se dirigía a un auditorio que parecía escucharlo con atención desde sus asientos: sillas individuales de grafeno colocadas para la ocasión. Alrededor de un centenar de andros permanecían atentos al orador dándome la espalda. El recinto estaba sumido en la penumbra, permaneciendo tan solo claramente iluminada la pequeña tarima. Logré identificar a Ángel, todavía de pie, buscando un lugar donde sentarse. Avancé con la mayor naturalidad de la que fui capaz, pero sin poder evitar la sensación de flojedad en las piernas al aproximarme a la última fila de sillas. Solo había un par de andros sentados en ella, a unos cinco o seis asientos de distancia. Continué caminando entre las sillas vacías y me senté hacia la mitad del auditorio, en uno de los asientos laterales peor iluminados, permaneciendo oculta detrás del cuerpo de un enorme residente que prácticamente desbordaba la silla de delante. Ángel se encontraba situado a la derecha, en mi diagonal.

Podía verlo desde mi posición. Estaba sentado con las piernas cruzadas unas ocho filas por delante de mí.

—La mujer, ese gran engendro de la creación —manifestó con seriedad el orador.

Reconocí enseguida esa voz grave y profunda. Se trataba de un hombre negro de unos cincuenta años, el mismo que estaba dando el discurso en medio de aquella plaza. Iba vestido con un pantalón de tela, unos lustrosos zapatos, corbata negra y una camisa de un reluciente color blanco.

—Ahora tenemos fuerza —continuó diciendo—. Percibo que es nuestro momento. Recuerdo cuando a estas reuniones no acudíamos más que tres o cuatro desarrapados que descargaban su frustración en el interior de estas paredes. Y podremos ser muchos más, creedme, si somos capaces de jugar bien nuestras cartas.

—¿Hasta cuándo? ¿Hasta cuándo estaremos aquí? —preguntó una voz desde las primeras filas —. Estamos cansados de esperar.

—No te preocupes, hermano, la segregación acabará, puedes estar seguro de ello. —Lo tranquilizó el predicador haciendo un gesto de calma con la mano—. Por eso el lenguaje es tan sumamente decisivo en nuestra lucha. —Caminó alrededor de la tarima, deteniéndose por momentos para fijar la vista en alguno de los asistentes y hablarles directamente a la cara, como si en ese auditorio estuviesen solos y nadie más fuera capaz de escucharlos—. Os dirán que es bueno que permanezcáis confinados y os asegurarán que es por vuestro propio bien, por el bien de la humanidad, incluso. Esa humanidad a la que ya no nos dejan pertenecer. Yo os animo, hermanos, os animo a desterrar de vuestro vocabulario las palabras herederas del matriarcado. Os animo a desprendeos de ellas, a desterrarlas para siempre de vuestra mente. A que olvidéis su significado viciado cargado de ideología opresora. Os animo a llamar a las cosas por su nombre real, a desvelar su sentido: a decir <<*segregación*>> en lugar de <<*confinamiento*>>, a sustituir <<*terapia*>> por <<*represión*>>, a identificar <<*ablación andrógena*>> con <<*castración*>>. Os animo a desentrañar el verdadero significado de las palabras herederas del yugo femenino. Os animo a hablar de <<*misandria*>> en lugar de <<*feminismo*>>.

Un estruendo de vítores y aplausos inundó por completo el auditorio. Muchos asistentes se pusieron de pie, gritando y silbando, al mismo tiempo que golpeaban con las palmas de las manos los respaldos de las sillas que tenían en frente. El predicador observaba a la multitud enfervorizada mientras sonreía de satisfacción. Su dentadura blanca y perfecta iluminaba su rostro de color hollín. Se aflojó el nudo de la corbata y se remangó la camisa. Miré a mi alrededor, hipnotizada por el ruido ensordecedor de los aplausos y por el desagradable olor a testosterona contenida que infectaba el ambiente. Aturdida por el estruendo de cientos de manos golpeando las sillas y alzando los puños. Por un instante, como si se tratara de un resorte del que ni siquiera era completamente consciente, me llevé la mano a la espalda, tensando los músculos de la mandíbula, y sujetando con fuerza la empuñadura de la pistola que llevaba metida por debajo del cinturón.

El predicador hizo otro gesto con la mano en señal de calma. Todos los asistentes volvieron a sentarse. Observé que Ángel había permanecido sentado y en silencio todo el tiempo, tan solo había cambiado de postura cruzando las piernas, como si el discurso no fuera con él, o como si solo hubiese asistido a una letanía de palabras vacías carentes de significado, una letanía que ya había escuchado cientos de veces.

—El feminismo solo fue la primera fase, que nadie se atreva a deciros lo contrario —comenzó a decir de nuevo el predicador—.Las mujeres inundaban las calles reclamando una igualdad que poseían *de facto*, unos derechos de los que ya disfrutaban. Pero querían más. ¡Oh, sí! Deseaban más. Mucho más. Por aquel entonces los hombres todavía éramos fuertes y copábamos la mayoría de las esferas de poder. Y ellas deseaban ocupar ese espacio, lo anhelaban con toda su alma. Nos tenían envidia. Una envidia infinita, corrosiva, cegadora.—Ahora apretó los dientes, al mismo tiempo que cerraba el puño con rabia delante de su rostro. Avanzó unos pasos, situándose de nuevo en el centro de la tarima—. Entonces apareció el virus y con él su gran oportunidad, su inmensa coartada. El caldo de cultivo se había estado cocinando a fuego lento durante las últimas décadas: la criminalización del hombre y sus atributos, la visión de lo masculino como algo perverso, violento y terrible, algo que lo único que busca es satisfacer sus instintos por encima de todo, y la testosterona... ¡Oh, sí! Lo olvidaba. La testosterona como su mano ejecutora, como una hormona peligrosa y asesina. El terreno fue abonado a conciencia durante esos años; gobernantes miopes aprobaron leyes que violaban la presunción de inocencia por protegerlas a ellas de nuestras agresiones, estadísticas manipuladas que nos mostraban a todos como violadores en potencia, cupos para mujeres en la Administración Pública y en los consejos de administración de las grandes corporaciones. Sí, hermanos, eso mismo que ahora nos niegan a nosotros.

—¡Sí, eso es! ¡Ahora nos lo niegan!

El predicador hizo una pausa, sonriendo mientras asentía con la cabeza, y volvió a retomar su discurso.

—El fin del hombre estaba próximo, pero ni siquiera supimos verlo. Por eso yo os animo, hermanos, os animo de nuevo a que dejéis de engullir ese veneno que está aniquilando nuestra voluntad. Os animo, hermanos, a que dejéis de permitir que sea el lobo el encargado de cuidar a las ovejas. Os animo, hermanos, a que volvamos a ser fuertes, a que salgamos del gueto, a que cojamos lo que por derecho siempre fue nuestro, a que tomemos las calles y a que por fin, por fin ...volvamos a ser libres.

Nuevamente los aplausos encendidos, los gritos, los estridentes silbidos del público atestando el aire. Ángel esta vez se levantó de su asiento y se dispuso a abandonar el recinto. Me levanté para seguirlo, pero un andro me bloqueó la salida. Ni siquiera lo miré, simplemente me di la vuelta dirigiéndome hacia el otro extremo de la fila, pero varios andros avanzaron hacia a mí cortándome también el paso. Miré hacia el púlpito; el predicador ya no se encontraba encima de él. Muchos de los asistentes se concentraban ahora en mi zona, rodeándome. Noté cómo desde atrás alguien me bajaba la capucha de la sudadera. Me revolví rápidamente e intenté volver a subírmela, pero ya era demasiado tarde.

—¡Es una mujer! —gritó un andro de unos veinte años señalándome—. ¡Es una jodida mujer!

—¿Qué coño haces aquí, zorra? –vociferó alguien a mi espalda.

Me di la vuelta, buscando en todas direcciones, pero no encontré ningún hueco por donde escabullirme. Alguien me empujó por la espalda y aterricé encima de varios hombres que a su vez volvieron a empujarme. Perdí el equilibrio y estuve a punto de caer al suelo, pero conseguí apoyarme en el respaldo de una silla y mantener la verticalidad.

Estaba atrapada.

Por un momento me entró el pánico.

Se formó un círculo de unos cincuenta andros a mi alrededor, estrechándose cada vez más y más, mientras apartaban las sillas que encontraban a su paso, lanzándolas violentamente a uno y otro lado. La mayoría de ellos eran enormes, como nunca antes los había visto; musculosos, de espaldas anchas, muy alejados del perfil del andro infradesarrollado al que estaba acostumbrada. Uno de ellos, con bigote y medio calvo, parecía llevar la voz cantante.

—No deberías haber dejado tu bonito barrio —dijo con tono amenazante aproximándose hacia mí.

De repente, alguien me sujetó por la espalda. Unos fuertes brazos me aprisionaron el cuello arrastrándome hacia atrás. Experimenté una drástica disminución de oxígeno a medida que la presión se hacía cada vez más intensa. Mis pies empezaron a no poder tocar el suelo. Pataleé, intentando liberarme del poderoso antebrazo que me atenazaba el cuello aplastándome la nuez, pero resultó imposible. Me faltaba el aire, sentí como nunca antes la acuciante necesidad de respirar. Noté la repentina inflamación de mis globos oculares, teniendo la sensación de que se saldrían de sus cuencas, o de que estallarían en cualquier momento. La presión era tan fuerte que ni siquiera era capaz de gritar. El mundo que me rodeaba se difuminó. La vida se tornó borrosa. Como un recuerdo que poco a poco se diluye más y más en la conciencia hasta desaparecer por completo. Me encontraba a pocos segundos de desvanecerme. Levanté la rodilla y aproximé la mano a mi tobillo derecho. Intenté extraer el cuchillo de la funda con una mano mientras que con la otra continuaba estirando de su antebrazo hacia abajo, para separarlo del cuello y conseguir que entrara algo de aire. Alcancé cómo pude la empuñadura con los dedos, desenfundé el cuchillo y le asesté un corte en el antebrazo.

—¡Ah, joder! —Me soltó inmediatamente y se apartó de mí.

Caí al suelo de rodillas, pero tuve la precaución de levantarme enseguida y darme la vuelta. Me invadió una tos gutural, que fue desapareciendo a medida que el oxígeno comenzó a entrar de nuevo en mis pulmones. Observé por un momento al andro que acababa de atacarme; joven, de unos dieciocho años, con el pelo rapado casi al cero. Permanecía ahora a unos cuatro metros de distancia. El chico se sujetaba el antebrazo mientras la sangre le brotaba de la herida sin parar, goteando hasta el suelo.

—¡No os acerquéis, lleva un cuchillo! La muy zorra me ha rajado.

El resto de andros permanecieron expectantes. Continuaban insultándome, como perros rabiosos que te enseñan los dientes antes de atacarte. Me pregunté cuánto tardaría otro de ellos en intentar probar suerte. Estaba realmente asustada. Casi podía percibir la adrenalina acelerando mi corazón para que no dejara de bombear sangre. Me cambié el cuchillo de mano y saqué la pistola. Un estruendoso murmullo se abrió paso ahora entre ellos. Empecé a dar vueltas sobre mí misma, desesperada, apuntándolos a todos a la vez. Haciéndolos retroceder a medida que el cañón desfilaba ante sus ojos. Mi dispositivo LRA se activó, señalando con una diana de color verde múltiples objetivos a mi alcance: cuatro, seis, tres metros… La diana saltaba de la cabeza de un andro a otro cada vez que cambiaba de objetivo, indicándome probabilidades de hacer blanco en torno al cien por cien. Los andros de las primeras filas continuaban echándose hacia atrás. Algunos se cayeron al tropezar con las pocas sillas que todavía permanecían de pie y el diámetro del círculo se amplió considerablemente. Se produjo un espeso silencio. Por un momento los gritos y las amenazas cesaron. Me di la vuelta, apuntando a otro hombre que se aproximaba, pero que inmediatamente retrocedió al verse encañonado. Otro andro se intentó acercar por la espalda, pero en ese momento me giré y también lo encañoné. El tipo, un hombre corpulento de mediana edad, se frenó en seco y reculó levantando las manos. Era consciente de que no podría aguantar mucho más en esa situación, si se me echaban todos encima a la vez estaría perdida. De repente, una figura se abrió paso entre la multitud y se detuvo a unos cinco metros delante de mí.

—¡Vaya!¿Pero qué tenemos aquí?¿Qué eres?¿Una jodida poli? —preguntó el predicador.

Permanecí en silencio, valorando cuál era la mejor respuesta. El corazón me latía con fuerza y todavía respiraba de manera entrecortada. No recordaba haberme encontrado jamás en una situación tan desesperada ni tampoco estar tan cerca de matar a alguien. Solo ahora empezaba a ser consciente de lo estúpida que había sido entrando sola.

—Dejad que me marche o esto se va a convertir en una carnicería.

—No nos gustan las polis. Nos torturáis en las comisarías, nos apaleáis en las manifestaciones, pisoteáis todos y cada uno de nuestros derechos… pero eso se ha terminado.

—Solo quiero salir de aquí, eso es todo. No quiero hacerle daño a nadie.

—No estás en situación de hacernos daño, créeme. Vamos a morir igualmente. Si no son tus balas nos matará el veneno que nos obligáis a tomar, o acabaremos lanzándonos desde lo alto de esas letrinas donde nos mantenéis encerrados. ¡Qué más da!

Empezó a aproximarse lentamente hacia mí.

—¡Atrás! No lo repetiré.

El resto de hombres comenzaron también a acercarse. Giré sobre mí misma empuñando frenéticamente el arma y también los encañoné, pero ya no parecían tener miedo. Continuaban aproximándose, hipnotizados, como si su vida de repente no les importara. Encañoné nuevamente al predicador, apuntándole a la cabeza. La diana se volvió ahora de un color verde intenso alrededor de su cráneo, avisándome de que disponía de un disparo certero. Apreté los dientes, acariciando suavemente con el dedo índice el gatillo, mientras tragaba saliva y sudaba.

El predicador continuó acercándose sonriente, mostrando esos dientes perfectos que destacaban como grandes perlas en medio de la espesa negrura de su rostro.

—Adelante, mátame. Seré el primer mártir de nuestra causa.

Le asesté una patada en el centro del pecho para intentar apartarlo. Acusó el golpe, retrocediendo unos pasos, y finalmente perdió el equilibrio y cayó al suelo. Dos andros se aproximaron hasta él y le ayudaron a levantase. Él predicador sonrió. Con una pasmosa serenidad se sacudió la camisa y se arregló la corbata. Parecía estar seguro de que continuaba teniendo el control de la situación, sabía que en cuanto efectuara el primer disparo estaría perdida, todos se me echarían encima. De repente, hizo un gesto con las manos indicando que avanzaran de nuevo hacia mí.

—¡¡ Alto!! —gritó alguien desde detrás de la multitud.

Por un momento los andros se detuvieron y giraron la cabeza hacia atrás. Se abrió un pasillo delante de mí y de entre ellos apareció Ángel.

—Es una poli. Si la dejamos ir nos denunciará —le dijo el predicador.

—No digas tonterías —le espetó Ángel con cierto desdén mientras avanzaba hacia él—. La chica está conmigo.

Observé la escena con incredulidad, sin acabar de entender qué es lo que estaba sucediendo.

—¿Ahora te follas a jodidas G.I. Joe?

—Bueno, no se lo habéis puesto fácil, ¿no crees?

Continué encañonándolo, sin saber muy bien cómo actuar, todavía sorprendida por el giro que habían tomado los acontecimientos.

—Tranquila, cariño. Baja el arma.–Lentamente Ángel se acercó hasta mí, me bajó el brazo y me dio un suave beso en los labios—. Estamos entre amigos.

Accedí a su petición y mantuve la pistola apuntando hacia el suelo. La huella húmeda de sus labios todavía permaneció durante un segundo más burbujeando en el interior de mi cabeza. Se trataba de una sensación nueva y agradable; su imponente cercanía, sus labios gruesos y húmedos, la aspereza de la piel de su rostro rozándome…

—No deberías traer a tus puteras a estas reuniones —le espetó el predicador situándose frente a él, que ahora se interponía entre los dos.

—Le había dicho que esperara fuera. Tranquilo, es de confianza, solo ha entrado a buscarme.

El predicador lo observó con desconfianza.

—Ha sido culpa mía, he tardado demasiado. ¿De acuerdo? –suplicó Ángel juntando las palmas de las manos—. ¡Joder! ¿Qué coño pretendíais hacer? ¿Matarla? ¿Matar a una mujer? –Se puso el dedo índice en la sien—. ¿Habéis perdido la puta cabeza? ¿Queréis que mañana todo el sector esté infectado de jodidas polis? ¡Esto se os está yendo de las manos!

Caminaba en silencio junto a Ángel por las aceras desiertas. Ya era más de media noche y vistos desde la distancia no debíamos diferenciarnos demasiado de dos residentes que regresaban a casa. Una fina lluvia continuaba derramándose sobre nuestras cabezas, débil, constante, infinita, como una gota que cae lentamente pero que al final termina por desbordar el vaso. Yo llevaba la capucha de la sudadera subida. A Ángel la lluvia parecía no importarle demasiado. El agua le resbalaba por el cráneo afeitado mientras caminaba mansamente, como el que pasea bajo un sol radiante. Me sentía todavía avergonzada. No había abierto la boca durante todo el trayecto. La verdad es que no me atrevía ni a mirarlo: el andro al que había estado siguiendo, nuestro principal sospechoso, acababa de salvarme la vida. ¿Cómo encajaba eso dentro de este maldito caso?

—Deberías subir un rato a casa —me sugirió Ángel, deteniéndose frente al portal y mirando hacia ambos lados de la calle—.Podrían estar vigilándonos y tendríamos que guardar las apariencias. El piso no es gran cosa, pero no está mal para lo que hay por aquí.

Permanecí inmóvil, observándolo sin saber que decir.

—Tranquila, no te voy a hacer nada. Lo del beso solo era para aportarle credibilidad a tu personaje —bromeó, esbozando una sonrisa encantadora que consiguió que se desmoronara esa imagen de tipo duro que había exhibido en la comisaría—. Además, tal y cómo manejas el cuchillo debería estar yo mucho más preocupado que tú.

Sonreí, negando con la cabeza, mientras notaba como las mejillas me ardían.

—Está bien —desistió, levantando las manos, al mismo tiempo que me dejaba ver otra vez su bonita sonrisa—. Nunca olvidas que eres poli, ¿verdad?

Lo miré directamente a los ojos y percibí que me resultaban familiares, como si el momento de haberlos observado por primera vez hiciera tiempo que hubiese sucedido.

—Creo que volveré a casa, ha sido un día duro.

Ángel permaneció contemplándome en silencio durante unos segundos. Su aspecto ya no me resultaba en absoluto amenazador. Tan solo se trataba de un pobre chico. Creo que por primera vez pensé en él como en un verdadero ser humano. El agua de la lluvia continuaba resbalando sobre sus mejillas y el azul de sus ojos teñía su rostro de cierta tristeza.

—Oye… ni siquiera te he dado las gracias por lo de antes. Si no llegas a aparecer…no sé qué hubiera pasado…

—No te preocupes por ellos. No son mala gente, simplemente están cabreados. Tú estabas ahí para focalizar toda esa impotencia que lleva décadas sin encontrar desquite. Esa frustración acumulada durante generaciones que tarde o temprano acabará estallando.

—¿Por qué lo has hecho?¿Por qué me has salvado?

Ángel volvió a contemplarme en silencio durante un segundo antes de contestar.

—No soy un monstruo, ¿sabes? Sé que no me crees, pero yo no mate a Eve, ni tampoco a Helen. No soy un asesino.

—¿La conocías bien?

—¿A quién? ¿A Eve? Creo que la conocía todo lo bien que se puede conocer a alguien. Créeme, a pesar de todo su dinero y su éxito su existencia no era más que una gran farsa. No estaba satisfecha con la vida que llevaba.

Yo también creí haber intuido algo de eso en ella aquella noche en la que salió huyendo de mi piso. Como si una barrera invisible le impidiera mostrarse cómo realmente era. Había sentido cómo me miraba durante toda la cena. Me deseaba, estaba segura, pero sin embargo algo en su interior refrenó ese impulso. Al principio pensé que era por su trabajo, pero ahora, después de escuchar las palabras de Ángel, estaba completamente segura de que había algo más.

—¿Te comentó alguna vez si había alguien que quisiera hacerle daño?

—No, no sospechaba de nadie en particular o más bien sospechaba de todo el mundo. Existen demasiadas presiones para que finalmente se produzca un veredicto inculpatorio. Están en juego suculentos contratos para el continuo suministro de antirretrovirales que recibe la Federación. Ese juicio podría constituir el fin de la obligatoriedad de los hombres a medicarse y eso conllevaría pérdidas millonarias para muchas empresas. Por no hablar de que ya no podrían mantenernos confinados en este lugar. Sería el principio del fin de los guetos.

—¿Crees que por eso intentaron matarla?

—No, aquel tipo solo era un lunático, como tú muy bien dijiste.

Me quedé helada durante un segundo al oír esas palabras.

—¿Cómo…? ¿Cómo sabes eso?

—Eve…Eve me lo contó, en aquel momento yo todavía vivía con ella.

—¿Y no te dijo si sospechaba de alguien en particular?

—No, escucha, a Eve no la mataron. Créeme, Sara. Eve simplemente desapareció. Estaba hastiada de la vida que llevaba y desapareció. Eso fue todo. Ya había muerto mucho antes de despeñarse por ese acantilado.

Capítulo 29

La mujer se había quedado dormida en la cama después de hacerlo. Se llamaba Cristina. Cris para las amigas. O para los putos como yo. Que le comían el coño antes de tirársela. Tenía más de sesenta años y el cuerpo completamente moldeado por la cirugía. Las tetas todavía se le mantenían firmes, grandes y colgaderas, luciendo en ellas unas aureolas rosadas y enormes. El vientre lo conservaba completamente liso y en medio de él yacía un bonito ombligo metido hacia dentro, que se estiraba hasta casi volverse ovalado cuando se retorcía sobre la cama mientras me la follaba. Debía haberse sometido a varias labioplastias porque su vagina conservaba la apariencia de la de una chica de veinte. Quizá ahora incluso poseyera un aspecto más simétrico que entonces, aunque su piel había sido incapaz de retener la frescura que solo conseguía poseer la de una mujer joven. Y esa sensación, la de su piel reseca y desnuda pegada a la mía, no cesaba de recordarle a mi mente que me estaba follando a una vieja.

Las mamoplastias, así como otras operaciones de cirugía estética, solo les estaban permitidas a las mujeres. Las Leyes Antiandrógenas prohibieron las reasignaciones de género yéndose de golpe por el sumidero más de cincuenta años de lucha LGTBIQ+. Por aquel entonces, en la década de los veinte del pasado siglo, la transexualidad estaba en auge. Fue un despertar parecido al experimentado por el movimiento gay a finales de los años sesenta del siglo XX en los Estados Unidos. El espíritu, o más bien la neurosis que los movía era la misma; revindicar la identidad a través del sexo.

¿Existe algo más retrógrado que eso?

Numerosos países de la vieja Europa ya habían aprobado leyes que permitían convertirse en mujer u hombre con tan solo manifestarlo ante el empleado del Registro Civil. Constituía la máxima expresión de nuestra libertad. El ser humano rebasando una frontera más, rompiendo de una sacudida las cadenas que lo anclaban a su cuerpo.

Pero el virus llegó para cambiarlo todo.

La realidad a menudo suele ser tozuda.

En aquel momento la pandemia irrumpió con una fuerza devastadora, constituyendo una hemorragia imparable de vidas humanas. Y entonces ese colectivo, ese nuevo paradigma de la libertad, empezó a generar suspicacias. Se le empezó a mirar de reojo, se tornó peligroso. Porque su reconocimiento suponía de facto no poder encerrarnos. Y finalmente todas las leyes trans quedaron en suspenso.

Como nuestra libertad.

Como nuestras propias vidas.

Es posible que fuera por eso, por lo artificial que resultaba Cris, por lo que no sentí tanto rechazo cuando me la follé por primera vez. Vino a verme a mi antiguo piso del gueto; Helen le había hablado de mí.

La vieja permanecía medio tapada con la sábana porque aunque estábamos en verano todavía era de madrugada y entraba algo de frío. A mí solía gustarme la suave brisa que se deslizaba por el balcón de mi habitación a esas horas, así que ni siquiera me vestí cuando me levanté de la cama. Normalmente nunca permitía que se quedasen, pero ella era una buena clienta y no quería perderla. Después de follarme solía quedarse tan relajada que se dormía enseguida. La primera vez que Cris y yo nos vimos me confesó que había estado toda su vida casada con la misma mujer, hasta que falleció en un accidente. Nunca pensó en mantener relaciones con hombres, según me dijo, hasta que un día conoció a uno por casualidad. Se trataba de uno de esos escasos andros que habían conseguido vivir fuera del gueto gracias a un permiso para trabajar en las minas.. A los mineros no se les obligaba a medicarse puesto que los antirretrovirales producían muchos efectos secundarios, disminuyendo la productividad. Se los mantenía controlados sometiéndolos a análisis periódicos. De todos modos, no solían durar mucho. En el fondo no era más que otra forma de acabar con nosotros. El trabajo en las minas de grafito era duro y a la gran mayoría los jubilaban con cuarenta años, normalmente tras ser diagnosticados de alguna enfermedad pulmonar de carácter crónico. Era entonces cuando los internaban en el gueto. Aunque durante ese tiempo, el periodo que tardaba en agotarse su vida útil, podían disfrutar de verdadera libertad.

Ese hombre, el amante de Cris, vivía en su edificio, aunque no se lo ponían nada fácil. Ninguna de sus vecinas le hablaba y a menudo dibujaban pintadas amenazantes en la fachada para que se marchara. Pero, ¿dónde coño iba a ir? El repertorio era de lo más variado: <<¡*Puto andro!*>>, sin duda todo un clásico. Los símiles con animales de zoológico normalmente gozaban de gran popularidad: <<¡*No te queremos, puto simio!*>>. La comparación con los monos se había ido trasladando paulatinamente de los negros a toda la especie masculina, aunque también sucedía con otros animales: <<¡*Fuera, rata contagiosa!*>>. Porque eso era sin ninguna duda en lo que nos habíamos convertido, en especies diferentes, tan distintas y a la vez tan parecidas como pudieron serlo, hace miles de años, el neandertal y el sapiens.

Cris y su futuro amante siempre se lanzaban indiscretas miradas cuando se cruzaban por las escaleras. Al principio ella solo sentía curiosidad, era difícil ver a un ejemplar de andro adulto en libertad y la mayoría de las mujeres nunca pisaban un gueto en toda su vida, o eso decían. Poco a poco esa curiosidad se fue transformando en un sentimiento de atracción difícil de sujetar para ambos. Cris siempre solía contarme esa historia después de haber follado, mientras tumbada desnuda a mi lado acariciaba mi polla flácida con sus dedos. Al principio empezaron intercambiando unas palabras en el ascensor. Ella nunca había tenido prejuicios, a su hermano también lo encerraron en el gueto. Y al final, no sabía muy bien cómo, acabaron haciéndolo una noche en la que ambos se encontraron en el portal de la finca. Todo eso le sucedió estando todavía casada y el sentimiento de culpa no le permitió seguir con aquella aventura. Pero muchos años después, cuando su mujer falleció, no pudo evitar ir en busca de aquella sensación.

Tú estás enganchado a la penta y yo a tu polla, Ángel.

Las dos cosas son drogas duras.

Me dirigí hacia la cocina, en la que había una pequeña mesita rectangular junto a la pared, al lado de la lavadora. Me senté en una silla y vapeé el último chino de penta que había dejado cargado sobre la mesa. La descarga de dopamina comenzó enseguida. Una explosión de sensaciones estalló dentro de mi cerebro, imágenes al azar que revoloteaban alrededor de él. Me recosté en la silla y por un momento creo que perdí la noción del tiempo. Permití que la penta me trasladase a otro mundo. Fuera de este piso, lejos de los barrios segregados, transitando libremente por la inmensa urbe. Contemplé a una de mis madres. Ya no estaba muerta. Se arrodillaba y me abrazaba muy fuerte. Era uno de esos abrazos que casi no te permitían respirar, así que me refugié en el calor de su pecho y por unos segundos me encontré otra vez a salvo.

De repente, Helen apareció tumbada sobre el suelo de la cocina.

La penta a veces tenía esas cosas.

Tuve la sensación de caminar hacia ella, podría jurar que me levanté y lo hice. Pero al mismo tiempo me vi tumbado a su lado, sobre la cama de su habitación, mientras ella permanecía sentada dándome la espalda.

Ahora era capaz de recordarlo todo con nitidez: se trataba de nuestra última noche.

Ella se estaba preparando un último chute más.

Desde que Helen murió no había vuelto a probarlo.

Recuerdo que aquella noche ella estaba de muy buen humor y que yo, como tantas otras veces, estaba cabreado por algo. Por estar allí. O por tener que tirármela. Aunque a eso ya me había acostumbrado.

Lo malo de cada nueva humillación es que nunca piensas que pueda haber otra mucho peor que la anterior.

Pero nunca caes lo suficientemente hondo, eso es algo que con el tiempo había ido aprendiendo.

No sé cuánto tiempo permanecí sentado en la cocina. Me levanté y eché un vistazo por la ventana situada encima del fregadero. Era de madrugada y la oscuridad aún lo envolvía todo. Tan solo sobrevivían encendidas las farolas del descampado de al lado. Se distinguía luz en el edificio de enfrente, a la altura del cuarto piso. Un residente de unos treinta y cinco años, calvo y con la barba desaliñada fumaba entre las rejas de su minúsculo balcón, en el que apenas le cabía una maceta. La luz amarillenta del comedor siempre permanecía encendida, otorgándole a la vivienda cierto aspecto sórdido. Creo que ese tipo nunca dormía.

Entonces me pregunté cuánto tiempo más tardaría en subir a la azotea y saltar.

Me pregunté cuántas veces había pensado yo en hacerlo.

Capítulo 30

Observaba la pantalla virtual, generada a través de mis lentillas de realidad aumentada, mientras desayunaba en la mesa del comedor. Gemma ya había terminado, pero continuaba sentada junto a mí. Había preparado el desayuno que más me gustaba; tostadas con mantequilla y mermelada, un zumo de naranja recién exprimido y un café solo sin azúcar. Era sábado, tenía el día libre, y las dos nos habíamos levantado tarde. La vivienda era un primer piso y estaba situada en una zona residencial a las afueras de la ciudad, alejada de la tumultuosa urbe. La mesa donde desayunábamos se encontraba ubicada frente a un balcón esquinero. En la calle, una de mis vecinas, una mujer obesa con grandes gafas, sacaba en ese momento a pasear a sus cuatro perros. Tres de ellos, dos caniches y un pastor alemán, caminaban delante de ella sujetos por una larga correa, mientras que al cuarto, un diminuto pequinés, lo portaba entre sus brazos. Miré de reojo a Gemma, que permanecía observándome en silencio.

—¿Qué?

—Nada, me gusta mirarte. ¿No puedo mirar a mi mujercita? Ya se me había olvidado cómo era que desayunásemos las dos juntas. Últimamente siempre estás trabajando.—Gemma me cogió del brazo apoyando la mejilla contra mi hombro. Después, se reclinó sobre el respaldo de la silla y se frotó suavemente la barriga por encima de la camiseta.

—Ya se te nota un poco —observé mientras le pasaba la mano por encima del vientre. Ella se subió la camiseta un poco más para que pudiera notar el tacto de su incipiente barriguita.

Las imágenes de un programa de televisión que buscaba nuevos talentos en el mundo de la música se proyectaban a través de la RA.

Gemma iba vestida con una camiseta y unos pantalones cortos de pijama, no se había peinado, y llevaba su bonito pelo repleto de pequeños tirabuzones totalmente alborotado. La observé durante un segundo más: todavía me seguía pareciendo hermosa. ¿Por qué entonces ya nada era cómo antes? ¿Por qué había desaparecido esa irresistible atracción que sentía cuando la conocí, cuándo no podía separarme de ella?

Ni siquiera era capaz de recordar el momento exacto en el que empecé a perder el control sobre mi propia vida. Se trataba de ese tipo de pequeñas decisiones que iban introduciéndote sin darte cuenta en una realidad que creías que deseabas. Sin embargo, cuando te encontrabas dentro de ella, aprisionada entre sus paredes, empezabas a ser consciente de que no era cómo la habías imaginado. La realidad nunca es como la imaginamos; en los sueños los golpes no duelen ni los grilletes te estrangulan la circulación de las muñecas cuando te los aprietan demasiado. En los sueños nunca te imaginas engañando a la mujer que amas...Pero cuando me di cuenta de todo eso ya era demasiado tarde. Sabía que no podía abandonar esa vida sin causarle un daño irreparable a Gemma, mi mujer, a la que todavía quería por encima de todo. No podía abandonarla sin hacer pedazos lo que durante tanto tiempo habíamos construido juntas, sin destrozarla por completo, y sin saber cómo sería todo respecto a nuestra futura hija…o hijo. Y ese era otro de los problemas a los que me enfrentaba; solo deseaba que fuera niña porque, de lo contrario, Gemma no soportaría que se lo arrebataran de sus brazos después de haberlo criado. A muchas parejas ese hecho las destrozaba para siempre, nunca llegaban a superarlo del todo. Tal vez todos esos pensamientos llevaban demasiado tiempo macerándose a fuego lento en lo más profundo de mi subconsciente, solo haciéndose explícitos cuando empecé a pensar en otras mujeres mientras hacia el amor con ella. Aunque quizá solo fui realmente consciente de ello cuando me enamoré de Eve. Ese fue el momento en el que verdaderamente supe que algo no marchaba bien en mi matrimonio, que mi existencia se había convertido en una jaula cuya puerta permanecía abierta pero que no me atrevía a abandonar. Entonces comprendí a esas mujeres que llevaban una doble vida y que cuando eran descubiertas aseguraban amar a sus dos esposas. No se trataba de vivir una mentira, tal vez era algo más complicado que todo eso. Tenía que ver con cierto instinto de supervivencia, con evitar causar un daño innecesario, con preservar de alguna manera su mundo, con evitar hacerlo añicos.

—Vamos a ser unas madres estupendas, cariño —afirmó Gemma entusiasmada.

—Sí…sí…seguro que sí.

Aparté la mano de su vientre, como si quemara, y terminé el desayuno. Engullí la última tostada y me bebí el zumo de naranja de un trago. Estaba acostumbrada a desayunar rápido antes de ir al trabajo. Empecé a darle vueltas a en qué íbamos a ocupar el resto del día; pasear por el centro, ir de tiendas a mirar algo de ropa para la bebé, eso era algo que llevaba aplazando por lo menos un mes, aunque lo que realmente deseaba era volver a la comisaría.

—¿Es guapa tu compañera?

—¿Quién? ¿Blanca? No, ya la conoces.

—No, la otra.

—Ah, no, no especialmente.

—¿Eso quiere decir que sí?

—No, ¡qué va! Si somos como hermanas. La conozco desde siempre. Te hablé de ella cuando trabajaba en el distrito diecinueve, ¿recuerdas?

Gemma permaneció en silencio.

—No estarás celosa, ¿verdad? —le dije para cabrearla un poco.

—¿Quién? ¿yo? Tú sabrás lo que haces.

Continuó frotándose la tripa, aunque ya no sonreía.

—Eh, ¿qué pasa? —le levanté la barbilla con los dedos y la miré directamente a los ojos, a esos bonitos ojos castaños que se tornaban del color de la miel cuando la luz del sol incidía directamente sobre ellos.

—Nada.

—¿Nada?

—Pues que estoy embarazada y que últimamente no pasamos tiempo juntas.

Moví ligeramente las pupilas y desconecté la pantalla virtual desde mi dispositivo, intuyendo que se acercaba una de esas discusiones de pareja que tanto odiaba, o que más bien me cansaban. Se trataba de esa especie de hastío que poco a poco se te iba metiendo dentro, hasta que conseguía invadirte por completo, hasta que conseguía que detestara cada momento de mi vida que dedicaba a discutir ese tipo de estupideces.

—Es mi trabajo, cariño, ya lo sabes…

—Sí, ya lo sé…

—No empieces. Disponemos del día libre, así que vamos a aprovecharlo, no perdamos el tiempo discutiendo.

—Sí, claro.

—Está bien. ¡Di lo que tengas que decir! —estallé finalmente. Gemma permaneció observándome en silencio, como si no se esperara ese tipo de reacción, o como si de repente se hubiese sentido ofendida—. ¿Qué? —pregunté levantando las palmas de las manos.

—Recoge tú la mesa.—Se levantó y salió del comedor sin decir nada. Recorrió el pasillo enfurecida cerrando la puerta del dormitorio de un fuerte golpe.

Capítulo 31

—¿Qué tenemos? —pregunté, situada debajo del quicio de la puerta del despacho de Emi.

Emilia estaba de pie, tras la mesa de su escritorio. Acomodada en su silla se encontraba una chica negra y joven, con grandes gafas de montura marrón y sin demasiado aspecto de pertenecer al cuerpo.

—Es la agenta Mireia —me informó Emi—, una de las chicas del Grupo de Delitos Informáticos. Mireia, ella es la inspectora Sara Uriarte, de la comisaría del distrito uno.

La chica me saludó con un breve gesto, sin apenas levantar la cabeza de la pantalla. Poseía el cabello negro, recogido en una especie de pequeño moño, y comprimido en una esfera casi perfecta a la altura de la coronilla. Iba vestida con una camiseta de un grupo de música que no supe identificar, en la que una mujer calva y desaliñada alzaba el puño encima del escenario.

—¿Qué tal tu fin de semana? –me preguntó Emi—. ¿Has cargado las pilas?

—Pues aún no ha terminado, teniendo en cuenta que es domingo.

A Emi se le dibujó en el rostro una sonrisa torcida, como diciendo:<<*Eres policía,¿ qué coño esperabas?*>>.

—Ayer llegó la orden de la jueza y pudimos pincharle las comunicaciones a tu chico —afirmó Emi entusiasmada mientras apagaba las luces del despacho—.Hemos intervenido su dispositivo LRA.

—¿Y el de Helen?

—No, ni rastro de sus lentes. No obstante, hemos accedido a la nube. Había un número registrado a su nombre en la base de datos de la compañía.

—¿Y?

—Nada, no había copia de seguridad de lo que ocurrió esa noche. Sus lentes eran un modelo XDS, hace años que dejaron de fabricarse. Es un milagro que todavía continuasen en funcionamiento. De todas formas, su suscripción con la compañía de almacenamiento permanente de datos había caducado hacía meses. Seguramente por eso la última copia de seguridad es de finales del año pasado.

—Veo que continuamos en racha.

—Bueno, de todos modos, quizá aún tengamos suerte, Mireia cree haber encontrado algo en el dispositivo del andro. Prepárate niña, el espectáculo va a comenzar —me animó Emi guiñándome un ojo.

Cerré la puerta y me hice a un lado.

—He hackeado la memoria del dispositivo, pero existen muchos espacios en blanco.

—¿Espacios en blanco? —preguntó Emi mientras se inclinaba sobre la pantalla.

—¡Eh! Necesito espacio para trabajar. —Emi se retiró un poco hacia atrás—. Han borrado la mayor parte de la memoria —continuó diciendo Mireia—.Vuestro chico sabe de qué va esta historia. Aunque he podido recuperar algunas imágenes con un *software* escoba.

De repente, las imágenes empezaron a reproducirse en holovídeo en el centro de la sala. Habitaban tan solo en la interfaz de nuestros dispositivos LRA, pero el efecto óptico las hacía pertenecer al mundo real, ese mundo cada vez más confuso que habíamos construido. Un mundo en el que se entremezclaban aleatoriamente la realidad con nuestros propios pensamientos. Una realidad inundada de aplicaciones que deformaban constantemente el espacio. Lugares ocultos en un universo paralelo enquistado en lo real y que a menudo lo sustituía.

Una voz de mujer retumbó dentro de ese microuniverso en el que se había transformado el despacho de Emi. Sonaba tan viva que incluso consiguió sobresaltarme.

—¡Ángel! ¡Ángel, cariño, no corras!

Ahora las risas de un niño inundaron la estancia.

La luz apareció invadiéndolo todo.

De repente, la primera imagen.

Un pequeño torso y unas piernecitas desnudas que correteaban por encima de la arena de una playa que no supe identificar. La imagen se tambaleaba a un lado y a otro para después volver a enderezarse.

El rugido del mar y el romper de las olas retumbaron por toda la habitación. Incluso creí poder percibir el olor a salitre.

La misma voz de mujer otra vez llamando al niño.

—Ángel, espera a tu madre.

La imagen se dio la vuelta, dirigiéndose hacia una mujer que se aproximaba corriendo detrás de él. Parecía joven, de unos treinta años. Poseía una intensa mirada que reconocí al instante. Era idéntica a la de Ángel: los ojos permanecían escondidos tras la profundidad de sus cuencas, tornándose casi invisibles. Estaba delgada e iba vestida con un bikini negro. Cuando alcanzó al pequeño Ángel, lo estrechó entre sus brazos y comenzó a besarlo.

Se escuchaban las risas del niño, que rebotaron como un bumerán contra las paredes del despacho. Su voz resonaba lejana, remota, como llegada desde un tiempo ya irrecuperable. Ahora solo se distinguía la cabeza de la madre, su cabello moreno y enmarañado, mientras entre risas el niño intentaba apartarla de encima de él, tratando de conseguir que dejara de besarlo.

Observé las caras de mis dos compañeras. Permanecían completamente absortas, quizá conmovidas por la ternura que desprendía la imagen.

—¡Vamos a bañarnos, mamá!

Dentro de siete años a ese niño lo separarán de su madre y lo internarán en un gueto. Dentro de veintitrés lo acusarán de matar a alguien y entonces nosotras lo perseguiremos...Y nadie parece encontrar una relación causal entre esos dos hechos.

De pronto, una luz cegadora invadió el despacho. Las tres nos tapamos los ojos con el brazo e instintivamente nos echamos hacia atrás. Emi se pegó a la pared, Mireia retrocedió sentada en la silla, desplazándose sobre sus ruedecitas para impactar también contra el tabique. Yo me refugié detrás de la mesa de Emi, junto a ellas dos.

El fuego inundándolo todo.

Casi podía percibirse el enorme calor que desprendía, el violento crepitar de las llamas, su color entre amarillo y rojizo. Casi éramos capaces de paladear el olor a quemado profanándonos la garganta.

Imágenes confusas y tambaleantes que se interrumpieron de inmediato.

Ahora apareció esa secretaria, Marta, sentada detrás de la mesa de un escritorio. Debía tratarse del bufete de Eve.

¿Qué coño hacía Ángel ahí?

—*Vale, enseguida lo hago* —dijo ella.

La mirada del andro permaneció durante unos segundos más fija en la chica. Después se produjo una interferencia, la imagen se difuminó tornándose borrosa, y finalmente desapareció.

—Esta parte también la han debido borrar —afirmó Mireia sentada en su silla, acercándose otra vez a la mesa para echar un vistazo a la pantalla virtual.

Enseguida apareció otra sucesión de hologramas.

Una mujer sentada desnuda sobre la cama. Se trataba de Helen. Impresionaba volver a verla viva sin ese color pálido que había adquirido su rostro el día que la encontraron. Estaba sudando. El sonido del ventilador instalado en el techo inundaba ahora toda la habitación. Sonaba como el rotor de un DAV. Desvié la mirada hacia arriba, y por un momento tuve la impresión de que estaba encima de mí, de que podía sentir el aire meciéndome el pelo.

—Estas imágenes están fechadas el día de su muerte —nos informó Mireia.

—¡Entonces lo tenemos! —exclamó Emi—. Nos aseguró que no había estado con ella esa noche.

La secuencia avanzó, al mismo tiempo que una punzada de decepción se abría paso como un cuchillo hasta el fondo de mi pecho.

Estábamos viendo la realidad filtrada a través de los ojos de Ángel. Percibíamos cada rincón de la habitación tal y como él lo hizo esa noche. Los desconchados de las paredes, el mobiliario desvencijado, incluso la sensación de humedad. A Helen ahora la teníamos delante, a apenas un metro de distancia. Casi éramos capaces de tocarla. La sensación de que podías sentarte en la cama junto a ella resultaba escalofriante. Estuve tentada de gritarle que se marchase de ahí, que saliera corriendo. Había un espejo colgado en la pared, situado encima de una vieja cómoda. Frascos de colonia repartidos caóticamente sobre su superficie, un bolso y un estuche de maquillaje que permanecían tirados junto a ellos. Y el cuerpo de Ángel reflejado en el espejo, sentado en el borde de la cama. Su rostro perfecto, su torso desnudo y sin vello, los hombros estrechos, y las costillas adivinándose tibiamente por debajo de su piel blanquecina. Por un instante me sorprendí a mí misma contemplándolo con fascinación.

Helen yacía sentada detrás de él. En ese momento comenzó a acercarse gateando sobre la cama.

—Esta parte también había sido borrada, pero finalmente he podido recuperarla, aunque no sé qué tal se verá —comentó Mireia mientras manipulaba la pantalla.

La imagen continuaba proyectándose en el centro del despacho. Se produjo una pequeña distorsión, una interferencia que la deformó durante un segundo y les hizo parecer estar reflejados en un espejo cóncavo. Luego todo volvió otra vez a su lugar. Ángel continuaba sentado en el borde de la cama, observándose reflejado en el espejo de encima de la cómoda. Helen se encontraba detrás de él, abrazándolo con sus piernas y acariciándolo, mientras lo rodeaba con los brazos y le daba pequeños besos en el cuello. La imagen se apagó y el despacho permaneció a oscuras durante un instante. Mireia observó la pantalla para ver si la grabación se había detenido. Le hice un gesto con la cabeza a la joven policía para indicarle que no tocara nada. La imagen había desaparecido porque seguramente Ángel había cerrado los ojos.

—*Venga, pégate un chute* —la voz grave y rota de Helen resonó ahora en el interior del despacho, que permanecía todavía sumergido en la oscuridad. Un súbito escalofrío recorrió mi cuerpo al escucharla hablar por primera vez.

Otra interferencia, y nuevamente retornó la imagen. Ahora el espejo nos devolvió las figuras de Ángel y Helen sentados sobre la cama. Ella ya no lo abrazaba, permanecía sentada a su lado ofreciéndole lo que parecía una bolsita de penta. Él se levantó sin decir nada y le dio la espalda para acercarse hasta la ventana. Helen desapareció del plano. Ahora podíamos contemplar hacia donde se dirigía la mirada de Ángel en aquel momento. Observaba el edificio de enfrente, a medio construir. Eran los cimientos de lo que sería un bloque de viviendas como parte de la nueva ampliación del gueto. Identifiqué la imagen de cuando estuve en casa de Helen el día que la encontraron. Todavía no habían colocado ningún cartel que anunciara el proyecto de ampliación del gueto, de momento permanecía pendiente de aprobación. Un mero trámite puesto que la Liga Supremacista controlaba la mayoría.

—¡*Venga, Angelito!* —le dijo Helen. Su voz sonó como una orden, agresiva e hiriente, o tal vez era así como la percibió Ángel en ese momento.

—¡*¿Qué coño quieres, joder?!* —le gritó él mientras se daba la vuelta.

Helen se encontraba de pie, desnuda frente a él. Su rostro se aproximó al de ella. Pudimos apreciar con detalle las decenas de diminutas costras que invadían su cara, su extrema delgadez, sus mejillas que habían ido replegándose poco a poco de la superficie de sus pómulos.

Helen ya poseía el aspecto de un cadáver mucho antes de que llegara a serlo.

—*Tenemos un trato, ya lo sabes.*

—*¿Un trato?¿Quieres que te folle otra vez?¿Nunca tienes suficiente, jodida zorra?* —le espetó con un gigantesco desprecio—. *¿Sabes el asco que me produces?*—La empujó violentamente, haciéndola caer sobre la cama, y se le echó encima a horcajadas sujetándole los brazos.

—*¡Suéltame! ¿Te has vuelto loco?*

Parecía furioso por algo, aunque resultaba imposible deducirlo de la corta secuencia que estábamos visionando. Ángel continuaba sobre ella y por un momento me dio la sensación de que iba a golpearla. Estaba como ido, no parecía el mismo que hacía tan solo unos días me había salvado la vida.

—*¡¿Quieres que te folle, puta?!*

Por primera vez pudimos apreciar el miedo de Helen dibujado en su cara. Ya no parecía excitada, tan solo deseaba escapar rápidamente de ahí.

Ángel le asestó una bofetada.

El rostro de Helen permaneció inmóvil, pétreo, congelado para siempre en el tiempo. Parecía observarnos, aun desde la enorme distancia que nos separaba, desde ese otro mundo que la tecnología se había empeñado en alimentar. Helen todavía estaba viva, permanecía viva en los ojos de Ángel que la miraron por última vez. Su existencia se había trasladado ahora hasta este despacho, replicándose, circulando por el nervio óptico hasta el interior de nuestra memoria.

La imagen se desvaneció. Emi encendió las luces.

Capítulo 32

Cuatro de la mañana. Seguía sin poder dormir. El canuto de penta que me fumé antes de acostarme apenas me había dejado pegar ojo. Cuando sonó el timbre debía llevar cerca de dos horas despierto, en esa especie de confuso estado que transita entre el sueño y la vigilia. En un primer momento, cuando lo oí sonar por primera vez, pensé que estaba solo dentro de mi cabeza, que se trataba de la RA que otra vez había olvidado desconectar. Algún puto anuncio de calzoncillos o de combinados vigorizantes que te garantizaban de forma natural una erección dura y prolongada. Anuncios de vacaciones en paraísos que dejaron de existir hacía demasiado tiempo, de películas antiguas cuyos finales ya no recordaba, de montañas de libros hacinados en bibliotecas abandonadas que jamás leeré. Se trataba de esa extraña vigilia en la que todavía no estás dormido, pero tampoco completamente despierto. Sonó por segunda vez el timbre de la puerta, y solo entonces me di cuenta de que era real. Debía tratarse de alguna clienta, una de esas medio borrachas que pretendían acabar la noche echando un buen polvo. Solían presentarse a cualquier hora, normalmente hacía poco que alguien les había hablado de este lugar. Se plantaban delante de mi puerta apestando a alcohol después de haber reunido el suficiente valor para arrastrarse hasta aquí. No duraban mucho, solían ser primerizas. Llegaban con las bragas tan mojadas que acababan por correrse en seguida.

Me había convertido en una especie de ritual de iniciación hacia la edad adulta, un andro que las penetraba, que se las follaba, que en definitiva las convertía en verdaderas mujeres…antes de verse inmersas en la imparable rutina que suponía la madurez. Yo no era más que una locura de juventud que poder contar a sus amigas entre risas; lo grande o pequeña que la tenía, si le causó dolor, si era muy diferente a esos robots sexuales que te traían a casa envueltos en un paquete de color marrón y sin etiquetas identificativas, o a qué sabía cuándo me la chupó. Aunque en un principio solo se lo contaban a sus amigas más íntimas, o incluso jamás confesaban haber acudido a mí. Para algunas suponía una especie de trauma, implicaba atentar contra los principios en los que habían sido educadas. Pero el deseo era más fuerte que su voluntad, mucho más fuerte que lo que su conciencia les susurraba al oído, y casi siempre terminaban volviendo. Otras se sentían culpables por experimentar esa pulsión entre sus muslos y buscaban en mí a un profesional de confianza con el que seguir llevando una doble vida, alguien con el que su secreto permaneciera a salvo. Funcionaba como una especie de suplemento alimenticio, un sucedáneo que hacía su vida un poco más soportable, que conseguía que mantuviesen ese frágil equilibrio emocional que les permitía creer que eran felices, que mantenía la punzada de la culpa lo suficientemente alejada y borrosa, empequeñeciéndola hasta el punto de ser capaces de vivir con ella.

En el fondo era muy sencillo; solo trataban de ser felices intentando infligir el menor daño posible. El menor de los daños posibles a su esposa; a la que sin ninguna duda continuaban queriendo. No tenía nada que ver con el amor, era mucho más simple que todo eso. Infligir la menor cantidad de dolor a sus hijas o el menor sufrimiento para aquellos seres que más amaban. Esquivar la vergüenza, el reproche público, ese solía ser otro de sus objetivos. Lo nuestro se quedaría aquí, enterrado entre estas cuatro paredes, entre los límites de las sábanas húmedas y revueltas...y al instante siguiente, sería como si nada hubiese sucedido.

De modo que me levanté de la cama, caminé descalzo hasta el recibidor, y abrí la puta puerta.

Sara permanecía de pie, frente a mí, con semblante serio. Al principio pensé que venía a detenerme, pero se introdujo en el piso sin pronunciar ni una sola palabra. Iba vestida totalmente de negro. Siempre me había preguntado si ese hecho pudiera estar relacionado con alguna experiencia horrible que le hubiese sucedido. Tal vez la muerte de una madre o de una hermana. O era posible que también tuviese a alguien encerrado aquí dentro y eso todavía le quemara por dentro. Sara se movía nerviosamente de un lado a otro del comedor, sin saber muy bien dónde situarse, pareciendo querer salir corriendo a pesar de que solo acababa de llegar. Permaneció durante algunos segundos más observándome; iba prácticamente desnudo, tan solo vestido con unos bóxer ajustados. Cuando fijé mis ojos en los suyos desvió la mirada y se dio la vuelta, dándome la espalda. Situó una de sus manos sobre las caderas mientras que la otra se la pasaba por encima del pelo. Me fijé en lo ceñido que le quedaban los pantalones, en la camisa, arremangada hasta los codos, también de color negro y metida por dentro, dejando asomar por encima de ella la cartuchera y unos grilletes que le colgaban del cinturón.

Toda una declaración de intenciones.

—¡Me has mentido! —estalló por fin, dándose la vuelta.

—¿ Qué?

—¡Estuviste con Helen! Estuviste con ella esa misma noche. ¿La mataste tú? —Sara parecía realmente cabreada, como jamás la había visto antes. Fruncía el ceño y gesticulaba con las manos señalándome constantemente.

—Oye, oye... espera ...yo... yo no la mate. Nunca le hubiese hecho daño, te lo juro.

—¡No me mientas! Estuviste allí. Te he visto. ¡He visto como le pegabas!

—¿Cómo? Eso no...

—Obtuvimos una orden e intervinimos tu LRA. Te tomaste muchas molestias en borrarlos, pero hemos podido recuperar algunos archivos. Estabas allí, encima de ella, abofeteándola.

Mierda, joder.

Por un momento tuve la sensación de que toda la casa empezaba a moverse. Noté cómo la temperatura de mi cuerpo descendía bruscamente. Me senté en el sofá para no caerme.

—Verás... yo no la maté – conseguí decir—. No sé qué has visto. Es cierto que discutimos, pero me marché de allí y ella seguía viva. Iba a meterse una dosis. Te lo juro, es la verdad.

—¿La misma verdad que cuándo dijiste que no estuviste en su piso?

—Me entró el pánico, ¿vale? Cuando me comunicasteis que había muerto...Estaba claro que ibais a pensar que fui yo. ¡Solo soy un puto andro! Un andro que va a casa de una operaria del CED para violarla y matarla, eso es lo que ibais a pensar si os contaba la verdad. La verdad no os importa, solo buscáis a alguien a quien cargarle el muerto.

—No me vengas con cuentos, Ángel. No me vengas con esa mierda de la discriminación y la justicia matriarcal del Estado. Estoy harta de oírla.

—Yo no la maté. En las imágenes debe verse cómo salgo del piso mientras ella continúa con vida, sentada sobre la cama. Sí, me puse nervioso y la golpeé, pero eso es todo, no soy un asesino.

—Las imágenes se cortan en ese punto, tú te encargaste de borrarlas.

—¡Joder!—Me tapé las manos con la cara y permanecí reflexionando durante unos segundos.

Cuando piensas que ya has tocado fondo siempre encuentras una alcantarilla abierta que termina por engullirte del todo.

—Yo no lo hice —le repetí de nuevo—. Helen era una yonqui, se metía de todo; penta, cocaína, drogas de realidad virtual y cualquier otra cosa que le quitara el mono. Solo el sexo le calmaba algo la ansiedad.—Sara me miraba fijamente sin dejar de negar con la cabeza—. Su cerebro…escucha…su cerebro necesitaba droga constantemente. Yo estaba cansado de tirármela, me chantajeaba para que lo hiciera, y esa noche perdí el control. Pero no la maté. Tienes que creerme, Sara. Helen podía haber muerto en cualquier momento, y sucedió esa noche, pero yo ya no estaba allí, te lo juro —le dije mientras me aproximaba hacia ella.

—No te acerques.

—Si no me crees espósame.—Extendí los brazos juntando las muñecas.

—Todo a su debido tiempo, supongo. Me salvaste la vida, pero ya no puedo hacer nada más por ti —aseguró, pasando por mi lado en dirección a la salida.

Me quedé mirando como se alejaba, observando como ponía la mano en el pomo para intentar salir.

Me abalancé sobre ella.

—¡Sara! Por favor, no te vayas.—Situé las dos manos sobre la puerta cerrándola de golpe.

Ella se quedó atrapada en medio de mis brazos, dándome la espalda. Se giró de repente. Noté el acero del cañón de su arma debajo de mi barbilla mientras Sara me miraba fijamente sin decir nada. Observé sus increíbles ojos verdes, y cómo un mechón de su bonito pelo rubio se le derramaba sobre la cara. Observé esos labios gruesos y suaves que tanto anhelaba.

Y entonces volví a recordarla.

Y por un instante tuve la sensación de que ella también lo hizo.

Permanecimos inmóviles y en silencio durante un segundo más. Percibí su respiración entrecortada, acelerándose cada vez que me acercaba un poco más hacia su boca para intentar besarla.

Capítulo 33

Me desperté solo.

Otra vez.

Había disfrutado de un sueño húmedo y precioso en el que casi había conseguido volver a ser feliz. Esta vez no había soñado con la vida a la que yo mismo decidí renunciar, sino con la mujer con la que había estado obsesionado durante todo este tiempo, con la mujer por la que decidí permanecer en esta maldita ciudad. Con la esperanza de volver a verla, con el enfermizo deseo de volver a encontrármela. Ella estaba desnuda sobre mi cama, y me deseaba. Después de haber pasado la noche juntos, de sentirme completamente saciado, no me apetecía que se marchara. Esta vez era yo el que le supliqué que se quedara. Y no me importaba. No me importaba que supiera que la necesitaba. Quizás era así como había imaginado nuestro primer encuentro. Sin necesidad de portar una máscara. Por primera vez en mi vida me mostraba desnudo, desprovisto de disfraces o artificios, por primera vez podía mostrarme tal como era.

Anoche, al hacer el amor, Sara ni siquiera se dio cuenta de quién era yo. No se dio cuenta mientras estaba dentro de ella. Mientras se abría de piernas para mí, como tantas veces había deseado que hiciera. Se dejó hacer y yo no quise estropearlo por nada del mundo, no quise confesárselo, aunque quizá debería haberlo hecho.

Me incorporé y comencé a caminar por la habitación. Apenas eran las seis de la mañana. ¿Dónde coño habrá ido tan pronto? Mi ropa seguía tirada en el suelo, junto a la puerta. Recordé que me la quitó ella misma, después de chupármela. ¿Crees que ya lo había hecho antes? ¿Crees que habrás sido el primero? Ella estaba loca por Eve y ahora le gustas tú. Por un momento me puse celoso, me pregunté a quién de los dos preferiría si Eve todavía continuara con vida, aun sabiendo que esa pregunta no era más que una completa estupidez.

Llámala, pensé.
No vuelvas a dejarla escapar.
Miré por la ventana y…
Todavía seguía en el gueto.
Otra vez el gueto.
Sin nada que hacer.

Aún no había amanecido y la calle permanecía desierta. Me senté en la cama, pero no podía dejar de pensar en Sara: en sus labios húmedos y calientes, y en su sexo mojado empapándome. Me levanté y caminé hasta el comedor. Me acomodé en el sofá para ver un rato la tele. La pantalla virtual se materializó a pocos metros delante de mí. Era nueva, compré el *software* con las criptos que me pagó aquella última vieja a la que también me follé.

¡Dios, debía tener cientos de años!

De pronto, escuché un ruido al otro lado de la puerta de entrada. Sonidos metálicos de imanes adhiriéndose a la chapa. Después, un prolongado silencio.

Me levanté del sofá aterrado, incapaz de apartar la mirada de la puerta, de las sombras silenciosas que se deslizaban tras sus ranuras. Con los oídos completamente alerta, intenté distinguir algún sonido en medio del espeso silencio.

De repente, un estruendo.
Ensordecedor.
Y un estridente pitido que colapsó por completo mis oídos.
Y la puerta saltando por los aires.

Y yo, apartándome y echándome al suelo, mientras arrancada de las bisagras, impactaba violentamente contra el sofá.

Y decenas de policías profanando mi bonito piso, más bonito que el otro al menos. Con cascos y escudos antipánico[18]. Con chalecos antibalas y rifles de asalto, con el cuerpo totalmente pertrechado

---

[18] Escudos antipánico: utilizados habitualmente en manifestaciones y también en la entrada a domicilios. Una vibración repelía al agresor cuando se ejercía sobre ellos una determinada presión, habiéndose registrado vibraciones proyectadas sobre manifestantes superiores a 19,86 kg/cm2, el equivalente a un puñetazo dado por un antiguo peso pesado de boxeo de 2,13 metros de alto y más de 140 Kg de peso. Desde su legalización en el año 2066 la conflictividad en protestas de todo tipo se había reducido en un sesenta por ciento.

detrás de sus graníticas armaduras. Movían los labios, pero no llegaba a escucharlas, tan solo escuchaba ese estridente pitido que había terminado por invadirlo todo.

Me levanté y corrí.

Eso sí que sabía hacerlo.

Lo llevaba haciendo toda la vida.

Correr y esconderme. Volver a correr. Hasta carecer de lugares en los que ocultarme.

Seguía sin poder escuchar nada.

El latido de mi corazón quizás.

El sonido de la adrenalina al burbujear en el interior de mis venas.

El miedo.

Enfilé el pasillo, aunque sin saber muy bien a dónde ir. Más bien tan solo presa del pánico.

Percibí el violento empujón de mi bulbo raquídeo apartándome de la cabina de mando.

Ese mecanismo ancestral específicamente diseñado para sobrevivir.

Empezaron a perseguirme, resbalando y chocando con las paredes del pasillo. Obstaculizándose y empujándose las unas a las otras. Estaban a tan solo unos metros. Saboreando el instante inmediatamente anterior a saltarme encima.

Me introduje en el baño. Cerré la puerta con el pestillo. Noté la vibración cuando alguna de ellas intentó reventarla. La golpeaban con fuerza. Igual que Helen aporreaba aquella cabina.

Me subí al retrete e intenté salir por el ventanuco que hacía de respiradero. Era un tercer piso, tal vez la caída no llegaría a matarme si me descolgaba a través de él. Un esguince de tobillo y quizá pudiera arrastrarme hasta un lugar seguro. Abrí la ventana corrediza...pero...lo olvidaba...estaba enrejada. Agarré los barrotes y estiré de ellos con fuerza, pero no cedieron.

El pitido comenzó a desaparecer.

Escuché los fuertes golpes en la puerta.

—¡¡Policía, abra!!

Miré hacia todas partes, buscando desesperadamente algo con lo que hacer palanca.

La puerta se tambaleó.

Otra vez ese estruendo.

Capítulo 34

La sala de interrogatorios era pequeña, más de lo que recordaba la primera vez que estuve aquí. Una cámara me observaba desde lo alto de una de las esquinas. La mesa metálica, con capacidad para cuatro personas permanecía atornillada al suelo, justo delante de mí. Estaba sentado en una silla de grafeno con las manos engrilletadas a la espalda. Dos sillas permanecían vacías al otro lado de la mesa, a la espera de ser ocupadas seguramente por Sara y la otra poli, cuyo nombre era incapaz de recordar.

¿Cuál es el momento que recordaré justo antes de morir? ¿Cuál será la última imagen que pasará por mi mente antes de que definitivamente se apague? Debe haber una, una última impresión que me golpee antes de dejarme sorprender por la muerte y que también acabará perdiéndose, como todas las demás, en la inexistencia eterna de mi conciencia.

Eso era en lo único en lo que podía pensar mientras una veintena de agentas ponían patas arriba mi piso.

Solía sentirme orgulloso de lo que había conseguido en la vida. Graduarme en la universidad, ese siempre fue el sueño de mis madres. Quizá me adueñé de sus sueños, que un día pasaron también a ser los míos. No eran malos propósitos, no siempre las esperanzas que las madres depositan en sus hijos son malas. A veces aciertan y he de reconocer que en mi caso lo hicieron.

Recuerdo que una de mis madres, en su lecho de muerte, me llamó por mi nombre. Pasó sus últimos días postrada en la cama de un hospital. Su corazón le había dado otro susto, esta vez el definitivo. Estaba muy pálida. Pude adivinar en aquellos ojos consumidos por el paso del tiempo que esa misma noche se iría para no volver jamás. Mi otra madre había muerto diez años antes en un accidente, y ella nunca terminó de superarlo. Son ese tipo de cosas de las que nunca logras desprenderte del todo, como mucho consigues arrastrarlas contigo dondequiera que vayas. Mi madre deseaba reunirse pronto con ella, estoy completamente seguro de eso.

Estaba trabajando cuando me avisaron. Solo hacía un año que había terminado la facultad y recuerdo que ella había asistido orgullosa a mi acto de graduación. Su sueño por fin cumplido. Una mentira mantenida en el tiempo durante casi veinte años, pero que se conservaba tan sólida y rocosa como el primer día. Recuerdo acudir al hospital, le habían colocado una mascarilla de oxígeno para ayudarla a respirar. Creo que todavía puedo oírla pronunciar sus últimas palabras.

—*Acércate. Dame la mano, hijo.*

A continuación dijo mi nombre. Recuerdo que me estremecí cuando la oí pronunciar mi verdadero nombre. Nunca me llamaba de ese modo, mi nombre se había convertido en una especie de tabú para nosotros. Era mejor así.

Fue cuando supe que estaba a punto de morir.

—*Eres tan hermoso, mi niño* —me dijo, mientras me apartaba el pelo de la cara.

Supongo que ese fue su reconocimiento último a esa vida que durante toda su existencia no había podido darme.

No les reprocho lo que hicieron conmigo, al fin y al cabo, unas madres solo quieren lo mejor para sus hijos.

Imagino que así empezó todo.

Sara apareció por la puerta de la sala de interrogatorios acompañada de la otra policía. Sí, ahora recuerdo que se llamaba Emilia. Me fijé en Sara y no pude evitar pensar en lo que habíamos compartido esa misma noche, en lo entregada que parecía. Y en cómo esa misma mañana me había despertado con su ausencia en el interior de mi cama. Y con la Policía aporreando la puerta. No me entraba en la cabeza que estuviese fingiendo. Ella me quería. Estaba seguro. Y eso nadie iba a poder arrebatármelo.

—Bien, empecemos —comenzó a decir Emilia.

Sara permanecía en silencio, ni siquiera me miraba. Las dos estaban sentadas frente a mí con gesto serio. Llevaba casi una hora esperando y mis muñecas empezaban a estar entumecidas.

—¿Podéis soltadme? Por favor, no intentaré nada —les aseguré, girándome de lado y mostrándoles las manos.

Las dos mujeres se miraron y Emilia asintió con la cabeza. Se levantó de la silla para quitarme las esposas. Fijé la vista otra vez en Sara. Estaba especialmente guapa. Se había puesto una blusa negra entallada y dos mechones de su bonito pelo rubio le caían laciamente sobre la cara.

—¿Estás bien? —le pregunté.

—Creo que mejor que tú —afirmó con dureza. Supongo que se refería mi pómulo aplastado que todavía sangraba, consecuencia de una agenta demasiado impulsiva.

Emilia volvió a sentarse frente a mí.

Moví los brazos hacia delante, apoyé los codos en la mesa y me froté la muñeca izquierda con la otra mano. La sensación de volver a tener las manos libres resultaba agradable, uno de los escasos momentos de felicidad de los que había disfrutado desde que Sara abandonó mi cama.

—Está bien, Ángel. Tenemos un arsenal de pruebas en tu contra.

Me fue imposible contener una sonrisa irónica al oír eso.

—¿Te hace gracia? –volvió a preguntar Emilia—. Hemos recuperado parte de las imágenes que habías borrado de la nube de tu dispositivo LRA, en las que apareces golpeando a Helen.

—Lo reconozco, perdí los nervios. ¿Nunca has perdido los nervios con un sospechoso, Emilia?

Los ojos de la inspectora se engrandecieron. Si conseguía sacarla de sus casillas tal vez podría salvarme.

—Nos aseguraste que no habías estado allí —comenzó a decir Sara—. Pero tenemos tu semen dentro de su coño, Ángel —afirmó con enorme asco—. También estaban tus huellas; por todas partes, y tu ADN, e imágenes tuyas mientras la golpeabas. ¿Pretendes hacernos creer que no la mataste?

—Está bien, lo reconozco, me la había tirado cientos de veces. Esa noche también. Quizá por eso estaba mi semen ahí. Pero no soy un asesino. ¿Eso es lo que crees, Sara?

—Es lo que intentamos averiguar.

—¿Poseéis imágenes mías inyectándole una dosis letal de pentanfetamina? ¿Las tenéis? Porque de eso es de lo que murió Helen, vosotras mismas lo dijisteis. Ya te lo he dicho, Sara, cuando yo me fui de allí ella estaba viva.

—Hay muchos accidentes a tu alrededor, ¿no, Ángel? —inquirió Emilia.

—¿No sé a qué te refieres?

—Helen muere de sobredosis y Evelyn en un accidente de tráfico. Curiosamente las dos mantenían relaciones contigo.

Permanecí callado durante un segundo.

—¿No dices nada? —preguntó Sara.

—No pienso declarar nada más. Si pensáis acusarme de algo quiero a una abogada.

—No hace falta que digas nada, solo mira las imágenes —manifestó Emilia.

—¿Qué imágenes...?

De pronto, un vídeo comenzó a reproducirse desde la consola integrada en mi parte de la mesa.

—Son del día de la muerte de Evelyn. Te esforzaste mucho en borrarlas, pero hemos conseguido recuperar algunos fragmentos.

Apareció la imagen del interior de un vehículo. Al principio no lo reconocí, pero luego me di cuenta de que se trataba del de Eve. Recordaba perfectamente aquella noche: conducía el Mercedes en dirección a las afueras de la ciudad.

—No lo hemos podido recuperar todo. Pero sí lo suficiente para formular una acusación contra ti —afirmó Emilia con rotundidad.

Se produjeron algunas interferencias, la imagen se cortó y no se pudo ver nada durante unos segundos.

Apareció una playa. Era de noche y el mar estaba picado. La imagen se tambaleaba mientras se aproximaba hacia un vehículo de color blanco que permanecía empotrado contra las rocas.

Nuevas interferencias, el vídeo por momentos se distorsionó y luego volvió a verse con nitidez.

Aparecieron unos brazos y unas manos que se asemejaban demasiado a las mías. Rociaban el vehículo con una garrafa repleta de un líquido que parecía gasolina. Después esas mismas manos encendieron una cerilla y la arrojaron al interior por una de las ventanas. La imagen se distanció, mientras podía observarse cómo el vehículo comenzaba a arder. Se trataba de la noche del accidente y del Mercedes de Eve.

El vídeo se detuvo.

Por un momento permanecí pensativo, levantando brevemente la vista y observando la cámara, que debía estar grabándolo todo.

—Ese no soy yo —mentí—. Esas imágenes no prueban nada, ni siquiera se distingue la matrícula del vehículo. No tenéis nada.

—¿No?¿No tenemos nada?¡Son imágenes de tu dispositivo, cabronazo! El que has visto eres tú, prendiéndole fuego a un coche en el que horas después se encontró a una mujer calcinada.

—¡No tenéis una mierda, joder! Ese no soy yo —le repetí a Emilia, mientras negaba con la cabeza apoyándome en el respaldo de la silla.

—Vamos, Ángel —Emilia se levantó para quedarse de pie, justo a mi lado. La poli apoyó las manos sobre la mesa, se inclinó y comenzó a susurrarme al oído—. Todas sabemos lo que eras para ella. Ese tipo de mujeres que dedican tanto tiempo al trabajo son las principales consumidoras de la prostitución. Eso eras tú, su amiguito, su putito para cuando necesitaba liberar estrés.

—No tienes ni idea de lo que yo era para ella.

—Venga, Ángel, cuéntamelo, desahógate.

Sara continuaba en silencio, observándome con gesto de absoluto desprecio. Acompañaba las preguntas de Emi con leves movimientos de negación y una permanente mueca de asco dibujada en su rostro. Estaba completamente seguro de que ella pensaba que lo hice. Pensaba que yo las maté a las dos. Si tan solo pudiera explicárselo.

—No pienso decir una puta mierda.

—Se cansó de ti, ¿verdad? No te culpes, Ángel —me dijo con tono comprensivo mientras todavía permanecía a mi lado—. Solo fuiste un capricho, una diversión pasajera. Te pidió que te marcharas y entonces tú decidiste matarla. Se lo merecía, seguro— afirmó, volviendo a susurrarme al oído—. Cuéntamelo, te sentirás mejor, ya verás.

Sabía lo que pretendía pero no pensaba caer en la trampa.

—Yo no la maté, joder.

—Te utilizó y durante un tiempo te creíste importante, te hizo sentir especial. No te culpo, todas necesitamos cariño en algún momento. Ella te sacó del gueto, ¿verdad, Ángel? Te consiguió la documentación falsa, por eso no apareces en nuestros archivos hasta que te detuvieron hace tan solo unos meses. Y también te consiguió la autorización VBRI. Era abogada, una buena abogada, y poseía los contactos adecuados. Te quería solo para ella. Seguramente en ese momento estaba totalmente encoñada contigo. Seguro que te la follabas duro. Eres jodidamente guapo, chico, una verdadera belleza, eso hay que reconocerlo. Si me gustaran los andros te aseguro que incluso estaría un poco cachonda —aseguró con una sonrisa torcida—. Cualquier mujer a la que le vayan las pollas se pondría a cien teniéndote tan cerca. Eso es lo que haces, ¿no? Las pones calientes y después te aprovechas de ellas.

No aguanté ni un segundo más esa sarta de mentiras e intenté levantarme para contestarle, o para largarme de allí. Emi me empujó hacia abajo, posando una mano sobre mi hombro y obligándome a permanecer sentado.

—No pongas las cosas más difíciles, Ángel. No me obligues a volver a esposarte.

Intenté contenerme. Coloqué las manos otra vez sobre la mesa, haciendo fuerza mientras apretaba los puños.

—Se cansó de ti, encanto. Siempre pasa, alguien como ella tenía el suficiente dinero para poder hacerlo. Y entonces decidiste matarla —insistió Emilia.

—No entendéis nada.

—¿Dónde la escondías? ¿Ya estaba muerta cuándo abandonaste su apartamento? ¿La llevabas oculta en el maletero y luego la pasaste al asiento delantero para simular que había sido un accidente? —interrumpió Sara inclinándose sobre la mesa.

—¡Yo no la maté, joder! Tienes que creerme, Sara.

—¡Tú la mataste! ¡Y luego jugaste conmigo para que no te descubriera!

Emilia frunció el ceño, observando la escena extrañada, como si se hubiese perdido una parte de la conversación.

—No lo entendéis, joder.

—¿Qué no entendemos? Explícanoslo —me animó Emilia.

—No… no puedo —dije por fin, bajando la cabeza.

Sara se levantó enfurecida, se situó a mi izquierda, y me miró directamente a los ojos, que permanecían a tan solo unos centímetros de los suyos.

—¿Por qué la mataste?

—Yo no la maté. Tienes que creerme, Sara.

—¡¿Por qué la mataste?!

—Yo no la maté, te lo juro. Mírame, ¿no me ves? ¿Cómo es posible que seas incapaz de verme?

De repente, Sara me asestó una bofetada.

—¡¡Cabrón!!—Continuó golpeándome con los puños mientras yo permanecía inmóvil—.¡Cabrón!¡Cabrón!¡Cabrón!—Ni siquiera me atrevía a cubrirme.

Emilia se acercó rápidamente hasta ella para sujetarla. Estaba descontrolada.

Las mejillas me ardían debido a los golpes, pero permanecí inmóvil, incapaz de mirarla. Una lágrima resbaló amargamente por mi rostro. Apreté los labios. Ahora sabía que la había perdido y que jamás volvería a recuperarla.

—Lo siento, Sara. Nunca quise hacerte daño —me atreví a decirle por fin.

—¡No digas que lo sientes, cabrón! ¡No digas que lo sientes! —gritó.

Emi continuaba sujetándola, interponiéndose entre nosotros dos.

Entonces la miré a los ojos e hice mi último intento.

—Sara, mírame —le supliqué mientras me levantaba.

—¡Eh, permanece sentado, jodido andro! —me espetó Emi.

—Escúchame —continué diciéndole sin hacer caso a la advertencia—, tenía que deshacerme de ella. Eve debía desaparecer, era la única forma de poder estar contigo. Te quiero, Sara. Tienes que creerme. Por el amor de Dios, Sara, mírame…

Su rostro permaneció encogido durante un segundo en una extraña mueca. Frunció el ceño, sin parecer entender. Su mente ni siquiera parecía saber cómo encajar esas palabras. Sus recuerdos debían estar entremezclándose, confusos, en el interior de su cabeza. Después su cara empezó a mostrar incredulidad. Apretó las mandíbulas. Intentó apartar a Emilia, que la retuvo antes de que pudiera abalanzarse de nuevo sobre mí.

La puerta de la sala se abrió y aparecieron dos policías más que ayudaron a sujetarla.

—Soltadme, por favor… —sollozó, mientras se derrumbaba en el suelo entre sus tres compañeras.

Permaneció sentada, ocultando la cabeza entre las rodillas. Definitivamente su cerebro había colapsado, perdiendo el control sobre sí misma. Solo pude quedarme de pie, observando cómo se la llevaban.

—¡Sara! Yo no la maté. Te juro que no lo hice.

Ella me miró durante un breve instante antes de atravesar la puerta.

—Yo la quería —le aseguré negando con la cabeza—. Te juro que la quería…

Capítulo 35

Gemma descansaba tapada con una manta y echada sobre el sofá. Ya se encontraba en su semana número veinte. Su cabeza descansaba sobre mis rodillas mientras le acariciaba los tirabuzones del pelo.

En la pantalla virtual estaban dando las noticias, pero Gemma apenas estaba prestando atención, parecía absorta. Quizá estuviera viendo otro programa en sus lentes, como hacía habitualmente.

—*Finalmente, Edgar Ángel Odiseo ha sido acusado como presunto autor del asesinato de Evelyn Curtis.*

Subí el volumen.

—*La joven abogada falleció tras despeñarse el vehículo que conducía desde más de treinta metros, aunque parece que Odiseo podría haberlo preparado todo para que pareciera un accidente. Fuentes policiales de la investigación...*

—Ese es el caso que llevasteis vosotras, ¿no? —preguntó Gemma.

—Sí, parece que al final la jueza ha decidido procesarlo.

—Me alegro, cariño. Me alegro de que todo haya salido bien. Pobre chica.

Ahora mostraban una imagen de archivo de Eve. Se trataba del video promocional que lanzó cuando abrió el bufete.

Pero que hermosa era.

Apenas debía tener veinticinco años. Iba vestida con una americana azul claro y una blusa blanca ligeramente abierta. El pelo lo llevaba más largo de lo que yo recordaba y sonreía todo el rato a la cámara. Seguidamente mostraron imágenes de su graduación y de los primeros juicios en los que intervino como letrada.

—Era preciosa. ¿No crees, cariño?

—Sí, sí que lo era.

—Me contaste que llegaste a conocerla, ¿no?

No aprecié desconfianza en esa pregunta, por un momento tuve la sensación de que habían transcurrido cientos de años desde aquellos días.

—Sí, coincidimos un par de veces. Era una buena chica.

En ese momento estaban mostrando fotos de la orla de su graduación. Detuve la mirada en sus ojos azules y profundos, en su frente despejada y en la barbilla afilada. Recordé nuestros flirteos en la parte trasera de aquella ambulancia, la recordé sentada en este mismo sofá besándole los labios.

Y luego me acordé de Ángel.

—Tengo que contarte algo, cariño...—dijo Gemma con tono de preocupación.

Al principio no le presté demasiada atención. Me encontraba absorta recordando las últimas palabras que le escuché pronunciar a Ángel. Decenas de instantáneas golpeaban mi mente a la vez; aquella madrugada que pasé con él, los sentimientos que de repente había despertado en mí, o la sensación de absoluta manipulación cuando recibí la llamada de Emi informándome de que habían recuperado nuevas imágenes y de que ya no había ninguna duda de que él la mató. Recordé como rápidamente me largué de allí. Y también que por un momento había llegado a creerle.

—Son malas noticias —continuó diciendo Gemma

—¿Qué pasa? ¿Le ocurre algo al feto?

Todavía permanecía tumbada. Giró la cara hacia mí y una lágrima comenzó a resbalarle por la mejilla.

—¡Eh! ¡Eh! ¿Qué pasa? —le pregunté mientras se la secaba con los dedos.

—Seguramente será un niño. Hoy me...me...lo ha dicho la...la ginecóloga. No sabía cómo decírtelo. Pero no pasa nada, estoy bien —me aseguró con una sonrisa nerviosa. A continuación, hundió la cara en mi vientre y rompió a llorar.

La abracé y lentamente comencé a acariciarle de nuevo el pelo. Por un instante sentí como si mi mundo se derrumbase. Centré la mirada de nuevo en la foto de Eve, que poco a poco iba desapareciendo de la pantalla. Tragué saliva, un trago amargo y costoso. En mi cabeza todavía resonaban las últimas palabras de Ángel.

Te quiero.

Gema continuaba llorando y yo la abracé todavía más fuerte contra mí.

¿Por qué lo diría?

Continué acariciando los cabellos enmarañados de mi mujer mientras ella se agarraba desesperadamente a mi vientre. Introduje la mano en uno de los bolsillos del pantalón y encontré la tarjeta que me dio Emi.

EMPIEZA UNA NUEVA VIDA
627 46E 22 492EE

Desmontando a Eve

Allí estaba la playa gris y las olas encrespadas rompiendo opacas y plomizas y su sonido en la distancia. Como la desolación de un mar extraño rompiendo en las playas de un mundo inaudito.

CORMAC MCCARTHY
La carretera.

Capítulo 36

Lo primero que hice nada más llegar a casa fue subirme la falda y quitarme las bragas. Después de colgar la chaqueta en el perchero, me introduje la mano por debajo de la blusa maniobrando para desprenderme también del sujetador.

Sin duda …el mejor momento del día.

A continuación, me situé frente al espejo del recibidor para observar de cerca mi rostro. Necesitaba cerciorarme, una vez más, de que todo había permanecido en su sitio. El rímel todavía aguantaba. Últimamente se me estaban estropeando los ojos. Me daba la sensación de tenerlos apagados, carentes del brillo que siempre solían atesorar. El corrector de ojeras prácticamente había desaparecido y empezaban a intuirse dos incipientes sombras que habían anidado nuevamente justo encima de los pómulos. Nunca había estado del todo satisfecha con la estructura de mis ojos, permanecían tan hundidos que apenas hacían posible distinguir su color azulado, aunque al resto de mujeres parecían fascinarles. Según me decían, me otorgaban un halo de misterio, o tal vez solo fuera una pose para intentar meterse en mis bragas. Observé por enésima vez mis labios; continuaban luciendo el mismo rojo intenso con el que me los había pintado esa misma mañana, y también el pañuelo de seda; perfectamente anudado al cuello. Ya había perdido la cuenta de las veces que a lo largo del día había examinado minuciosamente mi cara frente al espejo, retocando cada detalle para que mis rasgos resultaran perfectos; dedicaba más de una hora solo a maquillarme antes de salir a la calle. A veces pensaba en cuantas horas de mi vida había empleado en esa tediosa tarea.

Solía volver a retocarme frente al retrovisor, cuando me subía en el Mercedes, y también antes de bajar de él. Lo hacía otra vez en el ascensor, y durante el transcurso del día, retocándome un poco cada vez que iba al baño. También cuando a última hora de la tarde por fin acababa mi jornada… era como una especie de tic que mi cerebro había terminado por integrar y del que no era completamente consciente.

Eve estás preciosa.

Evelyn, ¿cómo lo haces para mantenerte tan delgada?

Señorita Curtis, de verdad que las facciones de su rostro son de una simetría asombrosa.

Eso es lo que siempre me decía la gente.

Yo era todos esos nombres y también algunos más; era la abogada fundadora del emergente bufete Curtis y Asociadas (aunque todavía no hubiese incorporado a ninguna socia, pero eso solo era cuestión de tiempo), era la letrada que todo el mundo observaba cuando hacía mi alegato frente a un tribunal. También era la personita con la que mis madres se obsesionaron planificando toda su vida. Pero yo no acababa de identificarme realmente con ninguno de esos nombres que en teoría me definían. Aunque siempre era lo suficientemente prudente para girar la cabeza cuando alguien los pronunciaba.

Solía percibirme demasiado alta. No poseía suficientes caderas, aunque a la vez pensaba que no deseaba tener más. Y a menudo me sentía culpable por comer demasiado…Mi vida, desde que prácticamente tuve conciencia de mí misma, había sido una constante dieta, una dura pugna por mantenerme delgada. Por fin me desprendí de los zapatos, me encantaba la sensación de caminar descalza sobre el parqué (nunca había llegado a acostumbrarme del todo a andar con tacones). Desde el salón podía contemplarse la inmensa avenida Ernest Vougban. El apartamento era un dúplex, ubicado en el centro financiero de la metrópoli, en la planta 91 de un inmenso edificio de más de trescientos metros de altura. En los días despejados de polución, desde el amplio ventanal que presidía el salón, podías contemplar el sol, colosal e imponente, emergiendo desde el interior del mar.

Me recosté en el sofá con las piernas entreabiertas. El robot asistente me trajo una copa de agua mineral y una bandejita con cuatro pastillas, que dejó encima de la mesa, y se dirigió otra vez hacia la cocina. Se trataba de un modelo antiguo: la parte superior había sido construida con forma de humanoide; dos brazos articulados y una cabeza antropomorfa, en el tren inferior habían insertado dos ejes con cuatro ruedas giratorias. El día había sido duro y estaba agotada, prácticamente no había descansado un solo segundo.

—Eneas: Canal 6.

Las imágenes del informativo de las ocho empezaron a reproducirse en la pantalla virtual, que se materializó por obra y gracia de la realidad aumentada en medio del salón.

—Esta mañana, en el Parlamento, ha fracasado una proposición de ley que propugnaba el establecimiento de cuotas mínimas de reserva de puestos de trabajo exclusivamente para hombres en empresas que cuenten con más de cien empleadas —narraba una joven presentadora —. *El Partido Supremacista Femenino, junto con otros grupos conservadores, ha impuesto su amplia mayoría en la cámara para frenar la iniciativa. Hoy es sin ninguna duda un mal día para la población masculina que anhela recuperar sus derechos.*

Me introduje mecánicamente las cuatro pastillas en la boca, dando un prolongado trago, y por un momento mantuve fija la atención. Lo que realmente sentía era hambre, pero ya había consumido mi límite de calorías diarias, de forma que me tendría que acostar sin cenar. Odiaba estar a dieta, pero era propensa a engordar y no me quedaba más remedio que seguirla. Ahora estaban dando paso a otro vídeo; una reportera abordaba a la ministra de Trabajo e Integración Social al salir de la votación.

—Cualquier empresa debe poder contratar a las mejores, sean hombres o mujeres. No estamos de acuerdo con ese tipo de normas discriminatorias —manifestó la ministra Nuria Álvarez a una joven periodista que caminaba a su lado mientras bajaban por las escalinatas de acceso al Parlamento.

Una nube de periodistas se aproximó hacia ellas. Decenas de micrófonos, grabadoras y drones autónomos de las principales agencias de noticias se situaron alrededor de la ministra. Las guardaespaldas, cuatro mujeres trajeadas de más de metro ochenta, intentaban contenerlas para poder seguir avanzando.

—En un colectivo como el masculino, en el que el paro es superior al noventa por ciento, ¿no cree que ha llegado el momento de tomar medidas que fomenten que los hombres puedan encontrar trabajo? —le preguntó otra de las periodistas.

—Los hombres encontrarán trabajo por su propia valía, sin necesidad de imposiciones. La buena voluntad de las empresas es

más que suficiente[19]*para ello. No creemos que el Estado tenga que intervenir en ese tipo de decisiones* —sentenció Nuria.

—*¿Y por qué resulta tan difícil que las empresas contraten a hombres para cubrir sus puestos de trabajo?*

—*Los hombres se someten a un tratamiento muy costoso, que por cierto subvenciona el Estado* —se vanaglorió la ministra—. *Ese tipo de fármacos son muy agresivos y provocan ciertos efectos secundarios, lo que representa un coste añadido debido a las bajas laborales que provoca. Es normal que en la actual coyuntura económica las empresarias muestren reticencias. La población masculina se está incrementando y nos alegramos por ello. No pienso que este país sea sexista, si es eso lo que insinúa. El paro masculino está en nuestro país a niveles del resto de Europa.*

—*Las asociaciones proderechos masculinos han afirmado que oponerse a esta ley no es más que una defensa cerrada del status quo del que hoy disfrutan las mujeres. ¿Qué opina de eso, señora ministra?* —le preguntó otra de las periodistas colocándole el micro delante y sorteando cómo pudo la oposición de las guardaespaldas.

La ministra contuvo torpemente una media sonrisa y no contestó a la pregunta. Continuó caminando aceleradamente hasta atravesar la puerta de la verja que cercaba el Parlamento, dejando atrás a las periodistas, parapetada en medio de sus guardaespaldas. A continuación, cruzó corriendo la calle y se introdujo en el coche oficial, que ya la estaba esperando.

En fin…lo de siempre.

Ni siquiera me molesté en indignarme, simplemente apuré de un trago la copa antes de dejarla encima de la mesita de centro. Me levanté del sofá y comencé a desnudarme; desprendiéndome de la

---

19 Parafraseando las palabras de la comisaria europea Viviane Reding, antes de ocupar el cargo, al ser preguntada en 2011 por el sistema de cuotas para las mujeres: *<< La mujer alcanzará el poder por su propia valía, sin necesidad de imposiciones, la buena voluntad de las empresas es más que suficiente>>*. En cambio, cuando ostentó el cargo de comisaria de Justicia y Derechos Fundamentales de la Unión Europea su perspectiva cambió, intentando que las principales empresas europeas firmaran un compromiso voluntario para garantizar un porcentaje de mujeres en sus consejos de administración del 30% en 2015 y del 40% en 2020. La iniciativa no tuvo éxito.

blusa, y la falda. Toda la ropa se quedó tirada en el suelo del salón mientras me dirigía desnuda hacia la ducha.

Capítulo 37

Caminaba solo por el distrito uno, atravesando el siempre atestado Bulevar Norte; una monstruosa avenida de amplias aceras y edificios inabarcables. Resultaba imposible transitar por sus calles sin tropezar constantemente con mujeres avanzando en sentido contrario, o que permanecían detenidas, por cualquier motivo, colapsando gran parte de la acera. Pasear en hora punta era como intentar abrirse paso en medio de una tumultuosa manifestación. El sol estaba en lo más alto y las mujeres se agolpaban frente a los escaparates de las tiendas, compraban comida en los puestos de vendedoras ambulantes, o hacían cola para entrar en alguna de las salas de cine de inmersión integral; donde la espectadora podía atravesar la pantalla virtual dejándose envolver por la acción. Gigantescas pantallas virtuales luminosas, emergiendo desde lo alto de las fachadas de los edificios, anunciaban la película de moda; el último *remake* de *El planeta de los simios*, con Catherine Simone como rutilante estrella protagonista. Reproduciendo una y otra vez la mítica escena en la que Catherine, atrapada en el interior de una red y suspendida en el aire, de repente recuperaba el habla y pronunciaba la ya célebre frase: <<*¡Quítame tus sucias patas de encima mona asquerosa!*>>

Mi dispositivo LRA se iba conectando aleatoriamente a las diferentes redes de cada uno de los edificios a los que me aproximaba. Una ráfaga de anuncios bombardeó mi interfaz con todo tipo de productos; prótesis inteligentes de grafeno para mujeres soldado mutiladas en la guerra de Madagascar por el control de las minas de grafito o implantes de realidad virtual, apenas visibles y a muy bajo coste, que te prometían una nueva identidad en un mundo exento de dolor. En ese mismo instante, un holograma estalló justo delante de mí atravesando a la multitud, que continuó caminando impasible a través de él: un inmenso transbordador cargado de pasajeras en dirección a la séptima estación espacial del planeta rojo, dentro del espacio marciano europeo. Se trataba del *spot* de la nueva campaña de captación para la segunda etapa en la colonización de Marte. Una imagen nocturna de la Ciudad de Cristal marciana, completamente iluminada bajo su cúpula, aparecía ahora imponente sobre las aceras atestadas, suspendida en el espacio y alejándose de mí mientras caminaba.

La mayoría de las mujeres con las que me encontraba se alarmaban al reparar en mi presencia, se les agrandaban los ojos dibujándose una cierta expresión de incredulidad en su rostro. Otras simplemente se alejaban, o enmudecían durante el breve instante en el que nuestras miradas se cruzaban, mientras no me quitaban los ojos de encima. Una niña de unos tres años, que caminaba sola en sentido contrario al mío, de repente se detuvo junto a mí. Miraba hacia todos lados, como si estuviese buscando a alguien. Detuve la marcha y me arrodillé junto a la pequeña para ponerme a su altura, en medio de la multitud que inundaba la avenida. Poseía los ojos grandes, de un azul profundo, con las mejillas sonrojadas debido al intenso frío. Llevaba un gorro de lana en la mano, así que le pedí que me lo diera y se lo coloqué en la cabecita, apartándole primero varios mechones de su bonito pelo rubio que le caían sobre la cara.

—¿Cómo te llamas, pequeña?

—Ana.

—Encantado, Ana. Yo soy Ángel —le dije, estrechando su pequeña manita—. ¿Te has perdido?

—Busco a mi mamá —dijo ella con una vocecilla que casi rozaba el llanto.

La niña, que sujetaba un osito de peluche en los brazos, acercó la mano a mi cara acariciándola con curiosidad. De repente, una mujer se nos aproximó corriendo, cogió a la pequeña entre sus brazos, y la apartó bruscamente de mí.

Se empezó a escuchar el estridente sonido de una sirena. Las mujeres de mi alrededor comenzaron a apartarse. Me levanté, echándome también hacia un lado. Un coche patrulla se subió a la acera cortándome el paso. Dos agentas de policía vestidas de uniforme bajaron del vehículo y, mientras se colocaban la gorra, se dirigieron caminando directamente hacia mí. Fue cuando empecé a pensar que algo no marchaba bien e instintivamente comencé a retroceder.

—Ni lo intentes —me advirtió la más corpulenta, a la vez que se colocaba una mascarilla en la que podía distinguirse el escudo de la Policía federal nítidamente serigrafiado.

La agenta me empujó violentamente contra la fachada de un edificio, obligándome a darme la vuelta y a apoyar las palmas de las manos contra la pared. Luego me separó las piernas con la porra y comenzó a cachearme. Todo sucedió tan deprisa que al principio fui incapaz de reaccionar.

—Eso es, quietecito. Solo será un segundo —continuó diciendo la poli—. ¡Eh! ¿Pero qué tenemos aquí? Espero que no la lleves cargada —me susurró al oído, mientras me apretaba la entrepierna con la mano y se reía.

Me di la vuelta y la aparté de un empujón.

—¡No me toques, joder!

La poli al principio se sorprendió. Me miró fijamente, como evaluando cual sería la mejor respuesta. Le sacaba una cabeza, eso era algo a lo que no debía estar muy acostumbrada. Ella debía medir alrededor de uno sesenta y pesar al menos ochenta kilos, amenazando su enorme panza con desbordar constantemente el uniforme.

Una gran multitud de mujeres se agolparon a nuestro alrededor formando un círculo. Supongo que precisamente por eso, con tantos ojos contemplando la escena, intentó reducirme primero empleando la porra. Detuve el golpe con el antebrazo y antes de que pudiera reaccionar le asesté un fuerte puñetazo en la cara que la hizo tambalearse. Acertó todavía a dar unos titubeantes pasos hacia atrás, perdiendo finalmente el equilibrio y cayendo al suelo. Permaneció durante unos segundos sentada en la acera; estaba pálida y sangraba abundantemente por la nariz. La RA de mi dispositivo todavía seguía conectada. Ahora me bombardeaba con imágenes de defensas extensibles y con clases de artes marciales mixtas, y un holograma trajeado con apariencia de mujer me ofrecía sus servicios de abogada penalista. Algunas mujeres gritaron cuando vieron a la poli caer al suelo, otras se alejaron rápidamente ante la perspectiva de que la situación saltase definitivamente por los aires.

—¡No te muevas o disparo! —me ordenó su compañera mientras me encañonaba.

Lo que todavía no os he contado es que en ese preciso momento regresaba de casa de una amiga. June y yo teníamos un pacto; ella me suministraba algo de hierba y a cambio pasábamos un buen rato juntos. Vivía sola, era propietaria de un enorme ático en este mismo bulevar y quizá por eso me habían parado. Un andro como yo no pintaba nada paseando por este exclusivo barrio; infectando las amplias aceras de sus grandes avenidas, llevando la amenaza de la muerte hasta la puerta de sus bonitos y tranquilos edificios. Solo que yo no era más que un recién llegado y todavía no había asumido mi nuevo estatus. Todavía pensaba que continuaba habiendo un lugar para mí en ese mundo. Pero eso era lo bueno de esta jodida sociedad que habíamos construido; que no tardabas demasiado en aprender ciertas cosas. Había podido conseguir una vivienda fuera del gueto gracias a mi certificación VBRI, la cual obtuve moviendo algunos hilos y sobornando a una funcionaria. Lo que propició poder encontrar a una propietaria que finalmente me alquilara un piso. Sí, eso era algo que nunca cambiaba; en este mundo o en cualquier otro el dinero seguía abriendo la mayoría de las puertas.

En ese momento, mientras la agenta que acababa de derribar intentaba incorporarse, recordé que hacía tan solo unos minutos June me estaba suplicando que no me fuera. Ahora sé que debería haberla escuchado. Yo estaba de pie, vistiéndome. Ella me rodeaba con sus piernas y estiraba de mí mientras permanecía desnuda sobre la cama. Y no paraba de reír. June era una mujer preciosa. Poseía el cabello rojizo repleto de tirabuzones. Miles de pecas inundaban su suave piel como cuando contemplabas el cielo en una noche estrellada. Los dos habíamos fumado hierba y no habíamos dormido mucho. Nada más vernos, follamos en el rellano de su puerta, con el riesgo de que alguien nos descubriera. Pero a June, cuando estaba fumada y cachonda, no le importaba nada.

La otra agenta consiguió levantarse del suelo y también desenfundó su pistola. Me separaban unos dos metros de distancia de cada una de ellas. Empecé a ser consciente de que era inútil continuar resistiéndome, así que levanté las manos y les dije que me quedaría quieto, asegurándoles no intentar nada.

—Lo siento, demasiado tarde para eso —respondió la que todavía poseía la nariz intacta.

Ambas dispararon sus armas a la vez.

Lo primero que sentí fue un par de fuertes mordiscos cuando ambos proyectiles aterrizaron simultáneamente en la espalda y en el tórax. Eran como pequeños dardos que atravesaron la chaqueta perforándome la piel. Todavía conseguí mantenerme de pie durante un instante más, e intenté caminar. Un nuevo disparo impactó entonces sobre mi pecho. Y luego otro. Y otro. De repente, las fuerzas me abandonaron y las piernas se mostraban incapaces de sujetarme. Me desplomé como un fardo. Permanecí tirado en la acera mirando hacia el cielo. Algo había paralizado mis extremidades. Continuaba consciente, pero sin ser capaz de controlar ni un solo milímetro de mi cuerpo. Intenté mover los brazos para tratar de levantarme, pero resultó inútil. Grité, pero mis labios no me obedecían. Experimenté la terrible angustia de permanecer enjaulado dentro de mi propio cuerpo. Podía oír cómo se acercaban. Sentía cómo volvían a manosearme.

—¡Vaya! Pero si tenemos aquí un poco de hierba —dijo una de ellas mientras me mostraba la bolsita de grafeno donde la llevaba guardada.

Después no recuerdo nada más. Tan solo que empecé a respirar con dificultad y que una de mis piernas comenzó a temblar. Antes de perder el conocimiento recibí un último anuncio de un seguro médico, incluía cobertura en patologías del sistema nervioso y acceso a novedosas terapias de ablación androgénica.

De repente, fue todo mi cuerpo el que empezó a convulsionar. La vista se me nubló y el cielo azul comenzó a tornarse cada vez más oscuro.

Capítulo 38

<<—*Eve, te he dejado la ropa encima de la cama, cariño. Y date prisa o llegarás otra vez tarde al colegio.*
—*Mamá, no pienso ponerme este vestido.*
—*No puedes llevar siempre pantalones, hija.*
—*¡Muchas niñas los llevan!*
—*Ya hemos hablado de eso.*>>

Me retoqué el maquillaje frente al espejo del ascensor perfilándome un poco más los labios, hoy me había decantado por el color violeta. Por enésima vez, y solo un segundo antes de que se abrieran las puertas, me pregunté si iba lo suficientemente atractiva. Me bajé en el piso doscientos cinco del nuevo edificio Europa. Eneas marcaba las siete y media de la mañana. Iba vestida con un traje pantalón entallado de color azul marino, la blusa abrochada hasta el último botón y la corbata granate colgándome como un fino hilo hasta la mitad del pecho. Complementaba el atuendo con mis nuevos zapatos de tacón de aguja, adornados con motivos dorados en el empeine, que ya me estaban matando. Lo único que deseaba en ese momento, mientras escuchaba el estruendoso y apresurado repiqueteo de mis tacones golpeando contra el suelo del pasillo, y siendo cada vez más consciente de que me proporcionaría una felicidad casi instantánea, era sentarme en el interior de mi despacho para podérmelos quitar. Llevaba el bolso colgado a la espalda y un vaso de café en cada mano. Al llegar frente a la puerta de la oficina, presioné el timbre con el codo para que mi secretaria me abriera.
—Hasta las diez no me pases llamadas, Marta. Voy a estar muy ocupada preparando un nuevo caso —le dije nada más atravesar la puerta mientras le ofrecía uno de los vasos.
—Gracias, Eve. Eres un cielo.

El café estaba caliente y todavía echaba humo. Marta siempre lo tomaba muy cargado, con leche desnatada y sin azúcar. Yo, en cambio, lo prefería solo. La camarera ya se lo sabía de memoria y lo tenía preparado justo a la hora en que solía pasar por allí. Siempre lo compraba en un pequeño bar situado en nuestro mismo edificio, antes de subir al despacho. La dueña me resultaba muy atractiva, poseía unos profundos ojos negros que contrastaban con su piel blanca, casi pálida. Aunque nunca disponía de demasiado tiempo para quedarme a charlar con ella. Según Marta, ese establecimiento preparaba el mejor café de la ciudad, pero para mí solo suponía una bonita forma de comenzar el día.

Marta era una estudiante de Derecho, con la piel rojiza y de apenas veinte años. Pensé que sería perfecta para el puesto, a pesar de que en el momento de la entrevista iba horriblemente maquillada. Fue el único inconveniente que logré encontrarle. Hoy ni siquiera se había perfilado los ojos. Los tenía ligeramente rasgados y si estirara su línea tan solo un poco más le proporcionaría un aspecto mucho más oriental, que es lo que más se llevaba actualmente. Una lástima, porque eso ayudaría a feminizar un poco sus rasgos, demasiado angulosos incluso para unos tiempos tan confusos como los actuales. También le favorecería dejarse crecer el pelo, que siempre llevaba rapado al uno.

—¡Ah! Se me olvidaba. A las once tienes una holoconferencia con las clientas alemanas —me recordó Marta.

Hice un gesto con los dedos simulando pegarme un tiro en la cabeza, lo que provocó su sonrisa cómplice, y me dirigí directamente hacia mi despacho, situado al fondo de la sala. La oficina estaba decorada imitando una de esas bibliotecas antiguas; varios pisos de estanterías repletas de libros colmaban las paredes rodeando todo el vestíbulo. Una escalerilla se apoyaba en una de ellas para poder consultar los ejemplares situados en los pisos superiores. No era más que simple atrezo, ya nadie usaba esos volúmenes, toda la información necesaria estaba colgada en Solón, la gigantesca base de datos virtual a las que todos los bufetes de Europa permanecían conectados. La oficina disponía de capacidad para tres despachos, pero de momento solo el mío estaba ocupado. El negocio iba viento en popa: un par de casos importantes nos habían aportado prestigio y dinero, con lo que el trabajo empezaba a acumularse. Pronto tendría que contratar a una nueva abogada.

Fui hasta el escritorio y encendí la pantalla virtual. Se conectó automáticamente a Eneas, comenzando a descargar los archivos en los que estuve trabajando ayer por la noche desde casa, antes de quedarme dormida. Dejé el vaso de café y el bolso sobre la mesa, me acomodé en la silla, y me desprendí de los zapatos. Crucé las piernas y comencé a masajearme suavemente los dedos del pie izquierdo. No aguantaba andar con ese tipo de calzado, además, mi más de metro ochenta de estatura, sumado a los tacones, hacían que pareciese gigantesca. Eso era algo que siempre me había acomplejado. Pero era importante mantener las apariencias. Caminé descalza por el despacho, mientras daba pequeños sorbos al café, hasta el gran ventanal que lo presidía. Una pequeña mesita de centro emergió desde el suelo en cuanto detectó mi presencia, justo en medio de dos cómodos sillones. Me gustaba sentarme en ese rincón mientras ordenaba mentalmente las prioridades del día. Por un momento me distraje mirando hacia el exterior, hacia las cientos de mujeres que como hormigas en busca de alimento atestaban la avenida Elena Morón[20].

La realidad aumentada se activó, materializándose una pantalla virtual a unos dos metros de donde permanecía sentada.

Las noticias de las ocho.

—*Parece que la Fiscalía del Estado finalmente presentará cargos contra la activista Clara Meller...*—expuso la presentadora.

—¡Eneas, volumen al quince!

—*Varias unidades de policía la detuvieron hace unos días, en su domicilio de la urbanización Pla Residencial, acusándola de un delito continuado contra la salud pública.*

—No puede ser, al final lo han hecho —me dije para mí misma.

Salí apresuradamente del despacho, sin ni siquiera volverme a poner los zapatos, y me dirigí hacia el vestíbulo. Marta aún no había terminado de degustar su café cuando me planté frente a su mesa.

—Ponte en contacto con Hombres por la Igualdad y entérate de si Clara Meller ya tiene abogada.

---

[20] Elena Morón Álvarez (2025–2027): primera mujer en asumir la presidencia del Gobierno tras la Gran Infección.

—¿Qué? —preguntó un tanto desconcertada—.¿Qué llame a dónde?

—Deja todo lo demás y haz lo que te digo.

—¿Hombres por...?

—Por la Igualdad. Hombres por la Igualdad. Es una ONG. ¿Es qué no miras las noticias? Últimamente no hablan de otra cosa. Llámalos ahora y si no disponen todavía de defensa legal ofréceles nuestros servicios.

Iba a darme la vuelta con intención de regresar al despacho, pero me detuve.

—Y si ya han contratado a una abogada ofrécenos a un precio inferior –le dije mientras permanecía de pie. Experimenté como un descomunal chute de adrenalina desembocaba en ese mismo instante en el interior de mi torrente sanguíneo—. Ofrécenos gratis si resulta necesario...Quiero...escucha...quiero a esa clienta, ¿entiendes? Móntatelo como quieras, pero consígueme una reunión con ellos.

Marta frunció el ceño y me miró con extrañeza.

—¿No lo entiendes?¡Quizá sea nuestra gran oportunidad!— exclamé entusiasmada—. Ese caso podría situarnos definitivamente en primera línea.

Regresé a mi despacho sin dejar siquiera que Marta me respondiera, y cerré la puerta. Las imágenes de la detención de Clara se repetían una y otra vez en Eneas. La noticia la estaban dando las cadenas más importantes de ámbito federal. Algún medio de comunicación había filtrado las imágenes, haciéndose públicas antes de que hubiese una acusación formal. En los principales noticieros de cada uno de los Estados de la Federación se estaban haciendo eco de la detención. En Alemania, el Estado natal de la activista, emitían un especial informativo a nivel nacional.

La habían detenido cuando volvía de correr, a las puertas de su domicilio: un palacete ajardinado de dos plantas situado en medio de una de las urbanizaciones más exclusivas de la Ciudad Protegida. Las imágenes estaban grabadas desde arriba, seguramente tomadas desde un dron y luego filtradas a la prensa deliberadamente. Se podía apreciar como dos agentas de la UDS [21] se aproximaban a ella cuando se disponía a entrar en el pequeño camino de piedras que

[21] UDS: Unidad de Delitos contra la Salud.

atravesaba el jardín y que daba acceso a la entrada de la vivienda. Clara iba vestida con unas mallas deportivas y una sudadera gris. Cuatro patrullas de la Policía federal con las sirenas encendidas permanecían apostadas delante de su vivienda. Podrían haberla detenido en cualquier otro punto del recorrido, sin embargo, prefirieron hacerlo en la puerta de su domicilio, delante de todas sus vecinas. Las dos agentas la inmovilizaron rápidamente, esposándola encima del capó de uno de los coches patrulla. Una detención de película contra una mujer pacífica y desarmada. Absolutamente innecesario, alguien de su posición social jamás habría opuesto resistencia. Podía llegar a imaginarme la vergüenza que habría sentido. El objetivo era humillarla. Sí, era exactamente eso, y el espectáculo no había hecho nada más que comenzar.

Si pretendían juzgarla como a una criminal el primer paso consistía en que aparentara serlo. Desde luego, con esa detención, lo habían conseguido. De repente, pensar en ello me puso un poco nerviosa. Me aproximé al escritorio y saqué del cajón de la mesa un cigarrillo electrónico. Eso siempre conseguía relajarme. Aún no me había dado tiempo a vapear las primeras caladas cuando en Eneas apareció la imagen de Marta.

—Eve, te he conseguido una reunión con ellos. Te recibirán mañana.

Capítulo 39

Desperté aturdido, tumbado encima de la cama de una habitación de hospital y con un horrible dolor de cabeza. Al principio no recordaba cómo había llegado hasta allí, pero luego las imágenes de la detención empezaron a bombardear mi mente.

¡Hijas de andro!

Me habían colocado una vía en el dorso de la mano derecha, conectada a un gotero, y unos grilletes que sujetaban mi muñeca izquierda al armazón de la cama. Me encontraba en el interior de una habitación de aislamiento. Ya había visto alguna en las noticias, acompañadas casi siempre con imágenes de pacientes moribundos. Tratando de mostrar la cara más brutal de la enfermedad, como para recordarnos que el virus continuaba ahí fuera acechándonos. Este era mi primer contacto real con el síndrome de Kocinsky. Hasta ahora el virus solo estaba en los archivos de historia y en los documentales. Estaba en la realidad aumentada, en la prensa o en los noticiarios. Pero nunca en las calles. Nunca lo había percibido a mí alrededor. Solo había experimentado manifestaciones del virus en forma de monumentos, en forma de bustos en honor a investigadoras en los claustros de las universidades o de bonitas placas esculpidas en mármol junto a los edificios públicos. Un enorme obelisco se alzaba frente a las puertas del cementerio de la ciudad, custodiando millones de tumbas acompañadas de gigantescos cipreses. La memoria colectiva permanecía repleta de esas imágenes (nos la habían inundado con ellas): imágenes de los muertos, de militares desinfectando aeropuertos, de interminables caravanas de vehículos huyendo hacia ninguna parte. Era como si todos hubiésemos vivido en tiempos de la Gran Infección. El calendario yacía atestado de días conmemorativos; a las víctimas, a las sanitarias, a las mujeres de las fuerzas armadas que cayeron intentando contenerlo. Todo, todo el jodido mundo tenía su puto día. Y todos esos héroes y heroínas, todos y todas, ¡todos!, poseían algo en común: estaban muertos. Estaban muertos. Murieron hacía demasiado tiempo, tanto que ya no quedaba nadie que conociera a alguien que hubiese conocido a alguien que viviera durante aquellos años. El virus se había convertido en un fantasma, denso e intocable, que atravesaba empequeñeciéndolo cada rincón de nuestras vidas.

Estaba solo y no tenía ni la menor idea de cuánto tiempo había pasado durmiendo. La habitación era individual e incluía también un lavabo, situado a mi izquierda. A mi derecha, una ventana enrejada por la que se filtraba algo de luz. El mobiliario era austero, reducido a una mesita de noche y a un armario empotrado.

—¡Eh! ¿Hay alguien? —grité—. ¡Eh, ya estoy despierto! ¡Y me estoy meando, joder!

—*Debe orinar en la botella que tiene en el suelo, junto a la cama. En cuanto haya terminado pasaremos a recoger la muestra* —contestó una voz de mujer por la megafonía.

—¡Eh!¡Eh! —exclamé mirando hacia el techo—. ¡No pienso mear ahí! ¡Necesito levantarme!

La voz ya no contestó.

Joder.

Intenté liberarme tirando de las esposas con fuerza, pero estaban bien sujetas al cabezal. Extraje con cuidado la vía enganchada a mi mano. Aparté la sábana y bajé de la cama por el lado izquierdo. Iba vestido solo con una bata azul de hospital que apenas me llegaba al comienzo de los muslos. Continué estirando de los grilletes con fuerza, pero no había forma. Tiré otra vez de ellos y la cama, que llevaba unas pequeñas ruedecitas en sus patas, se movió conmigo.

Tenía que encontrar alguna forma de escapar.

Entraron dos enfermeras por la puerta. Iban protegidas con EPIS, impidiendo que un solo centímetro de su cuerpo permaneciera expuesto al exterior.

—¡Vuelve a la cama! No te han dado autorización para que te levantes —me gritó desde la puerta una de ellas, la más bajita y corpulenta de las dos.

—Quitadme las esposas. Estoy sano, tengo un certificado.

—¡Vuelve a acostarte!

—Yo no he hecho nada. ¡Solo estaba paseando ,joder!

La otra enfermera, que era algo más alta y desgarbada, avanzó unos pasos, hasta quedarse frente a mí. La aparté de un empujón con la mano que me quedaba libre, a modo de advertencia, antes de que se aproximara más. No pensaba permitir que nadie volviera a tocarme. Solo que lo hice demasiado fuerte y acabó tropezando con la cama y se cayó al suelo. Su compañera la ayudó a levantarse, permaneciendo ahora las dos de pie, junto a la puerta.

—¡Obedece y no compliques más las cosas!

—¡Voy a largarme de aquí! No podéis retenerme, es ilegal —les aseguré, mientras trataba de soltarme.

Las enfermeras se miraron, parecía que se les estuviese acabando la paciencia. Se acercaron ahora las dos a la vez. La más alta se lanzó violentamente contra mí, placándome a la altura de la cintura y consiguiendo empotrarme contra la cama. Intenté quitármela de encima, pero no me dio tiempo. La otra me cogió por los pies y entre las dos me subieron a la cama por la fuerza. La menos corpulenta me sujetaba los brazos mientras la otra hacía lo mismo con las piernas. De repente, sentí cómo otro grillete se cerró sobre la muñeca que me quedaba libre, sujetándola también al cabezal.

—¡Ya te tenemos, jodido andro! —celebró la que acababa de esposarme—. ¡Venga! ¡Hazlo ahora!

La más bajita se me subió encima bloqueando mis piernas con las suyas. Apartó la bata y me cogió la polla. Percibí el desagradable tacto de sus guantes de hidrogel contra mi piel desnuda. Me descolocó completamente. ¿Qué es lo que pretendía? No entendía absolutamente nada de lo que estaba pasando. Mantenía mi polla totalmente sujeta con su mano derecha, ejerciendo la suficiente fuerza para que no pudiera soltarme.

—¿Qué estáis haciendo? ¡Dejadme, joder!

Apretó todavía más fuerte, lo suficiente para que me arrugara y mostrara menos oposición.

—¡Dios! —grité desesperado—.¿Os habéis vuelto locas?

—¡Tú solito te lo has buscado! —dijo la más alta mientras me inmovilizaba la cabeza.

La otra enfermera continuaba sentada con las rodillas encima de mis muslos, agarrándome la polla con una de sus manos y manteniendo la presión para evitar que me resistiera. Intenté forcejear, pero lo único que conseguí fue llevarme un golpe en los testículos, provocándome un dolor agudo que comenzó en el abdomen y se extendió rápidamente por todo el cuerpo. Un fuerte sentimiento de angustia empezó a trepar por mi garganta paralizándome casi por completo.

La enfermera que tenía encima sacó un espray del interior de uno de los bolsillos del EPI y me roció el glande. Percibí esas frías gotitas mojando mi piel. Presionó todavía más. Volví a encogerme sobre mí mismo intentando echarme hacia atrás. De repente ya no sentía la polla, aunque podía ver como ella continuaba sujetándola. Se introdujo la mano izquierda en el bolsillo, dejando el espray y extrayendo una sonda transparente.

Empecé a mover la pelvis desesperadamente para intentar liberarme.

—¡Estate quieto, joder!

Comenzó a introducirme la goma dentro de la polla.

Me revolví en la cama aún con más violencia, moviendo la pelvis hacia todas partes, levantando el culo e intentando girar la cadera.

—¡Buff!¡Se ha salido! ¡Intenta que no se mueva!¡No puedo sondarlo! —le ordenó a la otra.

El sudor empezaba a empaparme la cara.

No es real. No me puede estar pasando.

Por fin conseguí liberar una pierna. Empujé con ella a la enfermera hacia atrás y logré quitármela de encima.

—¡Ahhhh! ¡Joder! ¡Puto andro! —exclamó al caerse al suelo.

Aparecieron otras dos enfermeras más por la puerta, que saltaron también sobre mí y les ayudaron a volver a sujetarme las piernas.

—¡Soltadme! ¡Soltadme, joder!

De repente, noté un pinchazo en el muslo. Bajé la vista. Una de ellas vaciaba en ese momento el contenido de una jeringa en mi pierna. Continué forcejeando con ellas, pero a los pocos segundos todo comenzó a volverse borroso: las enfermeras, sus voces; resonando cada vez más lejanas, la habitación; que de repente parecía haberse quedado a oscuras. Quería escapar, pero ya no me quedaban fuerzas. Mis músculos se relajaron y los párpados empezaron a pesar toneladas. La habitación desapareció.

Capítulo 40

Todavía notaba una ligera molestia en los ojos cuando salí del ascensor en el último piso. Pequeñas manchas negras centelleaban a mi alrededor mientras caminaba. Solía ser habitual instantes después de haberte sometido a un escáner de córnea, protocolo obligatorio, incluso para las mujeres, antes de acceder a determinados edificios. El despacho de Laura Elmer, situado en el ático del edificio Meller, en plena plaza de la Salvación, se asemejaba a una pecera de cristal a la que se accedía después de atravesar un interminable vestíbulo, revestido con suelos de parqué y repleto de estatuas de mármol. Un busto de la fundadora, Ángela Meller, presidía el centro de la estancia. Distintas especies de helechos crecían desde el interior de maceteros de porcelana, decorando cada uno de sus rincones. La secretaria, una veinteañera que lucía un ajustado mono pantalón de color azul eléctrico, acomodada detrás de un escritorio de madera de castaño, me hizo pasar amablemente al interior del despacho.

La vicepresidenta de Hombres por la Igualdad se encontraba sentada, acodada detrás de un minimalista escritorio de cristal. El perfecto *look* ahumado de sus ojos, tendencia de los años treinta, es lo primero que captó mi atención cuando me situé frente a ella: sus párpados permanecían envueltos en pequeñas partículas de purpurina de distintos colores, simulando ser gotas de agua atrapadas sobre sus interminables pestañas postizas.

Quiero esos ojos.

Dame esos ojos y nadie sabrá quién soy.

Por la información que se incluía en el dosier que me facilitó Marta, la mujer debía rondar los setenta años, aunque podría tener cualquier edad. En su epidermis era imposible distinguir una sola arruga. La piel del rostro se mantenía tersa, desprendiendo un brillo cercano al de la porcelana que resultaba inconfundible. Debía ser una usuaria habitual de esos carísimos tratamientos con nanorobots que habían revolucionado la cirugía estética. Según decían, esos minúsculos bichos eran capaces de enlentecer el proceso de envejecimiento hasta prácticamente detenerlo. Las consecuencias a largo plazo eran todavía una incógnita; se habían descrito ciertos episodios de envenenamiento severo cuando esas nanopartículas erosionaban por error la barrera hematoencefálica, que protegía al cerebro de los agentes tóxicos que podían circular por la sangre. En cierta ocasión defendí a una clínica que practicaba ese tipo de tratamientos; fue acusada de la muerte de una de sus pacientes por negligencia grave. El caso no tuvo demasiada repercusión en los medios porque sus abogadas se apresuraron a llegar a un rápido acuerdo económico; ni la más alta de las indemnizaciones hace tanto daño como una pésima publicidad. Aun así, la demanda de este tipo de terapias había crecido exponencialmente en los últimos años entre las clases más pudientes. De esta forma, podías estar sentada delante de alguien que por edad podría ser tu madre, pero con la piel del cuello tres veces más tersa de lo que tú la tendrías jamás.

—Gracias por venir, Evelyn. Siéntese, por favor.

Me acomodé en la silla y dejé el maletín en el suelo mientras la miraba fijamente a los ojos. Eran profundamente negros, hasta tal punto que resultaba imposible distinguir sus pupilas. Seguramente usaba un kit de maquillaje para ojos expresivos. Por un momento la imaginé mezclando los colores con la paleta y esparciéndolos con un diminuto pincel confeccionado con cerdas de pelo natural, como prefería hacer yo, en lugar de usar la pistola espolvoreadora, que era mucho más rápida pero que no fijaba de la misma manera los colores. La línea interior de los ojos lucía pintada de color violeta, igual que sus párpados.

—Confieso estar algo sorprendida. Esperaba encontrar trabajando a algún hombre en su organización.

La mujer se echó hacia atrás en la silla, sus labios, perfectamente perfilados y pintados de un color violeta intenso, esbozaron ahora una sonrisa de la que emergieron unos dientes blancos y alineados. Tanta perfección solía resultarme aburrida, aunque a su vez era incapaz de dejar de pensar en qué marca de perfilador de labios estaría utilizando la vieja.

—¿Por qué? ¿Por qué somos una fundación para la defensa de los derechos masculinos?

Asentí levemente con la cabeza.

—Suele ser un error muy común, no se preocupe.

Laura se levantó y caminó hacia la ventana.

Debajo del vestido de color ocre, ligeramente ceñido a la altura de la cintura, se dibujaba una figura esbelta, de caderas ligeramente anchas y provocativas, que podrían pasar por las de una joven adolescente. Me pregunté si también se las habría operado. Dirigió la mirada al exterior durante un segundo, hacia el nuevo edificio del ayuntamiento que se observaba desde la ventana.

—La igualdad debe ser un horizonte hacia el cual dirigirnos —comenzó a decir—, pero de ningún modo puede plantearse en la actualidad. ¿En serio cree que están en posición de defenderse? ¿De luchar por sus derechos? ¿Y a cuál de esos desarrapados elegiría para hacerlo?—Esbozó levemente una sonrisa—. Seamos realistas, no son capaces ni de ocuparse de sí mismos. ¿Ha estado en alguno de esos lugares que denominan guetos? Aquí, en esta ciudad, también ubicaron uno, está en los antiguos Poblados del Sud. Por su apariencia seguro que nunca ha visitado ninguno —dijo, escrutándome de arriba abajo.

Yo iba vestida con un traje pantalón de color blanco. Me había desabrochado la americana de solapa estrecha para sentarme en la silla, dejando ver un jersey negro de cuello alto. Mantenía las piernas cruzadas, reluciendo en mis pies los adornos dorados de unos zapatos Susan Aisch de tacón bajo.

—Nunca he estado —mentí—, pero he oído hablar de ellos.

—Nada de lo que le cuenten les hace justicia, créame. La Policía solo entra en ellos para hacer alguna redada ocasional, para nada más. Es como adentrarse en otro mundo, uno en el que el reloj del tiempo parece haberse detenido para siempre. Es como si aún continuaran viviendo en tiempos de la Gran Infección. El virus campa a sus anchas por las calles, aunque a ellos no parece importarles; el uso de mascarillas empieza a ser residual y cada vez un mayor número de residentes abandona la medicación. Dosis tan altas de testosterona en su sangre los vuelve violentos e impredecibles. Pero el espectáculo de la muerte ya no les impresiona, se ha convertido para ellos en algo cotidiano, es como si se hubiesen rendido hace demasiado tiempo. Entiéndame bien, no es que crea que no pueden ocuparse de sí mismos, pero llevan tanto tiempo bajo la tutela del Estado, tanto tiempo subvencionados, que se han olvidado de cómo hacerlo. Ya no saben cómo funciona el mundo real.

—Entiendo...

—Entre nosotras, Clara siempre ha sido una idealista. Esta cruzada que ha emprendido contra el Estado carece de sentido. Fuimos muchas las que se lo advertimos. La Administración es como un gigante, la mayoría de las veces torpe y lento, pero si tienes la mala fortuna de cruzarte en su camino, ten por seguro que acabará aplastándote como si fueses un gusano —afirmó, levantando el puño a la altura del pecho y cerrándolo con fuerza—. Se pueden dar muchos pasos antes de propugnar una desmedicalización completa; la opción de pisos tutelados fuera del gueto, en los que vivan los andros menos infecciosos que no estén acusados de delitos violentos, por ejemplo, para que poco a poco se vayan incorporando a la sociedad sin que supongan un riesgo. Se les podría ubicar en distritos anexos y con poco estrés poblacional. Eso ya sería un gran avance. Conseguirlo hubiese sido todo un logro y creo que, con el tiempo, el Estado habría acabado aceptando. En fin, como ya se imaginará no nos hizo ningún caso.

Laura volvió a acercarse a la mesa buscando con la mirada una pitillera dorada situada encima de ella. Poseía las uñas largas, puntiagudas y recién pintadas de un color azul intenso. Sus dedos eran extremadamente finos y en la piel que los recubría apenas se distinguía arruga alguna. Podría haber situado las manos a su lado y no se hubiese apreciado ninguna diferencia. Abrió la pitillera, cogió un cigarrillo blanco y alargado, y se aproximó hacía mí, invitándome también a coger uno. Lo rechacé; nunca solía fumar delante de las clientas, siempre había pensado que daba mala imagen. Caminó hasta la ventana, la abrió y permaneció de pie.

—Quiero saber tu opinión. ¿Podemos tutearnos, verdad, Evelyn? —preguntó, forzando un amago de sonrisa—. Dime, ¿cómo plantearías el caso?

Asentí con la cabeza y sonreí nerviosamente antes de empezar a hablar. Lo había preparado así que se lo solté de golpe.

—Es un claro ejemplo de vulneración continuada de los derechos civiles, como lo fueron las reivindicaciones de las sufragistas en la Inglaterra de los siglos XIX y XX o, en los años cincuenta del siglo XX, la lucha por los derechos de los negros en Estados Unidos. Creo que esa es la forma correcta de abordarlo. Ese enfoque captaría toda la atención mediática sobre el desarrollo del juicio y eso jugaría a nuestro favor porque, al fin y al cabo, es de la vida de una mujer de lo que estamos hablando. Habría que cuestionar las leyes antiandrógenas alegando que lesionan los derechos fundamentales de los hombres, derechos que en ningún caso fueron derogados por esas normas sino tan solo suspendidos hasta que transcurriera la emergencia sanitaria. De hecho, esas leyes, pisotean todas y cada una de sus libertades. No entiendo cómo el legislador pudo dar luz verde a un código tan lesivo. Sigo sin comprender cómo en aquel tiempo no provocó una verdadera revolución.—Laura daba lentas caladas a su cigarrillo sin decir nada, animándome con su silencio a continuar hablando—. Suprimen el derecho a elegir libremente tu residencia, el derecho al libre ejercicio de una profesión o el de elegir libremente tu sexo. Y lo que es peor, lesionan el derecho fundamental de las madres a la tutela efectiva sobre sus propios hijos... En fin, la lista es interminable. Creo que Clara no iba tan desencaminada y que la han usado como cabeza de turco; un aviso a navegantes para que otras no continúen por el mismo camino. La acusación de la Fiscalía no tiene base, no se puede encarcelar a alguien por animar a otros a que ejerzan sus derechos constitucionalmente protegidos.

—¿Crees que tenemos alguna posibilidad de ganar?

Medité durante un segundo la respuesta antes de empezar a hablar. Podría haberle dicho la verdad, algo que seguramente no le habría gustado; haberle explicado que Clara lo tenía realmente difícil y que garantizar un juicio justo en este Estado, con los intereses que había en juego, era prácticamente imposible. Quizá debería haberlo hecho...pero quería el caso.

—Nos encontramos ante un juicio político —empecé a decir—, eso es lo que pienso. Un proceso que si lo enfocamos bien puede socavar las normas que llevan rigiendo nuestra sociedad durante el último siglo. Y realmente creo que tenemos una posibilidad de ganar.

Laura se acomodó otra vez en la silla y se mantuvo durante unos segundos en silencio. Cuando se inclinó para apagar el cigarrillo sobre el cenicero, que en ese instante emergió silenciosamente en el centro del escritorio, los ojos le brillaban tanto que fui capaz de verme reflejada en ellos, advirtiendo con desasosiego que se me había corrido el maquillaje.

Capítulo 41

Desperté en lo que parecía una nueva habitación, aunque cuando levanté la vista y miré a mi alrededor, era mucho más que eso, se trataba de una inmensa nave repleta de camas que se asemejaba mucho más a un enorme hospital de campaña. Cientos de catres yacían separados entre sí por dos o tres metros de distancia, sin paredes ni parabanes que separasen a unos enfermos de otros. Todavía iba vestido con la misma bata. Habían vuelto a engancharme la vía al dorso de la mano que subía hasta un gotero situado junto al cabezal. Una mesita de noche y una silla de grafeno eran todo el mobiliario que acompañaba a la cama. No sabía qué hora era ni cuánto tiempo había estado durmiendo esta vez. Probablemente mucho. Me aparté un poco la bata llevándome la mano a la polla y le eché un vistazo, pero ni rastro de la sonda. En mi mente los recuerdos aparecían lejanos, como si hubiesen sucedido en el interior de un sueño del que ahora mismo acabara de despertar.

Los enfermos deambulaban de un lado a otro. El recinto estaba dotado con cientos de camas, la mayoría ocupadas. La luz del día se filtraba por los grandes ventanales que se abrían a través de las paredes casi hasta la altura del techo. Me incorporé y puse los pies en el suelo, fue cuando me di cuenta de que continuaba esposado a la cama. Di un par de estirones, pero resultó inútil.

—¡Eh, oye! —dije, dirigiéndome al paciente de la cama más próxima, la que quedaba a mi derecha—. ¿A quién debo llamar para que me quiten esto?

El tipo se giró hacia mí, observándome medio aturdido, como si de repente le hubiese despertado de un profundo letargo. Una aparatosa cicatriz le recorría desde la base del cráneo hasta su sien izquierda. Nunca había visto un implante cosido con tanta torpeza. O quizá lo hubiesen operado, ¿quién sabe? Permanecía estirado boca abajo sobre la cama, con los pies reposando encima de la almohada.

Parecía de mediana edad. Iba vestido con una bata azul idéntica a la mía, que le llegaba por debajo de las rodillas. Se estaba quedando calvo, poseía un cabello rubio y fino a través del cual podían apreciarse partes completas del cráneo, y era extremadamente delgado. No abultaba mucho más que un viejo sudario repleto de huesos.

—Debes haber armado una buena para que te esposen a la cama —bromeó, mostrándome su dentadura mellada—. Está a punto de pasar la doctora, no te preocupes.

Asentí con la cabeza sin darle más explicaciones, subiendo de nuevo los pies a la cama. Me abracé a las rodillas y permanecí pensativo. Respiré hondo. Intenté calmarme. Debían verme tranquilo si deseaba que me soltaran de una vez por todas.

Se amable.

Se amable cuando hables con esa puta.

El tránsito de enfermos y sanitarias continuaba sin descanso, invadiendo el olor a quirófano cada rincón de la sala. El eco de cientos de voces rebotando contra las paredes dotaba a la estancia de cierta sensación de caos. De repente, tuve la impresión de haber aterrizado en un mundo absurdo, carente del más mínimo de los sentidos, una especie de realidad paralela que escapaba por completo a mi control. Un submundo en el que no contaba, en el que me había convertido en nadie. Hasta ahora solo había sido un juego, hasta este momento solo había existido dentro de mi imaginación.

En mi cabeza las esposas no apretaban tanto[22].

Últimamente había pensado demasiado en esa frase. Por primera vez sentí pánico, como cuando te aproximas al abismo sin poder dejar de imaginar el horrible final.

Tenía la sensación de que lo había postado todo al rojo y había salido negro.

La sala se gobernaba desde un puesto de atención médica ubicado en el centro; no eran más que varias tiendas de campaña empalmadas entre sí, situadas a unos cuarenta metros de mi posición. El trasiego de personal en esa zona era todavía más intenso. No cesaban de entrar y salir enfermeras empujando carritos repletos de instrumental. Una médica se apresuraba ante el pitido agudo y estridente de un

---

[22] Primo Levi : "*Los hundidos y los salvados*".

monitor cardiaco que parecía haber enloquecido de repente, mientras un niño de apenas trece años lloraba amargamente sentado en el suelo. Una celadora mecánica se aproximó empujando una cama con un nuevo enfermo, deteniéndose frente a mí. La máquina no era más que una especie de apilador autónomo. El paciente permanecía acostado boca abajo. El estruendo entrecortado de su respiración era tan fuerte que se superponía al resto del ruido de ambiente. Se trataba de un hombre joven, de unos veinticinco años, y de raza negra. Sus pequeños ojos, abiertos ahora como platos, se posaron en mí durante un fugaz instante. Era como si me estuviesen demandando ayuda, aunque no se trataba más que de un reflejo. Enseguida volvieron a desviarse hacia la celadora, pareciendo suplicarle que se detuviera ya de una vez. Después de colocar correctamente la cama se alejó de él emitiendo un ligero zumbido. No sé qué debía ocurrirle a ese chico, pero estaba aterrado, eso es algo que cualquiera hubiera podido percibir. Posó la mano derecha sobre el respirador, que llevaba acoplado a la cara mediante una máscara sujeta por correas hasta la base del cráneo. Después, pareciendo arrastrar un cansancio infinito, dejó caer el brazo y cerró los ojos.

En ese momento uno de los robots auxiliares apareció portando una bandeja. Era un modelo antiguo: una cabeza cuadrada con el objetivo de una pequeña cámara asomando en el centro le proporcionaba la apariencia de un ridículo cíclope. Dos brazos articulados, que acababan en sendas manos antropomorfas, y una plataforma giratoria en su base, en la que se integraban dos parejas de ruedas, culminaban su estructura.

—Le traigo su comida —dijo con voz clonada de mujer mientras dejaba la bandeja encima de la mesita, junto a la cama.

El autómata desapareció de mi vista y se dirigió a recoger otra bandeja. Eché un vistazo a la comida. Todo estaba envasado al vacío. El primer plato consistía en un puré de verduras, según indicaba la etiqueta. Siempre he odiado el puré. El segundo era un bistec de carne cultivada, eso parecía tener mejor pinta. Lo acompañaba una botella de agua de medio litro y un yogur de fresa. Peleé durante unos segundos para hacer girar la mesita y desplegar la pequeña plataforma rectangular donde apoyé la bandeja. El bistec, que iba acompañado de patatas, estaba servido en un plato envuelto en grafeno transparente. En cuanto retiré el envoltorio, el bistec, que al principio no era más que un trozo de suela de zapato, se hinchó para adquirir un aspecto mucho más apetitoso. Hacía tiempo que no comía carne sintética. Era ternera y la fabricaban a partir de células madre de vaca. Unas cuantas células de ese tipo bastaban para producir en el laboratorio entre veinte y treinta toneladas de carne. Tenía forma de bistec, olía a bistec, pero la textura no era la misma, por eso te dabas cuenta de que se trataba de un sucedáneo. El problema era que aún no habían aprendido a crear vasos sanguíneos y grasa, de forma que no tenía la misma consistencia, quedando además bastante seca. La salsa solía disimular un poco ese último defecto, pero no había nada como la carne natural.

Esa era otra de las cosas que echaba de menos de mi antigua vida.

El tiempo transcurrió lentamente. Creo que me quedé dormido durante un buen rato. Varias horas después de haber comido todavía continuaba esperando a que vinieran a soltarme. Por un momento estuve tentado de levantarme y tirar de la cadena de las esposas hasta arrancarlas del cabezal. Podría haberlo hecho. Aunque desistí de esa idea recordando cómo terminó todo la última vez. Mi gotero estaba ya prácticamente vacío. Me puse de pie y empecé a manipularlo. Pensé en arrancarme la vía, a saber con qué mierda me estaban inundando las venas.

—No te recomiendo que lo hagas —me advirtió el tipo de antes como si pudiera leerme la mente.

Se encontraba de pie, tratando de empezar a andar ayudándose de un exoesqueleto. Un armazón plateado recubría su tren inferior partiendo desde sus caderas. Los pies del hombre parecían titubear con cada nuevo paso, concentrando en ello toda su atención. Situar lentamente un pie delante del otro constituía ahora el centro de su mundo, siendo esa su única preocupación. Por un momento creo que hasta sentí envidia.

Ojalá solo tuviese que preocuparme de eso.

Ojalá mi vida fuese tan sencilla.

Ojalá pudiera simplificarla tanto que el resto de mis problemas desaparecieran.

Dejar la mente en blanco. Escapar del dolor. Olvidarme de todo, incluso de mi propia existencia. De esos recuerdos que me atormentan, de esa vida que me niego a admitir que nunca recuperaré y que yo mismo me he encargado de liquidar. Tal vez si consiguiera hacerlo, si consiguiera sacar a Eve de una vez por todas de mi mente. Si consiguiera extirpar su recuerdo, aunque con él arrancara también una parte de mi propia vida, si consiguiera...¡Joder!¡Si consiguiera que ella no estuviese muerta! Tal vez...tal vez...tal vez si pudiera volver a verla sonreír mientras se retoca el maquillaje frente al espejo. Nunca creí que echaría de menos ese tipo de cosas. Nunca creí, cuando me deshice de ella, que la necesitaría tanto. Si ella viviera...¡Dios! Si ella estuviese con vida en este preciso instante...me sacaría de aquí. Sé que lo haría. Escaparíamos los dos de este maldito mundo que no consigo entender.

—Me caí –me aseguró el hombre cuando se dio cuenta de que lo estaba observando—. Mis huesos son muy frágiles y se rompen constantemente. Me han dicho que tendré que utilizar este chisme de por vida, así que más vale que me vaya acostumbrando.

—Lo siento.

—No te preocupes. Esta vez ha sido la cadera y por eso resulta más aparatoso. Normalmente solo se trata de pequeñas fisuras en las muñecas o en los brazos cuando cojo demasiado peso. Una vez me rompí la clavícula cuando estaba quitándome una camiseta. Eso sí que tuvo gracia —me dijo con una media sonrisa—. Aunque en aquella ocasión mis niveles de masa ósea eran extremadamente bajos.—Se desplazó caminando lentamente hasta donde empezaba la siguiente fila de camas, situada a apenas un par de metros. Luego, se dio la vuelta aparatosamente e inició el largo camino de regreso hacia su cama. El aparato emitía un zumbido con cada nuevo paso. Los movimientos resultaban entrecortados, sin la fluidez de un caminar natural. Frenaba y arrancaba bruscamente como haría un conductor novato durante su primera lección.—¡Jodido chisme!— maldijo, mientras hacía aspavientos con las manos—. ¿Y tú por qué estás aquí?

—No lo sé muy bien, la verdad —le mentí.

Tres mujeres se acercaron a mi cama. Iban vestidas con batas blancas y pantalones azules de hospital. Las de los lados eran grandes como gorilas; metro ochenta y muy corpulentas. La de en medio no superaba el uno sesenta y estaba delgada. Se detuvieron frente a mí. Una de las dos orangutanas llevaba un recambio de gotero en las manos, repleto de un líquido transparente.

—Buenos días, Ángel. Soy su médica de referencia, la doctora Martí— se presentó la más bajita.

—Buenos días —le dije cordialmente.

—Su prueba del síndrome de Kocinsky ha dado negativa, sin embargo, sus análisis de sangre y orina no son del todo satisfactorios, así que, de momento, seguirá usted con nosotras.

—No lo entiendo. ¿Por qué tengo que quedarme si he dado negativo?

—Verá, sus niveles de testosterona son extremadamente altos. La realidad es que con esos niveles no durará mucho ahí fuera.

—Se sorprendería, doctora.

—No, no lo creo —aseveró, ignorando mi tono irónico—. He visto muchos casos como el suyo, si se infectara no podríamos hacer nada por usted. Con niveles de testosterona superiores a 90 nanogramos por decilitro lo perderíamos en cuestión de días. Para tener una oportunidad de sobrevivir, como máximo debería estar por debajo de 70 nanogramos. Un nivel de 15 a 50 sería idóneo, nos otorgaría un gran margen de maniobra en el caso de una hipotética infección. Sus niveles superan los 150 nanogramos, podríamos decir que es un muerto viviente —sentenció, esbozando un amago de sonrisa—. Y también un posible foco de infección. Por eso, mientras devolvemos a la normalidad esos niveles, le pautaremos una terapia preventiva combinada de TZO y BDL. Creo que en principio eso será suficiente.

—Suficiente para acabar postrado en una cama como ese tipo de ahí —le dije, señalando a mí compañero, al que en ese momento un robot auxiliar le ayudaba a quitarse el exoesqueleto.

A la doctora se le dibujó en el rostro una leve mueca de sorpresa ante mi inesperado comentario, pero enseguida se recompuso empezando a hablar con el mismo tono lineal y aséptico del principio.

—Suficiente —remarcó ella— para reforzar su sistema inmune mientras reducimos su testosterona, de manera que pudiéramos contener la infección si llegase a contagiarse. Como ya sabrá, la testosterona actúa como catalizadora del virus. En los pacientes con niveles muy altos se extiende más rápidamente, hasta el punto de volverse incontrolable. No se preocupe, el estado de sus huesos no es comparable con los del señor Zanón. Sus niveles de densidad ósea todavía son muy buenos.

Una de las dos gorilas comenzó a cambiarme el gotero mientras la otra no me quitaba los ojos de encima.

—Lo siento —continuó diciendo la doctora—, pero no puedo dejarle marchar hasta que no estabilicemos esos parámetros.

—Está bien —acepté resignado—. Pero al menos podrían soltarme.

La doctora echó un breve vistazo a las esposas que sujetaban mi mano al cabezal de la cama y después de pensarlo durante unos segundos hizo un gesto de asentimiento con la cabeza. La gorila situada a su lado se acercó hasta mi cama para liberarme de los grilletes.

—Esto no es una prisión. Estaremos observándole, así que será mejor para todas que colabore.

Asentí en silencio al mismo tiempo que desviaba la vista hacia el gotero, observando cómo su contenido se iba filtrando poco a poco hasta el interior de mis venas.

Me desperté de madrugada. La bata y gran parte de la cama permanecían empapadas. Llevaba toda la semana así. Las ganas de vomitar por momentos resultaban incontrolables. Una arcada más castigó de nuevo mi garganta. Efectos secundarios del TZO. Se te pasarán en unos días, eso es lo que decían siempre, en cuanto tu cuerpo se acostumbre a él. Lo cual me había dejado todavía más preocupado.

Otra vez alguien se había vuelto a llevar la palangana de debajo de la cama. Me levanté lo más rápidamente que pude y salí corriendo, arrastrando conmigo el gotero. Apenas había levantado la tapa del retrete cuando otra arcada repleta de vómito inundó mi garganta. El sudor frío continuaba recorriendo todo mi cuerpo, y un repentino temblor se había apoderado de mis manos. Permanecí arrodillado, con la cabeza metida todavía en el váter. Era un lavabo relativamente grande, con seis o siete retretes encerrados en cubículos metálicos. El perchero donde permanecía colgado el gotero, que continuaba inyectando esa toxina en mis venas, lo había dejado justo a mi lado. Durante un instante se me pasó por la cabeza la idea de arrancarme la vía y salir corriendo del hospital, de ese matadero donde nos aniquilaban lentamente. Hace años leí que los hospitales fueron construidos sobre las antiguas leproserías y que no eran más que lugares donde a los enfermos se les ingresaba cuando estaban a punto de morir[23]. A eso mismo nos habían traído aquí; a dejarnos morir lentamente ya que eran incapaces de curarnos.

---

[23] Michel Foucault: "El nacimiento de la clínica".

Capítulo 42

<<*Cuando desperté, el humo ya comenzaba a filtrarse por debajo de la puerta. Me incorporé, tosiendo encima de la cama, y me desprendí del edredón. La habitación permanecía invadida por la penumbra, tan solo tenuemente iluminada por una lamparita que una de mis mamis siempre dejaba encendida en lo alto de la cómoda. El calor comenzó a volverse intenso, hasta el punto de dificultarme la respiración. Bajé de la cama de un salto, caminando hasta la puerta y, estirando el brazo por encima de la cabeza, situé la palma de mi pequeña mano en la cerradura. La consola emitió una luz verde y la puerta se abrió automáticamente, profiriendo un ligero zumbido. Asomé la cabeza a través de la puerta, asustándome al encontrar el pasillo completamente repleto de humo, pero reuní el suficiente valor para salir corriendo hasta la habitación de mis mamis. Al llegar allí, comprobé con sorpresa que la cama de matrimonio se encontraba vacía y sin deshacer. Mientras me frotaba los ojos con los puños, recordé que una de ellas me había dicho que iban a salir un momento a cenar a casa de las vecinas. Me apresuré entonces a salir de la habitación. El humo resultaba cada vez más intenso, se hacía cada vez más denso, más irrespirable. Empecé otra vez a correr. Volviendo sobre mis pasos todo lo rápido de lo que fui capaz. Abrí una puerta y entré en la habitación contigua a la mía. Mi hermanita melliza de cuatro años lloraba, sentada sobre el borde de la cama. Me acerqué hasta ella y la abracé para tranquilizarla. Les había prometido a mis mamis que cuidaría de mi hermana mientras ellas no estaban.*

—Tenemos que salir, ¡rápido! —le dije, cogiéndola de la mano y sacándola de la habitación.

Cruzamos el pasillo en dirección a las escaleras, que daban acceso al piso de abajo. Bajamos unos cuantos peldaños, pero de repente una llamarada emergió al final de ellos, obligándonos a retroceder. Mi hermana se asustó mucho, empezando otra vez a llorar sentada sobre los escalones. Iba a ser imposible escapar por ahí, pensé. Volvimos hacia atrás, introduciéndonos otra vez en la habitación de mi hermana, y, sin saber muy bien que hacer, nos subimos a la cama permaneciendo abrazados encima de ella.

—Quiero que vengan las mamis —sollozó mi hermanita con lágrimas en los ojos.

—Ahora vendrán. Ya verás como vienen muy pronto, intenté tranquilizarla, mientras continuaba abrazándola.

De repente, me acordé de algo; del algarrobo que había crecido pegado a uno de los laterales de la casa y de cómo, una vez, nuestra mami trepó por él para colarse por la ventana.

—Quédate aquí. Enseguida vengo.

—No, no te… te vayas. ¡ Vuelve!

Salí de la habitación y corrí hasta esa ventana, situada al final del pasillo. Rompí a llorar cuando vi entrar por ella a una de nuestras madres.

—¿Estáis bien? —me preguntó, arrodillándose para ponerse a mi altura.

—¡¡Sí, mami, pero tengo miedo!!¡Hay fuego!¡Y mucho humo! — le dije, al mismo tiempo que corrí para abrazarme fuertemente a su cuello.

—¿Dónde está tu hermana, cariño?

—¡Mami, mami! —gritó mi hermanita, apareciendo por la puerta de la habitación.

Nuestra mami la contempló con una amplia sonrisa, abriendo los brazos para recibirla a ella también.

El olor a humo y a madera quemada lo invadía prácticamente todo. Se podía escuchar el crepitar de las llamas devorando algunas de las paredes del fondo y extendiéndose rápidamente también por el techo.

De repente, un estruendoso crujido.

Un enorme socavón se abrió bajo los pies de mi hermana, engulléndola por completo mientras agitaba los brazos intentando aferrarse a algo>>.

—¡Noo!

Desperté de repente, incorporándome sobre la cama, mirando hacia todos lados todavía confusa, y haciendo verdaderos esfuerzos por lograr ubicarme.

—Solo ha sido un sueño —murmuré para mí misma—. Otra vez ese maldito sueño.

Lentamente mis ojos comenzaron a reconocer los contornos; el del armario; empotrado en la pared lateral, o el de la ropa; que dormitaba abandonada encima de una silla. El de las paredes lisas y ausentes de cualquier adorno o el del enorme ventanal, que se abría al fondo de la habitación, y desde el que era posible contemplar la ciudad, dominada bajo la atenta mirada de la descomunal Torre Lagos. Me despojé bruscamente de la sábana, como si estuviese cabreada con alguien y ese alguien volviese a ser yo misma. Flexioné las rodillas y me abracé a ellas durante un instante. Tenía la camiseta completamente empapada, tan pegada al cuerpo que se asemejaba a una segunda piel. Todavía me temblaban las manos, como si un intenso terremoto acabara de sacudir mi vida y el mundo continuara tambaleándose.

—*Constantes vitales dentro de lo normal. Se procede a la descripción de ciertas anomalías detectadas; pulso acelerado y tensión arterial ligeramente alta. Hipótesis de trabajo; las anomalías pueden ser producto de alteraciones del sueño….*

—¡Cállate! —le espeté a la IA de la cama.

Observé la consola situada a los pies de la cama, que marcaba las seis de la madrugada. Opté por levantarme, aunque durante unos segundos no supe muy bien qué hacer. Ya no volvería a dormirme, estaba completamente segura, así que cogí el vaso de agua y las cuatro pastillas que dejaba cada noche encima de la mesita y me las tomé.

Caminé hasta el baño, ubicado en el interior de la habitación, me desprendí del pijama y me situé en la báscula, situada junto a la pila.

—*Su peso ha aumentado quinientos gramos respecto al día de ayer* —dijo una voz desde el interior del aparato.

—Otra vez a comer ensalada —murmuré resignada.

El agua de la ducha comenzó a caer automáticamente al detectar mi presencia. Por un momento volví a sentir paz. Cerré los ojos, inclinando la cabeza hacia arriba para que el agua incidiera directamente sobre mi cara. Mientras me enjabonaba, me detuve durante un segundo en mis pechos, pequeños y perfectos.

Aunque a veces me daban ganas de tirar de ellos hasta conseguir arrancármelos.

A veces solo me apetecía quedarme acurrucada en una esquina y no volver a pisar la calle jamás.

No soportaría tener las tetas demasiado grandes.

Continué con la exploración mientras el agua se derramaba por mi piel esparciéndose por todo el cuerpo. Resbalándome por el rostro, cayendo por la barbilla hasta los pechos, que ahora estrujaba entre mis manos como si no fueran míos.

Odio mi cuerpo.

Por un instante me palpé los senos, dándome la sensación de que eran más pequeños, de que habían perdido algo de volumen. O quizá solo se trataba de mi mente jugándome una mala pasada.

Me vino a la cabeza el nuevo tratamiento reafirmante del que me habló Marta: <<*En unos meses tus tetas parecerán mucho más grandes sin necesidad de aumentar su tamaño*>>. Tal vez lo pruebe. O tal vez debería aumentar la dosis de Senovial, aunque se me estaba acabando y cada vez resultaba más difícil de conseguir.

Apoyé la frente y las manos contra la pared intentando no pensar en nada. Permanecí inmóvil durante unos minutos, concentrándome tan solo en los millones de gotas de agua que impactaban contra mi piel. Detuve la ducha con un leve movimiento de pupila. Una decena de chorros de aire a presión se activaron de repente. El cabello se me alborotó impulsado por el aire caliente, bastando tan solo unos segundos para que estuviera completamente seco. El baño constaba de dos lavabos, aunque siempre había vivido sola. Caminé unos pasos, hasta el pequeño armarito anclado en la pared, sobre una de las pilas del baño. Lo abrí y me tomé una dosis de sertralina. Eso debería calmarme. La cabina de depilación estaba ubicada en el extremo derecho del baño, asemejándose a una cama de rayos uva. Antes de introducirme dentro y cerrar la cubierta, me puse un tanga y me coloqué las pezoneras. También me coloqué un gorro elástico de grafeno y unas gafas para protegerme los ojos. El escáner de 360 grados se movió cubriendo toda la superficie de mi cuerpo, deteniéndose en cada sector mientras emitía pequeños flashes de luz, diminutas detonaciones que iban eliminando de mi piel hasta el más mínimo rastro de vello.

Volví a pasar por la ducha antes de sentarme en el tocador y empezar a maquillarme. Algo que solía resultarme especialmente tedioso. Hoy no tenía programada ninguna reunión, así que todavía disponía de más de una hora antes de entrar a la oficina, podía a hacerlo con calma.

Capítulo 43

Al recibir el alta en el hospital me dirigí a mi domicilio, situado en la parte este de la ciudad, al norte del distrito once, donde permanecían ubicados los barrios marítimos. Los precios de la vivienda se desplomaron en esa zona cuando la Agencia de Transición Climática confirmó, en los años cuarenta del pasado siglo, lo que desde hacía tiempo no era más que un secreto a voces: la zona acabaría sumergida como consecuencia de un aumento de la temperatura de al menos tres grados. Solo con la designación de Valencia como una de las ciudades elegidas para la ubicación de uno de los grandes diques, consiguió reactivarse la demanda durante la segunda mitad del siglo XXI, aunque nunca hasta los niveles iniciales.

Antes de llegar, ya sabía lo que me esperaba allí. Habían revocado mi autorización sanitaria y mi casera resolvería con toda seguridad el contrato. Esa autorización era mi seguro de vida, sin ella nadie me alquilaría otro piso. De manera que no me sorprendió demasiado cuando llegué a mi bloque de viviendas y Marian me estaba esperando junto al portal. Era una mujer mayor, prácticamente una anciana. Poseía el cabello largo y cano e iba vestida con uno de esos monos pantalón de una sola pieza y completamente de negro. Siempre me había tratado bien, así que no podía reprocharle nada. Me observó desde detrás de sus párpados caídos, supongo que entre dolida y decepcionada porque le hubiera mentido para conseguir el piso. Ni me molesté en discutir, sabía que no serviría de nada, quizá incluso acabasen deteniéndome otra vez. Solo me permitió entrar en casa el tiempo necesario para recoger algo de ropa. El resto de mis pertenencias las enviarían al domicilio que me había sido asignado temporalmente por el Departamento de Reubicación Habitacional. A penas llevaba unos meses viviendo en este distrito, pero me entristecía tener que abandonarlo. La primera vez que lo vi me pareció un buen sitio para intentar rehacer mi vida. Al abrigo de la protección del dique, esta parte del distrito estaba resurgiendo, habiéndose instalado numerosos comercios. Me dirigí, resignado, hasta mi habitación y llené un par de maletas con ropa y algunos efectos personales. Sobre una de las estanterías del comedor había una foto que June y yo nos habíamos hecho en el balcón, el día que inauguré el piso. Ella me pasaba la lengua por la mejilla mientras yo la rodeaba con el brazo por la cintura. June llevaba el pelo recogido en una bonita coleta e intentaba contener la risa mientras yo hacía la foto. Sonreí al recordar que habíamos bebido un par de botellas de vino, así que tuvimos que repetirla al menos una decena de veces. Ella me comía a besos entre intento e intento hasta que por fin conseguí hacerla bien. Nos daba igual que nos vieran, nos era indiferente este jodido mundo que algunas habían construido sin contar con nosotros.

El gueto estaba situado en la zona sur, en el distrito diecinueve, y no era el mejor lugar para hacer turismo. Circulaban todo tipo de informaciones relacionadas con la vida allí. Por un lado, estaban los medios oficiales del Gobierno; periódicamente se emitían documentales en canales públicos de realidad aumentada en los que a menudo se entrevistaba a algún residente. Se hablaba también de las actividades culturales llevadas a cabo en cada sector, de los cursos formativos que se estaban realizando actualmente o del proyecto en ciernes de la construcción de una universidad. El gueto visto desde esa perspectiva se asemejaba a una residencia de verano. Por supuesto, siempre grababan esos programas en las mejores calles, en la zona oeste, que era la de más reciente creación; los edificios eran altos, había un parque con una hermosa pinada y gimnasios al aire libre. El Gobierno publicaba anualmente estadísticas manipuladas sobre los ratios de mortalidad masculina, esperanza de vida, acceso a los servicios públicos o condiciones de salubridad. Siempre se omitían los nefastos datos de empleo, de la prostitución masculina o de la venta de drogas, unos males que se habían vuelto endémicos entre los residentes.

El gueto siempre conseguía intimidarte cuando te aproximabas a él.

Una muralla de edificios de más de 50 plantas, situados en paralelo hasta donde alcanzaba la vista, lo segregaba del resto de la ciudad, como un enorme macizo montañoso cerniéndose sobre ti. Era lo primero que percibías cuando te aproximabas a los barrios segregados. Esos edificios, de un color blanco centelleante, constituían una barrera natural dentro de la urbe. Te avisaban de que estabas a punto de entrar en otro mundo. Las calles permanecían abiertas entre ellos, aunque resultaban estrechas, estrangulando el tráfico como un enorme embudo. La Policía custodiaba sus márgenes. Decenas de agentas permanecían apostadas en cada uno de sus accesos, vestidas de azul y con rifles de asalto en las manos, situadas al lado de tanquetas urbanas. Se trataba de mujeres corpulentas, con las manos grandes y callosas, y que portaban el cabello recogido o rasurado al cero. Eran mujeres curtidas, que habían visto de todo, y que no le temían al virus ni tampoco a nosotros. Se respiraba un pesado ambiente a calma tensa cuando te acercabas con el vehículo. Se respiraba polvo, humo y cenizas, sabiendo que todo volvería a comenzar dentro de tan solo un instante. Se asemejaban a luchadoras caminando en círculos cuando el árbitro había detenido momentáneamente la pelea, con el pecho henchido por el esfuerzo, moviendo las piernas y los brazos para no enfriarse, aguardando impacientes el pitido que reanudara la contienda. No se trataba más que de un frágil armisticio, una momentánea tregua en la que ya podía intuirse el sonido del traqueteo de las cadenas de las tanquetas.

El vehículo redujo la velocidad automáticamente, todos los modelos estaban programados para hacerlo al aproximarse a las coordenadas de una ciudad–sanatorio. Cruzabas la frontera mientras te escrutaban con la mirada, llevándose la mano al subfusil en cuanto pasabas junto a ellas. La ciudad parecía retroceder décadas al instante siguiente de atravesar esa delgada línea. Aparecías en un mundo congelado en el tiempo. El tráfico languidecía lentamente hasta desaparecer casi por completo. Desaparecían la gran mayoría de drones que, como bandadas de pájaros, cubrían el cielo. Desaparecía la publicidad de la realidad aumentada, desaparecían los grandes escaparates, las pantallas virtuales coronando los edificios... desaparecía la vida, que ahora permanecía estancada, suspendida, lastrada por las cadenas del tiempo.

Era casi mediodía cuando llegué al número cuarenta y cinco de la calle Resurrección en mi coche, un Fiat autónomo de segunda mano.

El vehículo aparcó frente al edificio en tan solo un par de maniobras. El cinturón de seguridad se desabrochó automáticamente y una voz enlatada, proveniente de la consola integrada en el salpicadero, anunció que ya habíamos llegado. Salí del coche cargado tan solo con un par de maletas. La calle era estrecha, repleta de edificios de unos noventa o cien años, seguramente construidos en tiempos de la Gran Infección. Decenas de hombres deambulaban por sus desgastadas aceras, otros parecían matar el tiempo sentados en las escaleras de los portales, fumando lentamente un cigarro tras otro. Aquí nadie parecía tenerle miedo al virus, ninguno de ellos portaba mascarilla.

—¡Eh, chico! —me dijo un tipo viejo, de unos sesenta años, mientras se acercaba hacia mí acelerando el paso—. ¿Deseas salir de aquí? ¿Deseas abandonar de una vez este jodido lugar?

Por un momento logró captar mi atención, consiguiendo hacer que desviara la mirada hacia él. No mediría más de uno cincuenta y cinco e iba cargado con una mochila negra, colgada de un solo hombro.

—¿Quieres viajar a otro país? Puedo hacerlo.—Una sonrisa de rata se dibujó en su cara arrugada mostrando unos dientes minúsculos, pero perfectamente alineados—.¿Quieres notar como la luz del sol golpea tu bronceada piel en alguna playa de aguas color turquesa e infinita arena blanca? Puedo hacerlo. ¿Deseas pasear por Manhattan antes de que aquel descomunal tsunami la engullera para siempre? Está hecho.

—¿Y cómo vas a hacer eso, viejo?

—Tengo los mejores injertos neuronales del mercado. Créeme, chico, generan sensaciones tan reales que no querrás abandonarlas.

Sus palabras me provocaron una sonrisa irónica. Le hice un gesto indicando que me dejara en paz y continué caminando.

—Volverás. Volverás. ¡Sabes que volverás!

Mi edificio parecía algo más moderno que los del resto de la calle, contaba con unas ochenta plantas y era una mole de grafeno repleto de ventanas enrejadas y sin balcones.

En la notificación del departamento me asignaban una vivienda en el sector D, que por lo visto no era de los peores. Cote, mi agente de confinamiento, ya me estaba esperando de pie, junto al portal. Lo identifiqué por el brazalete amarillo fosforescente con las iniciales

AC escritas con letras negras. Aparentaba unos treinta años; cabello negro y desgreñado que ayudaba a disimular sus grandes orejas. Era de estatura media, uno sesenta y cinco aproximadamente, y de aspecto aniñado.

—Puedes quitarte la mascarilla. Este sector hace diez años que fue desmedicalizado. Se supone que si estás aquí es porque estás limpio —fue lo primero que me espetó cuando me acerqué hasta él —. Te han hecho el CTS, ¿no?

Saqué un papel arrugado del pantalón, desplegándolo para mostrárselo.

—Estoy tan limpio que deslumbro —bromeé, al mismo tiempo que me desprendía de la mascarilla.

Cote esbozó una pequeña sonrisa, pero enseguida contuvo el gesto.

—¿Cuántos años tienes? Cuando recibí la notificación pensé que me enviaban a un crío.

—Veintisiete.

—¿Me tomas el pelo? Debe tratarse de un error.

—Me han asignado a este sector —le aseguré, extendiéndole también la orden de confinamiento.

Cote me la arrancó de la mano y levantó la cabeza después de examinar la hoja. Frunció el ceño mientras continuaba mirándome como si fuese un marciano.

–¡Me cagüen mis madres! Vale...— dijo, pasándose la mano por el pelo—. Esto cambia los planes, tendré que ubicarte en un piso individual. Aunque vas a tener suerte, se quedó uno libre la semana pasada aquí mismo.

—¿De alguien a quién le han dado el alta?

—¿Me tomas el pelo?—Movió la cabeza con cara de incredulidad—. ¡Hay que joderse con el nuevo! —masculló para sí mismo—. Acompáñame.

Comencé a seguirlo hasta el edificio contiguo, que estaba tan solo a unos veinte metros.

—En el gueto somos nosotros mismos los encargados de controlarnos —continuó diciendo—. De eso se ocupan los Comités Sectoriales; patrullas vecinales que hacen las funciones de vigilancia, mantienen el orden y colaboran con la poli para que los residentes no entren y salgan a su antojo. Supongo que te habrás encontrado con ellos después de atravesar los límites.

—Sí, me han revisado la documentación.

—También son residentes como nosotros, solo que por hacer ese trabajo obtienen una vivienda mejor y un complemento a la miserable pensión que te otorga el Gobierno por estar confinado. Pero créeme, sobre todo lo hacen por la sensación de poder, por la satisfacción de sentirse por encima de los demás, aunque solo sea un poco. Es mucho mejor que percibir que eres la última mierda de este jodido mundo y eso, en el fondo, te hace sentir algo menos miserable, aunque sea a costa de aplastar a tus semejantes —argumentó mientras continuaba caminando delante de mí—. Te otorga la falsa percepción de que formas parte del sistema, en lugar de experimentar la inquietante sensación de estar siendo aplastado por él. Como ves, el ser humano es maravilloso. Así que ten cuidado con ellos.

—Entiendo.

—No, no entiendes una mierda, te lo aseguro.

Caminamos durante unos metros hasta las escaleras del siguiente portal y nos introdujimos en él. Se trataba de un edificio de unas veinticinco plantas. Subimos en un destartalado ascensor que ascendió lentamente hasta el undécimo piso. Accedimos a un largo y estrecho pasillo con las paredes pintadas de blanco y numerosas puertas de color caoba situadas a ambos lados. La mía era la 102–D y aparentemente estaba bastante deteriorada. Cote la abrió y nos adentramos en la vivienda. El piso todavía desprendía un fuerte olor a desinfectante. Disponía de unos veinticinco metros cuadrados y la única habitación era el cuarto de baño. En lo que debería ser el comedor se abría un amplio ventanal que daba a la calle principal, aunque la reja que lo protegía dificultaba la entrada de una parte de la luz que se filtraba desde el exterior. Toda la vivienda permanecía sin amueblar. Coloqué mis dos únicas maletas en medio de la estancia y me senté encima de una de ellas. Fue cuando comencé a ser consciente de que mi vida se había roto en mil pedazos. Ya no me quedaba nada. Ni mi antiguo trabajo, que me apasionaba, ni mi piso, ni todas las personas que había conocido y que de algún modo quería. Todo eso se había esfumado.

—Las normas están escritas en una hoja en la encimera, cuando tengas un rato dedica un momento a leerlas —me dijo desde la puerta.

Sus palabras sonaron a una auténtica burla; observé con tristeza el piso vacío, pensé en mi nueva y desolada vida, dándome cuenta de que no tenía absolutamente nada que hacer. Fui hasta la encimera y cogí el papel. Llevaba el sello del departamento y era una interminable enumeración de recomendaciones. Cote me interrumpió antes de que ni siquiera hubiese empezado a leerlo.

—Te las resumiré en una, chico; intenta no joderme.

Me quedé mudo, sin saber muy bien si lo estaba diciendo en serio.

Por un momento permanecí de pie, observando cómo Cote cerraba la puerta. Su sonido parecía anunciar el final de mi vida. Arrugué el papel y lo tiré al suelo. Me quedé solo, entre esas cuatro paredes, pensando en qué iba a hacer a partir de ahora.

Capítulo 44

<<—Eve, mi vida, abre la puerta, me estás empezando a preocupar. Se está haciendo tarde y es hora de ir al colegio. La mami Lidia te llevará hoy en el coche.

......

—Voy a llegar tarde a trabajar, Sandra. ¿Qué es lo que le sucede ahora?

—¡Chissst! Cállate, estoy intentando hacerla salir.

—Espera, yo lo haré.

—¿Pero qué haces, Lidia? ¡Vas a romper la puerta!

....

—Eve, ¿se puede saber...? >>

Una agenta de policía, una mujer prácticamente de mi estatura y el doble de corpulenta, custodiaba el acceso a la austera sala de visitas del módulo de preventivas: una mesa y un par de sillas constituían su único mobiliario. Clara estaba sentada, con las manos apoyadas encima de la mesa y la mirada absorta en el fondo de sus pensamientos. Debía rondar los cuarenta años, aunque en las imágenes de la RA parecía mayor. Poseía el cabello rubio, derramándose laciamente hasta la altura de los hombros. No era en absoluto una mujer hermosa, a pesar de que sus grandes ojos color avellana dotaran de cierto brillo a su rostro de aspecto mortecino. Iba vestida con el mono azul del centro penitenciario y presentaba una apariencia desaliñada. Aun así, no tuve la sensación de que estuviera excesivamente abatida; se la veía bastante entera, aunque probablemente no debía haberse imaginado en una situación similar ni en la peor de sus pesadillas.

—Me llamo Evelyn Curtis.

—Disponen de veinte minutos —interrumpió la agenta con voz grave mientras cerraba la puerta de golpe.

Clara se puso de pie, me estrechó la mano y nos sentamos a la mesa.

—Supongo que Laura te ha puesto al tanto.

—Sí, ya me ha dicho que serás tú quién va a llevar el caso. Aunque no me avisó de que eras tan alta— dijo realmente impresionada.

—Bueno, los tacones. En esta profesión son casi obligatorios —bromeé—. Antes de todo, ¿estás bien? ¿Necesitas algo? ¿Te están tratando correctamente?

—Sí, no te preocupes. Necesito salir de aquí, eso es todo.

—En la vista solicitaré a la jueza la libertad bajo fianza. Pero antes necesitaría que me contases con detalle lo que ha sucedido.

Extraje una pequeña grabadora del bolso y la coloqué encima de la mesa.

—Es para no tomar notas.

—Creía que esos chismes ya no se fabricaban.

—Sí, es verdad, es muy antigua.—Sonreí—. Me la regaló una de mis madres cuando era niña. Por aquel entonces ya era una antigualla. De pequeña me gustaba jugar a escuchar mi propia voz. Más tarde, cuando me dediqué a la Abogacía, descubrí que era un artefacto muy seguro para almacenar información sensible. Sobre todo, después de sufrir un par de intromisiones externas en las copias de seguridad de mi dispositivo LRA, en las que me borraron cientos de archivos de un caso importante. Ni siquiera fui consciente de cuando ocurrió. La grabadora no tiene acceso a la realidad aumentada, así que está a salvo de los *hackers*. En este trabajo hay que ir con mucho cuidado.

Se hizo un breve silencio.

—No...no lo había pensado —dijo por fin—.Yo tengo programado cada cierto tiempo el volcado de todos mis recuerdos en la nube de mis lentes.

—Sí, todas lo hacemos. Es lo más cómodo. Pero esos recuerdos se convierten a menudo en la mejor prueba de cargo en muchos juicios. La Policía ya no busca confesiones, ni siquiera se esfuerza demasiado en encontrar las huellas dactilares o en identificar el ADN. ¿Para qué? ¿Para qué si tienen todas las respuestas al alcance de un solo movimiento de pupila? Jurídicamente es tan válido como una confesión. Y lo peor de todo es que lo hacemos voluntariamente. ¿Te han solicitado tus copias de seguridad?

—No, nadie me ha…

—No se las entregues —la interrumpí—. No estás obligada a proporcionárselas. Solo en los casos de homicidio o asesinato existe esa obligación para con el reo.

Clara asintió levemente con la cabeza.

—Está bien, no me importa. Puedes grabar la conversación.

Puse en marcha la grabadora.

—Si te parece bien, me gustaría conocer ciertos aspectos del funcionamiento de Hombres por la Igualdad.

—Sí, claro. Somos una organización sin ánimo de lucro. La mayoría de las veces lo único que hacemos es proporcionar apoyo psicológico.

Arqueé las cejas, indicándole que no entendía muy bien a qué se refería exactamente.

—Nos desplazamos al gueto —continuó ella— y hacemos terapia con colectivos de población depresiva o con ideas suicidas. Les proporcionamos algo de esperanza.

—Es muy loable, pero a nadie la meten en prisión por eso.

—Escucha, esa medicación los está matando —continuó diciendo Clara—. No solo se les confina separándolos de la sociedad, sino que se les obliga a renunciar a lo que son; a su identidad, a su sexualidad…La mayoría de ellos sufren de disfunción eréctil. ¿Sabes lo que puede significar eso para su estado mental? Se lo han arrebatado todo, incluso algo tan básico como el sexo.

Clara se echó hacia atrás en la silla haciendo una breve pausa.

—Mira, Evelyn…

—Puedes llamarme Eve, todo el mundo me llama así.

—Está bien, Eve— dijo esbozando una media sonrisa—. Más de 10.000 hombres se suicidan cada año en los guetos de este Estado y existen guetos muy parecidos a estos en todas las ciudades del mundo. Como te puedes imaginar se trata de una sangría insoportable. Y nadie habla de ello. Ni los informativos de la RA, ni los periódicos, ni las redes…Todos los días los telediarios proporcionan estadísticas del número de muertes que provoca el virus alrededor del planeta, pero en cambio nadie menciona una sola palabra acerca de esta clase de víctimas. Son invisibles cuando viven y también lo son cuando mueren. Yo he visto muchas de esas muertes. He entrado en esas viviendas sociales en las que malviven y a menudo me he encontrado a alguno de ellos colgando de una viga del salón. Muchos de ellos no son más que unos críos. Siempre me embarga ese temor cuando llamo varias veces a un timbre y nadie contesta. Preguntándome si cuándo su AC nos abra la puerta tendré que contabilizar un nuevo muerto. ¿Sabías que en los edificios de nueva construcción no hay azoteas?

—No, no tenía ni idea.

—Los accesos están tapiados. ¿Sabes por qué? Porque saltaban desde ellas. Se había convertido en un ritual. Cuando ya no lo soportaban más solían quedar con otros y se lanzaban juntos al vacío para no morir solos. Recuerdo una ocasión en la que íbamos a visitar a un niño de doce años que acababan de reubicar. Ni siquiera llegamos a entrar. Cuando estábamos en el portal algo se precipitó desde el cielo. Se trataba de él. Cayó justo a mi lado. El ruido de su cuerpo al golpear contra la acera todavía retumba dentro de mi cabeza. Vi sus sesos esparcidos, lo vi en el suelo reventado. Su sangre me salpicó en la cara —dijo Clara apretando los dientes—. Era un crío. ¡Un crío! Pero a nadie le importa. Solo quería estar con su familia. No era un peligro público ni un riesgo sanitario. Solo era un niño que ansiaba ser feliz.

Permanecí en silencio, sin saber muy bien qué decir. Sabia en las condiciones que malvivía esa gente, yo misma había estado allí alguna vez, pero nadie me había contado esto.

—Ni siquiera salió en las noticias. Su muerte no apareció en ninguna parte, como la de tantos otros. Dicen que no quieren atraer a imitadores. ¡Ja! ¡Hipócritas! Así que, después de presenciar ese <<accidente>>, empezamos a realojar a los que más riesgo presentaban en los locales de la organización.

—¿Os concedieron la autorización sanitaria?

Clara negó en silencio con la cabeza y se encogió levemente de hombros.

—¿De cuántos residentes estamos hablando?

Nuevamente un espeso silencio. Clara se mordió los labios antes de contestar.

—Se nos fue de las manos —admitió por fin—. ¿Pero qué podíamos hacer?

—¿Cuántos?

—Cuando me detuvieron ya habíamos reubicado a unos cinco mil.

Moví la cabeza a ambos lados mientras percibía como se me dibujaba una risilla nerviosa en la comisura de la boca. Era mucho peor de lo que había supuesto en un principio. Pensé en la suma de los cargos por cada uno de esos residentes; la fiscal solicitaría la cadena perpetua.

—¡Pero estaban sanos! —prosiguió Clara—. Les hicimos pruebas y ninguno de ellos dio positivo. No corrimos ningún riesgo sanitario.

Clara se levantó de la silla y caminó hasta la pared del fondo con las manos posadas sobre la nuca. Estaba extremadamente delgada, el mono le quedaba como un enorme saco debajo del cual intentaba ocultar su famélico cuerpo.

—Escucha —continuó diciendo mientras se giraba para mirarme de nuevo—. Sabemos lo que hacemos. No tiene sentido mantenerlos aislados. Ya no. No existe ningún riesgo.

—Te van a machacar. Te acusarán de un delito continuado contra la salud pública —le dije resignada en un alarde de sinceridad.

—¿Alguna vez has conocido a alguien que se haya infectado? Venga, se sincera.

—Bueno, el sistema está diseñado precisamente para eso, para aislar al virus.

—Yo camino cada día entre las calles de esos malditos barrios y jamás he visto a nadie. Escucha, Evelyn...Eve. Ese virus ya no existe, o de existir es tan insignificante que hace años que dejó de ser peligroso. Tan solo lo utilizan como excusa para mantenerlos aislados, se ha convertido en una forma de control social.

—Plantear una especie de teoría de la conspiración no creo que nos sea de mucha ayuda frente al tribunal.

—Yo no sé nada de conspiraciones. Lo único que sé es lo que ven mis ojos. Lo que veo cuando camino por sus calles o cuando hablo con ellos. No existe ningún peligro. En el estado en el que se encuentran son todo lo contrario a peligrosos.

Continué escuchándola con curiosidad. Había entrado en esa sala esperando ver a una mujer derrotada y hecha añicos por el sistema. Sin embargo, me había encontrado con una mujer empoderada, si ese término seguía teniendo todavía hoy algún tipo de vigencia, y absolutamente convencida de lo que decía. Quizá tuviéramos alguna oportunidad de ganar.

Capítulo 45

Recuerdo pasar las horas sentado en el mismo banco, en medio de la misma plaza, mientras peligrosos niños pubescentes jugaban a la pelota una tarde tras otra, obcecados en disputar exactamente el mismo partido de ese deporte que un día fue nuestro y que también nos arrebataron. Uno de ellos estaba llorando, acurrucado en un rincón, y separado del resto. Cómo lo hizo ayer. Y antes de ayer. Y antes de antes de ayer. Como cada día desde que aterricé en este mundo de locos donde el tiempo parecía haberse detenido para siempre. El niño, que no tendría más de doce o trece años, levantaba la cabeza de vez en cuando y observaba durante un rato el partido. A veces la pelota caía cerca de él y era entonces cuando podías observar cómo se le iluminaba la mirada. Otro niño se aproximaba a recogerla y, después de haberlo hecho, lo ignoraba, y continuaba jugando sin él. Las lágrimas volvían a aflorarle en los ojos. Iba vestido con pantalones cortos y un polo verde, calcetines subidos hasta media altura y los zapatos sucios y desatados. Calculé, por el dolor que transmitía su rostro, que se trataba de un recién llegado; los niños que llevaban años viviendo en el gueto nunca lloraban, era como si sus lacrimales se hubiesen secado. Cada nuevo día veía sentarse a ese chico en los escalones de la vieja iglesia que presidía la plaza, esperando pacientemente a que le dejasen jugar. Parecía aferrarse a esa idea como su única esperanza para ser feliz, porque lo de volver con sus madres no era más que una utopía a la que ya debía haber renunciado. Los adultos solían permanecer sentados alrededor de ellos, matando el rato mientras observaban cómo jugaban, acomodados en bancos muy parecidos al mío. O deambulando sin rumbo, atónitos ante la deriva incontrolable de sus propias vidas. Se habían convertido en presos perpetuos del tiempo; olvidados entre sus grietas, enredados entre sus maltrechas costuras y heridos de muerte por él. Permaneciendo inmóviles, como inertes estatuas humanas, cuyo espíritu pareciera resquebrajarse con su lento transcurrir.

Cada semana tenía que dar el parte a mi AC, explicarle como estaba siendo mi adaptación y mi búsqueda de trabajo (como si en este puto sitio hubiese algo que hacer). Debía explicarle mis planes de futuro o si pensaba participar en los programas voluntarios de readaptación. Todos sabíamos que era una pantomima, una enorme patraña para justificar que nos habían dejado aquí encerrados y después habían tirado la llave. Los AC también lo sabían, así que se limitaban a responder cuatro o cinco preguntas tipo en un cuestionario y enviarlo a través de Eneas, total, nadie iba a leerlo.

Así que me levanté del banco con la intención de ir a casa de Cote. Su edificio estaba a apenas una manzana, en el sector E. Integrado en su mayor parte por bloques de edificios prefabricados de diez o veinte alturas, aunque preparados para ser ampliados, y construidos a base de grandes paneles de grafeno pintados de color rojizo, El incremento que la población masculina había experimentado en las últimas décadas unida a la masiva llegada de refugiados climáticos había propiciado que el gueto se estuviera quedando sin espacio. Con una tasa de paro superior al noventa por ciento los residentes solían pasarse las horas en las calles intentando buscarse la vida. Se traficaba con cualquier cosa que pudieras imaginar. El gueto era sin ninguna duda el gran rastro de la metrópoli. El poco trabajo que todavía podíamos conseguir se encontraba en su interior; tiendas clandestinas de alimentación o de ropa, puesto que en teoría el Estado te facilitaba todo lo necesario para subsistir. Bares en los que se comercializaba con alcohol de destilación casera, dado que beber estaba contraindicado. Clínicas ilegales orientadas a la implantología cerebral, prostitución...En resumen, criptomonedas generadas fuera del circuito legal, negocios que eran tolerados por las autoridades mientras estuvieran localizados y controlados. Unas pequeñas migajas con las que nos mantenían ocupados al mismo tiempo que te permitían darte algún capricho. La vieja política del palo y la zanahoria.

Crucé la calle, que era de un solo sentido, y por la que no transcurría prácticamente ningún coche.

—¡Eh, amigo!¿Necesitas algo? ¿Magia azul ?¿Un poco de sexo? —me preguntó un tipo, mientras se situaba caminando a mi lado.

Continué andando sin hacerle demasiado caso. Enseguida se olvidó de mí y se dirigió hacia el siguiente cliente. La prostitución permanecía prohibida desde los años de la Gran Infección por el alto volumen de contagios que generaba, pero las autoridades hacían la vista gorda, quizá porque ellas también la consumían. Cuando caía la noche, muchas mujeres dejaban en casa a sus esposas y se desplazaban hasta el gueto en busca de algún residente que se las follara duro en el interior de cualquier sucio portal. En el fondo, a esas supremacistas femeninas les encantaba sentir una polla bien adentro, las volvía completamente locas. Aunque si les preguntaras jamás lo admitirían y si lo hicieran no sabrían explicarte porqué. Lo único que sabían es que les encantaba sentir toda esa presión introduciéndose en ellas, les embriagaba nuestro olor a feromonas en ebullición. Ningún juego de realidad virtual había podido llegar a sustituir el contacto físico. Ni siquiera los autómatas sexuales habían sido capaces de hacerlo, solían mostrarse demasiado fríos y sumisos. Creo que en el fondo a esas mujeres les atraía el riesgo. Estoy seguro de que ya habían mojado las bragas mucho antes de pisar estas sucias calles, solo con el simple hecho de imaginarse que un puto andro las cogía por el pelo y les arrancaba la ropa interior. Sentir su miembro en la comisura de la boca antes si quiera de que les diera tiempo a suplicárselo. Por el día se disfrazaban de importantes ejecutivas, de doctoras o ingenieras. Y nos detestaban. Pero volvían aquí cada noche para sentirse realmente mujeres, aunque jamás se atrevieran a admitirlo en público. Algunos residentes ofrecían sus servicios también a otros hombres, solo que a un precio muy inferior. Eran, en su mayoría, yonquis de las nuevas drogas virtuales que vendían su cuerpo para comprar otra nueva actualización de su *software* craneal.

Llegué al bloque de viviendas donde vivía Cote. El portal permanecía abierto y era estrecho, topándote enseguida con el ascensor. Vivía en el último piso. La cerradura estaba estropeada, así que simplemente tuve que empujar la puerta. Comencé a avanzar por un largo pasillo carente de ventanas y que permanecía en la más absoluta penumbra. Solo una tenue luz destacaba al final de él. Encontré a Cote en el comedor, recostado en un sillón, y con un vaso en la mano. Su mirada se perdía inmóvil en el vacío de la habitación. Golpeé la puerta con los nudillos para captar su atención antes de acercarme más. Cote giró la cabeza.

—¡Eh!¿Qué tal? Pasa....pasa —me dijo con un extraño buen humor.

Me senté junto a él en un pequeño tresillo, al lado del sillón orejero en el que estaba acomodado. El comedor era mucho más espacioso que el mío y prácticamente carecía de muebles; tan solo un viejo televisor, una mesa junto con cuatro sillas, una estantería anclada en la pared en la que había colocado algunas fotos y poco más. Cote cogió una botella de cristal de encima de la mesita de centro, repleta de un líquido de un color parecido al del whisky, y se sirvió otro vaso. Hablaba con dificultad, debía llevar horas bebiendo. Se levantó titubeante, salió del comedor, y apareció con un vaso vacío. Lo llenó sin preguntarme y lo volvió a dejar encima de la mesita.

—Bebe, anda, está bueno.

—¿Lo fabricáis en este sector?

—No, en el K.—Dio otro sorbo de su vaso y se dejó caer de nuevo en el sillón.

La botella no llevaba etiqueta, ni tampoco los precintos del Gobierno. Cogí mi vaso y le di un pequeño sorbo, aunque con cierta desconfianza. Siempre había sido más de vodka, pero Dios sabía que necesitaba un trago. Estaba realmente fuerte, ardía cuando pasaba a través de la garganta como si estuviera arrastrándose por las paredes del esófago. Cote lo percibió en la expresión de mi cara y se echó a reír.

—¡Es lo mejor que vas a encontrar aquí, créeme!

Permanecimos durante unos segundos en silencio, en los que se dedicó a observarme con curiosidad. Cote poseía unos diminutos ojos negros, como minúsculos botones cosidos en la cara de un oso de peluche. Eran las seis y media de la tarde, las cortinas estaban echadas y la habitación, poco a poco, iba siendo invadida por una densa penumbra.

—El otro día no me contestaste...¿De dónde coño has salido? —preguntó por fin.

—Es una larga historia. La versión corta es que vivía en la zona este.

—¿Fuera del gueto?

Asentí y le di otro trago a ese mejunje. Los minúsculos ojos de Cote se abrieron de golpe, casi pareciendo normales y me prestaron ahora toda su atención.

—Entiendo –dijo un tanto pensativo—. No te voy a preguntar cómo lo hiciste ni que te ha sucedido para que hayas tenido que volver. La verdad es que a estas alturas ya no me sorprende nada. Aunque un día me gustaría que me explicases que se siente siendo libre, ha transcurrido tanto tiempo que ya no lo recuerdo con claridad.

—¿Desde cuándo llevas aquí?

—Me trajeron a los doce años, en cuanto empecé a tener pelos en los huevos.

Cote esbozó de nuevo una sonrisa, que mutó inmediatamente hacia una anquilosada carcajada que no se atrevía a estallar por completo. Su rostro se transformó en una extraña mueca congelada de boca abierta y ojos entornados, volviéndose casi invisibles. Se inclinó en el sillón, dejando el vaso sobre la mesita. Su risa empezó a convertirse rápidamente en un amago de llanto. Las comisuras de los labios comenzaron a arqueársele hacia la barbilla, fue cuando bajó la cabeza esquivando mi mirada. Se presionó los ojos con los dedos para intentar evitar que le afloraran las lágrimas y echar por tierra ese numerito de tipo duro que se había marcado la primera vez que nos vimos. Se mantuvo en esa postura durante unos segundos, en los que no supe muy bien qué decir. Al principio pensé que sería producto del alcohol, pero más tarde me di cuenta de que se trataba de ese tipo de corrosiva melancolía que poco a poco se va agazapando en tu interior hasta adueñarse por completo de ti.

—¿Sabes? Antes de que me reubicaran me gustaba una chica —consiguió decir por fin, ya algo más recompuesto y acomodándose de nuevo en el sillón.

—¿Y qué pasó?

—Me iban a traer aquí. Ese mismo verano había recibido la notificación del departamento, así que decidimos escaparnos juntos. Recuerdo que esa semana, que pasamos huyendo hacia el norte y durmiendo en cualquier mugriento hostal, fue la más feliz de mi vida.

Cogió otra vez la botella, llenó el vaso hasta arriba, y se lo bebió de un interminable trago, dejándolo de nuevo sobre la mesa. Llegado a ese punto, Cote entornó los ojos, incapaz ya de mantenerlos completamente abiertos, mientras balbuceaba frases a trompicones.

—Nunca...escucha...nunca...saldremos de aquí...Ahora lo sé —aseguró, mientras apretaba los labios y me miraba a los ojos.

—En Berlín, hace unos meses, hubo un conato de rebelión. Dicen que un centenar de hombres abandonaron el gueto y ocuparon viviendas en la zona más exclusiva de la ciudad...

Cote se rio amargamente y negó con la cabeza, como si esa historia ya se la hubieran contado miles de veces. Intentó levantarse otra vez, tambaleándose durante un instante y finalmente perdió el equilibrio. Se quedó arrodillado, con las manos y la frente apoyadas contra el suelo.

—¿Estás bien?

Me levanté del sofá y me arrodillé junto a él. Le cogí de la muñeca pasándole su brazo alrededor de mi cuello, sujetándolo por la cintura mientras le ayudaba a incorporarse.

—Llévame hasta la cama, ¿quieres? —me pidió con apenas un hilillo de voz.

Cargué con él hasta su habitación y lo dejé caer sobre la cama, que permanecía todavía sin hacer. Cote emitió un leve gruñido y cerró los ojos. Su ropa se encontraba esparcida por todas partes y una botella vacía adornaba la mesita de noche, junto a un papel arrugado con el sello del Departamento de Reubicación. Lo ojeé durante un segundo; le notificaban la denegación de su desconfinamiento. Según decía el documento, su testosterona continuaba siendo demasiado alta y sus anticuerpos no alcanzaban los niveles requeridos. Cote se quedó dormido enseguida, acurrucado en posición fetal. Ya no me parecía un tipo tan duro como la primera vez que lo vi. Ahora se asemejaba mucho más al niño asustado que con toda seguridad continuaría llorando en la plaza.

Capítulo 46

<< —*¿A qué edad empezaste a salir con mamá? ¿Fue en la universidad?*

—Yo no fui a la universidad, mis madres no tenían dinero.

—¿Y yo? ¿Podré ir?

—Claro, tu madre y yo nos encargaremos de eso.

—Y entonces, ¿podré salir con chicas?

—Todavía eres una niña, cariño.

—¿Y cuándo ya no lo sea?>>

Matriarcado era un pub situado en el ático de la torre *O'Donnell,* en el distrito uno. El edificio se elevaba hasta los cuatrocientos metros simulando la doble hélice del ADN. A través de su fastuosa bóveda de grafeno, que cubría la totalidad del local, era posible contemplar la inmensidad de la Ciudad Protegida que resplandecía completamente iluminada.

Sentada a la barra, apuraba mi combinado de fruta mezclado con vodka. Había salido con Marta a relajarme un poco después de una larga reunión con una nueva clienta; la representante de una empresa dedicada al pujante sector del grafito. Nosotras la representaríamos en un juicio por responsabilidad penal. Un asunto menor; un grupo de trabajadores las había denunciado después de haber sufrido un derrumbamiento en una de sus galerías. El trabajo en las minas de grafito era prácticamente el único para el que se autorizaba a los andros. Se les encaminaba a ello desde muy jóvenes con la promesa de poder prescindir de la medicación, puesto que eso menoscabaría su resistencia física. Mientras permanecían activos se les mantenía fuera de los guetos. Viajaban continuamente; Brasil, Madagascar, Mozambique, Tanzania...Trasladándose a un nuevo país conforme la compañía iba descubriendo nuevas tierras susceptibles de ser explotadas. La mayoría de ellos se sentían privilegiados. Y realmente lo eran. Era como jugar en primera, ni siquiera llegaban a pisar el gueto. Se les empezaba a instruir a los doce o trece años, la edad de su internamiento obligatorio, si el menor manifestaba por escrito su compromiso de alistarse en una compañía minera. Cuando cumplían la mayoría de edad firmaban el contrato y se les adjudicaba un destino. Su carrera solía ser corta; a muchos se les jubilaba anticipadamente aquejados de neumoconiosis y otras enfermedades pulmonares relacionadas directamente con el trabajo en las galerías. Las condiciones de salubridad en las minas de grafito se habían relajado bastante debido a que la demanda era cada vez mayor y convenía extraerlo rápido. Solo cuando enfermaban, resultando ya inservibles para el trabajo, daban con sus huesos por primera vez en el gueto, lo que hacía que muchos de ellos fueran reacios a someterse a revisiones periódicas. Esa misma situación se estaba dando en toda Europa, por eso estaba segura de que las demandas hacia esas compañías no tardarían en llegar. Si resolvíamos el caso satisfactoriamente quizá nos tendrían en cuenta para cuando esos pleitos millonarios por daños y perjuicios comenzaran a interponerse.

Le daba vueltas a la pajita dentro de mi copa mientras no dejaba de pensar en Clara. Finalmente, había aceptado el caso; la provisión de fondos recibida de la asociación, para sufragar nuestros honorarios y los primeros gastos, había sido realmente generosa. El bufete estaba despegando y este podía suponer el espaldarazo definitivo que necesitábamos. Nos situaría en primera fila. Supondría horas de publicidad gratuita a nivel nacional que no podría costearme por mucho que quisiera. Supondría mi imagen abriendo el informativo del medio día con cada nuevo avance del juicio y también el de las ocho de la tarde. Reconozco que solo de pensarlo me producía vértigo. El logotipo del despacho se publicitaría a todo color en la RA; en las noticias que se lanzan de forma personalizada relacionadas con asuntos jurídicos. Supondría entrevistas en *prime time* y cientos de agencias de noticias realizando la cobertura del juicio oral. Toda esa publicidad resultaba impagable, constituía oro puro para cualquier empresa. En el fondo, daba igual si ganaba o perdía, semejante repercusión mediática no tenía precio. Las solicitudes de abogadas para trabajar con nosotras formarían una pila tan grande delante de la puerta que tendríamos que contratar una pala cargadora para poder entrar. No era ninguna ingenua, sabía por qué me habían dado el caso; ningún bufete consolidado habría querido hacerse cargo. Seguramente no querrían verse mezclados en un asunto tan turbio. No iba a ser fácil. No solo por la dificultad procesal de conseguir la absolución sino porque mucha gente iba a empezar a sentirse realmente incómoda. En el fondo, era consciente de todo eso, solo que todavía no me había parado a sopesarlo con detenimiento. De momento, la adrenalina continuaba burbujeando en el interior de mis venas.

Desvié la vista de mi copa, fijándola otra vez en la camarera que acababa de atenderme; se trataba de una chica pelirroja, de piel pecosa y extremadamente blanca. Llevaba un vestido ajustado de lentejuelas verdes que cambiaba de color según la luz, adquiriendo en ese momento una tonalidad azulada. Una de sus piernas asomaba provocativamente a través de la abertura que comenzaba en lo alto de sus caderas, dejando bastante claro que no llevaba ropa interior. Sin duda, era preciosa. Destilaba frescura. Resultaba totalmente diferente al resto de mujeres con las que habitualmente me relacionaba: la mayoría de ellas profesionales jóvenes recién graduadas y entusiasmadas con ascender en su trabajo, igual que yo, supongo. Convivir con tu reflejo podía llegar a ser realmente aburrido, quizá por eso me fijé en ella. Se movía por la barra con soltura, sonriendo todo el rato a las clientas que no paraban de dirigirle sus insinuaciones. Marta me había vuelto a dejar sola, hacía más de media hora que se había marchado a la pista de baile con una chica.

—¿Me pones otra, por favor?

Creo que pedí otra copa solo para que volviera a mirarme.

La chica me hizo un guiño y me mostró su bonita sonrisa. Se giró hacia la estantería y se puso de puntillas con el objetivo de alcanzar la botella de vodka, situada en uno de los estantes superiores. En ese instante, eché un vistazo justo por debajo de sus bonitas caderas y, maravillada por el hermoso espectáculo, le di un último sorbo a mi copa. Siempre prefería beber sentada en la barra hasta la segunda o tercera ronda mientras disfrutaba del ambiente dejándome envolver por la música. Eché otro vistazo a la pista intentando localizar a Marta. La vi bailando con una chica alta de origen árabe. Se encontraban rodeadas por decenas de cuerpos que se movían al son de la música mientras se aproximaban lentamente los unos a los otros. Dos chicas adolescentes se besaban en medio de la pista. Una mujer negra y voluptuosa en ropa interior de color blanco se movía sensualmente en lo alto de un pódium. Las luces permanecían bajas y la música sonaba tan alto que era imposible hacerse entender sin pegar los labios a la oreja de tu acompañante.

—Aquí lo tienes, guapísima —dijo la camarera mientras dejaba una copa ovalada sobre la barra.

Escaneé la copa a través de Eneas y automáticamente recibí un aviso de cargo en la interfaz de mis lentes de realidad aumentada.

—¿Te has cobrado también la tuya? –le pregunté a la camarera con una sonrisa.

—No, solo te he cobrado una —respondió extrañada.

—¿No te has cobrado a la que te voy a invitar cuando acabes de trabajar aquí?

A la chica se le dibujó una amplia sonrisa en el rostro, bajó levemente la vista y luego volvió a mirarme directamente a los ojos. Sacó un par de chupitos de debajo de la barra y los llenó de un licor blanquecino.

—No hace falta, cariño. Te invito yo —dijo todavía sonriendo.

Las dos brindamos animadamente y nos los bebimos de un solo trago. Yo cerré los ojos y debí hacer una mueca de asco al tragármelo porque ella se echó a reír.

—Pero, ¿qué me has dado?

Se limitó a observarme divertida durante un segundo y luego desvió la mirada a su izquierda, donde se encontraba la que debía ser la encargada, que ahora permanecía observándola.

—Salgo en una hora —me susurró al oído mientras se inclinaba sobre la barra y me rozaba la oreja con sus labios húmedos. Finalmente, comenzó a caminar hacia el otro extremo de la barra.

—Por cierto, ¡me llamo June! –gritó, dándose la vuelta durante un segundo.

Por un momento, me distraje mirando por la ventana del comedor del piso de June mientras ella me preparaba una copa. Un grupo de mujeres transitaba por la acera en dirección a los locales que todavía continuaban abiertos.

—Aquí tienes.—June se aproximó para darme un vaso de zumo de limón con vodka. Fumaba un cigarrillo de hachís y se había quitado el vestido. En su lugar se había puesto una camisa blanca, con las mangas remangadas, que le llegaba por debajo de las caderas. No pude evitar lanzar una fugaz mirada a sus piernas cuando se situó frente a mí, sintiendo como una creciente excitación se iba apoderando de la totalidad de mi cuerpo. Quizá no debería haber venido, me dije, va a ser imposible resistirme a alguien como ella—. Fuma un poco, te sentará bien.

June me puso el cigarrillo entre los labios. Le di una larga calada, expulsé lentamente el humo, y una profunda calma me invadió de repente. Mis preocupaciones comenzaron a diluirse, volviéndose menos importantes, casi insignificantes. Por primera vez en mucho tiempo sentía que comenzaba a relajarme, que disfrutaba del momento como pocas veces me permitía hacerlo, con el peligro que siempre entrañaba dejarse llevar. June me arrancó suavemente el cigarrillo de los labios, acercándose todavía un poco más. Situó sus pies descalzos encima de los míos y se puso de puntillas.

—Así somos de la misma altura. —Su voz convertida ahora en un sensual y leve susurro.

Percibí en ese momento el olor a fresa que desprendía su cabello y bebí de su aliento cuando levantó la cabeza para volver a mirarme. Su boca permanecía a tan solo escasos milímetros de la mía, rozándome de forma imperceptible con los labios hasta casi hacerme enloquecer. Trague saliva. Su rostro se me apareció borroso, solo percibiendo nítidamente la nariz y la boca. Su cabello, rojizo y ondulado, se le derramaba por debajo de los hombros. Detuve la mirada un poco más allá del hoyuelo de su barbilla: la camisa, desabrochada en un par de botones, dejaba intuir parte de sus pequeños pechos. Por un momento pensé que no sería capaz de controlarme.

—¿Vives sola? —conseguí decirle.

—Sí, claro. No soporto demasiado a la gente, ¿sabes? —Se apartó momentáneamente de mí y se tumbó en el sofá cruzando las piernas.

Me giré hacia ella y permanecí durante un segundo en silencio.

—¿Qué cómo me lo puedo permitir? Eso estás pensando, ¿no? —me preguntó divertida mirando a su alrededor—. Digamos que tengo un negocio paralelo y lo de camarera es solo para promocionarlo.

—¿Traficas?

—Shhh —respondió, colocándose el dedo índice sobre los labios y separando ligeramente las piernas—. Será nuestro secreto.

Creo que nunca había estado tan excitada como en ese momento, era mucho más de lo que estaba dispuesta a soportar. Me acomodé junto a ella y le quité el canuto de la boca. June permaneció en silencio, observándome fijamente mientras se mordía el labio inferior.

—Este jueguecito ya ha durado suficiente, ¿no crees? —le dije tan solo un instante antes de comenzar a besarla.

Parecía estar incluso más excitada que yo. Me lamió las mejillas, me mordió los labios y también el lóbulo de la oreja. Se sentó a horcajadas sobre mis piernas, se quitó la camisa por encima de los hombros y se quedó completamente desnuda. Sus dos pequeños pechos estaban ahora al descubierto, permaneciendo suspendidos a escasos centímetros de mi rostro. Los estrujé y los mordí tan fuerte que creo que incluso le hice daño, pero no dijo nada, emitiendo tan solo un leve gemido. Lamí lentamente sus aureolas con la punta de la lengua para compensarla, antes de empezar a chuparle los pezones.

—¡Joder, hija de andro! —me susurró al oído—. Te vas a enterar.

Deslizó una mano por mi abdomen, hasta llegar a la cintura, introduciéndola por debajo del vestido. Sé que en ese momento debí detenerla.

—No...espera...no...no hagas eso —le susurré con la poca voluntad que aún me quedaba. La mano de June siguió avanzando y ya no quise que parase.

Su lengua continuaba jugueteando con la mía empapándome de saliva. Ella se detuvo por un momento al comenzar a acariciar mi entrepierna. Yo simplemente permanecí observándola en silencio con la respiración entrecortada, deseando que continuara haciéndolo.

—Lo vamos a pasar realmente bien esta noche, cariño —dijo mientras volvía a morderse el labio inferior.

Capítulo 47

Caminaba de prisa. Lo único que alcanzaba a escucharse, por los estrechos y envejecidos pasillos que conducían hasta el juzgado número cuatro de la Ciudad de la Justicia era el repiqueteo acompasado de mis tacones golpeando contra el suelo. Todavía faltaba una hora para que comenzara la vista. Portaba la toga en una mano y un maletín de color negro en la otra. Me había puesto un traje pantalón gris con una blusa blanca, que sobresalía por debajo de la americana. En la puerta del juzgado divisé una figura alta, desgarbada y enfundada ya en su toga: Lucía Castillo, mi antigua compañera de universidad.

—¡Evelyn Cuuurtis! —exclamó con voz impostada cuando me situé frente a ella y le estreché la mano—. Me comunicaron que serías la abogada defensora, pero no había llegado a creérmelo del todo —me confesó—. La verdad es que ya te había perdido la pista.

—Sí, yo también me quedé sorprendida cuando me dijeron que representarías al Ministerio Fiscal. Siguiendo los pasos de tu madre, ¿no?

—Bueno, ya sabes, la empresa privada nunca me sedujo demasiado —aseguró, soltando una risita—. Pero a ti te veo bastante bien —añadió, mientras me guiñaba un ojo—. Y por lo que me han contado no te va nada mal.

Me limité a forzar una sonrisa en lugar de contestarle. Hizo un gesto para que la acompañase y nos dirigimos al fondo del pasillo. Nos detuvimos frente a una puerta metálica, con un ventanuco rectangular translúcido en su parte superior. Lucía manipuló el teclado de una antigua consola instalada en la pared, indicando que íbamos a ser dos ocupantes. Situamos por turnos el rostro frente al escáner. Siempre solía ponerme nerviosa durante el breve instante en que la máquina tardaba en proyectar un diminuto haz de luz sobre mi pupila, que viajaría a través del nervio óptico hasta las profundidades de mi cerebro. Al acceder a la Abogacía, debías registrar tu huella cerebral posibilitando así que se te sometiera a este tipo de controles, obligatorios para acceder a cualquier edificio público con un nivel de acceso restringido. El escaneo tan solo duraba uno o dos segundos, el tiempo suficiente para que te preguntaras que estaría rebuscando ese pequeño artefacto en las entrañas de tu cerebro. Conocía de sobra la teoría; el *software* solo estaba diseñado para captar la huella semántica, cualquier otra información que pudiera extraer era inservible ante un tribunal, eso es lo que estipulaba la Ley de Protección de Datos. El escáner obtenía una fotografía fija de la peculiar forma en la que las neuronas se relacionaban entre sí, única en cada ser humano. Aunque no podía dejar de preguntarme, si una vez allí dentro, no pudiera estar programado también para detectar cualquier tipo de anomalía; una conexión neuronal defectuosa, recuerdos íntimos y escondidos enterrados en lo más profundo de mi subconsciente, pensamientos potencialmente peligrosos para el sistema, o cualquier otra cosa que en un momento dado pudiesen querer encontrar. No sabía si esa máquina sería capaz de descifrar el significado de mis pesadillas, si encontraría ahí dentro a esa pobre niña que cada noche moría una y otra vez mientras yo permanecía dormida. Quién sabe si almacenarían toda esa información en algún servidor situado a miles de kilómetros para poder utilizarla cuando fuese necesario. No podía evitar pensar que se trataba de una tecnología demasiado peligrosa. ¿Quién sabe a qué información les estábamos permitiendo acceder con la excusa de nuestra propia seguridad? Siempre comenzaba a sudar al imaginar que tal vez ese minúsculo rayo de luz pudiera llegar a averiguar quién era yo realmente. Esa duda conseguía invadir por completo mi mente durante ese segundo y medio, durante esos escasos dos segundos, en los que tardaba en aparecer la luz verde en la consola y en escucharse el ruido mecánico de la puerta al abrirse.

Dejé el maletín en el suelo, colgué la toga en el perchero, y me acomodé en una de las sillas. Una mesa metálica, un par de sillas y una pequeña consola conectada a la RA del juzgado constituían la totalidad del mobiliario. Lucía, después de colgar también su toga, permaneció de pie durante un instante, como si se devanara los sesos enfrascada en algún profundo pensamiento. No pude evitar sonreír al recordar que continuaba comportándose igual que en sus años de estudiante de Derecho, como una auténtica farsante. Se apartó el pelo del rostro antes de empezar a hablar. Lucía no era una mujer en absoluto atractiva. A pesar de su juventud, se había sometido ya a sucesivas rinoplastias, reduciendo en exceso su nariz si la comparabas con el tamaño de su cara. Aun así, eso no había impedido que se tirara a medio campus cuando éramos estudiantes.

—Está bien —soltó por fin—. Este es un caso sumamente delicado por la alarma social que ha generado. He de confesarte que el Ministerio Público lo tiene prácticamente ganado. Y te aseguro que he tenido que ser muy persuasiva para convencer a la fiscal jefa de que te ofreciera un buen acuerdo que fuera satisfactorio también para vosotras— dijo, soltando otra vez esa molesta risita—. Teniendo en cuenta, como ya he mencionado, que estamos ante un caso extremadamente grave contra la salud pública…

—¡Corta el rollo ya, Castillo! —la interrumpí de repente, mientras negaba desesperada con la cabeza—. Estás hablando conmigo, ¿recuerdas?

Lucía sonrió nerviosamente. Sabía lo mucho que odiaba que la llamaran por su apellido, por el apellido de su madre, de su todopoderosa madre integrante del Tribunal Supremo del Estado. Pero la tenía tan identificada con él que a veces incluso olvidaba cuál era su nombre de pila. Abrió la boca para intentar decir algo, pero finalmente se contuvo. Dio una vuelta por la sala y se sentó finalmente frente a mí. Se subió las mangas de la blusa y apoyó los codos sobre la mesa. Reconocí de inmediato ese pequeño ritual, el mismo que reproducía en la facultad antes de afrontar cada examen. Su cabello negro se le derramaba ahora sobre la cara, cerrándose en punta a la altura de la afilada barbilla. Volvió a apartarse el pelo, colocándose uno de los mechones delanteros por detrás de la oreja izquierda.

—Está bien, sin rodeos. Veinte años, podrá salir por buena conducta a los quince…Es más que razonable.

Me eché a reír. Estaba claro que solo era una primera oferta y también que no pensaba aceptarla.

—Nos veremos dentro de la sala —le dije, arqueando las cejas y haciendo intención de levantarme de la silla.

—Espera, espera ¡Eh! ¡Eh! Evi, vamos a hablaaar.

Volví a acomodarme en la silla.

Evi.

¿Cuánto tiempo hacía que nadie me llamaba así? Ese apodo, que me habían puesto en la residencia de estudiantes, me devolvió de golpe a aquellos años. A mi vieja habitación individual en la tercera planta del colegio mayor y a todos los trabajos a tiempo parcial que tuve que aceptar para poder costearme los estudios. Recordé la primera fiesta a la que acudí en el campus, fue en el apartamento de esa chica que estaba haciendo el doctorado, ¿cómo se llamaba? Recordé también que viví aquellos años con demasiada prisa y que acabé graduándome un año antes que mis compañeras de promoción. La universidad no me pareció tan especial como todo el mundo contaba. Me costó relacionarme, y en muchas ocasiones me sentía como un pez fuera del agua, como una farsante que no se merecía estar ahí. Recordé extremadamente bien esa sensación mientras observaba los grandes y brillantes ojos castaños de Lucía: una auténtica niña de mamá para la que los años de facultad fueron algo parecido a una larga e interminable juerga, y que se desenvolvía con total naturalidad entre la alta sociedad. Para Lucía este trabajo simplemente constituía una cuestión de estatus. Estudió Derecho porque una de sus dos madres era jueza, como también lo fue su abuela y como lo era su hermana. Seguro que jamás se había planteado si la profesión realmente la inspiraba. Permanecí sentada en silencio, esperando con interés una segunda oferta más razonable que sirviera como punto de partida para empezar a negociar.

—Mira, Evi —continuó diciendo Lucía—. Admitámoslo, Clara es tan solo una niña de mamá. —Casi fui incapaz de contener una sonrisa al oír el inicio de su razonamiento—. Es la típica mujer rica que se entretiene participando en todo tipo de causas perdidas. Pero no lo hace por altruismo. Seamos sinceras, el altruismo murió hace mucho tiempo, se quedó atrás cuando la gente huía pasando por encima de las cabezas de sus semejantes durante la Gran Infección. Para ella esto solo es un pasatiempo, se divierte ocupándose de la vida de esos pobres desgraciados que no le importan a nadie. Luego regresa a su puta mansión, en la urbanización más exclusiva de la ciudad, a explotar a las mujeres de su servicio. Créeme, conozco a la gente como ella. He crecido entre gente como ella. Soy como ella —afirmó, en un repentino arranque de sinceridad—. Durante muchos años hemos hecho la vista gorda con las actividades de Hombres por la Igualdad. Lo hemos hecho porque una de las madres de Clara fue una importante promujer de esta comunidad, su empresa fue una de las promotoras de la construcción del gran dique Folder. Pero ya no podemos mirar más hacia otro lado, esta vez se ha pasado de la raya.

—¿Y eso qué tiene que ver con el caso?

—Tiene todo que ver. Todo. Mírate. Tú saliste del distrito veinte. No te ofendas, pero en esos barrios es imposible vivir, son una auténtica pocilga, están infectados de delincuencia. ¡Por el amor de Dios! Estabas condenada a formar parte de la misma basura blanca que continúa poblando esas calles. Mujeres sin esperanza, mujeres que matarían por llegar hasta donde tú has llegado, por conseguir la mitad de lo que tú has conseguido ya. Clara no sabe lo que es el esfuerzo, se lo ha encontrado todo hecho, y se busca este tipo de aficiones por deporte, por... por pura diversión —afirmó con una mueca de desprecio—. En el fondo le importa muy poco lo que le pase a esos jodidos andros. Busca adrenalina, algo que rompa la monotonía de su aburrida vida de millonaria.

—Mira, no he venido hasta aquí para hablar de política —zanjé—. Aceptaré dos años de cárcel sustituibles por trabajos en favor de la comunidad y también que mi clienta asuma el pago de la responsabilidad civil que dictamine la jueza.

—Estás de broma, ¿no?¿Sabes lo que ha hecho esa chalada? Escondió a esos andros en varios bloques de pisos propiedad de la asociación, situados en pleno distrito centro. ¡Trajo el virus hasta nuestras casas! Yo vivo cerca de allí. ¡Joder, Eve! —exclamó Lucía inclinándose sobre la mesa—. Eso podría haber sido una auténtica bomba biológica. El virus podría haberse extendido imparable por toda la ciudad, podría haber provocado otra Gran Infección.

La observé intentando contener la risa ante semejante sobreactuación.

—Sabes perfectamente que esos andros estaban sanos. Venga, el cuento ese de la salud pública está muy bien, pero la pandemia hace años que está controlada. Y si el delito es tan grave no entiendo por qué ponéis tanto empeño en llegar a un acuerdo. El caso lo tenéis ganado, ¿no?

Lucía aún mantenía los brazos apoyados sobre la mesa, volvió a sonreír mientras bajaba durante un segundo la vista y negaba con la cabeza mascullando para sí misma.

—Está bien —empezó a decir con tono resignado—, sabía que esto no iba a ser fácil—. He de reconocer que sigues siendo la misma empollona repelente que siempre ponía en aprietos a la profesora con sus preguntas… Pero tu clienta irá a la cárcel, eso no es negociable. —Se reclinó sobre la silla y cruzó los brazos—. Quince años, a los diez la clasificarán en tercer grado.

—Cinco años, la clasifican en tercer grado a los dos. Los cumplirá en un módulo para delitos menores.

—Diez años, de los que cumplirá al menos cinco. Es mi última oferta.

Me incliné hacia delante en la silla mientras percibía como las comisuras de mi boca comenzaban a levantarse mostrando una tímida sonrisa.

Capítulo 48

Me habían hablado de él. Era como una leyenda que circulaba permanentemente por el gueto sobrevolando los desvencijados edificios y sus aceras inundadas de sombras borrosas. En el gueto era imposible vivir. No por las estrecheces o por los continuos controles a los que te sometían. A eso acababas acostumbrándote. Lo peor era la falta de esperanza. La falta de un futuro. La falta de esperanza en un futuro. Eso poco a poco te iba consumiendo. Conseguía que fueras dejándote ir en un eterno transcurrir de días y noches idénticos, en un paso del tiempo lento y pesado. En una existencia que se arrastraba, con la constante sensación de no avanzar hacia ninguna parte. Jack el Viejo constituía esa esperanza que unos pocos todavía buscábamos y yo, durante algún tiempo, me aferré a ella con toda mi alma.

Entré por la puerta de un bloque de viviendas de la zona baja, que era muy similar al mío, y subí en el ascensor hasta el último piso. El gueto de la Ciudad Protegida de Valencia, y también el de muchas otras donde se implantaron lugares de confinamiento similares, fue construido tras la Gran Infección, hacía ya cien años. En aquel entonces, el virus se extendía imparable por todos los rincones del mundo y su diagnóstico constituía con absoluta certeza una sentencia de muerte. Significaba una muerte biológica pronta y dolorosa, pero sobre todo constituía la muerte social de cada individuo, amenazando con convertirse también en la de toda una especie. El sistema colapsó y las autoridades ya no sabían dónde almacenar los féretros. Los tanatorios no daban abasto, colas kilométricas de coches fúnebres se apostaban cada día frente a los crematorios. Y para los que todavía aguantaban el envite de la enfermedad, no se disponía de camas suficientes en los hospitales. En Valencia miles de cuerpos fueron incinerados al aire libre: en las plazas públicas, en los descampados, en medio de la calzada, en cualquier parte antes que permitir que la carne empezara a corromperse y aparecieran las moscas y las ratas, y con ellas más enfermedades. La única solución posible fue aislar la testosterona; el principal foco de infección, y a sus principales productores; los hombres. Aislar a la mitad de la población. ¡Cualquier cosa! Aislarnos a todos nosotros hasta que encontraran una vacuna. Solo que todavía la estábamos esperando.

Jack el Viejo vivía en la zona sur del gueto. Se trataba de una enorme área triangular, un embudo en cuya parte más estrecha se había situado a la población con mayor riesgo infeccioso. La explicación oficial era que de esa forma se aislaba mejor al virus, manteniendo a la población de riesgo en una zona más controlada médicamente. Ese área era permeable. Los pacientes que experimentaban mejoría iban siendo transferidos a otras zonas menos medicalizadas y, poco a poco, se iban entremezclando con la población una vez que ya no suponían ningún riesgo.

Nos estaban matando.

Esa era la realidad.

Nos apartaron y luego se olvidaron para siempre de nosotros. Y muchas décadas después continuábamos estando olvidados, podéis creedme. De repente, nos habíamos convertido en elefantes y los hospitales constituían nuestro particular cementerio.

Jack vivía en una especie de búnker antiradiación ubicado en un viejo ático. Una consola integrada en la puerta explicaba el procedimiento para acceder a la vivienda. Llamé al timbre. La puerta emitió un sonido mecánico abriéndose automáticamente. Accedí a una sala diáfana, de unos sesenta metros cuadrados, con el aspecto de duchas colectivas. Me fui desprendiendo de la ropa hasta que me quedé solo con los calzoncillos. Me coloqué unas minúsculas gafas de natación y tapones impermeables en los oídos, que obtuve del interior de un pequeño cesto situado junto a la puerta. La estancia había sido habilitada como una cabina de limpieza. En cuanto avancé unos pasos hacia el interior el mecanismo se accionó; chorros de agua caliente a presión, emanando de aspersores situados en el techo, que apestaban a altas concentraciones de clorhexidina, cayeron sobre mí eliminando cualquier rastro posible del virus de la superficie de mi cuerpo. De repente, los aspersores se detuvieron y el líquido comenzó a escurrirse por el sumidero situado en el suelo, en el centro de la sala. Nuevamente se activaron las duchas, aunque esta vez no olía a nada, era solo agua. Al poco tiempo el agua cesó de caer y se accionó el mecanismo de aire caliente a presión que consiguió secarme por completo en cuestión de segundos. Extendí los brazos, cerrando los ojos, y por un instante disfruté del momento. Cuando el airé a presión cesó, me quité los calzoncillos, introduciéndolos en una pequeña secadora, que se accionaba instantáneamente en cuanto detectaba la presencia de algo en su interior. Me deshice de las gafas y los tapones, arrojándolos en un cubo de reciclado encima de muchos otros. Me puse unos peúcos de quirófano, que obtuve de otro cubo, y cogí una mascarilla de un cesto colgado en la pared, que me cubría la nariz y la boca. Envuelto en un albornoz áspero y con un fuerte olor a desinfectante, extraído de un pequeño armario, me coloqué junto a una segunda puerta, que debía dar acceso al interior del piso. Mirando directamente a la cámara instalada en el techo, aguardé a que un zumbido mecánico abriera la puerta.

Identifiqué enseguida a quién debía ser Jack: permanecía sentado en un destartalado sillón en medio de la habitación. Lo primero que pensé al verlo es que tenía que largarme lo más rápido posible del gueto.

—Puedes sentarte si quieres —me dijo el Viejo, señalando el sillón de enfrente con sus pequeñas manos enfundadas en guantes de hidrogel.

No tendría más de cuarenta años, pero ese hombre, por llamarlo algo, oculto bajo una mascarilla de última generación que se inflaba y desinflaba al ritmo acompasado de su pesada respiración, parecía un auténtico cadáver. Carne de exoesqueleto, musité. Bajito y escuálido, como casi todos los de por aquí, poseía un aspecto tan frágil que tuve la sensación de que se rompería en mil pedazos con solo tocarlo. Los fármacos parecían estar consumiéndolo día tras día, hasta que terminara siendo engullido entre los cojines del sillón en el que permanecía sentado. Jack estaba en las últimas, de eso no me cabía ninguna duda. Su esqueleto se aproximaba con demasiada prontitud hacia su límite. Sufría las consecuencias de una exposición demasiado dilatada a la medicación, de la que no parecía ser del todo consciente, así como de una prolongada y severa terapia de ablación androgénica.

El piso era mucho mayor que el mío y por un segundo me pregunté cómo lo habría hecho para conseguirlo. Había libros por todas partes; amontonados en las estanterías, encima de la mesita de centro y de cualquier mueble en el que hubiera un hueco. Antes de sentarme me detuve a ojear alguno de ellos. Todos estaban escritos por hombres; Kant, Foucault, Deleuze. También había novelas y algunos libros de aventuras. El piso entero se asemejaba a una enorme librería de segunda mano.

—Siempre me ha gustado la gente que siente curiosidad por saber qué leen los demás —observó, mientras me miraba desde el interior de sus pequeños ojos hundidos—. Eres el primero al que he visto interesarse por ellos.

—Antes leía mucho —le confesé mientras me acomodaba en el sillón.

—¿Y qué pasó?

—Que me trajeron aquí.

Jack asintió con la cabeza sin dejar de mirarme, como si con solo escuchar esa simple frase hubiera sido capaz de rajar mi vida de arriba abajo.

—He oído que puedes ayudarme —empecé a contarle—. Tengo mi primer control la semana que viene y necesito superarlo.

—Para eso está la medicación. ¿No te tomas los fármacos?

—¡Eh! Si quisiera matarme saltaría por la ventana —le dije con una medio sonrisa en los labios.

El Viejo arrugó el entrecejo, inclinándose hacia delante, y me miró con desconfianza.

—No sé quién te ha enviado, chico. ¿No serás de la Brigada Anticontrabando?

—¡Eh, vamos! ¿Te parezco de las GERC[24] ? Que yo sepa aún no me han crecido las tetas —le aseguré sonriendo, al mismo tiempo que me abría de par en par el albornoz.

Jack le dedicó una mirada a mi entrepierna durante un segundo y luego estalló en una sonora carcajada. Se echó hacia atrás en el sillón, los ojos prácticamente le desaparecieron, aglutinándose numerosas arrugas a su alrededor. Continuó así durante un buen rato,

---

[24] GERC: Grupos Especiales de Represión del Contrabando. Creados con el objetivo de impedir la venta de los primeros antirretrovirales en el mercado negro. Hoy en día se dedican a perseguir el tráfico de cualquier mercancía ilícita, siendo integrados solo por mujeres.

las lágrimas empezaron a brotarle de los ojos mientras se golpeaba la pierna con la palma de la mano. Por fin, poco a poco, consiguió parar y volvió a prestarme toda su atención.

—Vengo de parte de Cote —le dije mientras volvía a cubrirme.

—¿Cote? Sí, lo conozco, es un buen tipo. De todas formas, aparte de los libros, no tengo nada que pueda interesarte…

—¿Qué es todo esto que tienes montado aquí dentro?

—¿Te gusta? —Abrió los brazos—. Lo tengo todo preparado para no salir demasiado. El virus está aún por todas partes.

Hice un leve gesto de negación con la cabeza, pero que no pasó inadvertido para el Viejo.

—No lo dudes, chico. He disfrutado de una larga vida gracias a esa medicación. Conozco a una doctora de confianza, no hago caso a esas matasanos que te asignan cuando te reubican. Solo pretenden acabar con nosotros.

—¿Quiénes? ¿La Liga Supremacista?

—¿Quién si no? Están deseando que nunca salgamos de aquí. Levantarían un muro si pudieran.

—Bueno, no creo que todas sean así. Existen mujeres que no están a favo…

—¡Todas son iguales, hijo! Créeme. Sin embargo, yo aún mantengo la esperanza de volver a ser libre algún día, por eso hago todo lo posible por mantenerme vivo.

—¿Y aun así te dedicas al tráfico?

—Escucha, creo en la libertad. Esa que ya no tenemos, o que nos arrebataron, mejor dicho. Además, ¿crees que se puede vivir con el subsidio que nos da el Gobierno? —Jack se levantó lentamente, dibujándose en su rostro una mueca de dolor. Caminó hasta el mueble bar, y sirvió dos vasos de licor. Se acercó hasta mí y dejó uno de ellos sobre la mesita de centro—. Escúchame —continuó diciendo—, sé que algún día seremos libres y solo espero vivir lo suficiente para poder verlo.

Asentí.

El Viejo volvió a dejarse caer pesadamente en el sillón, se apartó momentáneamente la mascarilla y apuró su vaso mientras clavaba su mirada otra vez en mí.

—¿Has estado alguna vez con una mujer? ¿Te has metido dentro de ella mientras te abrazaba con sus piernas? ¿Hay algo más maravilloso que eso? Dime, ¿lo hay? Te aseguro que hay días que no consigo pensar en otra cosa. Yo solo sueño con volver a estar con una mujer sin necesidad de tener que esconderme, sin miedo a ser arrestado. ¿Es eso pedir demasiado? Dime, ¿lo es?¿Es demasiado para nuestro <<benefactor>> Estado? Pues lamentablemente parece que sí. Sueño con meterla en algún lugar diferente al de esos fríos modelos T—2[25]. Tan solo eso.

Me mantuve en silencio durante un segundo, cogí el vaso de la mesa, me aparté también la mascarilla, y bebí un poco de licor; sabía a pomelo mezclado con ginebra. Lo paladeé brevemente y luego lo apuré de un solo trago.

—¿Te gusta? Lo destilo yo mismo.

—Sí, no está mal —volví a colocarme la mascarilla ante la mirada inquisitorial del Viejo.

—Ven, te enseñaré mi seguro de vida.

Acompañé a Jack a través del comedor, hasta una pequeña habitación. Allí estaba ubicado un armario ropero empotrado, cuyas puertas abrió de par en par. Luego apartó unas cuantas toallas situadas en la parte inferior, y también algunas perchas de las que colgaban camisas bastante pasadas de moda, que dejó encima de la cama. El Viejo dio un paso y se introdujo dentro. Una luz verde le escaneó el rostro durante unos segundos. Se escuchó el sonido de múltiples cerrojos despasándose simultáneamente. La parte trasera del armario se abrió y nos introdujimos en lo que parecía una cámara frigorífica de unos cuarenta metros cuadrados por tres de alto.

—¡Joder! –Me froté los brazos para intentar entrar en calor al notar una bocanada de aire helado.

El vaho comenzó a salir de nuestras bocas por los contornos de la mascarilla. Me abroché bien el albornoz para intentar no dejar pasar el frío, pero fue inútil, estaba temblando. Cientos de muestras abarrotaban los estantes que forraban las paredes de la cámara. Examiné de cerca algunas de ellas; sangre, orina, muestras de tejido, heces. Todo clasificado en pequeños botecitos transparentes

[25] Modelos T–2: constituían el prototipo más avanzado de Inteligencia Artificial Antropomorfa (IAA). En un inicio estaban disponibles solo en las clínicas de fertilidad, cómo reclamo para que hubiera un mayor volumen de donaciones de semen, pero luego el mercado negro extendió su uso.

debidamente etiquetados. Parecía imposible que todo esto hubiese salido de él.

—¿A cuánta gente abasteces?

Jack se giró para mirarme.

—¿Te refieres a cuántos hay como tú?

Le mantuve la mirada durante un segundo, sin saber muy bien qué había querido decir con eso. Él me dedicó una sonrisa tranquilizadora, como si supiera más de mí que yo mismo. Finalmente, asentí con la cabeza.

—Demasiados —añadió—. Demasiados. Tantos que es muy posible que pronto haya otro gran brote.

Capítulo 49

<<—*Solo existe una cosa que jamás te podrán arrebatar; tu integridad. Se íntegra, di siempre la verdad y la vida te sonreirá, hija mía.*

—*¿Toda la verdad, mamá?*

—*La mayor parte de ella.* >>

Las amenazas comenzaron enseguida, prácticamente desde el principio. Incluso antes de que pronunciase esa maldita palabra. Mucho antes de acercarme al micro, antes de que saliera de mis labios, antes, mucho antes de tan siquiera haberla pensado.

Inocente.

Tan solo era una palabra.

Solo que a veces una palabra es capaz de cambiarlo todo.

Zorra. Puta traidora.

Esas eran las tres palabras que decoraban las paredes de mi precioso dúplex. Las mismas que, en ese instante, una agenta de policía estaba fotografiando.

Existen muchas formas de venderle un acuerdo a una clienta. ¡Venga, eso ya lo sabes! Me dije mientras permanecía sentada en el sofá del comedor de mi piso completamente destrozado. Estaba fumándome un cigarro, tenía las piernas cruzadas y la mirada enfermizamente perdida en el abismo oscuro y profundo de mis pensamientos. Por eso ni siquiera me di cuenta cuando Sara apareció en mi vida por primera vez, cambiándolo todo.

—¿Se encuentra bien? –me preguntó ella acercándose hasta mí.

Recuerdo que ni siquiera le presté atención, tan solo asentí con la cabeza mientras le daba otra calada más al cigarro. Solo era capaz de pensar en Clara y en que quizá me había equivocado al aceptar el caso. Otra vez sufría esas pesadillas. Se habían vuelto mucho más recurrentes desde entonces, hasta el punto de llevar varias noches sin poder conciliar el sueño. En ellas la casa continuaba ardiendo y el suelo volvía a crujir una y otra vez bajo mis pies, amenazando con engullirme.

—¿Diez años de cárcel? —me preguntó Clara cuando le comuniqué la oferta de Lucía, sabiendo que alguien como ella nunca los aceptaría.

—Es lo que nos ofrecen.

El acuerdo incluía también la clasificación en tercer grado a los cinco, tal y cómo propuso Lucía. Eso era una competencia de la Junta de Tratamiento y de la Jueza de Vigilancia Penitenciaria, de manera que no informé de ello a Clara. Aunque con un buen comportamiento en prisión y si el Ministerio Fiscal no lo recurría lo normal era que se lo concedieran.

—¿Y tú qué harías?

Cuando una clienta te pregunta tu opinión profesional debes serle sincera, explicarle todas las opciones, debes proceder asépticamente, como si fueses una cirujana que solo intenta curar a la paciente. Debes aconsejarle qué crees que es lo mejor para ella, explicarle detalladamente cuáles son sus posibilidades reales. Sobre todo, debes salvarla. Debes intentar salvarla.

¿Y lo hiciste, Eve?

¿La salvaste?

¡Y a quién le importaba eso si ya tenías tu maldito caso!

—Escuche, nos tenemos que marchar ya. Puedo dejarle una patrulla en la puerta si lo desea. Eso les disuadirá de intentar volver a entrar —propuso Sara.

Solo entonces reparé en ella. En sus zapatos desprovistos de tacón, en los ceñidos pantalones negros, y en la austera camisa del mismo color. Reparé en su hermosa delgadez y en que no parecía policía. Se asemejaba más bien a una niña indefensa, parecía que, en cuanto la tocases, se rompería en mil pedazos. Reparé también en su cabello dorado, recogido en una sobria coleta, y en su rostro de aspecto anglosajón. Reparé en su belleza, que resplandecía incluso en medio de esa total ausencia de feminidad. Reparé sobre todo en sus ojos, claros como la luz del día, y que por un instante consiguieron cortarme la respiración.

—¿Perdone, seguro que está bien?

—Sí...sí, no se preocupe —respondí por fin, incapaz de dejar de mirarla.

—¿Es la primera vez que le sucede esto?

—No. Ya es la cuarta. La cuarta en tres meses.

—¿Y no sabe de quién puede tratarse?

—No, realmente no.

Me levanté y eché otro vistazo al piso. La mesa y las sillas del comedor permanecían volcadas, las paredes estaban manchadas de pintura de todos los colores y el rúter de realidad aumentada yacía tirado en el suelo. Me agaché para recoger la pequeña consola y colocarla de nuevo sobre la cómoda. Estuve manipulándola durante un momento, pero sin conseguir que funcionara, de manera que le di unos pequeños golpecitos con la mano.

—*Nueva sesión del juicio contra Clara Meller.* —La pantalla virtual emergió de repente en medio del comedor—. *La Fiscalía ha interrogado a varios peritos que cuestionan la principal arma de la defensa: el bajo riesgo infeccioso de los residentes ilegalmente realojados...*—narraba una joven presentadora.

Avancé hasta el mueble bar sorteando los innumerables cristales rotos que inundaban el suelo. Una botella resistía todavía de píe. Aproximé uno de los pocos vasos que aún permanecían enteros al expedidor de hielo, y lo llené con un par de cubitos. Me serví una copa de vodka. Después abrí uno de los cajones y extraje un botecito redondeado. Volqué tres pastillas de 20 mg de fluoxetina en la temblorosa palma de mi mano, me las introduje dentro de la boca y las engullí de golpe. Bebí un buen trago y contuve durante un segundo la respiración antes de darme la vuelta.

—¿Desea algo...? —le pregunté girándome hacia ella e intentando recomponerme.

—Inspectora Sara Uriarte. No, gracias.

—Pues discúlpeme, pero yo necesito un trago.

Le di otro pequeño sorbo a mi vaso. En el informativo, una periodista, micrófono en mano, me entrevistaba cuando salía esta misma mañana de los juzgados.

—*No haremos ninguna declaración por el momento, nuestros expertos desmontarán esa versión* —le aseguré mientras continuaba caminando.

—Ya decía que me sonaba. ¡Es usted la abogada de la tele! —observó Sara.

—Sí…exacto. Ni yo misma lo hubiese definido mejor.

—Perdone, no he querido decirlo así —se disculpó Sara mientras se ruborizaba.

—No, no se preocupe, eso es lo que soy. Esa soy yo; Evelyn Curtis, la abogada de la tele —afirmé con una medio sonrisa al mismo tiempo que levantaba mi vaso brindando con el vacío de la habitación.

—¿Cree que el caso ha podido tener algo que ver con esto?

—Es muy posible, sí. Supongo que no soy la mujer más popular de la ciudad. ¿Qué comenta la gente en la calle acerca de mí?

—Bueno, no me gusta implicarme en política. No es mi trabajo.

—Responda con sinceridad, no se preocupe.

—El ambiente se está caldeando, ha habido revueltas en los guetos de Barcelona y Madrid. La gente le echa la culpa a ese asunto de la activista y de los andros.

—¿Y usted qué piensa, inspectora?

Sara permaneció durante un instante en silencio. De repente, hizo una mueca y empezó a contestar una llamada entrante.

—Inspectora Uriarte. Sí, sí, entiendo.

Continué bebiendo mientras la contemplaba con fascinación; algunos mechones de su bonito pelo rubio se habían desprendido de la coleta, cayéndole ahora en medio de la cara. Ese tono tan serio que había adoptado al contestar a su dispositivo y que por un momento había conseguido llegar a excitarme. Me fijé ahora en sus minúsculos pies, un treinta y siete a lo sumo, que le proporcionaban el aspecto de una de esas antiguas muñecas que antes les regalaban a las niñas.

—Tengo que irme ya.

—Claro —le respondí, sin ni siquiera molestarme en disimular mi decepción.

Sara atravesó el salón esquivando muebles volcados y cristales rotos. Antes de irse se giró brevemente. Nuestras miradas se cruzaron durante un fugaz instante mientras nos decíamos adiós con la mano.

Me aproximé al amplio ventanal que daba a la gran avenida. Eran las diez de la noche y las mujeres poblaban las aceras continuando con sus ajetreadas vidas. Bebí otro sorbo de vodka en la soledad de mi destrozada casa, que me supo amargo, hasta casi darme asco.

Experimenté entonces una angustiosa sensación de vacío y por primera vez en mi vida me di cuenta de que no tenía a nadie a quien poder recurrir. Bueno, sí, a mucha gente. Gente desconocida con la que mantenía relaciones superficiales, a las que creía conocer y que estaban seguras de conocerme. Pero nadie íntimo. Nadie a quien poder contarle algo y luego echarme a llorar en su hombro. Nadie a quien confesarle el más terrible de mis secretos, ese que destruiría mi carrera en el mismo momento en que se hiciese público. Nadie de quien realmente fiarme. Solo fui capaz de contárselo a June, la misma noche que la conocí, y al instante siguiente ya me había arrepentido de ello. Aquello no fue más que una enorme torpeza, aunque al mismo tiempo, el hecho de poder compartirlo con ella supuso una auténtica liberación, una válvula de escape por donde dejar salir toda esa asfixiante presión que a menudo me oprimía el pecho, hasta el punto de no permitirme respirar. Es curioso, pero nunca percibí a June como un peligro real. Ella tan solo pretendía pasarlo bien, pasar un rato divertido follando. Para ella seguramente solo fue una noche más. Tan solo eso. Yo en cambio sentía que estaba a punto de estallar.

Toda mi familia ha muerto, comencé a pensar mientras creí reconocer a Sara cruzando la calle, a pesar de no ser más que un diminuto punto en medio de otros muchos cientos. Yo era la única miembra[26] de la familia que continuaba todavía con vida. Estaba sola. Por un momento me di cuenta de que era la primera vez que reparaba en ello de una forma consciente. Me acerqué hasta el sofá, saqué el paquete de tabaco del bolso, y después de darle dos profundas y temblorosas caladas a un cigarrillo supe que necesitaba algo más fuerte.

[26] Miembra: femenino de miembro (RALIF).

Capítulo 50

Distrito diecinueve. Centro Estatal de Donaciones.

Estaba desnudo. En cuclillas. Hurgando todo lo adentro que podía, pero no conseguía sacarlo. Esta vez lo había escondido demasiado profundo.

Volví a introducirme el dedo índice, ayudándome con el corazón.

Por un instante pensé en la palabra *ensartar*, por un instante comencé a pensar en la palabra *empalar*.

Acababa de rozarlo con la punta de los dedos.

De repente, golpearon otra vez desde el exterior la puerta de la cabina. Resonaron dos fuertes golpes, provocando que el armazón de grafeno se tambalease. Me encontraba encerrado en un cubículo de apenas un metro cuadrado en el cual no había más que un pequeño retrete y medio rollo de papel higiénico tirado en el suelo.

—¡Vamos, Ángel!¡Acaba de una vez!¡Estás retrasando la cola! —me gritó una desagradable voz de mujer desde el otro lado de la puerta.

Cientos de hombres se hacinaban ahí fuera, desfilando uno tras otro en una secuencia constante frente a sus ojos. Por eso no alcanzaba a comprender cómo esa mujer era capaz de recordar tan nítidamente el mío. Escuché cómo sus pasos volvían a alejarse, pero la interrupción me había desconcentrado y había vuelto a perderlo.

¡Joder!

Apoyé mi mano izquierda contra la puerta haciendo presión, por si intentaran abrirla. Con la otra seguía buscando, introduciéndome los dedos cada vez más profundo. Me agaché un poco más, para que se abriera bien el orificio. El calor resultaba insoportable, percibía cómo incontables gotas de sudor resbalaban desde mi frente, desde mis axilas empapadas, desde el pelo, que empezaba a humedecerse por la base posterior del cráneo.

Otra vez me introduje los dedos dentro del ano, dentro del culo, dentro del puto orificio donde había guardado ese botecito con mi muestra de orina que ahora era incapaz de alcanzar.

Intenté llegar un poco más profundo, desgarrando con la apresurada penetración los pequeños vasos capilares que se extendían a través del recto. Hasta que por fin volví a tocarlo.

Casi lo tenía.

Estiré hacia fuera, cerrando los ojos, tratando de poner la mente en blanco para evadirme del dolor mientras continuaba estirando, mientras tensaba los abdominales y empujaba para facilitar la extracción.

¡Pero no sale, joder!

Hice una pausa. Resultaba insoportable. Conseguiría romperme algo ahí dentro si continuaba estirando así.

Tendré que cagarme para poder sacarlo.

Descansé durante unos segundos y me sequé con el brazo las gotas de sudor que me invadían la frente. Me puse de pie, exhausto, apoyando la espalda contra la puerta. Podía escuchar el barullo al otro lado, el constante entrar y salir de la gente, los gritos de las operarias. Solo pensaba en volver a casa, en tumbarme, en descansar un poco. Si hace tan solo unos meses me hubieran asegurado que me encontraría en una situación como esta jamás les hubiese creído. Pero la realidad era que no tenía elección, me internarían otra vez en el hospital si no conseguía extraerlo. Así que volví a agacharme, cogí el rollo de papel y me lo introduje en la boca. Lo mordí y retomé la tarea mecánicamente.

Intenté tranquilizarme y volví a introducirme los dedos, aguantando el dolor y las ganas de gritar. Y continué.

Por fin creía que lo tenía. Ya podía tocarlo. Apreté las tripas para empujarlo hacia fuera. Me incliné un poco más y estiré. Estiré con todas mis fuerzas.

Por un instante pensé en la palabra *dilatación*, por un instante no podía dejar de pensar en la palabra *parto*.

Apreté los dientes contra el rollo mientras continuaba estirando. Volví a cerrar los ojos, volví a poner la mente en blanco. Percibí el regusto a celulosa de los minúsculos trozos de papel que de forma involuntaria se me introducían en la boca. Fui consciente del hililo de sangre que empezaba a recorrer el interior de uno de mis muslos. Era capaz escuchar mis gritos, sordos y ahogados, mordiendo cada vez más fuerte. Por un instante pensé que iba a desmayarme, pensé que jamás lograría sacar ese gigantesco botecito que me iba rompiendo y desgarrando por dentro. Pero entonces di un último estirón.

Un último estirón con el que conseguí sacarlo.

Permanecí durante unos segundos arrodillado en el suelo con los ojos cerrados, manteniendo la frente apoyada contra una de las paredes del cubículo. Escupí el rollo. Podía sentir el fuego que emanaba desde dentro del recto. Sujetaba el bote en la palma de la mano y apenas era capaz de creerlo. Lo observé durante un segundo, estaba ennegrecido y sanguinolento. Lo abrí y vacié apresuradamente su contenido en el frasco de grafeno transparente que me habían proporcionado al entrar. Arrojando el botecito al retrete y estirando de la cadena.

Por fin salí de la cabina. Cogí la ropa de la percha, que estaba clavada en la puerta, y me senté en una silla situada a tan solo unos metros, junto a la pared. A mi lado esperaban sentados otros diez o doce hombres más.

Se me acercó Helen. Su nombre y su número de operaria figuraban en la chapa identificativa cosida al EPI. Era una mujer alta, que sudaba a chorros por debajo del mono, hasta el punto de llevar las gafas protectoras empañadas casi por completo. Entre la mascarilla, la capucha, y las gafas prácticamente la totalidad de su rostro permanecía oculto. Llevaba las manos enfundadas en unos guantes de hidrogel, no dejando ninguna parte de su piel al descubierto. Me cogió violentamente por el brazo, acercando la boca a mi oreja. Percibí el contacto con su mascarilla y cómo sus labios se movían por debajo de ella.

—No sé qué estabas haciendo ahí dentro pero la próxima vez te sacaré a patadas si no te das prisa, encanto –gritó malhumorada, superponiendo su voz grave a la del resto de las personas de la sala. El estruendo de cientos de gargantas hablando a la vez rebotaba sin control contra las paredes, haciendo casi imposible escuchar nada.

—Estaba cagando —le aseguré, mirándola a los ojos con aire desafiante.

No se molestó en contestar, se limitó a arrancarme el bote de las manos y se alejó. Como si apestara. Con la rapidez con la que se aparta alguien que se quema, que se está abrasando.

Me coloqué otra vez la mascarilla y comencé a vestirme. Debía esperar hasta que analizaran la muestra. Mientras tanto, me entretuve echando un vistazo a mi alrededor. Había decenas de cubículos más con una interminable fila de hombres desnudos delante de cada uno de ellos. La sala no era más que un inmenso espacio diáfano enterrado en el subsuelo. El ambiente apestaba a sudor rancio. Docenas de operarias se encargaban de controlar a centenares de hombres en un tráfico intenso e interminable. En medio de la sala, fabricadas con grafeno transparente, estaban las cabinas de control. Allí es donde se analizaban todas las muestras.

Observé a otro de esos tíos que esperaba para ser cacheado. Lo tenía a tan solo unos metros. Era pequeño, de espaldas estrechas y prácticamente sin vello. Se situó ante la operaria completamente desnudo, tan solo ataviado con una mascarilla de color blanco. Dejó caer la ropa en el suelo y extendió los brazos abriendo las palmas de las manos. La mujer rebuscó entre su pelo, le bajó la mascarilla y le abrió la boca. Le ordenó que se diera la vuelta, que se inclinase y separara un poco las piernas. Luego le introdujo un par de dedos en el culo de forma mecánica, escarbando durante algunos segundos. Me fijé en los ojos resignados e inexpresivos de ese hombrecillo, parecía que ya ni siquiera le afectara.

Tal y cómo esperaba, mi análisis dio positivo en TZO. Me lo comunicaron a través de la interfaz de mis lentes de realidad aumentada.

Continuaba sin medicarme, y no pensaba hacerlo mientras pudiera seguir esquivando los controles. Ese veneno nos estaba matando, esa era la única verdad. Día tras día podía observar cómo les afectaba, cómo iba consumiendo a cada uno de los habitantes del sector en el que me habían reubicado. Se iban sumiendo poco a poco en un estado apático y depresivo. Un estado en el que ya no les importaba nada. Se volvían dóciles, fáciles de manejar, como si se resignasen a una existencia que nunca mejoraría.

Ese solía ser el primer paso.

Mientras conservabas algo de rencor dentro de ti continuabas albergando un atisbo de esperanza. Aunque solo perviviera alimentada por ese odio que se iba acrecentando con cada nuevo día que amanecías en el gueto. Pero la mayoría de ellos estaban tan desesperados que lo único que les importaba era no contagiarse, permanecer sanos mientras aparecía una cura. Y mientras la esperaban se iban apagando, hundiéndose dentro del pozo oscuro y resbaladizo de las profundidades de su conciencia, hasta que ya no eran capaces de salir de él. Y ni siquiera se daban cuenta. Y un buen día, de repente, sus pies pataleaban colgados a un metro del suelo mientras buscaban desesperadamente un punto de apoyo.

Niveles altos de antirretrovirales, eso es lo que buscaban estas clínicas. Esperma seguro, esperma libre del virus. Esperma que garantizara nuestra supervivencia.

La de la especie, claro.

Jamás me había medicado.

Era una anomalía. Quizá en mis células, o en mi sangre, quizá ahí estuviera la cura. Esa cura que el mundo entero había buscado durante décadas. Tal vez debería habérselo comunicado a alguien, a alguna autoridad médica para que extrajeran el antídoto del interior de mis venas, y entonces, de una vez por todas, esta pesadilla terminaría.

Pero no me fiaba, no podía fiarme de ellas.

Estábamos en extinción.

Como los osos, o los tigres. Como los delfines, de los cuales ya solo quedaban un par de ejemplares. Y pronto, cuando el último de ellos estampara su cabeza contra las paredes del acuario en el que languidecía, ya no quedaría ninguno.

Se habrían esfumado para siempre.

Como todos nosotros.

A veces me preguntaba si este virus acabaría por matarnos definitivamente, y si dentro de unos años solo quedaríamos unos cuantos ejemplares. O si al vivir separados evolucionaríamos hasta llegar a ser especies diferentes. Me preguntaba si no lo éramos ya. Me preguntaba si tan solo un par de andros sobreviviríamos en alguna reserva perdida y recóndita, pero abierta al público para que todo el mundo pudiera vernos. Y si solo un reducido número de turistas podría sacar su entrada para no perturbar demasiado nuestro hábitat. Y si una guía les explicaría que éramos el eslabón anterior en la cadena, que éramos inteligentes, que poseíamos cultura, y que un día incluso llegamos a dominar el mundo. Pero que seguramente desapareceríamos porque nos negábamos a reproducirnos en cautividad. A veces me preguntaba si la ciencia avanzaría lo suficiente para que ya no nos necesitasen. Si serían capaces de generar esperma sintético y así prescindir completamente de nosotros. ¿Nos eliminarán cuándo ya no les hagamos falta? Me preguntaba si conservarían ADN andro congelado en algún laboratorio de máxima seguridad. Me preguntaba si algún día se formaría un comité ético que se plantearía destruirlo.

Quizá estemos viviendo nuestro ocaso y ni siquiera somos conscientes de ello.

Me situé frente a la puerta de salida. Por un momento capté la atención de la operaria que la custodiaba, hasta que el lector de la consola situado junto a ella reconoció el código de mi notificación, ubicado en la interfaz de mi dispositivo LRA, y la puerta se abrió, esfumándose también su curiosidad. Extraje del bolsillo del pantalón unas pequeñas gafas protectoras y me las coloqué, comenzando a avanzar por un largo pasillo. A simple vista no era más que un enorme corredor, pero una gran cantidad de radiación ultravioleta estaba siendo descargada sobre mi cuerpo mientras caminaba. Era la encargada de eliminar los últimos rastros de virus que pudieran haberse quedado adheridos a mi ropa. Esta desinfección también podía hacerse de forma casera mediante un baño con altas concentraciones de clorhexidina. Llegué hasta el final del pasillo y la puerta se abrió de forma automática. Accedí a otro corredor, dirigiéndome hacia la planta de donaciones. El proceso resultaba bastante sencillo; primero analizaban tu orina para comprobar que no estuvieras infectado, también comprobaban tus niveles de TZO y otros antirretrovirales preventivos como el BDL o la intranoxfenosa, aunque el Viejo últimamente pasaba de estos últimos, decía que le provocaban cagaleras. Concentraciones de esos fármacos en tu orina garantizaban que te estabas medicando. Si era así, podías donar. De lo contrario, dabas con tus huesos en el hospital hasta que recuperabas los niveles <<normales>>.

Subí en una especie de montacargas con capacidad para cien personas hasta el segundo sótano y accedí a una amplia sala en la que ya se encontraban unos cincuenta tíos esperando. Me desprendí de la mascarilla; ya no resultaba necesaria, se suponía que si te habían permitido subir hasta aquí era porque estabas limpio. Me quité también las gafas y me senté al final, en uno de los pocos asientos que quedaban libres, junto a un tipo no mucho mayor que yo. Ni siquiera se molestó en mirarme. Parecía absorto, con la cabeza echada hacia atrás y los ojos en blanco. Llevaba la cabeza afeitada, pudiendo apreciarse en ella una reciente cicatriz que le recorría desde la sien hasta la base posterior del cráneo. Estaba enrojecida y parecía haber sido cosida de forma apresurada, sin preocuparse demasiado por el resultado estético. Era una chapuza propia de una de esas clínicas clandestinas que proliferaban en el gueto. La lista de espera para que te implantasen uno de esos chismes era de más de dos años. ¿Quién podía esperar tanto? Aseguraban que eran la solución para reducir el índice de suicidios. Resultaba curioso: para evitar que nos matásemos nos convertían en vegetales. De repente, el tipo se incorporó en la silla; comenzó a frotarse los ojos con los dedos y sus pupilas parecieron dar un rápido repaso a la habitación intentando ubicarse. Finalmente se puso de pie y se encaminó hacia una de las puertas del fondo de la sala.

Dos operarias controlaban la estancia. Iban desarmadas, tan solo las que vigilaban el exterior del recinto portaban armas. Una de ellas se fijó en mí. Era atractiva. Poseía el cabello rizado y los ojos muy grandes. Permanecía de pie, en medio de la sala, observando indiscriminadamente a uno y otro lado. Volvió a mirarme con curiosidad. Le aguanté la mirada descaradamente y le sonreí, aunque ella ni siquiera hizo una leve mueca, tan solo se giró para seguir controlando al resto de los andros.

Recibí un aviso en mi interfaz.

Por fin me tocaba.

Crucé el vestíbulo y me introduje en la puerta número sesenta y cinco, accediendo a una pequeña consulta médica. Una doctora se encontraba sentada detrás de una mesa. Era una mujer de mediana edad, de unos cincuenta años. Me acerqué hasta ella y de forma mecánica me entregó una pastilla azul.

—Dispones de quince minutos. Cinco para que te haga efecto la pastilla y el resto para efectuar la donación.

Me abrió la puerta de la habitación contigua y me dejó a solas.

La estancia estaba completamente equipada. Había un baño bastante limpio, una cama y un butacón donde dejar la ropa. Una chica permanecía sentada en la cama con las piernas cruzadas. Su cabello rubio y liso se le derramaba hasta por debajo de la cintura. Poseía los ojos azules, aunque inexpresivos, e iba completamente desnuda. En cuanto detectó mi presencia se levantó y se acercó hasta mí con un sensual contoneo de caderas. Le acaricié la mejilla; cálida y suave, pasándole lentamente los dedos por los labios, que resultaron húmedos y carnosos. Empecé a excitarme.

No podía dejar de preguntarme cómo las hacían tan reales.

Capítulo 51

Un autobús estacionó frente a la puerta de mi edificio. Yo estaba sentado en las escaleras que daban acceso a mi bloque fumando algo de hierba. Estábamos a mediados del mes de mayo y empezaba a hacer calor. El pelo había terminado por rapármelo al cero con una vieja maquinilla eléctrica que había comprado en una tienda de artículos de segunda mano. No recordaba haberlo llevado tan corto jamás, por eso, cuando me miré en el espejo apenas fui capaz de reconocerme. No obstante, creo que era mucho mejor así. Mis rasgos angulosos parecían haberse esfumado de la superficie de mi cara: había ganado algo de peso desde que aterricé en este lugar y eso hacía que ya no poseyera unos pómulos tan marcados; las mejillas, poco a poco, les habían ido ganando terreno, presentando mi rostro un aspecto mucho más amable.

Distinguí la escuálida figura de Cote plantada frente a una de las puertas del autobús. Empezaron a bajar decenas de niños mientras él los iba situando en fila, en medio de la acera. Todos eran adolescentes, de entre doce y trece años. La mayoría poseían buen aspecto, de clase media, supuse. Lo de sus caras era otra historia, aparentaban estar bastante asustados. Uno de ellos, que se encontraba situado el último, empezó a llorar desconsoladamente. Sin duda debía tratarse del más débil del grupo: gordo y cagado de miedo. Cote se le acercó espetándole algo de mala manera, aunque desde la distancia me fue imposible escucharlo, consiguiendo hacerlo enmudecer. El chico permaneció temblando frente a él sin atreverse siquiera a moverse. Sé que desde fuera podía parecer que ese hombre no tenía corazón, pero en el fondo le estaba haciendo un favor enorme. Si no lo hacía callar ahora se encargarían de hacerlo más tarde los demás. En el orfanato, donde permanecería hasta que cumpliera dieciocho años, las habitaciones eran comunes, de hasta de diez o doce chicos. Y a nadie le gustaba tener al lado a un llorón que no le dejara dormir. Al principio les daría pena, pero cuando llevaran una hora tras otra aguantando su llanto, cuando esos gemidos lograran introducirse dentro de sus cabezas de forma que no les permitieran pegar ojo, la pena empezaría a transformarse en rabia. Y lo malo de la rabia es que puede estallar en cualquier momento. Tarde o temprano, quizá en su segunda o tercera noche llorando, alguno de esos chicos, furioso aún por haber sido arrancado de su hogar, se levantaría para asestarle un buen puñetazo en el estómago. Y si todavía continuaba llorando, entonces sería otro el que se levantaría repitiendo la operación. Y luego otro. Y otro. Habitualmente lloramos con abnegación a nuestros muertos, pero acabamos por no soportar a los enfermos. Se trataba, una vez más, de la maravillosa naturaleza humana. Cuanto antes asumiera ese chico cuál era su nueva realidad tanto mejor para todos. Junto a Cote estaba situado otro AC que siempre solía acompañarlo. Era un poco más bajo, de uno sesenta aproximadamente. Se trataba del jefe de infancia y siempre se encargaba de ubicar a los niños en los centros. Cote me echó un vistazo desde la distancia y se acercó hasta a mí arrastrando los pies con su habitual paso cansado, dejando al otro tipo a cargo de los chicos.

—¿Cómo va, Ángel?

—Aquí, divirtiéndome —dije, mientras le hacía un gesto invitándolo a fumar.

Cote cogió el canuto y le dio una calada.

—Si te pillan fumando esta mierda te mandarán de nuevo al hospital. Lo sabes, ¿no?

—Sí, pero no me van a pillar —le aseguré, guiñándole un ojo—. Y no pienso volver a ese sitio, puedes estar seguro de ello.

—Sabes que tengo que dar parte, Ángel.—Le dio una calada tan profunda que incluso cerró los ojos—. ¡Joder! Esta mierda es realmente buena. ¿Quién te la pasa?

Me eché a reír antes de contestarle. Él empezó a reírse también y me devolvió el canuto.

—Me la pasa el Viejo.

Cote continuó de pie, negando levemente con la cabeza.

—Veo que está diversificando el negocio. Siempre me he preguntado cómo lo ha hecho para sobrevivir tantos años aquí dentro sin que le pillen.

El gueto permanecía tranquilo. Eran las cuatro de la tarde y la calle estaba desierta, ningún residente deambulaba todavía por ella.

—Vamos a pegar un trago, estoy seco —me propuso Cote.

Callejeamos hacia el sector E. La mayoría de las tiendas estaban cerradas y en los escasos comercios que sobrevivían solo podía comprarse canjeando los créditos para alimentos que repartía el Gobierno. Cote caminaba junto a mí a unos dos metros de distancia por en medio de la calzada. Siempre se mostraba taciturno, parecía como si permanentemente arrastrase una pesada carga. No circulaba ningún vehículo por la calle. El tráfico en el interior del gueto solía ser muy escaso. Solo se escuchaban los rotores de algún dron succionador de CO_2 que a veces nos sobrevolaba. Ningún residente disponía del suficiente dinero para comprar un coche y los pocos que solían circular eran modelos antiguos. Vehículos sacados de chatarrerías y la mayoría de las veces reparados manualmente de forma artesanal. El coche eléctrico hacía décadas que había muerto y ahora los vehículos nuevos se movían a base de CO_2 licuado de la atmósfera. Fábricas recicladoras de CO_2: la coartada perfecta que las grandes potencias habían encontrado para no disminuir sus emisiones. Por fin llegamos a *La Revolución*. El bar no estaba identificado con ningún tipo de rótulo. Era la primera vez que venía, aunque Cote llevaba hablándome de él desde que nos conocimos. Tú encajarías, solía decirme. Y la verdad es que no tardé demasiado en averiguar por qué. El bar no era más que un bajo con la luz muy tenue y con música cubana sonando por los altavoces. Las aspas de los ventiladores que colgaban del techo no cesaban de girar, removiendo todavía más el aire caliente. No era un lugar demasiado grande; diez o doce mesas y una pequeña pista de baile que permanecía vacía. De momento, éramos los únicos clientes. Nos sentamos en unos taburetes junto a la barra. El camarero parecía inmerso en un pequeño trance apoyado sobre la estantería, donde estaban colocadas las bebidas. Tenía los ojos cerrados y permanecía con la cabeza echada hacia atrás. De estatura media y delgado, no debía tener más de veinticinco años. Iba vestido con una camiseta negra de manga corta con las letras sobreimpresas de un videojuego de realidad virtual. Ni siquiera se dio cuenta cuando nos sentamos. Emitía extraños sonidos con la boca, como si intentara decir algo. Su habla había quedado reducida a un espasmódico balbuceo, como cuando murmuramos en sueños. Parecía mantener una conversación consigo mismo, con ese yo interior que ahora se encontraba a una distancia prácticamente inabarcable respecto al mundo real.

—¡Eh, chico! —le gritó Cote mientras golpeaba con la mano sobre la barra.

El camarero reaccionó lentamente, abriendo los ojos y bajando la cabeza. Por un instante fue como si no supiera dónde se encontraba exactamente. Dirigió la vista hacia nosotros, pero parecía incapaz de vernos. Se apretó los ojos con los dedos y por fin despertó.

—¿Os pongo algo? —preguntó, acercándose a la barra.

—Sí, un par de cervezas bien frías.

El chico se dio la vuelta y se dirigió hasta el tirador.

—¿Tan buenos son esos implantes que todo el mundo por aquí está colgado de ellos?

—Se trata de la nueva generación. Dicen que el último implante que acaban de sacar al mercado engancha más que cualquier droga que hayas probado —me explicó Cote.

—¿Y qué tipo de sensación provoca?

—Te mantiene alejado de este lugar, ¿te parece poco?

El camarero trajo las dos cervezas y luego regresó a su sitio, esta vez se acomodó en una pequeña silla y volvió a echar la cabeza hacia atrás. Cote le dio un buen trago a su pinta mientras continuaba con la vista fija en el chico.

—¿Y tú no llevas ninguno?

—Sí, me lo hice hace mucho tiempo, durante mis primeros años aquí cuando esa tecnología solo estaba empezando, pero no lo uso demasiado.

Cote se apartó el cabello de uno de los laterales de su cabeza y me mostró la sombra de una cicatriz que serpenteaba hasta la base del cráneo.

—¿Y qué pasó? ¿Por qué ya no te conectas?

—Al principio me ayudó bastante a soportar la vida en este lugar alejado de mi familia, pero por aquel entonces la tecnología no estaba tan avanzada. Era como sumergirte dentro de un sueño; las cosas no se percibían con la misma nitidez que en la vida real y a veces el *software* fallaba provocando distorsiones en los pensamientos que generaba. Y cuando eso ocurría era una auténtica lotería; podía ser maravilloso y colocarte como jamás lo habías hecho o provocarte la peor de las pesadillas. Hubo algunos residentes que murieron antes de poder recuperar la consciencia. Se armó un gran revuelo, pero al final, como siempre ocurre, se echó tierra sobre el asunto para que todo se olvidara. Total, ¿a quién coño le importa lo que pase aquí dentro? La compañía implicada todavía continúa fabricando la nueva generación de implantes.

—¿Por eso lo dejaste? ¿Tuviste miedo de que te pasara lo mismo?

—No, no fue por eso. En el fondo los implantes son como las drogas de diseño; siempre existe la posibilidad de que te sienten mal. Es un riesgo que hay que correr —afirmó Cote mientras apuraba su cerveza—. Lo dejé porque en algún momento tienes que despertar, no puedes permanecer siempre ahí dentro. Y ese momento, en el que despiertas y vuelves al mundo real, suele ser devastador. No lo soportaba, no soportaba volver otra vez aquí. Pasaba tantas horas en ese juego que empecé a preguntarme cuál de las dos realidades era la implantada. No era sano. Prefiero no albergar la esperanza de que algún día tendré otra vida. La esperanza puede ser peligrosa, Ángel. Es lo más peligroso que te vas a encontrar aquí.

Asentí levemente y le di un trago más a la cerveza mientras echaba un vistazo por el local. De repente, dos figuras aparecieron recortadas a contraluz bajo el marco de la puerta. Al principio dudaron un poco, pero una de ellas tiró de la otra agarrándola de la mano y se acomodaron en una de las mesas del fondo. Cote también se había fijado en ellas y me miró haciéndome un guiño.

—¡Comienza el espectáculo!

—¿Mujeres?

—Sí, suelen frecuentar mucho este lugar.

—Ya casi había abandonado la esperanza de volver a ver a alguna. Si descontamos a las operarias del CED, claro.

—Sí, supongo que esas no cuentan.—Cote esbozó una sonrisa burlona—. Bueno, hay que conocer los sitios. A ver si tenemos suerte.

El camarero se acercó hasta ellas y les tomó nota. Eran jóvenes, de unos treinta y tantos.

—No están del todo mal —le dije a Cote—. ¿Nos acercamos?

—No, ni se te ocurra. Nunca se sabe cómo van a reaccionar, podrían denunciarnos por acoso.

—¿A qué te crees que han venido a un sitio como este?

—Tranquilo, no seas impaciente, se acercarán ellas. Ya verás como lo harán.

Cote continuó hablando de su vida en el gueto sin prestar demasiada atención a las dos chicas. Yo de vez en cuando les echaba un vistazo de soslayo. Se habían desprendido de las mascarillas y se estaban tomando un par de copas de vino. Una llevaba el pelo muy corto, al uno o al dos, difuminándose su pequeña nariz en medio de su rostro redondeado. Iba vestida con un top negro y una minifalda vaquera. La otra poseía una larga melena que le caía hasta la mitad de la espalda. Llevaba unos tejanos cortos que apenas le cubrían los muslos, una americana gris arremangada y abierta, dejando ver una camiseta blanca ceñida. Las dos iban perfectamente maquilladas y creo que incluso desde la distancia que nos separaba podía llegar a oler su perfume. Me giré hacia el camarero y le pedí otro par de cervezas. El chico tardó algo menos en reaccionar que la primera vez. Se levantó lentamente y caminó hasta el tirador, fue cuando vi a Cote sonreír para sí mismo.

—¿Qué tal, chicos? ¿Estáis solos?

Eran ellas. Estaban de pie frente a nosotros. Cote las miró con un brillo en los ojos que hasta ahora no le había visto.

—Ahora no —les contestó—. ¿Queréis sentaros?

—Quizá sería mejor que fuésemos a otro sitio —sugirió una de ellas—. Esto no está muy animado.

Ahora pude percibir nítidamente su perfume. Olían a ese jabón de almendras con el que siempre me duchaban de crío, y que se adhería a cualquier superficie que tocaba. No existía ni un atisbo de duda en sus palabras, parecían dar por sentado que nos iríamos con ellas.

—¿Vives por aquí? —me preguntó la de la cabeza rapada.

Cote se quedó en su sector con la chica del pelo largo y yo me fui con la otra. Caminamos hasta mi piso. El sofá cama estaba abierto desde esta mañana, aunque la verdad es que lo estaba siempre, no solía recibir demasiadas visitas. La chica no pareció asustarse por el desorden de la vivienda, dejó el bolso encima de la mesa donde yo solía comer y permaneció de pie, observándome.

—Nunca había visto a ningún hombre como tú —me dijo, mientras me cogía de las mejillas con la mano —. No te pareces a los demás, es como si fueras de otra especie —añadió, mientras hacía girar mi cabeza para examinarme con detenimiento—. La verdad es que es la primera vez que hago esto— confesó—. Estoy casada…

A mí no me apetecía seguir escuchándola, así que la interrumpí introduciéndole la mano bruscamente en la entrepierna por debajo de la falda, sujetándole con fuerza el coño.

—¡Ahhhh! ¡Joder! –exclamó, emitiendo un profundo gemido, al mismo tiempo que comenzaba a respirar de forma acelerada.

Me acerqué aún más a ella, aproximando mi boca a la suya, pero sin llegar a tocarla del todo. Tan solo rozando ligeramente sus labios con los míos para que fuera capaz de respirar mi aliento, pero manteniendo su entrepierna bien sujeta. Estaba completamente empapada. No se atrevió a pronunciar una sola palabra, tan solo me miraba fijamente respirando de forma entrecortada. Permanecí pegado a ella, percibiendo cómo su corazón latía cada vez más rápido. Me deseaba. Quizá nunca había deseado tanto a nadie como en este preciso momento. Y era ese deseo irracional el que la había empujado a saltarse la ley para a venir hasta aquí. Era lo que la había empujado arriesgarse a morir infectada para satisfacerlo. La humedad de su coño, eso era lo que la había arrastrado hasta esta cloaca. Tan solo eso. Esa pulsión era tan fuerte que por satisfacerla había sido capaz de arriesgarlo todo; su posición social, su matrimonio… solo para que se la follasen, solo para sentirse de nuevo mujer durante unos minutos.

La empujé. Tropezó con el sofá cama y cayó sentada sobre él con las piernas semiabiertas. Todavía mantenía el rostro circunspecto, en lo que parecía ser un síntoma de total excitación…o de pánico…o quizá una mezcla de ambas cosas. Pude ver sus braguitas negras asomando de entre sus muslos. Me arrodillé encima del sofá, frente a sus piernas. Ella ni siquiera se atrevió a moverse mientras le apartaba las bragas hacia un lado. Contemplé por primera vez la abertura de su sexo desnudo y perfecto. Continuaba inmóvil, observándome con la cara descompuesta, con apariencia de no poder aguantar ni un segundo más el deseo. Me desabroché los pantalones y la cogí por la cintura atrayéndola hacía mí, penetrándola lo más violentamente de lo que fui capaz. Profirió un grito, arqueando la espalda y cerrando los ojos. Me desprendí de la camiseta y volví a follármela, colocado totalmente encima de ella. Empujé bruscamente con mis caderas y la penetré otra vez. Y otra. Con fuerza, con rabia. Ella me empujaba el culo con los talones para que no parara, para que continuara follándola, mientras gritaba, mientras no podía dejar de gritar. Me clavaba las uñas en la espalda al mismo tiempo que me mordía la oreja, y que me susurraba al oído toda esa porquería que sin duda llevaba tiempo esperando poder salir de su boca:<<*¡¡Sigue follándome!!¡¡Fóllame, andro de mierda!!¡¡No se te ocurra dejar de follarme, joder!!*>>.

Capítulo 52

Séptima sesión del juicio contra Clara Meller. Comparece como testiga[27] de la Fiscalía la doctora Marian J. Braun.

—Su turno, letrada Curtis —me indicó la jueza Marisa Cano desde lo alto del estrado.

Se trataba de una mujer joven, de no más de cuarenta años, surgida de la cantera que siempre había supuesto para la Judicatura de esta ciudad la reconocida Universidad de Ment. Llevaba el pelo corto, alisado artificialmente y repeinado hacia un lado, adhiriéndose a su cabeza mediante uno de esos fijadores extremos, dando la sensación de portarlo tatuado sobre la piel. Era de raza negra y descendía de una familia adinerada. Tercera generación de inmigrantes climáticos que supo cómo salir adelante en el viejo mundo. Una de sus madres ostentó el cargo de senadora durante ocho años, los últimos de su larga carrera. Antes había sido concejala, diputada estatal y ministra de Justicia, de manera que este solo debía ser el escalón previo para el aterrizaje de su hija en la política. Cuando tu familia ha surgido desde la nada el estatus siempre significa algo. Supone el constante recordatorio de que debes esmerarte por mantener tu posición social. De que cada nueva generación está obligada a llegar un poco más lejos que la anterior. A respirar un aire algo más puro, a habitar en un piso más alto, o a pisar una alfombra un tanto más mullida. Y eso siempre resulta peligroso. Porque era muy posible que la jueza sintiera la tentación de ser más dura de lo que debería, era más que probable que estuviera recibiendo presiones.

Tal vez.

---

[27] Testiga: femenino de *testigo* (RALIF).

Tal vez.

Mi cabeza no era más que un inmenso torbellino que amenazaba con llevarse por delante hasta el más arraigado de mis pensamientos.

Antes de empezar a hablar, consulté mis notas durante unos segundos en la consola integrada en la estructura de la mesa. A mi lado estaba sentada Clara, que llevaba el pelo recogido en una coleta e iba vestida con un traje chaqueta de color azul. Mantenía el semblante circunspecto, como intuyendo lo que se le venía encima. Quizá, en ese momento, se le estaría pasando por la cabeza que tal vez no hubiese sido tan mala idea aceptar ese trato. Miré de reojo a la fiscal, Lucía Castillo, que permanecía sentada a mi izquierda, a unos cuatro metros de distancia, en la bancada del Ministerio Público, y que sonreía satisfecha después del interrogatorio con el que finalizó la sesión de ayer. La fiscal jefa tampoco se había personado hoy; compareció en las jornadas iniciales, pero cuando el caso empezó a decantarse a favor del Estado simplemente dejó de hacerlo. Sentada al lado de Lucía se encontraba situada una joven abogada, a la que apenas debían haberle crecido las tetas. La chica se limitaba a asentir de vez en cuando con la cabeza y a pasarle algunas notas a la fiscal. La miré preguntándome si Lucía se la habría tirado ya. La perita de la acusación, la doctora Marian J. Braun, que permanecía acomodada en una butaca junto a una pequeña mesa en medio de la sala, frente a la jueza, era la jefa de Enfermedades Infecciosas de la Ciudad–Sanatorio Nuevo Día, el único gueto que existía en la Ciudad Protegida de Valencia. Se trataba de una burócrata. Un cargo político de carácter técnico puesto a dedo que cambiaba cada cuatro años según el color del Gobierno de turno. Era una de las caras visibles del Ministerio de Sanidad en la ciudad. Debía tener unos treinta y ocho años, de constitución delgada, y por lo nerviosa que parecía se diría que era la primera vez que declaraba ante un tribunal.

—Con la venia, señoría. ¿Qué situación clínica diría que presentaban los realojados? —pregunté, dirigiendo mi mirada hacia la perita.

—Eran residentes bajo la custodia del Estado debido a su alto riesgo infeccioso.

—Para refrescarles la memoria a las miembras del jurado, ¿cuáles son los síntomas del síndrome de Kocinsky?

—Sí, claro —comenzó a decir y su rostro, por un momento, pareció relajarse—. La sintomatología más frecuente que presenta un paciente con síndrome de Kocinsky en estadios iníciales es debilidad, fiebre alta, náuseas y vómitos. Aunque en algunos pacientes no se aprecian estos síntomas y manifiestan directamente un estado agravado de la enfermedad; en estos casos se ha descrito tos con sangre, temblores; si el virus ha empezado a extenderse por el sistema nervioso central, dolor agudo en el pecho; si el patógeno ha afectado ya al corazón o insuficiencia respiratoria si ha invadido los pulmones. En esos casos el paciente es irrecuperable y la esperanza de vida se reduce a días o quizá semanas. Este cuadro clínico suele producirse en los pacientes con niveles muy altos de testosterona, en los que el virus avanza muy rápidamente gracias a que esta hormona actúa como catalizadora de la enfermedad. Este tipo de casos eran los más frecuentes en tiempos de la Gran Infección, pero hoy en día, gracias a las terapias de ablación androgénica y a los nuevos antirretrovirales, son muy excepcionales.

—Veo que conoce muy bien el tema, doctora —le dije esbozando una media sonrisa.

—Por supuesto, es mi trabajo —contestó Marian, ahora ya mucho más relajada.

—Estupendo —añadí, haciendo una breve pausa para consultar mis notas—. ¿Y cuáles de esos síntomas presentaban los residentes realojados por la asociación Hombres por la Igualdad?

—Eh… Ninguno de ellos presentaba síntomas.

—No presentaban síntomas. Bien. Pero, a pesar de no presentar síntomas, imagino que habrían dado positivo en alguna prueba de anticuerpos, ¿no?

—No, pero…eso no significa que...

—Refrésquenos la memoria, ¿cuánto tiempo llevaban sin dar positivo en una prueba, doctora?

—Bueno, la verdad es que…no tengo constancia de que alguno de ellos hubiera dado positivo, la verdad es que tendría que repasar mis notas, pero...No obstante, el verdadero peligro reside en su capacidad para producir testosterona. Solo por ese motivo constituyen una enorme amenaza potencial incluso si aún no están infectados, debido a la vertiginosa velocidad de propagación del virus. Es la razón por la que se les mantiene recluidos, para controlar sus niveles de esa peligrosa hormona.

—Entonces, ¿sostiene que se les mantiene recluidos estando perfectamente sanos?

—Yo no he...—La perita miró hacia Lucía, como preguntándole qué debía responder a eso.

—Letrada —interrumpió la jueza, acercándose al micrófono—, está poniendo en boca de la perita palabras que ella no ha pronunciado.

—La doctora ha declarado que los residentes no manifestaban ni siquiera una sintomatología leve, luego, según su propia argumentación, estaban sanos —repuse.

—La letrada no es una experta para considerar si los pacientes estaban sanos o no —sentenció la jueza—. La pregunta es capciosa. Reformúlela.

Lucía me observó de reojo sonriendo levemente.

Hice una pausa. Miré hacia el frente, hacia la otra parte de la sala donde permanecían sentadas las miembras del jurado. Se trataba de cinco mujeres blancas y cuatro negras de entre veinticinco y cincuenta años. Por un instante intenté introducirme en el interior de sus cabezas. Me pregunté si tendrían algún hermano o algún primo y si viviría todavía en el gueto. O si habría muerto ya, eso sería todavía mejor. Me pregunté si ese algoritmo que seleccionaba a las juradas no habría tenido en cuenta también ese factor y al instante siguiente pensé que seguro que sí, que seguro que lo había hecho. Me pregunté quiénes de todas ellas habrían sufrido el virus de cerca, si estarían cabreadas, si una pequeña duda habría conseguido anidar en el interior de sus mentes, y si les quemaría por dentro, tanto como para dar por sentado que toda esta escenificación no constituía más que una enorme farsa, que el sistema estaba podrido, que carecía de sentido. No existe nada más poderoso que una duda, porque es capaz de arruinarlo todo. Yo sabía que siempre se empezaba por ahí, por una pequeña grieta sin importancia que se masillaba para disimularla, pintando luego encima. Y nadie era capaz de verla. Solo que continuaba ahí, creciendo, agrandándose hasta volverse gigantesca. Me gustaría saber cuáles de todas esas mujeres se hubieran comportado de la misma forma que Clara. Si lo supiera centraría en ellas toda mi atención, les hablaría mirándolas directamente a los ojos, exclusivamente para ellas, y conseguiría abrir esa brecha por donde empezaría resquebrajarse todo este maldito caso.

—Está bien —continué diciendo—, retiro la pregunta, señoría. La defensa presenta como prueba el informe con número de asiento virtual E—24612029802125—G. Lo tienen cargado en sus consolas. Aunque como verán no es propiamente un informe, es la recopilación del diario clínico de cada uno de los residentes. Solicitamos su lectura en voz alta por parte de la doctora.

—Señoría, eso no es necesario. Las juradas disponen de total acceso a ese documento —objetó Lucía.

—La defensa lo considera relevante con el objeto de contrastar lo que la doctora ha manifestado ante este tribunal.

La jueza ojeó brevemente su consola y luego se dirigió a mí.

—Tendría que haberme informado de esto, letrada.

—Señoría, hasta la sesión de ayer no sabíamos lo que la perita iba a testificar.

La jueza permaneció pensativa durante un segundo.

—Está bien... proceda con el interrogatorio, letrada. La Fiscalía podrá repreguntar una vez usted haya terminado.

Lucía acercó de nuevo su boca al micrófono e hizo intención de añadir algo, pero la mirada de reprobación que le lanzó la jueza pareció disuadirla y se reclinó nuevamente sobre la silla.

—Lea en la página cuarenta y dos —le ordené a la doctora.

La perita se inclinó sobre la consola integrada en la pequeña mesa a la que estaba sentada.

—No se observan proteínas de tipo vírico en las muestras —empezó a leer—. Niveles de testosterona por debajo de lo normal. Tampoco se aprecian anticuerpos que hagan sospechar la presencia del virus.

—¿De qué paciente se trata?

—De Leonardo Cosmos.

—¿Y quién firma el informe?

—Es mi firma.

—Bien, vaya hasta la página cincuenta, paciente Tomás Castro. Lea por favor.

—El paciente hace años que no presenta proteínas de tipo vírico. Niveles de testosterona por debajo de lo aconsejable clínicamente, afectando ya a su volumen óseo. Recomendable suspender la medicación.

—¿Por quién está firmado, doctora?

La perita miró con gesto grave a Lucía, como preguntándole si contestaba o no a la pregunta. De repente había empezado a sudar. El sobrio traje gris en el que iba enfundada parecía dificultarle cada vez más la respiración. Se aflojó el nudo de la pashmina. Y por un momento enmudeció. A las preguntas de la Fiscalía había asegurado que existían motivos clínicos para mantenerlos encerrados, que eran peligrosos, que era imposible saber hasta qué punto todavía resultaban infecciosos. Ahora sus propias valoraciones, plasmadas en ese diario, desmentían punto por punto su testimonio anterior. Marian observó el rincón donde se situaba la prensa, junto a la bancada de las juradas, luego se giró lanzando una breve mirada hacia el público, situado a su espalda: más de cien mujeres que atestaban la sala y que ahora centraban su atención solo en ella. Seguramente habían acudido a la sesión alimentadas por el morbo de un juicio mediático, como si fuera un espectáculo deportivo o una serie de ficción, pero con el aliciente de que aquí los personajes eran reales, y de que la historia continuaba fuera de esta sala. Finalmente Marian volvió a mirarme.

—Es…es mi firma —manifestó, acercando la boca al micrófono—. Sí, también es mía.

—Bien, ahora vaya a la página…

—Señoría, ¿vamos a leer el informe completo? Resulta tedioso, estamos aburriendo a las juradas —estalló Lucía levantándose de su asiento.

—Señoría, se trata de una prueba que desmiente la declaración de la doctora. Esos hombres estaban sanos, ella misma lo dijo en este diario y es importante que las miembras del jurado lo oigan de sus propios labios.

Lucía permanecía de pie, la expresión de su rostro de repente había cambiado: lejos de mostrar confianza se había instalado en él una mueca de preocupación. La fiscal parecía saber que con cada palabra que pronunciaba su propia testiga el caso se escurría un poco más por el sumidero del sistema judicial.

—¡Siéntese, letrada! —le ordenó la jueza—. La defensa puede continuar.

Clara por primera vez levantó la cabeza y miró a su alrededor; al silencio denso y pesado que se respiraba ahora en toda la sala, al eco de la voz de la doctora retumbando sobre las paredes y al rostro de cada una de las juradas.

Sí, es mi firma.

Debía haber unas cincuenta periodistas entre cámaras, reporteras gráficas, y técnicas de sonido. Con cada respuesta de la doctora una ráfaga de flashes descargaba nuevamente sobre ella.

Osteoporosis severa. El tratamiento fue finalmente suspendido.

Lucía soltó el bolígrafo sobre la mesa de mala gana mientras negaba con la cabeza. Se recostó en la silla de cuero y se cruzó de brazos. Cada una de esas palabras la hundía un poco más en su asiento, hasta conseguir dejarla sepultada bajo el manto de un espeso silencio.

Es mi firma.

Es mi firma.

Sí, también es mía.

Capítulo 53

El pitido de la RA me despertó de pronto. Abrí lentamente los ojos y comprobé que la chica ya se había ido. Una terrible resaca, es lo siguiente que conseguí percibir. Y mi cabeza convertida en una enorme llaga que supuraba, que estaba a punto de estallar. Me encontraba tumbado boca abajo sobre el sofá cama y completamente desnudo, permaneciendo la sábana todavía húmeda.

Volvía a estar solo.

Ni siquiera la había escuchado levantase. En el interior de mi mente aún resonaba el eco de sus gemidos, el recuerdo borroso de sus caderas encima de las mías, el vodka; empapándonos, mientras desnudos apurábamos la última botella, y esa fragancia resultante de la extraña mezcla entre mi sudor rancio y su perfume caro.

En las lentes de realidad aumentada saltó el icono de un aviso bancario. Por un momento pensé que debía estar otra vez en negativo, por eso me sorprendí al ver que se trataba de una transferencia. Me incorporé y me quedé sentado con los pies apoyados en el suelo. Accedí a mi cuenta a través de la interfaz de las lentes; alguien me había transferido ochocientas criptomonedas. Debía ser ella, aunque no sé cómo había averiguado mi código de LRA. Tal vez se lo había dado anoche y ahora no lo recordaba. No sabía muy bien cómo sentirme. ¿Insultado? Ya no me quedaba autoestima para eso. ¿Halagado? La verdad era que mi intención inicial no era que me pagara, ni siquiera salió el tema antes de dirigirnos hasta aquí. Supongo que ella lo habría dado por sentado. ¿Así es cómo iba a ser esto a partir de ahora? Mantuve la atención durante un segundo más en el saldo de mi cuenta y pensé que era el dinero más fácil que había ganado en toda mi vida, pensé que me la hubiese follado gratis, que no podía permitirme renunciar a él. Eran las diez de la mañana. Las diez de la mañana y sin nada que hacer. Otra vez. Eso era sin duda lo que peor llevaba, la eterna espera hasta que sucedía algo que te arrancaba de la tediosa rutina, hasta encontrar cualquier cosa con la que matar el lento y pesado transcurrir del tiempo.

Lo que más me gustaba de follar es que a la mañana siguiente te sentías satisfecho. Lo bueno de follar era que disfrutabas más del desayuno, que el café sabía mucho mejor, que las tostadas estaban más crujientes y que hasta el zumo parecía hecho con naranjas de verdad. De modo que, continué envuelto por esa nube de endorfinas durante un rato más. Funcionaba como una droga que tu organismo no lograba eliminar inmediatamente. Aunque si lo pensabas con detenimiento, la verdad es que no significaba nada. En el instante siguiente a correrme siempre me daba cuenta de lo absurdo que era, de que carecía de importancia. Pero eso solo era capaz de pensarlo cuando la última gota de semen se disponía a abandonar el interior de mi cuerpo, ni un segundo antes. Ni un puto segundo antes. Cualquier instante anterior a ese momento hubiera hecho cualquier cosa por conseguir tirármela. Siempre era así y eso, eso, en el fondo, hacía que me sintiera completamente estúpido; ser consciente de que me movía por una pulsión que alguien había programado dentro de mí, por una orden que fue escrita hace un millón de años…Estúpido. Estúpido. Estúpido. Grabada en lo más profundo de mi genotipo, pero que carecía de valor absoluto en sí misma. Tan solo obedecía a un fin reproductivo. Una pulsión que carecía de un verdadero sentido. Muchas veces me sentía mal por ello, cuando me faltaba el sexo, incluso llegaba a sentirme culpable. Sentía que debía estar haciendo algo mal. Pero no era mi elección. Simplemente alguien había decidido que lo necesitaba y yo, como un niño obediente, corría a buscarlo.

Recuerdo que siempre desayunaba de pie, frente a la ventana que daba a la calle principal. Era una vieja costumbre de la que todavía no había logrado desprenderme. Era lo que solía hacer antes de ir a trabajar, cuando aún trabajaba (me sorprendí sonriendo para mí mismo). Y luego empezaba el día. Suponía que mientras continuara haciéndolo significaría que el gueto todavía no había conseguido doblegarme del todo. Esas pequeñas e insignificantes rutinas son las que nos mantienen vivos, las que marcan la sutil diferencia entre conservar el control o dejarse llevar para siempre, son las frágiles cadenas que nos sujetan a la cordura. Normalmente la gente detesta la rutina. La rutina es aburrida, es monótona, la rutina… joder, la rutina solo es rutina. Pero es, sin ninguna duda, lo que consigue que no perdamos la cabeza. Es lo que provoca que sigamos pareciendo humanos.

Miré por la ventana. La calle empezaba a poblarse de gente. Comenzó a organizarse otro partidillo de niños en la plaza y los primeros residentes se situaron ocupando sus puestos sentados en los bancos. Me pregunté cómo le habría ido a Cote con la otra chica. Caminé hasta el baño, me di una ducha fría y noté que empezaba a ser otra vez persona. No tenía nada que hacer así que decidí ir hasta el bloque de Cote. Cuando me encontré frente a su puerta, la empujé levemente y se abrió sin ofrecer resistencia. Recorrí el pasillo hasta el salón. Vi su coronilla asomando por el sillón orejero, frente a un viejo televisor de pantalla plana. Al principio no reparó en mi presencia. Las cortinas permanecían echadas y no entraba ni una gota de aire fresco. Me senté junto a él en el sofá contiguo. Iba vestido con una camiseta negra, con las letras AC bordadas en el pecho. También llevaba puesto el brazalete amarillo, unos pantalones azules estilo militar y las botas negras que completaban el uniforme. Tenía la cabeza echada hacia atrás y mantenía los ojos cerrados. Había un vaso encima de la mesita, junto al sillón donde estaba sentado, y también una botella vacía de ese licor que me ofreció la primera vez que estuve aquí. Me levanté y me acerqué a él un poco más. Apestaba a alcohol.

—¡Eh! Cote, ¿ te encuentras bien?

Balbuceó algunas palabras como si estuviera hablando consigo mismo. Entonces entendí que estaba conectado. Di una fuerte palmada frente a su cara consiguiendo que abriera los ojos. Su mente comenzó a volver de ese lejano lugar al que debía haberse mudado. Al principio no me reconoció, pero se frotó los ojos y lentamente empezó a reaccionar.

—¡Eh! Ángel, tío. Me había conectado un rato.

Estaba completamente borracho.

—¿No me dijiste que lo habías dejado?

—Sí, bueno. Lo hago de vez en cuando…

Tenía los ojos enrojecidos, como si hubiese estado llorando. Aunque siempre solía ponerse así cuando bebía demasiado.

—¿Qué tal te fue?

Cote me miró fijamente sin parecer comprender.

—No sé cómo aguantas aquí dentro, ya empieza a hacer calor —observé—.Tenéis que hacer algo con lo del aire acondicionado, en mi bloque tampoco funciona.

Me levanté y corrí las cortinas, abriendo las ventanas para que entrara algo de aire.

—¿Qué haces, Ángel? —Entornó los ojos, protegiéndolos con las manos de la excesiva claridad.

—No te quejes, así entrará algo de luz. Ahora ha empezado a correr algo de aire, hay que aprovecharlo.

Me acomodé otra vez en el sofá. Cote continuaba medio ido. Su mente se encontraba todavía a kilómetros de distancia, quizá deseando volver a conectarse.

—Y, ¿entonces qué? ¿Te la tiraste? —le pregunté para intentar animarlo.

Cote permaneció serio, mordiéndose los labios y con la mirada perdida. Negó con la cabeza.

—No, no pude —confesó amargamente.

—¿Qué no..? Pero, ¿por qué? ¿Habían venido a eso? ¡Incluso me ha pagado!

—¡Ya lo sé, joder! ¿Crees qué no lo sé?

Cote se presionó los ojos con los dedos, mientras continuaba negando con la cabeza. Parecía que estaba a punto de derrumbarse.

—No se me levanta. ¿Entiendes? Ya no se me levanta. Tengo treinta años y no se me levanta. Ni siquiera soy capaz de echar un polvo, joder.

—Eh, hombre. No te castigues por eso —le dije mientras me situaba junto a él y lo cogía cariñosamente por la nuca—. No es culpa tuya. Es la puta medicación, ya lo sabes.

—Sí, la puta medicación. La puta medicación. Eso es.

— Y,¿ la magia azul? ¿No te la tomaste?

—No me quedaba, no…no sabía dónde la había puesto. Y la chica no quiso esperar.

—¡Zorra! Todas buscan lo mismo. Les importamos una mierda.

—Sí, así es.

Cote me hizo a un lado y se levantó medio tambaleándose.

—Voy a mear —me dijo, mientras se alejaba hacia el cuarto de baño.

Me senté de nuevo en el sofá. La tele estaba puesta, emitían el boletín de noticias del medio día.

—Volumen al ocho —ordené en voz alta.

—*El juicio contra la activista Clara Meller reanudará la semana que viene sus sesiones en la Ciudad de la Justicia de Valencia. Ha sido designada una abogada de oficio ante la imposibilidad de la Señora Meller de encontrar defensa letrada. Mientras tanto, la investigación sobre el accidente que hace cinco meses le costó la vida a Evelyn Curtis, la antigua abogada a cargo de la defensa, continúa su curso…*

—¡Fuera Canal Seis! —grité.

Ya había oído suficiente. Me tapé la cara con las manos y permanecí en esa postura durante unos segundos. El buen humor con el que me había levantado acababa de desaparecer. Por un momento noté que algo se removía en mi interior: un sentimiento de impotencia que de repente acababa de instalarse dentro de mí, un fogonazo de culpa que penetraba desgarrando cada centímetro de mi mente.

Me levanté y fui hasta la cocina para servirme una copa. No quedaba mucho donde elegir. Mientras apuraba un vaso de no sé muy bien qué clase de licor, me di cuenta de que Cote ya llevaba un buen rato en el baño. Caminé pesadamente hasta el lavabo. La puerta estaba entreabierta y la golpeé fuertemente con los nudillos antes de entrar. No me apetecía encontrarme a Cote vomitando o algo peor.

—Cote, ¿te has muerto o qué?

Esperé unos segundos, pero no respondía, de manera que entré. Me preparé mentalmente para verlo en pelotas sentado sobre el retrete, para tener que subirle los calzoncillos y llevarlo hasta la cama.

Capítulo 54

<<*—Desde tu último intento, ¿alguna vez más has pensado en quitarte la vida? Puedes confiar en mí, Eve. Lo que me cuentes en el interior de esta habitación en ningún caso se verá reflejado en tu expediente académico, ya lo sabes. Por eso es muy importante que me digas toda la verdad, solo así podré ayudarte.*

—A todas horas, doctora. Pienso en ello a todas horas.

—Bien, no te preocupes. Tus niveles de serotonina deben estar bajos, te recetaré algo>>

Una multitud se agolpaba junto a las escalinatas. Yo caminaba delante, protegiendo con mi cuerpo a Clara, incapaz de atisbar una salida entre el denso enjambre de periodistas que nos acosaba.

—¡Señora Meller! ¡Señora Meller!

—Solo una pregunta…

—Por favor…

Caminábamos abriéndonos paso con las manos, zigzagueando por en medio de todas ellas. Por fin conseguimos bajar las escaleras y nos dirigimos hacia la puerta exterior de los juzgados. De repente, choqué con una reportera, una mocosa recién salida de la facultad que aterrizó en el suelo provocando que cuatro o cinco reporteras más perdieran también la verticalidad. Aprovechamos esa pequeña melé para sacarles algo de ventaja. Me imaginé los titulares de la prensa sensacionalista del día siguiente: <<*Abogada de la defensa agrede a una reportera que solo hacía su trabajo*>>. Aunque pocas cosas eran capaces de estropear el buen humor con el que había salido del juzgado. El pequeño incidente con la reportera incluso podría otorgarle más publicidad al caso, minutos gratis en la RA nacional que valdrían millones si tuviera que pagarlos.

—¡*Despejen la salida!¡Mantengan la distancia!* —estalló una voz desde las alturas.

Alcé la vista; varios DAVS lo observaban todo, sobrevolando la escena a unos diez metros del suelo.

—Letrada, ¿es cierto que van a llegar a un acuerdo con la Fiscalía ahora que el caso parece desmoronarse? —me asaltó otra de las periodistas con voz jadeante mientras corría para situarse a nuestra altura. Esta vez se trataba de una mujer madura, que parecía estar más acostumbrada que su colega a este tipo de persecuciones.

—No haremos ninguna declaración por el momento —respondí sin detenerme a mirarla.

Solo podía pensar en salir de allí, en alcanzar mi coche antes de que la situación empeorase aún más y acabara descontrolándose por completo. Al mismo tiempo que intentaba avanzar, con Clara cogida de una mano y apartando a periodistas con la otra, me pregunté dónde se habrían metido las agentas de seguridad del juzgado. Ahora me arrepentía de no haber aparcado más cerca, tendríamos que recorrer unos quinientos metros antes de llegar al Mercedes.

Estaba eufórica. La adrenalina seguía corriendo por mis venas y la dopamina todavía golpeaba con rabia las paredes de mi sistema nervioso central, provocándome una alegría incontenible.

Había ganado.

Mientras continuaba avanzando a trompicones entre las periodistas, no podía dejar de acordarme del balbuceo de la doctora, música celestial para mis oídos. Recordé cada uno de los silencios que se produjeron en su entrecortado discurso, cada mirada que le lanzaba a Lucía para saber si debía o no responder a mis preguntas y que constituía una nueva y apabullante victoria. Lucía había quedado reducida a una sombra de sí misma. Le había sucedido lo peor que le puede ocurrir a una fiscal: que su propia testigo se convirtiera en la principal prueba de descargo de la defensa. Eso era algo imperdonable. Lucía parecía ser consciente de ello mientras introducía el resto de sus notas en el portafolios, una vez la sesión hubo terminado. No pude evitar acercarme para regodearme un poco en mi victoria : <<*Touché*>>, le susurré al oído en el momento en que pasaba junto a ella en dirección a la salida. Me retuvo fuertemente por el brazo y se me quedó mirando en silencio durante unos segundos. Bajé la vista y le aguanté la mirada, un poco sorprendida por su inesperada reacción. Pude percibir la rabia contenida dibujada entre sus facciones. Tenía las mandíbulas apretadas, tensas como las de un perro antes de atacar. El rostro de la derrota poco a poco se fue dibujando en el interior de sus ojos. Lucía se comportaba como un animal herido, dispuesto a hacer lo que fuera para intentar salvarse.

—Escucha, esto no es ningún juego, ¿entiendes? —Su voz era tan solo una especie de murmullo, aunque seco y cortante—. ¡Espabila! Ya no estás en la facultad. No tienes ni idea de dónde te estás metiendo. No te van a dejar ganar —me advirtió antes de soltarme.

Me giré para observar a Clara, que parecía un auténtico cadáver a la vez que caminaba escudándose detrás de mí. En su rostro ahora se había instalado el miedo, palideciendo ante el enjambre de periodistas que nos rodeaba.

—Sácame de aquí, Eve, por favor.

Llegamos hasta la verja exterior del juzgado, cuya puerta permanecía cerrada. Al otro lado, miles de manifestantas[28] agitaban pancartas y vociferaban presionando contra la verja para intentar acceder al recinto.

—¡Esto se está poniendo cada vez más feo. ¿Dónde está la Policía? –me desesperé, mirando hacia todos lados.

—¡Curtis, traidora! —gritó una mujer de pelo blanco, de unos sesenta años, con los ojos inyectados de ira mientras intentaba agarrarme de la americana a través de los barrotes.

Reculé unos pasos y abracé a Clara, protegiéndola de la lluvia de objetos que de repente se cernió sobre nosotras; piedras, botellas... patadas y puñetazos que se colaban entre los barrotes, obligándonos a retroceder todavía más.

—¡Iros con esos putos andros!

—¡Fuera la arcaica y testosterónica sociedad masculina!

La presencia de drones en los alrededores de los juzgados se había reforzado considerablemente y ahora eran decenas los que sobrevolaban las inmediaciones del vallado. Uno de ellos, un DAV de grandes dimensiones y dotado con un depósito de agua, empezó a escupírsela a las manifestantas. El agua impactó con fuerza contra las activistas de la primera fila, obligándolas a retroceder cuatro o cinco metros. Aunque eso solo consiguió cabrearlas más. Una mujer gorda todavía aguantaba de pie. Sujetaba un megáfono y llevaba puesta una

---

[28] Manifestantas: femenino de *manifestantes* (RALIF).

camiseta negra en la que podía observarse la cara de un hombre rodeado por una señal de prohibido, imitando el logotipo de *Las cazafantasmas*. Al grito de: <<¡Opresoras!>> se encaró con los drones de vigilancia. Aunque no consiguió resistir demasiado tiempo de pie; un chorro de agua impactó en medio de su estómago, arroyándola. Cayó de espaldas, rodando hasta topar con la primera fila de la manifestación.

Por fin las unidades de antidisturbios comenzaron a hacer su aparición. Varios furgones se abrieron paso entre la multitud respaldados por los drones, que continuaban dispersando con agua a la masa. Consiguieron abrir un momentáneo pasillo de unos dos o tres metros de ancho entre las primeras manifestantas y la valla exterior de los juzgados.

—¡Defenderlos!¡Mañana os matarán!¡Defendedlos! ¡Mañana os matarán! —gritaba la masa enfurecida, levantando miles de mujeres sus manos pintadas de rojo al unísono.

—¡Sí, esos andros os matarán! ¡Lo harán!

—¡Traerán el virus hasta nuestras casas!

Las policías antidisturbios, entrelazando sus brazos, improvisaron un cordón de seguridad para que pudiésemos salir. En ese momento, una de ellas abrió la puerta de la verja.

—¡Ahhhh! —gritó Clara cuando notó que alguien la agarraba por el pelo. Una exaltada había logrado atravesar el cordón. Se trataba de una mujer mayor, de más de setenta años que la sujetaba con rabia por el cabello. Una de las policías se le acercó por la espalda derribándola e inmovilizándola en el suelo.

Giramos a la derecha para tomar el camino hacia el coche. Se nos acercó otra periodista más. Parecía una mujer joven, de unos treinta años. Llevaba cubierta la cabeza con una capucha, ocultando parcialmente el rostro debajo de una mascarilla. Una de sus manos la mantenía en el interior del bolsillo de una sudadera gris mientras que con la otra sujetaba un micrófono inalámbrico. Se acercó hasta nosotras apresuradamente, abriéndose paso a empujones entre el resto de las periodistas. Distaban unos cuatrocientos metros hasta donde había aparcado el Mercedes. Estaba a punto de girarme para decirle a Clara que corriera, que empezase a correr antes de que alguna de las manifestantas volviese a romper el cordón policial. La joven periodista por fin llegó hasta nosotras. Se encontraba a apenas un metro de distancia cuando yo me preparé para responderle con una nueva evasiva más.

—No realizaremos ninguna declara...—comencé a decirle. interrumpiéndome de golpe al ver que estaba empuñando un arma.

En ese instante, fui incapaz de continuar hablando, tan solo permanecí con la mirada clavada en el revólver, en cómo iba ascendiendo lentamente hasta la altura de mi rostro. De repente, el tiempo pareció detenerse, como si todo a mi alrededor hubiese desaparecido: las policías, las manifestantas, los drones escupiendo agua, el ruido, el inmenso barullo que hasta hacía tan solo un segundo lo inundaba todo impidiéndome escuchar incluso mi voz interior. Sin embargo, ahora era capaz de percibirla con total nitidez; me gritaba que me cubriera, que me echase al suelo, que escapara. Era como si nos hubiésemos quedado a solas; esa mujer y yo, y la inmensa avenida desierta, acompañadas ahora de ese estruendoso silencio que por momentos comenzaba a apoderarse de todo.

Y entonces disparó.

Capítulo 55

La ambulancia permanecía aparcada junto al portal de Cote, en medio de la acera. Mientras tanto, una multitud de curiosos se amontonaba alrededor de la finca. Habían acudido también varias unidades de policía, estableciendo un cordón de seguridad. Cien o doscientos manifestantes se encontraban armando jaleo. En sus pancartas podía leerse: *<<STOP SUICIDIOS>>*. Portaban también muñecos, con una soga colgando del cuello, y con el lema escrito a boli: *<<ESTE ES EL VERDADERO VIRUS>>*, o la palabra *<<FARSA>>* escrita con letras de un intenso color rojo en viejas camisetas blancas. Unas cuarenta policías les impedían acceder al interior del edificio. Iban pertrechadas con escudos antipánico, con cascos, máscaras antigás, y todo tipo de defensas antidisturbios, aunque en principio la situación parecía estar controlada.

Yo estaba sentado en las escaleras de un patio situado en la acera de enfrente, observándolo todo mientras fumaba algo de hierba para intentar tranquilizarme. Era la última que me quedaba y eso me ponía si cabe un poco más nervioso. Era incapaz de contener el temblor de mi mano cada vez que me llevaba el canuto a la boca para darle otra calada. Y mi mente todavía cabalgaba a cien por hora a lomos de un desbocado cerebro.

Un breve interrogatorio, eso había sido todo.

Supongo que para estas polis esto era el pan de cada día.

Un día de mierda recogiendo escoria que esperaban que transcurriera lo antes posible.

Para mí era un nudo en la garganta.

Grande.

Inmenso.

Tanto que casi no me permitía respirar.

Eso era en lo que me había convertido; dolor, miedo, frustración.

Y un amago de llanto que provocó que abandonara el canuto a medio terminar y que lo escondiera bajo un adoquín suelto de la acera. Ni siquiera en este tipo de situaciones perdía el instinto de supervivencia. A pesar de que seguir con vida supusiese quedar reducido a la nada. Aun así, estaba dispuesto a hacerlo. Resultaba patético, lo sé. También provocaba que se me secaran las lágrimas mucho antes de que aparecieran y que me sintiera cada vez más solo, más hundido, incapaz de atisbar una salida.

Recuerdo que me abracé a las dos piernas de Cote y empujé de ellas con fuerza hacia arriba, intentando que el cinturón dejara de presionarle la laringe y que cogiera un poco de aire. Aunque realmente no tenía ni puta idea de lo que estaba haciendo.

Nadie te prepara para algo así.

Miré hacia arriba, pero el cinturón continuaba presionándole el cuello. Le solté las piernas y me subí como pude al borde de la bañera. Soltando la improvisada soga de la viga a la que permanecía enganchada.

Su cuerpo cayó a plomo sobre el suelo del cuarto de baño.

No respiraba.

Me abalancé sobre él, aflojándole el nudo, y lo abofeteé intentando que reaccionase.

—¡Cote! ¡Vamos! ¡Respira, joder!

Pero no lo hizo y entonces me entró el pánico. No sabía cuánto tiempo habría permanecido ahí arriba. Sabía que se necesitaban al menos cinco o seis minutos para que se produjera la muerte, a veces incluso más. Había tipos que se tiraban veinte minutos pataleando antes de morir. A no ser que te partieses en cuello con la caída. Pero no parecía ser el caso, debía haber saltado desde el borde de la bañera, que apenas estaba a un metro del suelo.

—¡Respira, Cote! ¡No te vayas!

Me senté a horcajadas encima de él, le separé los labios y comencé a soplarle dentro de la boca.

Apestaba a alcohol.

Ahora recordaba con nitidez ese detalle; el aliento a licor barato saliendo de su boca cuando le acerqué la mía.

Se había meado.

Una mancha húmeda recorría sus pantalones hasta las rodillas.

Empecé con la reanimación cardiaca. Jamás lo había hecho antes. Presioné sobre el esternón con las dos manos entrelazadas.

Uno, dos, tres...

—Respira, joder. ¡Respira!

Le hice el boca a boca.

Uno, dos, tres...

—¡Respira! ¡Respira, joder!

Continué ejerciendo presión contra su pecho. Su esternón contrayéndose y dilatándose con cada acometida. Pero continuaba sin entrar ni una sola gota de aire.

Volví a insuflarle aire en sus pulmones mortecinos. Le presioné el pecho, hasta casi partirle el esternón. Primero con las manos, luego golpeándolo furiosamente con los puños.

—¡Cote!¡Cote!¡Despierta!¡Despierta!

En ese momento las sanitarias sacaban el cuerpo de mi amigo en una camilla. Ni siquiera podía verlo desde donde estaba sentado, lo intuí porque la multitud enloqueció.

Había llegado mucha más gente. Mil, dos mil andros, quizá más. La presión sobre la primera línea de policías se incrementaba. Varios andros jóvenes, que se cubrían el rostro con mascarillas, empezaron a golpear los escudos de las policías. Al principio con los brazos, hasta que fueron repelidos hacia atrás por las vibraciones y aterrizaron de espaldas contra la multitud; esos escudos funcionaban como el campo magnético de un imán cuando le acercabas lo suficiente otro de su mismo polo.

—¡Hijas de andro!

—¡Hijas de androoo!

Más furgones policiales aparcaron al otro lado del cordón.

Dos, tres, cuatro...

Y más mujeres antidisturbios; una mancha humana azul que se extendía integrándose con el resto de la línea. El edificio permanecía sellado y la ambulancia se encontraba a punto de arrancar. Intentó salir hacia el otro lado, pero un andro consiguió romper el cordón policial y se subió encima. Se trataba de un recién llegado, no tendría más de trece o catorce años. Se protegía los antebrazos con trozos de madera que debían haber absorbido gran parte de las vibraciones de los escudos. Levantó los brazos en señal de victoria, gritando y observando a la multitud con los ojos desorbitados. Portaba una barra de hierro en sus manos con la que empezó a golpear la luna delantera de la ambulancia. Otro andro más intentó subirse a ella, colándose por la brecha que ahora se había abierto en el cordón, pero fue interceptado por la porra de una de las antidisturbios. A unos metros de ellos, varias policías yacían en el suelo y estaban siendo golpeadas y pisoteadas por los manifestantes. Empezaron a arrojarles piedras, adoquines y cualquier otra cosa susceptible de ser lanzada. La situación empezaba a descontrolarse.

Más andros se unieron a la manifestación. La Policía empezó con las primeras cargas. Avanzaban con los escudos en la mano. Les llovía de todo: patadas, piedras, puñetazos. El andro de la ambulancia cayó al suelo derribado por una pelota de goma y se perdió engullido entre la multitud. Ya no podía verlo.

Me levanté y comencé a recular. En sentido contrario, cientos de hombres, la mayoría niños, se cruzaban conmigo para unirse a la revuelta. Volví caminando a mi bloque pensando en Cote, en que hacía tan solo unos minutos estaba sentado junto a mí, en que tendría que haberme dado cuenta, en que me había quedado otra vez solo. Y, sobre todo, en que quizá tuviese razón en lo que en muchas ocasiones me había mencionado: *<<Quizá algún día consigas abandonar el gueto, pero el gueto nunca te abandonará a ti>>*.

Capítulo 56

<<—*Hoy en el colegio nos han hablado del amor. Dicen que es un sentimiento muy profundo entre dos mujeres, pero creo que no lo he entendido bien. ¿Podrías explicármelo, mamá?*

—Amar, Eve, es querer a alguien incluso por encima de tu propia vida.

—¿Y por qué a mí no me queréis así? >>

El estruendo de las sirenas resonando todavía como un silbido agudo y molesto. La calle de repente se había quedado desierta. Todavía retumbaban los ecos de los disparos. Su sonido golpeando en la valla que cercaba los juzgados y rebotando una y mil veces en la fachada del edificio de enfrente, invadiéndolo todo, amplificándose hasta hacerse insoportable. Una mancha de sangre destacaba en medio de la acera vacía. Aún estaba fresca, todavía desprendía ese olor, todavía podrías olerla si te aproximaras lo suficiente. Apestaba a metal y a miedo. Créeme. Y si la tocaras… si la tocaras aún podrías impregnarte de ella, llevarte los dedos a la nariz para olerla, chuparla con la lengua y deleitarte con su sabor. Como cuando éramos niños y te hacías una pequeña herida en el dedo. No existe nada parecido al sabor de tu propia sangre. Un sombrero abandonado en el suelo era azotado ahora mismo por el viento. Medio centenar de furgones policiales cercaban la totalidad del perímetro que rodeaba los juzgados. Dentro de él solo permanecían las policías y las sanitarias, fuera, a unos cincuenta metros de distancia de la valla exterior, un cordón policial retenía a las cientas[29] de periodistas que cubrían el tiroteo.

Sara permanecía de píe mientras hablaba por la RA. Vestía rigurosamente de negro, aunque la camisa y la corbata lucían ya

[29] Cientas: femenino de *cientos* (RALIF).

ligeramente descolocadas. La coleta, con la que mantenía a raya a su bonita melena rubia, se encontraba también algo desvencijada. Yo la observaba sentada en el interior de la parte trasera de una ambulancia, mientras que tapada con una manta daba pequeños sorbos a un café humeante servido en un vaso de grafeno. Extraje un par de pastillas de 20 mg de fluoxetina del bolso y las engullí de una sola vez, aunque últimamente ni siquiera eso conseguía calmarme. La ansiedad otra vez volvía a atenazarme por dentro. Todavía resonaban en mi interior el estruendo de los disparos, los gritos de las manifestantas, las prisas, los empujones, las carreras desesperadas por huir sin saber muy bien hacia dónde. No fui consciente de lo que sucedía hasta que tuve la pistola apuntándome a menos de un metro de distancia. Estaba pendiente de proteger a Clara, de llevarla sana y salva hasta el coche antes de que todo se descontrolara. Cuando vi acercarse a la chica, la tomé por otra periodista más. Por el aspecto de sus ojos parecía joven. Se cubría la cara con la mascarilla y llevaba la capucha de la sudadera puesta, aunque en un primer momento no le otorgué la suficiente importancia a ese último detalle. En cualquier composición de lugar siempre existen elementos de distorsión que rechinan si los analizas con detenimiento. Es como cuando lees un buen libro de intriga. El autor ha colocado a lo largo de la trama una serie de indicios para que el lector pueda resolver el caso por sí mismo, solo que en la primera lectura se le pasan por alto. Se encuentra demasiado ocupado conociendo a los personajes, introduciéndose en sus vidas, embelesado mientras escucha las palabras que estos le susurran al oído. Pero en una segunda lectura, cuando ya conoce el final y vuelve sobre esas páginas, de repente todo cobra sentido y es capaz de identificar esos elementos de distorsión. Estaban ahí, solo que no supo interpretarlos. La verdad siempre está ahí, pero hay que ser lo suficientemente honesta para poder reconocerla. Pero en la vida, la mayoría de las veces, no hay opción para una segunda lectura. La vida muy pocas veces te otorga una segunda oportunidad. Esa capucha no tenía por qué estar ahí, ahora lo sé. Ese era el elemento de distorsión; no tenía sentido llevarla puesta en un día soleado, no lo haría una periodista que va a realizar una entrevista para la televisión, solo la llevaría alguien que no quisiese ser reconocida. La chica ocultaba una de las manos en el bolsillo de la sudadera y con la otra sujetaba un micrófono en el que estaba dibujado el logo del Canal Ocho. Había decenas como ella. La vi acercarse, en ese instante cogí a Clara y la empujé para que siguiera caminando. La chica nos interceptó. Pude fijarme en ella durante un segundo; morena, con el pelo suelto por dentro de la capucha y diría que era guapa, aunque no podría asegurarlo al llevar la mascarilla puesta. Es lo que le había dicho a la agenta que hacía tan solo un momento acababa de tomarme declaración. Es curioso, habían intentado matarme, pero lo único en lo que podía pensar era en que no parecía una asesina. Su mirada resultaba amable. ¿Qué edad debía tener? ¿A qué edad piensas que ya estás preparada para matar a alguien?

El ruido de los rotores de los DAVS había sustituido ahora al de las sirenas de las ambulancias. Sonaban como la banda sonora de una película que si no prestases atención terminarías por no escuchar pensando que formaba parte de la acción. Era ya media tarde y había empezado a oscurecer. Un enorme dron acababa de hacer su aparición, posándose a unos tres metros por encima de la ambulancia y proyectando sus potentes focos sobre los límites del cordón de seguridad. Era un modelo DAV–11, específicamente diseñado para los disturbios callejeros. Poseía la mitad del tamaño de un helicóptero y era capaz de lanzar bombas de humo y gas pimienta cuando las cosas se ponían feas. Por su potente megáfono ordenaba a las cientas de curiosas, que aún continuaban concentradas detrás del cordón policial, que se marcharan a sus casas.

Por un momento volví a visualizar a mi atacante, volví a ver el cañón del revólver apuntándome directamente a los ojos. Ese instante apenas se prolongó durante unas décimas de segundo. Nos mantuvimos la mirada. Ni siquiera pestañeé, estaba tan perpleja que mi mente era incapaz de entender lo que estaba sucediendo. Hasta ahora no me había planteado que pudiera ser un objetivo, que quisieran acabar conmigo. Eso era difícil de encajar para cualquiera. De repente, alguien se interpuso y le bajó el brazo en el mismo momento en el que retornaba el percutor. La bala rebotó en la acera e impactó en la pierna de una de las periodistas que se encontraba justo al lado. Todo el mundo se echó al suelo. Yo también lo hice, mientras cubría el cuerpo de Clara con el mío. Aunque no fue algo heroico, se trató más bien de un acto reflejo. Solo se mantuvo de píe la policía que forcejeaba con la atacante intentando arrebatarle el revólver. Ahora el arma apuntaba hacia el cielo. La agenta le bloqueó el brazo en esa dirección y fue ella misma la que presionó el gatillo una y otra vez hasta vaciar el tambor. La histeria se incrementaba entre la multitud con cada nueva detonación. La mayoría reaccionaron pegándose al suelo todo lo posible y tapándose la cabeza con las manos. Se unieron cinco policías más, que saltaron sobre la atacante reduciéndola en el suelo. Entre dos de ellas le llevaron las manos a la espalda, otra le inmovilizó la cabeza presionándole con la rodilla sobre la parte posterior del cuello, mientras las demás se ocupaban de bloquearle las piernas. La chica emitía sonidos indistinguibles mientras en vano se retorcía para intentar liberarse. En uno de esos forcejeos perdió la mascarilla y se le bajó la capucha. Fue cuando pude verle la cara. Estaba equivocada, no era una mujer, se trataba de un hombre. Llevaba el pelo largo y tenía los rasgos suaves. Era muy guapo, más que la mayoría de las mujeres que conocía. Las polis le dieron la vuelta y lo levantaron a la fuerza. El chico giró la cabeza y cruzamos nuestras miradas durante un fugaz instante.

—¡Puta!¡Vas a matarnos! —espetó, al mismo tiempo que me escupió en la mejilla.

Todavía se resistía cuando se lo llevaban a la fuerza, resoplando y apretando los dientes.

—¡Soltadme! ¡Soltadme, joder! Solo es una puta. ¿No lo veis? ¡Solo es una putaaa! ¡¡ Diooos!! ¡¡Va a matarnos a todos!!¿Por qué la defendéis?¡Conseguirá que muramos todos!¿Por qué la defendéis? —gritaba encolerizado mientras se lo llevaban a empujones.

Sentía que llevaba ese salivazo todavía adherido a mi piel, que me quemaba, que todavía me seguía abrasando. Era como si ese chico hubiese intentado matarme por segunda vez con la única arma que le quedaba. Clara no había podido prestar declaración, una ambulancia se la había llevado tras sufrir un ataque de ansiedad. Después de los disparos, se quedó en el suelo paralizada sin poder articular ni una sola palabra. El aire parecía no querer entrarle en los pulmones y empezó a palidecer. Comencé a abofetearla para que reaccionara, pero estaba completamente en *shock*.

Sara por fin dejó de hablar y empezó a aproximarse a la ambulancia. Quizá ella constituía la combinación perfecta entre fragilidad y fortaleza, pensé mientras observaba cómo se acercaba.

Apenas debía pesar cincuenta kilos, pero cuando hablaba lo hacía con tal seguridad que no te atreverías a contradecirla.

—¿Cómo está, Evelyn?

—Bien, recuperando el aliento —afirmé con una media sonrisa, sujetando con ambas manos el vaso de café.

—¿De dónde lo ha sacado? Yo también necesito uno. —Subió a la ambulancia y se sentó frente a mí.

—Por favor, vamos a tutearnos. Estos encuentros están siendo cada vez más habituales, ¿no crees? Todo el mundo me llama Eve.

Sara bajó la vista y sonrió levemente. Poseía una bonita sonrisa, una sonrisa que enseguida supe que podría hacerme perder la cabeza.

—Puedes probar del mío. Estoy limpia, lo juro —bromeé levantando la mano derecha—. Me acaban de hacer una prueba debido al escupitajo.

Sara volvió a sonreírme.

—No, gracias. Conseguiré uno, tú lo necesitas más que yo.

Le di otro sorbo al café.

—Digamos que no ha sido mi mejor día. A decir verdad, habría sido bastante bueno si obviamos al tarado de la pistola.

—Veo que te lo tomas con humor.

—Sí, bueno. Creo que aún estoy en *shock*. Empezaré a asimilar lo que ha ocurrido cuando llegue a casa.

—Ese suele ser el peor momento, cuando cierras la puerta y te quedas sola. Deberías acudir a una profesional, te ayudaría mucho verbalizar toda esta situación.

—Verás, no soy partidaria de ese tipo de terapias. Prefiero enterrar las cosas tan profundo que sea incapaz de encontrarlas por mucho que me empeñe en buscarlas.

Sara esta vez no pudo contener una carcajada. Me miró directamente a los ojos mientras negaba levemente con la cabeza.

—Nadie niega que eres una mujer muy fuerte, Eve. Eso salta a la vista. No hay más que verte metida en medio de esta auténtica locura. Yo perdería la cabeza, te lo aseguro. Sé que en tu trabajo, igual que en el mío, una acaba por acostumbrarse a ver de todo, pero han intentado matarte y eso no es fácil de asimilar para nadie.

Se hizo un breve silencio. La parte trasera de la ambulancia era un espacio reducido y nuestras piernas estaban a escasos centímetros unas de las otras. Introduje mi pierna derecha en medio de las de Sara, aunque sin llegar a tocarlas.

—¿Por qué un hombre?¿No tiene sentido? —me pregunté en voz alta—. Se supone que este juicio va de la defensa de sus derechos.

Sara se inclinó acodándose sobre sus rodillas y aproximándose un poco más.

—¿Has oído hablar de Gandhi?— me preguntó.

—Sí, claro.

—Pues murió asesinado por un hinduista como él. A Malcolm X, que luchaba por los derechos de la comunidad negra, lo asesinó un negro. No intentes buscar explicaciones, los fanáticos siempre buscan una excusa para su fanatismo.

—Quizá tengas razón.

—Sí, dime —contestó Sara hablando a través de sus lentes de RA. —Ok, enseguida estoy ahí.

—¿La reclaman, inspectora?

—¿No habíamos quedado en tutearnos?

—Es verdad, lo siento. Fallo mío —me disculpé con una media sonrisa.

—No pasa nada.—Sara se levantó y saltó fuera de la ambulancia.

—¿Volveré a verte?

Ella se dio la vuelta e hizo una pausa antes de contestar.

—Claro, claro. Tenemos que llamarte para que ratifiques tu declaración, para la identificación del sospechoso…Esto solo acaba de empezar.

—Me refería…a…ya sabes…fuera del trabajo —le propuse, mientras daba un último sorbo a mi café y la miraba fijamente a los ojos.

Capítulo 57

Estaba en la cocina, a punto de servirme uno de esos sobres de comida sintética que distribuían en la tienda de alimentos; un bistec de buey con patatas. Me había pasado más de una hora haciendo cola para conseguirlo. El local lo regentaba un andro flaco y de nariz afilada que pertenecía a los Comités Sectoriales. Esos tipos se habían hecho con el control de la mayor parte del gueto, apareciendo siempre en cualquier lugar donde pudieran sacar tajada: en los establecimientos de reparto de comestibles; guardándose para ellos las mejores raciones o incluso vendiéndolas luego en el mercado negro, en las tareas de vigilancia; trapicheando con los salvoconductos para atravesar la frontera del gueto, o <<vigilando>> la prostitución para que no se descontrolara y llamara demasiado la atención de las autoridades; señalando a quién podía o no ejercerla. Si necesitabas cambiar tu vivienda por otra más grande ellos también te buscaban una, solo era cuestión de llegar a un acuerdo. La verdad es que el bistec no sabía a buey, lo cierto es que no sabía a absolutamente nada. Pero la carne de verdad resultaba prohibitiva. Esa era otra de las cosas que echaba de menos desde que me mudé aquí.

Mi cocina era minúscula. Se componía de un pequeño fregadero, un hornillo eléctrico y un microondas. También disponía de un frigorífico y un viejo armario que colgaba de la pared. El piso era una auténtica ratonera; constaba de apenas veinticinco metros cuadrados y no disponía de habitaciones, pero era lo que te asignaban si te encontrabas solo. En teoría no deberías necesitar mucho más espacio para vivir, eso es lo que siempre argumentaba el Departamento de Reubicación cuando solicitabas un piso más amplio a través de tu AC. Porque solo se trataba de eso: de vivir, de mantenernos con vida. Un gran número de residentes se casaban solo para que les adjudicasen viviendas más amplias. El matrimonio mixto todavía continuaba prohibido por ley (además, ¿qué mujer estaría dispuesta a mudarse aquí?), de manera que las uniones homosexuales se daban con frecuencia. Muchos de esos matrimonios eran reales, aunque la mayoría solo existían sobre el papel. Las autoridades lo sabían, por supuesto, pero era una de esas mentiras útiles que constituían el lubricante necesario para evitar que la temperatura se disparase y que toda esta maldita sociedad estallara por los aires. Para que el gueto, este agujero donde permanecíamos completamente olvidados, de algún modo funcionase. Se trataba simplemente de guardar las apariencias, de mirar hacia otro lado mientras el *statu quo* continuara sosteniéndose.

Las viviendas resultaban asignadas en función del número de integrantes del núcleo familiar; se intentaba no separar a los hermanos, o a padres e hijos que habían vuelto a reencontrarse[30].El Departamento de Reubicación era el encargado de estudiar todas estas situaciones para administrar lo más eficientemente posible el espacio. La compensación que te otorgaba el Gobierno por permanecer confinado y por la prohibición de trabajar resultaba del todo insuficiente para salir adelante. Apenas nos daba para comprar algo de ropa y satisfacer nuestras necesidades más básicas: productos de higiene, algún pequeño electrodoméstico para la letrina donde nos habían reubicado, medicinas…El Estado había impuesto un nuevo modelo de cartillas de racionamiento para complementar nuestra exigua pensión, oficialmente llamado *Bono de Compensación por Género*, en función de las necesidades de cada familia. Esa era la coartada. La verdadera razón era que sin dinero resultaba imposible subsistir. Aunque no hubiera existido la prohibición legal de residir fuera del gueto, adquirir una vivienda más allá de sus límites, o costearse un alquiler, era materialmente imposible para cualquiera de los desgraciados que sobrevivíamos aquí. Para el resto de la sociedad no existíamos, de hecho, la mayoría de las mujeres nunca rebasaban los límites de esta especie de reserva en la que nos mantenían apartados. Y las que lo hacían era en busca de sexo. Solo cuando

[30] Sucedió durante los primeros años de existencia de los guetos. Muchos padres se reencontraron allí con sus hijos varones cuando estos alcanzaron la edad de doce años (edad obligatoria para ser internado en el gueto).

sobrevenía una crisis económica la sociedad volvía la mirada hacia nosotros, hacia nuestras minúsculas pero gratuitas viviendas o a nuestra miserable pensión, que solía contemplarse con auténtico recelo cuando una parte de la población femenina estaba perdiendo sus empleos. Entonces el Gobierno acometía nuevos recortes, endureciendo aún más nuestras condiciones de vida para contentar a la opinión pública, que por supuesto eran mujeres. Nosotros no producíamos nada, salvo esperma, y quizá esa era la única razón por la cual todavía continuábamos con vida. Constituíamos una pesada carga para la economía. Y cuando el barco hacía aguas era necesario soltar algo de lastre. Después de todo, ni siquiera teníamos derecho a voto[31]. Más tarde, una vez superada la crisis, la sociedad volvía a torcer la mirada, nos convertíamos de nuevo en invisibles.

La presión poblacional en el gueto era cada vez mayor. En los últimos años la población masculina había aumentado y nos estábamos quedando sin espacio, lo que, según las autoridades sanitarias, constituía un serio peligro para la propagación del virus. De ahí que se hubieran empezado a ofrecer más licencias VBRI para que algunos residentes pudieran abandonar el gueto temporalmente, mientras que, en silencio, sin hacer demasiado ruido, ya se proyectaba ampliar la ciudad–sanatorio hacia el sur del distrito once, una zona relativamente poco poblada, la única de la ciudad que no lo estaba. Quizá este fuera el momento, sostenían algunos líderes masculinos desde el interior de los guetos, el momento de rebelarse, de aprovechar que por fin estábamos creciendo y recuperar lo que era nuestro. Pero mientras llegaba ese nuevo Mesías que nos guiase hacia la tierra prometida, en este lugar el tiempo continuaba detenido.

Seguía sentado a la mesa, a punto de introducir el cuchillo en el bistec, cuando llamaron a la puerta. Sin levantarme de la silla le

---

[31] La segregación en guetos supuso el advenimiento de una nueva minoría de edad. A los hombres no les estaría permitido volver votar mientras no fueran de nuevo miembros plenamente activos de la sociedad. Y como consecuencia de esa nueva minoría de edad no podrían decidir sobre su futuro, igual que tampoco podía hacerlo un niño. Pasaron a estar tutelados por el Estado y solo cuando esa tutela cesara recuperarían plenamente sus derechos políticos.

indiqué que pasara a quienquiera que fuera, gritando desde lo que en un piso normal sería la cocina. El pestillo no funcionaba bien y la puerta podía abrirse con un simple empujón. La verdad es que eso al principio me preocupaba un poco, pero, ¿quién querría entrar aquí? Nadie visitaba el gueto, solo mujeres en busca de sexo o de drogas, o de las dos cosas. Los residentes ya sabían que la gente de por aquí no poseía nada. No había nada que robar porque ya nos lo arrebataron todo antes de confinarnos en este lugar.

—¿Qué tal, Ángel? —Una mujer apareció bajo el quicio de la puerta. Ocultaba su rostro detrás de una mascarilla de color negro de modo que en un primer momento fui incapaz de reconocerla.

—¿No sabes quién soy? —dijo desprendiéndose ahora de la mascarilla—.Llevaba puesta una camisa de cuadros y unos pantalones ceñidos. Enseguida caí en la cuenta, esa voz grave y cavernosa resultaba difícil de olvidar.

De repente, me asaltaron las imágenes del Centro de Donaciones y de su boca pegada a mi oreja. Debía tener algo más de treinta años y medir alrededor de uno setenta y cinco. Su pelo era de color cobrizo y lo llevaba mal cortado, como si se lo hubiese hecho ella misma. En su rostro los pómulos se alzaban enfermizamente por encima de las mejillas, que poco a poco parecían estar desapareciendo. Como si se tratara de una varicela perpetua, innumerables costras rojizas se le diseminaban irregularmente por la cara; desperdigadas por su frente, alrededor de la nariz y en la barbilla. Sus ojos, verdes y grandes, quizá lo único hermoso que poseía, ahora permanecían apagados e inexpresivos, faltos de la misma vida de la que adolecía su rostro.

—Sí, claro —le dije después de pensarlo un poco—. Eres una OCED.

—Puedes llamarme Helen, encanto —dijo, esbozando lo que pretendía ser una bonita sonrisa.

Solté por un momento los cubiertos y permanecí en silencio, expectante, sentado a la pequeña mesita en la que solía comer, sin saber muy bien qué más decir.

—Está bien, Helen —le dije, forzando una sonrisa—. ¿Puedo hacer algo por ti?

—Encanto, puedes hacer muchas cosas por mí.

Helen se acercó hasta a mí, situándose justo en frente. Se introdujo una mano en el bolsillo de la camisa y sacó un pequeño botecito lleno de orina que colocó encima de la mesa, justo al lado de mi vaso de cerveza.

—¿Quién te la proporciona?

En el bote todavía podía leerse <<VY2BUZM7785>> con letras negras impresas en la etiqueta encima del código de barras. Era mi código de usuario para los análisis y donaciones. Te lo asignaban la primera vez que te sometías a uno y luego permanecía inalterable para siempre. Era una especie de huella cerebral, o incluso mejor que eso, porque a través de ese código podían acceder a tu historial clínico con tan solo un movimiento de pupila.

—No sé a qué te refieres —le contesté, cogiendo de nuevo los cubiertos e intentando volver a concentrarme en el bistec, que ya debía de estar frío.

—Estoy seguro de que la muestra no es tuya —añadió Helen interrumpiéndome otra vez.

Levanté la cabeza, todavía con el cuchillo y el tenedor clavados en el sucedáneo de puto bistec.

Solo pretendía comer, joder.

—Apestas a testosterona —insistió, sin dejar de mirarme. A continuación, se inclinó sobre la mesa simulando que me olfateaba.

Acababa de perder el apetito.

Me levanté violentamente volcándole la mesa encima, aunque Helen se echó hacia atrás rápidamente. El bistec rodó por el suelo, también lo hicieron los cubiertos y el vaso repleto de cerveza, que acabó derramándose, salpicándolo todo. El plato se rompió en mil pedazos al estrellarse contra el suelo y el pequeño botecito rodó hasta topar con una de las patas del sofá cama. La mesa aterrizó justo delante de los pies de Helen, que permaneció observándome durante un breve instante mientras sus labios adoptaban una especie de mueca, que se asemejaba mucho a una sonrisa torcida. Parecía estar disfrutando, como si supiera de antemano que esto sucedería.

—¿Lo ves? Eres agresividad pura y eso es lo que más me gusta de ti —me dijo sin un atisbo de miedo en su rostro.

—¡Esa orina está limpia! —le aseguré—. Llevo meses superando los controles sin problemas.

—Una prueba genética me dará la razón. Solo tengo que proponerlo y pasarás una buena temporada internado en un hospital.

—¡Pues hazlo, joder!

—No, encanto. Creo que tú y yo podemos entendernos de otra manera.

Helen bordeó la mesa volcada y se acercó hasta a mí.

—¿Verdad que sí? —preguntó con voz insinuante mientras me acariciaba el pecho con la mano por encima de la camiseta.

—Pero…¡¿Qué coño haces?! —le espeté, apartándola de un manotazo.

Ella se alejó un poco y mantuvo prudentemente la distancia, aunque sin borrar esa horrible mueca de su rostro. Supongo que era consciente de que me tenía en sus manos. Continuó observándome de arriba abajo durante unos segundos más, como si dentro de su enfermizo cerebro ya me hubiese follado cientos de veces.

—Piénsalo —me dijo finalmente mientras volvía a acercarse un poco más, aunque esta vez sin llegar a tocarme—. Piénsalo, Ángel, podemos hacer un buen equipo.

Se dio media vuelta y caminó lentamente hasta desaparecer. El ruido de la puerta al cerrarse, junto con el insoportable silencio que se había vuelto a instalar en el piso, se asemejaba demasiado al martillo de una jueza dictando una larga condena. No podía creer lo que acababa de suceder. No podía creer que hubiera sucedido dentro de mi propia casa. El corazón me latía con fuerza y un sudor frío comenzó a recorrerme rápidamente la espalda. Mi cabeza ardía como si estuviera a punto de estallar. Me acomodé de nuevo en la silla, que todavía permanecía de pie.

Estoy jodido.

Estoy realmente jodido, pensé.

Me incliné sobre la silla mientras miraba hacia el suelo y me pasaba una y otra vez las manos por la cabeza. Aún no me había acostumbrado a llevarla afeitada y mis dedos seguían buscando inútilmente jugar con mi pelo. Experimenté unas terribles ganas de llorar, de destrozarlo todo, de salir a la calle y correr hasta alcanzar a esa puta. De matarla con mis propias manos.

—Hija de puta. ¡¡Hija de putaaaa!!

Pero no lo hice.

No lo hice.

Capítulo 58

<<—*La vida de las personas no se acaba, simplemente se transforma en otra cosa.*
—*Supongo que a la mía hace tiempo que le sucedió eso.*>>

June abrió la puerta fumándose un canuto y luciendo una sonrisa en los labios, que se desvaneció en cuanto me vio de pie frente a ella.

—Perdona por la hora...

Yo todavía iba vestida con la ropa de trabajo, un traje chaqueta verde que a esas horas de la noche lucía ya bastante descolocado. El pelo lo notaba completamente enmarañado y seguro que el rímel tampoco había aguantado. Ni siquiera había pasado por casa para darme una ducha. Me había dedicado a deambular sin rumbo de una parte de la ciudad a otra hasta que, sin darme cuenta, me había sorprendido llamando a su puerta.

June estuvo durante un segundo observándome, luego se quitó el canuto de los labios y avanzó un par de pasos hasta fundirse conmigo en un fuerte abrazo.

—Tienes un aspecto horrible —observó y luego permaneció en silencio con la cabeza apoyada contra mi pecho.

Percibí el perfume de frambuesa que emanaba de su pelo rojizo, entremezclado con un fuerte olor a marihuana. Podía sentir los latidos de su descontrolado corazón. Por un momento no supe reaccionar, terminé por cerrar los ojos y estrecharla también entre mis brazos.

—Vi en la RA que te habían disparado…—dijo June con la cabeza oculta aún entre mis brazos—. Por un momento creí que no volvería a verte —confesó finalmente con la voz cargada de tristeza. Luego se apartó de mí, sin llegar del todo a mirarme, y se introdujo lentamente en el interior del piso dejando la puerta abierta. La seguí. Ella caminaba descalza, tan solo vestida con un top deportivo y unos minúsculos shorts ceñidos a sus bonitas caderas. Por un momento volví a recordarla desnuda, tumbada sobre la cama y jugueteando con su pelo.

—La noticia circula por todas partes. Esta mañana no te he llamado porque no estaba segura de que quisieras hablar conmigo. Hace meses que no sé nada de ti —me reprochó mientras se sentaba en el sofá y cruzaba las piernas—. ¿Tan horrible fue? No se lo he contado a nadie, si es eso lo que te preocupa. No soy de ese tipo de mujeres.

—No es eso. Simplemente he estado bastante ocupada.

—Sí, lo sé. Te veo a menudo en las noticias…—dijo mientras se recostaba en el sofá.

En la pantalla virtual, materializada en medio del salón, estaba sintonizado el canal de actualidad, al que June no parecía estar prestándole demasiada atención. El informativo de medianoche estaba comenzando su emisión.

—*Hace escasamente unos minutos se ha formalizado el acuerdo de fusión entre las farmacéuticas Sotirías y Lagos. El desplome de las acciones de esta última corporación, que ostenta la patente de los antirretrovirales que combaten el síndrome de Kocinsky, tras la última sesión del juicio contra Clara Meller, ha precipitado definitivamente el acuerdo que ya se venía gestando desde hacía meses. Un veredicto absolutorio supondría que la política de segregación y la medicación obligatoria para una parte de la población quedarían seriamente en entredicho. El nuevo grupo empresarial de productos farmacéuticos surgido de la fusión pasará a convertirse en el primero a nivel mundial.*

June hizo un movimiento con las pupilas y la pantalla desapareció.

—Gracias, me has leído el pensamiento. Necesito abstraerme un poco de toda esta locura.

Luego alargó el brazo y me ofreció una calada esgrimiendo una sonrisa. Cogí el canuto, me lo puse en los labios y aspiré profundamente. La hierba invadió de inmediato mis sentidos y comencé a encontrarme mucho mejor. Era como echar el freno momentáneamente a mi cerebro, como conseguir que durante un solo segundo dejara de darle vueltas a todo.

—Creo que voy a dejar el caso —le confesé mientras me acomodaba junto a ella en el sofá—. ¡A la mierda, joder! —exclamé negando con la cabeza—. No vale la pena.

—¿Dejarlo? Pero si estás a punto de ganar…

Me dio la risa y le di otra calada al canuto.

—Mírame. Dime, ¿tengo aspecto de ir ganando algo, June? —La miré a los ojos, que continuaban brillando intensamente, como la primera vez que los vi.

—A mí me parece que estás perfecta. ¿Cómo puedes ser tan hermosa…? —se interrumpió June mientras me acariciaba suavemente la mejilla.

—No lo digas… por favor —le supliqué—. Mira, no sé si ha sido una buena idea venir hasta aquí.

Hice intención de levantarme.

June me retuvo empujándome con las manos hacia abajo y sentándose a horcajadas encima de mí.

—Shhhh, perdona, perdona, lo siento. No quería hacerte sentir incómoda —se disculpó, sujetándome la cara con las manos mientras comenzaba a morderme suavemente los labios—. Es solo que me apeteces mucho.

Yo no reaccioné, tan solo permanecí en silencio con los ojos cerrados, disfrutando de la suave humedad de sus labios. June empezó a mover lentamente las caderas, aplastando su pelvis contra la mía, al mismo tiempo que continuaba besándome.

—Fóllame, Eve —me susurró al oído—. Fóllame igual que la última vez.

Capítulo 59

Tensé la goma alrededor del brazo, haciéndole un nudo por encima del codo. Apreté varias veces la mano, apreciando cómo mis venas comenzaban a intuirse; azules y retorcidas, emergiendo desde las profundidades del brazo hasta alcanzar la superficie de mi piel blanquecina, resistiéndose, como si no quisieran ser encontradas.

Te va a sentar bien.

Ya verás.

Me aseguró Helen.

Ella estaba completamente desnuda, recostada sobre la cama, acariciándome la espalda con los dedos mientras yo, en calzoncillos y sentado en el borde, esperaba para colocarme.

Helen estaba cada vez más delgada. Sus tetas no eran más que dos pequeñas ubres escurridas y prácticamente sin vida. Las crestas iliacas le sobresalían desde el interior de las caderas de una forma grotesca. Helen no era más que un puñado de huesos recubiertos por algo de carne. No era más que un montón de costillas después de haberlas repelado con los dientes.

Helen no era más que un desecho.

Una inmundicia.

Cincuenta kilos prensados y chorreantes de basura blanca.

Ya podía distinguir nítidamente la vena; que ahora había adoptado el aspecto de un gusano que reptaba lentamente por mi antebrazo.

Helen se incorporó y cogió la jeringa. Me golpeó el antebrazo con los dedos. Parecía estar disfrutando, parecía disfrutar con el hecho de introducir a alguien más en su mundo. En ese mundo en el que ya no debía quedarle nadie.

—Tienes unas venas cojonudas, Ángel —comentó mientras sonreía y me daba un beso en los labios.

Después de ese asqueroso pico todavía experimenté más ganas de colocarme, de evadirme con lo que fuera, de salir de esa habitación para no regresar jamás.

Estábamos en su piso: una letrina insalubre de ciento cincuenta metros al sur del distrito once. El barrio no se diferenciaba demasiado del gueto. Calles pobladas en su mayoría por edificios antiguos, anteriores a la Gran Infección. Aquí la gente ni siquiera se molestó en huir: simplemente no tenían a donde hacerlo. Se confinaron en sus casas protegiéndose cómo pudieron. Y por eso fueron cayendo como moscas. Los índices de mortalidad en barrios marginales como este superaron en más de un cincuenta por ciento a los de las zonas residenciales. En el fondo, vivir o morir dependía también de cuánto dinero tuvieses y de lo lejos que pudieras permitirte escapar. Cuando caminabas por estas calles parecía que lo estuvieses haciendo por un barrio fantasma. La mitad de las fincas permanecían vacías y la mayoría de los comercios hacía mucho tiempo que bajaron la persiana. Marginación y tráfico de drogas, eso es lo que se respiraba aquí, solo que no había tanto control como dentro del gueto. La poli no solía aparecer mucho, a no ser que la cosa se desmadrara y la zona apareciera en algún documental de esos que se emitían a nivel nacional. Se habían olvidado de un sitio como este y de personas como Helen.

De la inmundicia de Helen.

Me introdujo la aguja en la vena y extrajo algo de sangre, para que se mezclara con la penta y que no entrara tan fría en el organismo, antes de vaciarme lentamente el contenido de la jeringuilla. Helen estaba totalmente concentrada y parecía disfrutar incluso más que cuando se había pinchado ella.

Noté como la penta penetraba poco a poco en mi organismo. Como una ráfaga de bienestar que se esparcía de repente por mis venas invadiéndolo todo. Mi sistema nervioso central empezó a crecer, a expandirse, a volar. Sentía que estaba volando. El corazón se me aceleró apresuradamente, como si acabara de correr cientos de kilómetros.

Helen extrajo la jeringa de mi brazo y soltó la goma mientras no dejaba de sonreír. Su cara se me apareció ahora distorsionada, como un interferencia en plena emisión de la RA.

Introdujo la mano por dentro de mis bóxer y me sujetó firmemente la polla.

Helen.

Esa inmundicia.

La verdad es que no me importó demasiado.

Mi corazón continuaba totalmente fuera de control bombeando sangre sin parar, toneladas de litros, sangre a borbotones.

Los larguiruchos dedos de Helen agarraban mi polla con fuerza, deslizándose arriba y abajo. La tenía completamente erecta. Estaba totalmente cachondo.

De repente, la acumulación de dopamina en el cerebro debió hacerse demasiado grande. Experimente un sentimiento de brutal agitación en mi interior, aunque bastante desordenado y confuso.

¡Joder!

Me invadió una sensación agradable procedente de la entrepierna, se trataba de algo húmedo y caliente. Bajé la mirada y la descubrí a ella, de rodillas, mamándomela de manera entusiasta. Lentamente al principio, recreándose en el glande, dándole pequeños lametones para luego bajar hasta la base del pene y comerme los huevos. Joder, a esa puta le encantaban mis huevos. Se metió uno de ellos dentro de la boca y lo masajeó con la lengua.

Helen.

Esa mujer basura.

Ese esqueleto a punto de desintegrarse.

Se me subió encima a horcajadas, rodeándome con sus piernas famélicas. Su culo huesudo descansando sobre mis muslos, aunque no recordaba haber estado nunca tan cachondo como en ese momento. No coordinaba bien, percibía sus labios besándome, notaba su lengua jugando dentro de mi boca. Aunque todo estaba borroso, todo permanecía envuelto en una especie de neblina cada vez más densa y pesada, que poco a poco se me iba metiendo dentro.

Los huesos del culo de Helen se me clavaban cuando entraba y salía de ella. Sus pequeños pezones aplastados sobre mi pecho, mis manos agarrando su culo mientras la embestía con rabia.

Quería destruirla.

Deseaba atravesarla y matarla.

De repente nos encontrábamos de pie, follando contra el desconchado de la pared de su dormitorio, mientras Helen no dejaba de gritar.

La zorra de Helen.

Esa inmundicia.

Capítulo 60

<<¿—Si pudieras elegir repetir un solo momento de tu vida cual elegirías?

—Creo que no le va a gustar la respuesta, doctora>>>

Me encontraba sentada a la mesa de un restaurante elegante, al que ya había ido un par de veces y que me encantaba. Siempre me había considerado a mí misma como una persona de gustos sencillos, quizá porque nací en un barrio humilde o quizá porque lo perdí casi todo con tan solo cuatro años. Pero ahora era distinto. Tuve que refinar mis gustos cuando acepté mi primer trabajo como abogada en uno de los mejores bufetes de la ciudad. Eso fue a los pocos meses de graduarme en la Facultad de Derecho de Ment. Me pagaban realmente bien, lo confieso. Adquirí el dúplex donde vivía, en pleno centro. Y también mi bonito Mercedes. Empecé a asistir a comidas y recepciones en restaurantes caros, a cenas con clientas en los áticos de hoteles de cinco estrellas, con camareras vestidas de esmoquin que te quitaban la chaqueta y retiraban la silla antes de que te sentaras, que te llamaban señora y no permitían que tu copa se vaciara nunca, que te miraban como si fueses inalcanzable. Platos de nombres impronunciables y vinos de miles de criptos cada botella. Resultó demasiado fácil acostumbrarse a ese estilo de vida. Demasiado fácil acostumbrase a los viajes en primera y a las fiestas privadas en las que corría la penta y las drogas virtuales, a los exclusivos regalos de clientas que estaban más interesadas en mí que en ganar sus casos, que me mandaban invitaciones personales por la RA para una conexión a altas horas de la madrugada. Luego monté mi propio bufete. No estaba dispuesta a trabajar doce horas al día durante los siguientes quince años para poder aspirar a que me propusieran ser socia. Yo me consideraba mucho más ambiciosa... y sobre todo tenía prisa. Quizá porque me sentía una impostora, todavía pensaba que un día me descubrirían y entonces todo terminaría. Lo quería todo rápido, ansiaba ser mi propia jefa y poder elegir mis propios casos. Al principio fue duro, pero cuando has asomado la cabeza a determinado estatus social resulta difícil abandonarlo. De manera que luché por situar el despacho donde creía que debía estar. Me llevé algunas clientas importantes de mi anterior empresa y me maté a trabajar. Era consciente de que, a la larga, trabajando por libre, podría ganar mucho más.

Sara llegaba tarde. Era la primera vez que quedábamos y yo era incapaz de disimular mi impaciencia; doblé y desdoblé mil veces la servilleta y me entretuve consultando mi agenda en la RA mientras vaciaba un par de copas de vino. Recuerdo que en determinado instante levanté la mirada y ahí estaba ella. Permanecí paralizada durante un segundo, observándola con fascinación mientras se acercaba a la mesa. Estaba radiante. Por fin había abandonado ese atuendo negro que en nada la favorecía. Llevaba puesto un vestido verde de satén y se había hecho un bonito recogido en el pelo que acentuaba la forma angulosa de su rostro. Sus ojos verdes centellearon mientras se aproximaba. Me quedé embobada mirándola durante un par de segundos más.

—¡Qué!¿No te gusta cómo voy? —preguntó Sara divertida.

—No, que va. ¡Estás perfecta!

—Gracias.—Sara se sentó y bajó la vista, intentando disimular una sonrisa de satisfacción que en ese momento le iluminó por completo la cara.

—Pensaba que ya no vendrías.

—¿Qué? —preguntó sorprendida—. No, solo te estaba probando —dijo sin poder dejar de sonreír —. Si tu cita no es capaz de esperarte al menos durante veinte minutos entonces es que no está lo suficientemente interesada.

—Curiosa teoría —observé, sonriendo yo también—. Bueno, supongo que no podía esperar menos de una policía.

—¡Oye! Las polis no somos así. Ayudamos mucho a las personas, ¿sabes?

—Sí, supongo que sois un mal necesario—. Sara frunció el ceño fingiendo ofenderse y luego esbozó una sonrisa.

Le pedí a la camarera que me trajera una copa más de vino blanco y también un daiquiri para Sara. Ella hizo una mueca.

—¿Cómo sabes que siempre bebo eso?

—Conozco a las personas en cuanto las veo. Es una cualidad que tengo o quizá se trate más bien de una maldición, no estoy muy segura de ello. Pero resulta útil para este trabajo. Cuando subes a una testiga al estrado debes fijarte en otras cosas a parte de en sus respuestas. Todo el mundo miente, es un hecho —admití.

—¿Y en qué te fijas? —Sara se inclinó ligeramente apoyando los codos sobre la mesa. Dejó su mejilla derecha reposar sobre la palma de su mano mientras se disponía a escucharme con curiosidad.

—Me fijo en su ropa y también en cómo me mira. Si el personaje que se ha creado para subir al estrado es consistente con lo que su expresión corporal afirma acerca de sí misma. Me fijo en si la pongo cachonda o si le doy asco. Y exploto cualquiera de esas dos circunstancias. En si lleva anillo de casada —dije, clavando brevemente la vista en la sombra circular de color blanquecino que podía apreciarse en el dedo anular izquierdo de Sara—, y si parece nerviosa por algo que yo pudiera preguntarle durante el interrogatorio. En si se cuida. Algunas mujeres se tocan el pelo o se frotan el lóbulo de la oreja cuando están mintiendo. En el fondo un tribunal es como una partida de póquer, debes suponer que todo el mundo trata de ocultar algo. Los detalles, los detalles son lo más importante, de hecho creo que tanto en un tribunal como en la propia vida son lo único que importa. Dicen mucho de lo que somos y si eres capaz de juntar todos esos pedacitos de información entonces… entonces quizá tengas una oportunidad de ganar.

—El trabajo de policía también es un poco así. ¿Por eso has adivinado lo que me gusta beber? ¿Te ha bastado solo con mirarme? —preguntó Sara entornando los ojos.

—No, realmente he estado haciendo algunas preguntas —le confesé entre risas.

Sara abrió completamente la boca. Sus ojos se agrandaron momentáneamente antes de que se dibujara en su rostro otra vez esa maravillosa sonrisa.

—¡Eres una tramposa!¿Sabes que por un momento me lo había creído?

—Gracias. Supongo que ese es el mejor piropo que puede recibir una abogada.

Nos encontrábamos en medio de ese aparatoso instante en el que ninguna de las dos sabía muy bien qué más decir. Recostadas una junta a la otra en el sofá de cuero del piso de Sara, no podía dejar de mirarla a los ojos. Permanecíamos muy juntas; Sara con las piernas flexionadas y subidas encima de los cojines, yo manteniendo una pierna cruzada sobre la otra, como hacía siempre que pretendía aparentar seguridad. Mantenía el brazo derecho estirado sobre el reposacabezas del sofá, como si quisiera abrazarla, solo que todavía no me atrevía a hacerlo. Nos encontrábamos tan próximas una de la otra que era capaz de percibir esa especie de campo magnético que me arrastraba irremediablemente hacia ella. Ninguna de las dos pronunciamos ni una sola palabra, pero el silencio que nos envolvía distaba mucho de ser incómodo. Las risas de repente habían cesado y ninguna de las dos parecía tener la intención de querer retomarlas, como si todo lo anterior no fuese más que el preludio de lo que estaba a punto de suceder.

Me aproximé a ella lentamente, sin estar muy segura de lo que estaba haciendo. Pero la deseaba. Supongo que fue esa pequeña duda la que hizo que detuviera mis labios a tan solo unos milímetros de los suyos. Sara permaneció inmóvil, como hipnotizada por mi cercanía. La besé dulcemente. Ella me devolvió el beso mordisqueándome suavemente el labio inferior, presionando y tirando de él. Sus manos subieron por el interior de mis muslos, tocándome por encima de las medias y consiguiendo así abrirse paso por debajo de mi falda. Recuerdo la agradable sensación de sus dedos acariciándome, recuerdo que deseaba que continuaran haciéndolo. Cada vez estaba más excitada, a medida que Sara iba subiendo lentamente la mano. Entonces algo dentro de mí estalló, devolviéndome a la realidad. Me eché hacia atrás de forma brusca y le aparté la mano.

—Me…me tengo que ir.

—¿Qué? Pero…¿Por qué? ¿Te he molestado? No sé, pensaba que estábamos a gusto y me he dejado llevar.

—No, no es eso, solo que tengo que marcharme.

Me levanté del sofá, me bajé la falda, y comencé a cruzar el salón en dirección a la puerta. Caminaba nerviosamente buscando con la vista mi abrigo, hasta que lo localicé encima de la mesa de cristal que presidía el salón.

—¡Espera! —Sara también se levantó, se acercó hasta a mí y me cogió por el brazo—. Si te ha sentado mal lo siento. Quédate, no pasará nada si tú no quieres.

La miré a los ojos, a esos ojos verdes que me volvían completamente loca. Intenté balbucear alguna excusa, pero no logré encontrar las palabras apropiadas.

—Dime algo, por favor —volvió a suplicarme.

—Esto ha sido un error. No podemos seguir viéndonos.

—¿Qué no podemos...? Pero...¿Por qué? Si es por el trabajo...no diré nada. Venga, ¿qué te pasa? Se notaba que tú también estabas disfrutando —afirmó Sara mientras se me acercaba. Me sujetó suavemente la cara con las dos manos y se puso de puntillas para intentar besarme.

—¡Oye!¡Te he dicho que no! —espeté bruscamente apartándome de ella.

Escapé de su piso cerrando la puerta de golpe. Bajé corriendo por las escaleras y salí a la calle. Un inmenso nudo me obstruía la garganta y una lágrima comenzó a deslizarse amargamente por una de mis mejillas. Apoyé la espalda contra la pared del edificio y me derrumbé hasta quedarme sentada en el suelo.

Y rompí a llorar.

Un par de mujeres jóvenes, que caminaban cogidas de la mano, me observaron durante un segundo, para perderse enseguida en el interior de la zona residencial, entre la inmensidad de sus bonitos jardines, entre las decenas de mujeres que ocupaban las calles como si resplandeciera la luz del día. La realidad aumentada rebotaba en los repetidores de las viviendas enviando a mi interfaz miles de imágenes de un mundo al que en el fondo sabía que no pertenecía.

Por fin reuní las suficientes fuerzas para ponerme de pie y comencé a caminar hacia el coche con aire de derrota. Necesitaba respirar un poco, necesitaba asimilar lo cerca que había estado de joderlo todo.

Capítulo 61

—Puedes dejar tu ropa ahí dentro –le sugerí, señalando el armario empotrado situado junto a la puerta de entrada—. Te lo digo por si no quieres que se te arrugue esa bonita blusa que llevas puesta.

La chica al principio me miró con cierta desconfianza. Era muy joven, dieciocho años o incluso menos. Caminamos hasta el sofá, situado en medio del salón. Ella llevaba puesta una blusa ceñida de color rojo en la que se intuían dos pequeños y preciosos pechos. La minifalda, ajustada a las caderas, terminaba por perfilar el resto de su anatomía. Su piel era muy morena y poseía los ojos de un intenso color negro. Supongo que podría tener a cualquier hombre que se propusiera si en esta sociedad enferma alguno estuviera disponible para ella.

Ya había oscurecido y las luces del salón se conectaron automáticamente cuando detectaron nuestra presencia. Había podido conseguir un piso mejor sobornando a uno de los miembros del Comité Sectorial, del Departamento de Reasignaciones. Eran cien metros provistos de un amplio salón, dos habitaciones y dos cuartos de baño. Lo ocupaba un antiguo AC que estaba bien relacionado, pero que hacía un año que habían retirado. Dio positivo en un control de testosterona, o eso le comunicaron en la clínica. Según se rumoreaba por aquí, alguien se la jugó; tenía los huesos tan carcomidos que era imposible que tuviera la testosterona alta. Era necesario ir con cuidado y vivir sin llamar demasiado la atención. En el gueto todavía continuaba instalada la antigua filosofía japonesa que animaba a aplastar a cualquier clavo que sobresaliese.

El piso estaba situado en una de las avenidas principales, fácil de encontrar para las mujeres que decidían venir a verme. Lo había amueblado a mi gusto; un cómodo sofá, una pequeña barra de bar en el salón, y una amplia cama de matrimonio para las visitas… Aunque por el exterior el edificio continuaba teniendo el mismo aspecto de letrina oxidada que el resto del sector J. La mayoría de mis clientas eran compañeras de trabajo de Helen, con lo que el problema de superar los controles de momento había desaparecido. A veces, cuando tenía que pasar un control, y alguna de las funcionarias llevaba las bragas tan mojadas que podría haberlas escurrido en el fregadero, se metía conmigo en la cabina con el pretexto de vigilarme mientras meaba, aunque lo que realmente buscaba era que me la follase por detrás, empotrándola contra la pared, en los cinco minutos escasos que podíamos estar los dos ahí dentro sin levantar demasiadas sospechas. Eran ellas mismas las que se bajaban el mono hasta las rodillas. Me las follaba con rabia, para acabar cuanto antes. Intentaban ser silenciosas, pero en ocasiones la cabina temblaba tanto que era imposible que nadie sospechara lo que estaba sucediendo. Quizás la próxima vez le tocaría el turno a alguna de ellas, así que se callaban y continuaban a lo suyo.

—Primero los negocios —le dije a la chica sonriendo—. Son mil criptomonedas.

—Vale. ¿ Y qué es lo que te piden normalmente?

—Podemos hacer lo que tú quieras. Solo tienes que decirme lo que te gusta o simplemente dejarte llevar.

La chica hizo un gesto con sus pupilas y comenzó a manipular la interfaz de sus lentes. De inmediato las mías me avisaron de que una usuaria deseaba conectarse y al instante siguiente recibí la transferencia.

Me acerqué hasta la chica, que había empezado a desabrocharse los primeros botones de la blusa. Le puse mis manos sobre las suyas, que percibí temblorosas y frías.

—¿Qué edad tienes, preciosa?

—Dieciocho —me dijo ella sin atreverse del todo a mirarme.

Yo le levanté la barbilla con los dedos y le repetí la pregunta mientras le daba un suave beso en los labios, que eran carnosos y húmedos, y estaban pintados con ese tipo de destellos rojos que ahora llevaban la mayoría de mujeres. Sabían a caramelo, eran tiernos y me provocaron unas irresistibles ganas de morderlos, de llevármelos conmigo. Ella permaneció durante un segundo con la cabeza inclinada hacia arriba y los ojos cerrados. Mis labios se despegaron lentamente de los suyos y un minúsculo hilillo de saliva, a modo de cordón umbilical, se desprendió finalmente de ellos, acabando por separarlos del todo.

—Realmente…tengo quince —me confesó ahora, abriendo los ojos y mirándome fijamente.

Deslicé mis manos por debajo de sus caderas, levantándola y colocándola a horcajadas sobre mi cintura. Me rodeó el cuello con los brazos, y apretó las caderas fuertemente contra mi pelvis. Me besó de forma compulsiva, como si no pudiese esperar más. La llevé en volandas recorriendo el comedor hasta alcanzar mi habitación. La eché sobre la cama de matrimonio bruscamente, cayéndole encima, a la vez que empujaba mi pelvis contra la suya. Ya no estaba asustada, todo su miedo había acabado diluido entre sus bragas. Lo noté después de apartárselas y penetrarla. Estaba empapada. Le ofrecí exactamente lo que andaba buscando; sentirse completamente sometida por un hombre, por uno de esos seres que desde niñas habían aprendido a odiar, pero por los que se sentían irremediablemente atraídas cuando alcanzaban la edad adulta.

Habíamos construido una sociedad enferma en la que todos nuestros instintos se camuflaban, en la que eran reprimidos y redirigidos para satisfacer lo que en teoría era óptimo para nuestra supervivencia como especie. Pero todas esas pasiones retorcidas, toda esa carne que palpitaba a escasos centímetros de nuestra epidermis acababa siempre por emerger. La naturaleza siempre termina abriéndose paso, la vida encuentra su camino incluso en los entornos más hostiles. Todos hemos observado alguna vez a esa pequeña espiga que sobrevive en el interior de una minúscula grieta abierta en el asfalto. Siempre debe existir alguna válvula de escape. Supongo que yo, y otros muchos como yo, cumplíamos con esa función que cualquier civilización desarrollada necesitaba. Por eso, esta cada vez más gangrenada sociedad, permitía que existiéramos. Constituíamos ese minúsculo orificio por el que se escapaba el suficiente vapor de agua para impedir que la olla a presión estallase.

Capítulo 62

Me metí en la ducha nada más levantarme. Apenas había podido pegar ojo después de mi fallida cita con Sara. El agua incidía sobre mi cuerpo desnudo mientras yo permanecía apoyada con las palmas de las manos sobre la pared. Las imágenes de mi encuentro con Sara regresaron de forma abrupta a mi mente. Me atormentaba pensar que podía haber pasado la noche con ella, aun sabiendo que eso era del todo imposible, sabiendo que eso seguramente acabaría con mi carrera.

¿En qué estabas pensando?

Ella es policía, joder.

Cerré los ojos y eché la cabeza hacia atrás para que el agua cayera directamente sobre mi rostro. Abrí la boca e involuntariamente acabé por tragar algunas gotas. Por un momento me permití sonreír. Recordé con nostalgia que siempre jugaba con mi hermana pequeña cuando nuestra madre nos duchaba juntas, pero al instante siguiente recordé que ella continuaba muerta y entonces me arrepentí de haber sonreído. Por un fugaz instante regresé de nuevo a mi infancia; nos guardábamos un poco de agua en la boca y luego, cuando mamá no miraba, nos la escupíamos la una a la otra. En mi cabeza todavía resonaban los ecos de aquellas risas, y los gritos de mamá diciéndonos que nos estuviésemos quietos mientras nos enjabonaba. Vivíamos felices, solo que no éramos demasiado conscientes de ello.

Mi mente volvió a viajar por enésima vez hasta Sara.

Hasta su delicado olor, que todavía habitaba entre los pliegues de mi memoria.

Hasta su vestido de color verde, deslizándose por sus bonitas caderas.

Me dije a mí misma que solo se trataba de una mujer. Que ya se me pasaría. Que ya me había ocurrido otras veces.

Tal vez demasiadas.

Otra vez el agua impactando contra mi piel.

Di un manotazo contra la pared. Grité que no aguantaba más, que no deseaba aguantar más. Apoyé la frente en los azulejos, mientras el agua me resbalaba por las mejillas disfrazando mis lágrimas, mientras pensaba que mi vida no había sido más que una enorme farsa.

—¡Joder! ¡Joder! ¡Estoy harto, joder!

Ahora fueron mis puños los que golpearon los azulejos empapados. Y los botes de champú de la repisa, que rodaron por el suelo de la ducha debido a otro furioso manotazo. Les di también una patada, haciéndolos rebotar contra las paredes.

—¡Sí! Has oído bien. ¡Harto! ¡Harto! ¿No puedo decirlo ni en mi propia puta casa? –grité, haciendo aspavientos y mirando al techo.

Después intenté calmarme. Negué infinitas veces con la cabeza y me dije que no podía continuar así, que esta pesadilla debía terminar, que acabaría por volverme loca. El agua dejó de caer y los secadores se accionaron automáticamente. Levanté los brazos para que el aire caliente secara cada rincón de mi cuerpo. Mi cabello se revolvió en todas direcciones hasta quedar completamente seco. Salí de la ducha y me dispuse a vestirme. El autómata ya me había dejado la ropa preparada sobre la cama.

La observé y sentí asco.

Cómo quizá nunca lo había sentido.

Y como muchas otras veces me pregunté hasta cuándo.

Me detuve frente al espejo del vestidor, contemplando durante un breve instante mi cuerpo desnudo.

Observé mis pequeños pechos, conseguidos a través de la continua estimulación hormonal, que comenzada en la adolescencia evitaba la cirugía mamaria en la edad adulta.

Observé mi rostro afilado, obtenido a través de una dieta hipocalórica estricta y constante, lo que me provocaba esa perpetua sensación de inanición que me perseguía durante todo el día. Me gustaría estar algo más gorda, poseer más masa muscular, como esos modelos de principios del pasado siglo, pero eso delataría mi verdadera identidad. Eso acabaría con mi carrera como abogada. Mis madres decidieron no hormonarme hasta que no hubiese pasado la pubertad. Eso me generó algún problema con el vello corporal y el desarrollo de los caracteres sexuales secundarios, como la voz.

Recuerdo que era lo que más me preocupaba por aquel entonces, pero si durante esa etapa me hubiera hormonado jamás se me hubiese desarrollado y habría sido irreversible, igual que ocurría con otras partes del cuerpo. Supongo que mis madres pensaban que esta pesadilla algún día terminaría, que el virus se esfumaría tal y cómo había aparecido. Y cuando ocurriera deseaban que pudiese recuperar mi vida. De forma que tuve que aprender a hablar con un tono más agudo. Aunque no todo consistía en eso, incluía también un lenguaje gestual y corporal característico, tenía mucho que ver con la construcción de las frases y el vocabulario. Vocalizar más, poseer un hablar más fluido y dulce. Al menos eso aseguraban ellas.

Tal vez todo esto había sido un sueño y solo acababa de despertar.

Tal vez todavía estuviera en casa de mis madres haciendo esos tediosos ejercicios de caminar contoneando levemente las caderas por el pasillo, mientras me enseñaban a andar con tacones, o me maquillaban antes de ir al instituto.

Sandra me enseñó a hablar cómo una verdadera mujer, cómo hablaba ella o mi otra madre, Lidia, con tonos mucho más agudos, aprendiendo a feminizar los gestos. Hasta que un día esa especie de voz impostada comenzó a salir por mi garganta de forma automática, sin necesidad de hacerlo de una manera consciente. Al cabo de un tiempo, incluso cuando me reía, incluso cuando alguien conseguía arrancarme una carcajada, esa auténtica farsante salía por mi laringe de forma completamente natural. Incluso cuando estaba sola, esa voz de pito prefabricada después de cientos de horas de ensayo había llegado a colonizar hasta el último rincón de mi vida.

Tediosos ejercicios repitiendo las vocales, ascendiendo desde tonos más graves hasta otros estridentemente agudos.

Continué contemplándome frente al espejo, que me devolvía la imagen de una especie de grotesco centauro. Esa imagen híbrida entre hombre y mujer a la que había terminado por acostumbrarme, esa cárcel en la que llevaba encerrada más de veinte años.

Tienes que encontrar tu voz. Encuentra un tono en el que estés cómoda y mantente ahí.

Al principio solo era un juego, como ponerte la ropa de tu hermana, o cuando ambas jugábamos a pintarrajearnos la cara en la habitación de las mamis.

Hasta que ese juego consiguió colonizar por completo mi vida.

Eché un vistazo a mis genitales; a mis testículos y a mi pene colgándome de entre las piernas, aunque a mí siempre me habían parecido hermosos. Ellos delataban quién era yo realmente. Delataban mi oscuro secreto, la verdad sobre mí mismo, o lo que todo el mundo creía que era la verdad. Lo que me definía. Aquello que me señalaba y al mismo tiempo, sin ninguna duda, me excluía.

Muchas veces me había preguntado cuánto de Ángel quedaba todavía dentro de mí. Y cuánto de él desapareció también en aquel incendio. Junto a Eve, mi pobre hermana.

Eve.

Eve.

Eve.

Siempre Eve.

¿Sabes, hermanita, cuánto he llegado a odiar tu nombre?

Yo ahora estaba viviendo su vida, la que ella hubiera llevado si no hubiese muerto devorada por aquel incendio. Muchas veces no podía evitar sentirme como un impostor, no podía evitar sentirme prisionero de mi propio cuerpo. No podía dejar de sentir que no era capaz de vivir mi vida porque estaba usurpando la suya.

Una operación de cambio de sexo quizá hubiera sido lo mejor, hubiese zanjado definitivamente el problema. Todavía permanecían prohibidas, pero conocía a una antigua clienta cirujana plástica. La acusaban precisamente de realizar operaciones ilegales; rinoplastias, operaciones de pecho, ensanchamientos de caderas, limados de nuez o reasignaciones de género. La mayoría realizadas a hombres VBRI que querían prosperar en la vida. Sabía que hubiese accedido a hacérmela sin problemas, estaba completamente seguro de ello. Estaba convencido de que ella me caló desde el primer momento, y que quizá por eso me contrató para que la defendiera.

Esta parte siempre es la más difícil.

Me tumbé boca arriba, desnudo sobre la cama, y poco a poco, fui empujando suavemente con los dedos, introduciéndome los testículos en los canales inguinales. Al principio me hacía daño, cuando tan solo era un preadolescente y mi madre me obligaba a hacerlo. Recuerdo las discusiones en mi habitación cuando pensaba en ponerme unos pantalones demasiado ajustados y era posible que alguien notara algo.

—¿Te has vuelto completamente loca? —me reprochaba cuando me negaba a llevar mi ropa interior especial—. ¿Pretendes que te descubran?¿Qué te encierren para siempre en ese sitio? ¿Eso es lo que quieres, Eve?

—¡Es qué me duele, mamá!

Mis madres adoptaron el femenino para referirse a mí prácticamente desde el instante siguiente a la muerte de mi hermana. Es para no cometer errores, cariño, me decían para justificarse, pero el hecho de no poder ser Ángel ni siquiera en la intimidad del hogar me provocaba un terrible sentimiento de infelicidad. Muchas veces pensé, en la soledad de mi habitación, que ellas habrían preferido que hubiese muerto yo en lugar de mi hermana. Así todo hubiese sido mucho más fácil. Después, cuando alcancé la edad de doce años, y tras un par de intentos fallidos de suicidio, comprobé como, uno a uno, a todos mis amigos niños se los fueron llevando. Comprendí mejor la importancia de seguir los consejos de mis madres. Mi mente de repente hizo clic, aceptando cual iba a ser mi realidad, comprendiendo la necesidad de guardar las apariencias, de enterrar mi secreto en lo más profundo de mi ser y no confesárselo a nadie. Sentí pánico de que a mí también se me llevaran y empecé a ser mucho más cuidadoso. La obsesión por convertirme en Eve se volvió mucho más acuciante. Y ese último vestigio de Ángel, que todavía guardaba en mi interior, acabó por desvanecerse.

Si lo piensas fríamente, es como cuando te das un golpe y los testículos se te suben hacia arriba hasta prácticamente desaparecer. Se trata de un movimiento natural y permanecen más protegidos que si simplemente me limitara a aplastarlos con la ropa interior. Cuando los noté completamente dentro, cogí las braguitas especiales y me las coloqué, subiéndomelas hasta los muslos. Levanté las caderas y me eché el escroto vacío y el pene hacía atrás, antes de subirme totalmente las bragas hasta por encima de las caderas. Estaban hechas a medida, diseñadas con un tipo de tela más rígida para que ejercieran mucha más presión, manteniendo el pene en su sitio y fijándolo sobre la zona del perineo. Me levanté y comprobé frente al espejo que nada se movía de su sitio. Me situé de perfil, verificando una vez más que mi pelvis estaba completamente lisa, como la de una mujer de verdad.

Printed by Amazon Italia Logistica S.r.l.
Torrazza Piemonte (TO), Italy

51629958R00236